LADY
IN THE
LAKE

호수 속의 여인

로라 립먼 장편소설

박유진 옮김

arte

차례

Part 1

———

　당신을 한 번 본 적 있어요. 내가 쳐다보니까 당신이 눈치채고 나를 눈여겨봤어요. 힐끔힐끔, 힐끔힐끔. 예쁜 여자들은 으레 그러잖아요. 상대에게 시선을 고정한 다음 몸을 위아래로 쓱 훑어보죠. 당신이 외모에 자신감이 넘치고, 주변을 둘러보면서 같은 공간에 있는 사람들 중에 자기가 제일 예쁘다는 것을 습관적으로 확인해 온 여자라는 사실을 단번에 알 수 있었어요. 당신은 인도에 있던 사람들을 살펴보다 나와 눈이 마주쳤어요. 당신이 시선을 피해서 아주 잠시뿐이었지만요. 당신은 분명히 날 쳐다봤고 점수를 매겼어요. 누가 이겼나요? 내가 흑인 여자인 데다 가난하기까지 하니 보나마나 왕관은 당신에게 돌아갔겠죠. 동물의 왕국에서는 수컷이 암컷에게 잘 보이려 재주를 부리고 고운 깃털이나 찰랑거리는 갈기로 구애하질 않나, 다른 수컷들보다 돋보이려고 늘 애를 쓰는데 왜 인

9

간은 반대인 걸까요? 도무지 이해가 되지 않아요. 우리에게 남자가 필요하긴 해도 그들이 우리를 더 필요로 하잖아요.

그날은 당신이 약자였어요. 거기는 우리 동네니까 대부분이 나를 선택했겠죠. 당신보다 젊고 키가 크고 몸매가 더 예쁜 나를요. 당신 남편 밀턴조차도 나를 골랐을걸요. 처음 당신에게 눈길이 간 이유에는 당신이 그 사람 옆에 서 있었던 게 한몫했어요. 밀턴이 나이를 먹으니 자기 아버지랑 똑같이 생겼더라고요. 밀턴의 부친은 내게 좋은 추억을 남기신 분이에요. 밀턴은 아니고요. 회당 계단에서 사람들이 밀턴 주변에 모여들어 등을 쓰다듬거나 두 손을 꼭 쥐는 걸 보니, 돌아가신 분이 밀턴의 부친인 눈치였어요. 그리고 사람들이 위로하려고 차례를 기다리고 있던데, 밀턴이 거물이란 사실을 딱 알겠더라고요.

회당에서 한 블록 더 가면 공원이 있어요. 공원이랑 호수랑 분수대가 있죠. 재미있지 않나요? 책 한 권을 가방에 챙겨 드루이드 힐로 향하던 참이었는데 그날 오후에는 빙 돌아가는 길을 택한 모양이에요. 딱히 집 밖으로 나돌기를 좋아하진 않지만, 아버지랑 어머니, 여동생 한 명이랑 남동생 두 명, 아들 두 명과 나, 이렇게 여덟 명이 같이 살고 있어서 우리 집은 아버지 말마따나 단 한시도 평화로울 틈이 없어요. 그래서 난 진 플레이디나 빅토리아 홀트[1]의 책을 가방에 넣고 말하곤 했죠. "도서관에 다녀올게요." 그러면 엄마는 차마 나를 막지 못해요. 하필이면 아무짝에도 쓸모없는 건달을 골랐다가 친정으로 구질구질하게 돌아온 게 이미 두 번인데도 엄마는 내 선택을 두고 나를 나무란 적이 없어요. 난 맏이고, 엄마가 제

---

1 영국 출신으로 역사소설을 많이 썼으며 진 플레이디는 여러 필명 중 하나이다.

일 어여뻐 여기는 자식이에요. 그렇다고 세 번째 실수에도 눈감아 줄 정도는 아니고요. 엄마는 공부를 다시 시작해서 간호사가 되는 것이 어떠냐고 설득하고 있는데 여간 끈질긴 게 아니에요. 간호사라니. 손대기 싫은 사람을 억지로 만지는 일은 정말 상상도 못 하겠어요.

집에 있는 게 도무지 감당이 안 될 때, 집이 유독 비좁고 시끄러울 때면, 나는 공원에 가서 길을 걷고 적막을 한껏 들이마셨어요. 그리고 벤치에 털썩 앉아서 잉글랜드를 배경으로 한 옛날이야기에 몰두했죠. 나중에 애들을 부모님께 맡기고 혼자 집에서 나왔다며 인정머리 없는 인간이라고 손가락질당했지만, 그건 다 애들을 생각해서 그런 거였어요. 내게는 남자가 필요했어요. 그냥 늙은 남자 말고요. 두 아들의 생부들이 확실히 깨닫게 해 주었죠. 우리, 우리 모두를 부양할 수 있는 남자를 찾아야 한다는 것을요. 그러려면 잠시라도 혼자 있어야 했고, 모든 비용을 남자가 지불하게 하는 기술을 가르치는 1인 여성 학교를 운영한다고 해도 과언이 아닌 레티시아라는 친구와 같이 지내는 수밖에 없었어요. 쥐를 잡으려면 치즈를 조금이라도 먹음직스럽게 꾸며 놔야 한다고 우리 엄마가 누누이 말했거든요. 곰팡이를 잘라 내든지, 곰팡이가 안 보이도록 교묘히 덫에 올려놓아야 한다고요. 날 보기 좋게 꾸며야 했어요. 만사태평한 여자처럼 보여야 했어요. 그런데 식구들로 북적거리는 오켄토롤리 테라스[2] 집에서는 불가능했어요.

그래요, 솔직히 손도 대기 싫은 사람을 만지는 일을 할 수는 있어요.

---

2 메릴랜드주 볼티모어의 드루히드 힐 공원 일대의 주거 지역.

그렇게 안 해도 되는 여자가 있긴 한가요? 밀턴 슈워츠와 결혼한 걸 보니, 당신도 결국 그런 삶을 택한 것 같은데요. 내가 옛날에 알았던 밀턴 슈워츠와 감미로운 사랑을 할 사람은 세상천지에 있을 리가 없거든요.

그날이 언제였더라, 그때 우리 애들이 몇 살이었는지 떠올리니까 기억나네요. 1964년, 제법 선선한 늦가을이었어요. 당신은 베일이 달리지 않은 검은색 수수한 필박스 모자를 쓰고 있었어요. 분명 사람들은 당신에게 재키 케네디[3] 같다고 했을 거예요. 장담하건대, 당신은 기분이 좋으면서도 시치미를 뚝 떼고 "누가요, 제가요?"라며 소리 내어 웃었겠죠. 당신 머리카락은 코팅제인 셀락을 잔뜩 발라 바람이 살랑살랑 부는데도 한 올도 움직이지 않았어요. 당신은 목과 손목을 가리는 검은색 모피 코트를 입고 있었죠. 그 코트가 정말이지 지금도 선명히 기억나네요. 그리고, 어이구, 밀턴이 부친의 외모를 얼마나 쏙 빼닮았던지, 옛날에 슈워츠 아저씨가 젊고 잘생긴 편이었다는 사실을 그제야 깨달았지 뭐예요. 아저씨의 가게에서 군것질거리를 사 먹던 꼬마일 때만 해도 아저씨가 늙은 줄 알았어요. 그때 아저씨는 마흔도 되지 않았는데 말이죠. 내가 지금 스물여섯이니까 밀턴은 마흔이 내일모레겠네요. 밀턴 곁에 바로 당신이 있었는데, 당신처럼 괜찮은 여자를 만났단 사실에 내가 얼마나 놀랐게요. 보아하니 밀턴이 이제는 착해졌나 봐요. 사람은 변하기 마련이잖아요, 아무렴 사람은 변하죠, 변하고말고. 나도 변한걸요. 그렇지만 이제는 누구도 이 사실을 알 길이 없겠네요.

당신은 뭘 봤나요? 내가 그때 뭘 입고 있었는지 기억나지는 않지

---

3   전 미국 대통령 존 F. 케네디의 부인.

만, 대충 짐작은 가요. 아무리 온화한 날이었다고 해도 계절에 어울리지 않게 굉장히 얇은 외투를 입고 있었을 거예요. 교회에서 얻어온 거라 보풀이 일고 옷단은 축 늘어나서 너덜거렸겠죠. 그리고 흠집투성이에 굽이 닳은 신발을 신고 있었을 거예요. 반면 당신의 신발은 검은색에 광택이 났어요. 나는 맨다리를 드러내고 있었어요. 당신은 미묘하게 광채를 띠는 스타킹을 신고 있었고요.

당신을 보니까 문득 비결이 떠오르더라고요. 돈 있는 남자를 잡으려면 우선 외양이 궁색해 보여선 안 된다는 거예요. 탁자에 내던져지는 동전을 팁으로 받는 곳이 아니라, 지폐를 받는 직장을 구해야 했어요. 그런데 문제는 그런 데서는 흑인을 웨이트리스로 쓰지 않는다는 거였죠. 식당에서 잠깐 일한 적이 있는데 한구석에서 설거지만 하느라 팁을 한푼도 받지 못했어요. 그리고 최고급 식당에서는 여자에게 절대 서빙을 맡기지 않아요. 거기서는 백인 여자라도 웨이트리스가 될 수 없어요.

여자에게 돈을 펑펑 쓰는 남자를 만날 수 있는 직장, 나를 갖지 못해 안달이 나서 거침없이 도박을 하고 나를 계속 위로, 위로, 위로 더 높이 올려 줄 남자를 만날 직장, 나를 아주 탐스러워 보이게 만들어 주는 직장을 구하려면 묘안을 내야 했어요. 그게 무슨 뜻인지, 원하는 것과 무엇을 맞바꿔야 하는지 나도 알고 있었어요. 나도 이제는 어린 여자애가 아니잖아요. 아들이 둘이나 있는 걸 보면 뻔하잖아요.

그날 나를 봤을 때 말이에요. 그나저나 진짜로 날 봤잖아요. 분명히, 우리 시선이 마주쳤고 서로에게 시선을 고정했어요. 그때 당신은 내 추레한 차림새뿐만 아니라 초록색 눈동자, 오똑한 코도 봤어요. 내 얼굴을 분명히 봤어요. 그런데 어릴 적 내게 별명을 안겨

준 이 얼굴을 보고 어떤 남자는 공작부인이 떠오른대요. 황후 말고요. 그리고 내가 헬레네라고 불려야 한다더라고요. 전쟁을 일으킬 정도로 절세미녀라나 뭐라나.[4] 그런데 나 때문에 이번에 진짜 전쟁이 벌어진 거 아닌가요? 당신은 이걸 두고 뭐라고 할지 모르겠네요. 큰 전쟁까지는 아닐지라도, 남자들이 서로를 등지고 같은 편이 어느새 적으로 변한 걸 보면 전쟁은 전쟁이잖아요. 전부 다 나 하나 때문에 이런 일이 벌어졌네요.

이제부터 어디로 가야 할지, 그리고 거기 도달하려면 어떻게 해야 좋을지 몰랐는데 당신 덕에 불현듯 떠올랐어요. 내게 기회가 한 번 더 생긴 셈이었어요. 또 다른 남자가요.

볼티모어가 아무리 좁다 해도 우리가 또다시 마주칠 일이 다신 없을 줄 알았는데. 당신은 십 대 때 나를 괴롭혔던 역겨운 놈과 결혼한 여자에 불과했고 그렇게 역겨웠던 놈은 잘생긴 남자로 성장해 아버지의 상을 치르고 있었을 뿐이니까요. '내게도 저런 남편이 필요해.' 나는 생각했어요. '당연히 백인 남자 말고, 목과 손목까지 가리는 모피 코트를 사 줄 능력을 가진 남자, 누구나 우러러보는 그런 남자. 여자의 가치는 곁에 있는 남자에게 좌우되기 마련이니까.' 지금 이 얘기가 우리 아버지 귀에 들어가는 날에 나는 손찌검을 당하는 것도 모자라 성경에서 허영과 교만을 나무라는 구절을 전부 다 찾아내 달달 외워야 할 거예요. 그렇지만 내 경우에는 허영이 아니었어요. 내게는 아들들을 키우는 데 도움이 될 남자가 필요했으니까요. 그리고 재산이 많은 남자에게는 미녀가 필요한 법이잖아요.

---

4 호메로스의 『일리아드』에 나오는 이야기로, 트로이 왕자 파리스가 그리스 왕 메넬라오스의 아내 헬레네를 유혹해 결국 트로이 전쟁이 일어났다.

이게 바로 그날 내가 깨달은 사실이에요. 당신은 아버지를 여읜 밀턴을 위로하고 장례를 도우려고 거기 있었지만, 또 한편 그의 직업과 성공을 광고하는 역할을 수행하고 있었어요. 그날 이후 고작 1년 뒤에 당신이 그 사람을 떠났단 사실이 아직도 믿기지가 않아요. 그렇지만 죽음이란 게 원래 사람을 변하게 만들긴 하죠.

나도 죽어서 다른 사람이 되었는데 이 세상 누구도 이 사실을 알 턱이 없네요.

살아 있을 적에 나는 클레오 셔우드였어요. 죽어서는 호수 속의 여인, 추운 겨울 내내 분수대에 잠겨 있다가 변덕스럽고 종잡을 수 없는 계절인 봄에서 여름으로 접어들 무렵에 물에서 꺼내진 흉물이 되었죠. 살점이 대부분 사라져 얼굴에는 남아 있는 게 없었어요.

그러거나 말거나 아무도 관심 없었는데 느닷없이 당신이 나타나 나한테 그런 우스꽝스러운 별명을 붙여 놓고, 가서는 안 될 곳을 찾아가 들쑤시며 사람들을 못살게 굴었어요. 가족 말고는 신경 써서는 안 되는 일이었는데. 나는 악질인 남자와 데이트를 하러 나갔다가 두 번 다시는 돌아오지 못하게 된 철없는 여자에 불과했어요. 그런데 내 이야기가 끝나갈 무렵에 별안간 당신이 나타나다니, 어느새 자기 이야기로 만들기 시작했네요. 굳이 그렇게까지 할 필요가 있었나요, 매들린 슈워츠? 그냥 그 멋들어진 집에서 결혼 생활에 안주하며 나를 분수대 밑바닥에 가만히 내버려둘 수는 없었나요? 난 그곳에 있어야 안전했단 말이에요.

내가 거기 있어야 모두 안전할 수 있었다고요.

————

1965년 10월

"월리스 라이트를 식사에 초대했다니요, 대체 그게 무슨 소리예요?"

매디 슈워츠는 방금 자기 입에서 튀어나온 말을 주워 담고 싶었다. 원래 텔레비전 버라이어티 쇼나 노래 가사에 나오는 여자들처럼 행동하는 아내가 아니었다. 잔소리를 퍼붓지도 않고 간사한 꾀를 부리지도 않았다. 잭 존스의 노래를 듣지 않아도 남편이 퇴근하여 현관으로 들어오기 전에 알아서 머리를 매만지고 화장을 고치는 아내였다. 무슨 일이 닥치든 웬만해서는 동요하지 않는 여자란 사실을 늘 자랑스럽게 여겼다. 남편이 상사를 집으로 초대했다는데 준비할 시간이 촉박하다? 털리도에 사는 사촌 두 명을 생전 언급한 번 하지 않다가 난데없이 집에 데려온다? 고등학교 동창과 함께 불쑥 나타난다? 매디는 이러한 난관에 언제나 능수능란하게 대처했다. 친정어머니처럼 유유히, 아니, 유유해 **보이게** 가사를 돌보며 천연덕스레 기지를 발휘했다.

그러나 친정어머니와는 다른 점이 있었으니, 매디는 돈을 마음껏 쓰며 집 안에서 기적을 이뤄내고 있다는 사실이었다. 밀턴의 셔츠는 볼티모어 북부에서 최고로 손꼽히는 세탁소에 맡기는데, 매디의 활동 반경에서 꽤 멀리 떨어진 곳이었다.(매디가 세탁을 맡기면 밀턴 옷을 찾아온다.) 가사 도우미가 일주일에 두 번 와서 집을 청소했다. 매디의 '유명한' 이스트 롤빵은 사실상 통조림 캔에서 그대로 꺼냈다 해도 과언이 아니고 냉동실은 각종 기본 식량으로 가득 차 있었다. 슈워츠 부부가 야심차게 성대한 파티를 기획할 때는 출장 뷔페를 이용했다. 대표적으로는 밀턴의 로펌 동료라면 정해진 시간에 누구든 자유롭게 방문하여 즐길 수 있는 새해 오픈 하우스

파티와 사람들을 즉흥적으로 초대했다가 성황리에 마치면서 매년 봄 의무적으로 열게 된 파티가 있다. 사람들은 슈워츠 부부의 파티를 한껏 즐기고 다음번 행사도 진심으로 기대했기에 이는 사시사철 대화의 단골 소재가 되었다.

그렇다, 매디 슈워츠의 손님 접대 실력은 매우 탁월했고 매디는 이에 흥이 솟아 손님맞이를 더욱 즐기게 되었다. 아무런 얘기도 듣지 못하다가 식사 시간 직전에 손님이 온다는 소식을 듣고 신속히 파티를 준비할 줄 아는 능력이 여간 뿌듯한 게 아니었다. 딱히 마음에 들지 않는 손님이 찾아와도 싫은 내색 한 번 내보이지 않았다. 그러니 10월 어느 날 초저녁 직전, 매디가 짜증 섞인 말투로 따져 물으니 밀턴으로서는 놀랄 수밖에 없었다.

"당신이 기뻐할 줄 알았는데." 밀턴이 말했다. "윌리스 정도면, 어, 유명인이니까."

매디는 잽싸게 평정을 되찾았다. "오해하지 마요. 내 말은, 단지 그 사람은 호화로운 만찬에 익숙할 텐데 거창하게 준비할 시간이 없으니까 걱정이 된다는 것뿐이에요. 또 모르죠, 미트로프와 스캘럽트 감자에 반할지도? 그런데 왠지 윌리스 라이트는 로브스터 테르미도르나 스테이크 다이앤처럼 고급 요리만 먹을 것 같아요."

"듣자하니 예전에 당신과 친분이 조금 있었다던데? 학창 시절에."

"아, 그런데 **학년**이 달랐어요." 이렇게 대답하면 너그러운 남편은 윌리스 라이트를 선배라고 넘겨짚을 게 뻔했다. 하지만 그는 두 살 연하로 파크 스쿨에서 매디보다 한 학년 아래였으니, 그의 신분은 고등학교 사회 계층에서 한참 아래에 있었다고 볼 수 있다.

학창 시절, 그의 이름은 윌리 와이스였다. 지금은 WOLD-TV 채

널을 틀기만 하면 월리스 라이트가 나온다. 그는 정오 뉴스 진행자로서 볼티모어를 방문한 유명 인사들을 인터뷰할 뿐만 아니라 근래에는 소비자 불만을 다루는 고정 코너 '한밤의 라이트'를 진행하기 시작했다. 게다가 최근에 WOLD의 간판 앵커인 하비 패터슨이 웬일인지 저녁 뉴스 진행을 여러 차례 걸렀는데, 그의 빈자리를 메운 사람은 다름 아닌 월리스였다.

그리고 WOLD에서는 기밀로 부치고 있지만 월리는 매주 토요일에 방영되는 어린이 방송 〈도나디오〉에서 말 못하는 부랑자 역할을 맡고 있다. 유명한 광대 캐릭터 '보조'를 볼티모어에서 본떠 만든 도나디오는 얼굴을 두꺼운 화장으로 철저히 가리고 방송 내내 말 한마디 하지 않는다. 세스가 어릴 때만 해도 늘 같이 시청하던 방송인데 도나디오의 분장에 가려져 있어도 매디의 눈에는 언제나 월리가 선명히 보였다.

세스는 지금 고등학교 2학년이다. 매디의 경우 〈도나디오〉는커녕 WOLD 채널 자체를 안 본 지 꽤 오래되었고 현재 가장 선호하는 채널은 일류 방송국인 WBAL이다.

"괜찮은 사람이야, 이 월리스 라이트란 친구 말이야." 밀턴이 계속 말했다. "전혀 거만하지 않더라고. 전에 말했잖아. 크로스 키스에 새로 생긴 테니스장에서 일 대 일로 시합한 적 있다고."

밀턴은 은근히 유명인을 자기 친구인 양 자주 들먹이는데 특유의 바리톤 목소리로 정오의 안개라는 별명을 얻은 유명인과 테니스를 쳤다는 사실에 감격할 정도로 우스운 면도 있는 남자였다. 유명인을 동경하는 귀여운 밀턴. 그의 스타 숭배 성향을 한심해할 수가 없는 것이, 매디가 최대 수혜자였다. 밀턴은 결혼 생활 18년 차에 접어든 지금도 본인이 매디 같은 여자와 결혼했다는 사실이 믿기지 않는다는 듯이 이따금 아내를 물끄러미 바라보는 남자였다.

매디는 남편을 사랑했다. 진심으로 사랑했다. 결혼 생활 내내 화목하게 잘 지냈다. 사람들 앞에서는 2년 후에 외동아들을 대학으로 떠나보내야 해서 무척 속상한 티를 내고 있지만 실상은 그날이 빨리 오기를 간절히 기다리고 있다. 항상 갑갑한 것이, 세스가 어릴 적 학교 숙제로 신발 상자 속에 만들었던 모형에 자신이 갇혀 살아온 것만 같았다. 아니, 솔직해지자. 스스로 만든 모형에 갇혀 살고 있었는데 이제 서서히 뚜껑이 열리고 벽이 무너지기 시작했다. 최근에 비행 강습을 받기 시작한 밀턴은 플로리다에 집을 한 채 더 구입해서 두 집을 오가는 것이 어떠냐고 물었다. 대서양 쪽이 좋을까? 아니면 만 쪽이 좋을까? 보카가 좋아? 아니면 네이플스가 좋아?

선택지가 고작 그게 다라고? 매디는 정신이 산만해지기 시작했다. 플로리다의 이쪽과 저쪽 중에서 무조건 딱 한 곳을 골라야 한다고? 이 세상이 얼마나 큰데. 그러나 네이플스가 괜찮을 것 같다는 대답으로 그치고 말았다.

"이따 봐요, 여보." 매디는 수화기를 내려놓고는 내내 참아 온 한숨을 쏟아냈다. 10월 말, 드디어 명절도 다 끝났다. 접대라면 진절머리가 났고 부디 더는 방해받지 않고 일상으로 돌아가고 싶었다. 로쉬 하샤나와 욤 키푸르[5]는 속죄하고 사색에 잠기는 기간이건만 금식이 끝나는 시간까지 기도를 하러 갈 틈이 아예 없었다. 이제야 비로소 가정이 정상으로 돌아왔는데 밀턴은 또 손님을 초대할

---

5 로쉬 하샤나는 유대력으로 새해 명절이며, 욤 키푸르는 속죄의 날로 하루 동안 금식해야 한다.

생각을 하고 있는 것도 모자라, 하고 많은 사람 중에 하필 윌리 와이스를 데리고 오겠단다.

그래도 기필코 요리로 **윌리스 라이트**에게서 감탄을 자아내야 했다. 냉장고에서 해동 중인 닭 가슴살은 하루 더 놔둬도 된다. 미트로프에다 스캘럽트 감자라니. 그따위 음식은 절대 식탁에 내어놓을 수 없다. 매디는 만인의 입맛을 단숨에 사로잡는 소고기 캐서롤 제조 비법을 알고 있다. 줄리아 차일드 수준의 실력을 갖췄다고 자신하진 못해도 누구도 매디의 캐서롤을 남기는 법이 없었다. 주요 재료는 캠벨 사가 판매하는 버섯 크림수프 두 캔과 넉넉히 끼얹어 주는 와인이었지만 이 사실을 눈치챈 사람은 아무도 없었다. 여기에 품위와 정성을 넌지시 드러내는 재료로 장식하면 금상첨화이니, 상비용으로 허츨러 제과점에서 구입하여 늘 보관해 두는 비스킷을 냉동실에서 꺼내는 것이다. 치즈가 없는 시저 샐러드를 식탁에 올리면 밀턴이 마르코니 레스토랑 웨이터들의 기술을 똑같이 선보이며 직접 드레싱을 뿌린 뒤 샐러드를 한입에 쏙 들어오는 크기로 잘게 썰 것이다. 매디는 세스에게 골드만에서 케이크를 사 오라고 심부름을 보낼 것이다. 운전을 배우고 있으니 좋은 연습 기회이다. 그리고 먹고 싶은 패스트푸드가 있으면 마음껏 먹고 오라고 일러둘 것이다. 어차피 세스는 **트레이프**[6]를 선택할 게 뻔하다. 그도 그럴 것이 밀턴은 집에서 무조건 **코셔**[7]만을 고집한다.

술은 언제나 완벽하게 구비되어 있었으나 매디는 집에 있는 주류를 굳이 확인했다. 식사가 시작되기 전에 칵테일을 두 차례 돌릴

---

6 유대교 율법에서 인정하지 않는 음식.

7 전통적인 유대교 율법에 따라 식재료를 선택하고 만든 음식.

것이다. 아, 그래, 파테를 바른 자그마한 삼각형 토스트나 견과 안주를 센스 있게 준비하는 것도 좋겠다. 그리고 와인을 곁들여 식사를 한 뒤 브랜디와 코냑을 마실 것이다. 월리가 술을 잘 마셨던가? 기억이 나지 않았다. 하긴, 열일곱 살이던 그해 여름 이후로는 말을 섞은 적이 없으니 알 턱이 있나. 그때만 해도 주변에 술을 마시는 이가 아무도 없었다. 지금이야 술을 안 마시는 지인이 없지만.

당연히 월리는 이제 다른 사람이 되었을 것이다. 평생 한결같은 사람은 없고 특히 여드름투성이 소년은 사춘기를 겪으며 완전히 다른 사람으로 변한다. '남자들의 세계'란 건 있어도 소년들의 세계란 소리는 없지 않은가. 세스가 고등학교에 진학한 뒤에야 매디는 이를 피부로 느꼈다. 매디는 세스에게 인내하고 기다리면 아버지만큼 키가 자라고 피부가 고와질뿐더러 인물도 좋아질 거라고 누누이 말했는데, 그 예언은 이미 현실이 되었다.

그러나 당시 월리에게는 가망이 없어 보였다. 불쌍한 월리, 매디를 갖지 못해 어지간히도 애를 태웠는데. 매디는 그런 월리의 마음을 이용한 적이 있다. 하지만 그 나이에는 짝사랑을 받는 소녀가 소년의 마음을 이용하는 것이 대수롭지 않았다. 제 주제에 감히 누구를 넘봐? 예전보다 키가 더 자라고 여드름이 다 사라졌으며 머릿결도 좋아지긴 했다만, 볼티모어 북서부에서 그가 유대인이란 사실을 모르는 사람이 없다. 그런데 생뚱하게 이름을 월리스 라이트라고 지어 활동하다니!

그나저나 월리가 결혼을 했던가? 곰곰이 생각해 보니, 아내가 있었던 것 같긴 하다. 그러나 분명 이혼했을 것이다. 유대인 아내는 아니었던 것으로 기억한다. 아무래도 로젠그렌 부부도 초대하여 만찬 분위기를 돋우는 편이 좋을 성싶다. 로젠그렌 부부야 분명 두 눈을 초롱초롱 뜨고 윌리를 바라보겠지만 매디는 없는 감정을 연기해야 하니 무척이나 고생스러운 시간을 보낼 터였다. 윌리스에게서는 그저 옛날의 윌리만 보일 뿐이다. 윌리도 마찬가지일까? 매디 슈워츠 안에 늘 도사리고 있는 매디 모겐스턴이 보일까? 새로운 버전의 매디를 보며 예전의 매디가 성숙해지고 발전했다고 판단할까? 학창시절 매디가 아름다운 소녀였단 사실은 누구도 부인하지 못하리라. 그때만 해도 지독히도, 정말이지 비참하리만치 순진해 빠졌었다. 그리고 이십 대에는 멋을 포기하고 육아에 전념하며 청춘을 보냈다.

서른여섯이 된 지금은 두 세계에서 전성기를 누리고 있다. 거울을 들여다보면 여전히 생기 넘치는 미녀가 보였고 이러한 미모를 유지할 수 있는 재력도 갖추고 있었다. 흰 머리가 한 줄기 생겨났는데, 스스로 이를 오묘한 멋으로 받아들였다. 나머지 부위의 새치는 다 뽑아 버렸다.

저녁 무렵, 손님을 맞으려고 현관문을 연 매디는 감탄 어린 윌리의 표정을 보고 매우 만족했다.

"아가씨, 혹시 댁에 어머님 계십니까?"

이 한마디에 짜증이 치밀어 올랐다. 기분 좋으라고 하는 소리란 거야 알겠지만, 보통 두꺼운 볼 화장을 한 얼굴로 선웃음 치는 할머니에게나 내뱉을 법한 빈말이 아닌가. 설마 매디에게 이런 아첨이 필요하다 생각한 건가? 매디는 냉담을 애써 숨기며 음료를 한 잔씩 나눠 주고 안주를 내어놓았다.

"그나저나." 엘리너 로젠그렌이 하이볼 한 잔을 벌컥벌컥 들이켠 뒤 입을 열었다. "정말로 두 사람이 파크에서 알고 지낸 사이였어요?" 로젠그렌 부부도 밀턴과 마찬가지로 공립 고등학교를 졸업했다.

"조금요." 매디는 사실을 인정하며 소리 내어 웃었고 웬만한 사람이라면 이 웃음소리의 속뜻을 알아차리고도 남을 수밖에 없었다. 아주 옛날 일이니까, 우리, 이 얘기로 다른 사람들을 지루하게 만들지는 맙시다.

"제가 짝사랑했어요." 월리가 말했다.

"아니잖아." 매디는 어쩔 줄 몰라 하며 소리 내어 웃었다. 이번에도 전혀 칭찬으로 느껴지지 않았다. 마치 좌중을 웃기려고 매디를 웃음거리로 삼고 있는 것 같았다.

"아니긴, 진짜인데. 기억 안 나? 이름이 뭐였더라? 그 녀석이 바람맞혀서 내가 프롬[8] 때 파트너로 같이 갔잖아."

밀턴이 호기심 어린 눈빛을 드러냈다.

"어머, 난 바람맞은 적 없어, 월리. 미안, 월리스. 프롬 2주 전에 헤어졌던 거야. 바람맞은 거랑 헤어진 거는 천지 차이지." 드레스를 새로 장만하지만 않았더라면 프롬에 안 가도 상관없었다. 그러나 자그마치 39.95달러에 달하는 의상이었다. 조르고 졸라서 간신히 구입한 드레스인데 갑자기 딸이 안 입는다고 하면 아버지가 화를 낼 게 뻔했다.

매디는 월리가 기억해 내려고 한 소년의 이름을 굳이 알려 주지 않았다. 앨런. 앨런 더스트 주니어. 앨런과 사귀기 시작했을 때 어머니는 성명을 듣고 유대인이라 지레짐작하며 흡족해했다. 어찌 보면 앨런의 아버지는 유대인이라고 칠 수도 있다. 그러나 앨런을 직접 보고도 속아 넘어갈 모겐스턴 부인이 아니었다. "진지하게 만나

---

8 미국 고등학교에서 마지막으로 열리는 공식 댄스 파티.

지는 마련." 이 한마디에 매디는 잠자코 있었다. 관계가 점점 진지해지던 상대가 따로 있었지만 어머니가 그 사람의 정체를 알았다면 더욱 탐탁지 않게 여겼을 것이다.

"이만 다이닝룸으로 자리를 옮길까요?" 한창 칵테일을 마시고 있었지만 아랑곳하지 않고 매디가 물었다.

월리 겸 윌리스는 이 자리에 모인 사람들 중에서 나이가 가장 적지만 보아하니 타인이 자기 의견에 열심히 귀 기울이는 상황에 꽤나 익숙한 눈치였다. 로젠그렌 부부는 식사하는 내내 월리에게 질문 공세를 퍼부으며 비위를 맞췄다. 이번에 누가 주지사 선거에 출마할까요? 최근에 애그뉴가 저지른 실수를 어떻게 생각하나요? 볼티모어의 범죄율은 어떻게 생각해요? 집시 로즈 리를 실제로 보니 어떻던가요?(얼마 전에 집시 로즈 리가 전국에 방영되는 본인의 토크쇼를 홍보하려고 볼티모어에 들렀다.)

윌리스는 인터뷰로 먹고사는 사람치고는 질문을 많이 하지 않았다. 누군가 특정 시사 문제에 견해를 내놓으면 마치 어린아이 이야기에 귀를 기울이는 태도로 끝까지 경청하고는 마지막에 반박했다. 매디는 화제를 바꿔 보고자 미국 남부에 만연한 인종 차별 문제를 신랄하게 꼬집은 소설 『그 집의 관리자들』을 언급했으나 엘리너는 책을 다 읽지 못했다고 대답했고 남자들은 그런 제목은 생전처음 들어 본다고 말할 뿐이었다.

그래도 매디가 보기에 만찬은 성공적인 편이었다. 밀턴은 유명인을 친구로 두게 되었다는 사실에 무척이나 흐뭇한 기색을 보였고 로젠그렌 부부는 윌리스에게 홀딱 빠졌으며 당사자 또한 이 세 명이 아주 마음에 드는 눈치였다. 밤이 깊어 가고 거실의 어스름한 조명 아래 불붙은 담배들이 느긋하게 날아다니는 반딧불이처럼 보일

무렵, 브랜디를 거나하게 마신 윌리스가 말했다. "괜찮게 살고 있었네, 매디."

괜찮게? 괜찮게라고?

"만약에 말이야." 윌리스가 말을 이었다. "그때 그 사내와 맺어졌다면 지금 어떻게 살고 있을까. 더스트, 이제야 생각나네. 더스트는 카피라이터가 되었어. 전문 광고인."

고등학생 시절 이후로는 앨런 더스트를 본 적이 없다고 매디는 사실대로 말했다. 그러나 파크 스쿨 동창회보를 통해 앨런의 직업을 진작 알고는 있었다고 거짓말을 덧붙였다.

"고등학교 시절에 그런 진지한 연애를 했으면서도 지금껏 한마디도 하지 않았네." 밀턴이 말했다.

"그야 그런 일이 없었으니까 말을 안 했죠." 매디는 심기가 불편하단 사실을 가볍게 표출하려 했으나 의도한 것보다 사납게 대꾸하고 말았다.

밤 11시가 돼서야 손님들은 다음에 또 모여 식사를 하자고 연신 떠들며 휘청휘청 떠났다. 술과 희열에 취한 밀턴이 침대에 철퍼덕 드러누웠다. 원래대로라면 매디는 금요일마다 찾아오는 가사 도우미에게 대청소를 맡겼을 것이다. 그릇을 이미 물로 헹궈 놓았으니 하룻밤 정도 내버려둔다고 큰일이 벌어지는 것도 아니다. 태티 모겐스턴은 아예 제 손으로 포크 한 개도 개수대에 가져다 놓는 법이 없지 않은가.

그러나 매디는 정리하고 눕기로 했다.

작년에 주방을 개조했다. 공사가 끝나고 새 집기들로 재탄생한 주방을 마주했을 때만 해도 자부심과 행복감을 주체할 수 없었지만 기쁨은 연기처럼 사라졌다. 이제와 생각해 보니 한심하고 쓸데없는 리모델링 공사였다. 세련된 최신식 붙박이 집기로 바꾼들 무슨 소용인가? 구조가 바뀐 진열장 덕에 그릇 두 세트를 보관하기가 전보다 용이해지긴 했지만 그렇다고 딱히 주방 일에 시간이 절약되는 것도 아니었다.

샐러드를 먹던 중에 슈워츠 부부가 집에서 유대교 율법에 따른 음식만을 먹는다는 사실을 알게 된 월리가 사뭇 놀란 기색을 보였지만 이는 밀턴이 자라 온 환경에 경의를 표한 것에 불과했다. 육류와 유제품을 절대 한군데 섞지 않고 그릇 두 세트를 엄격히 구분하여 사용하며 돼지고기, 갑각류, 조개류를 피하기만 하면 됐다. 별로 어렵지도 않은 이 규칙만 지켜도 밀턴을 충분히 만족시킬 수 있었다. 매디는 크리스털 용기에 세제 거품을 묻히고 물로 헹구면서, 그리고 고급 자기 그릇을 두 손으로 성심성의껏 말리는 내내 자신은 남편에게 사랑받아 마땅한 아내라고 되뇌었다.

주방에서 나가려고 방향을 트는 순간, 팔꿈치가 식기건조대에 놓여 있던 와인 잔을 톡 치는 바람에 잔이 수직으로 떨어지며 와장창 깨져 버렸다.

같이 유리잔을 깨뜨려야 해.[9]

그게 무슨 소리예요?

아니야. 네게 신앙심이 없다는 걸 매번 잊어버리네.

와인 잔을 깨뜨린 통에 쓰레받기와 빗자루를 들고 주방에서 5분 동안 유리 파편과 실랑이를 벌여야 했다. 2시가 다 돼서야 청소를 마쳤지만 도무지 잠이 오지 않았다. 성취하지 못하거나 그냥 보아

9　유대인들은 인생의 가장 행복한 순간인 결혼날에도 유리잔을 깨뜨림으로써 예루살렘 성전이 무너진 것을 한탄하고 선조들의 고난을 기억하려 한다고 한다.

넘긴 일들이 줄줄이 떠오르며 머릿속이 들끓었다. 성취한 일이라곤 전무했다. 20년 전에 전부 다 무참히 실패한 탓이었다. 월리를 처음 만났던 시절에, 어머니가 추호도 짐작 못 할 상대에게 매디가 첫사랑의 열병에 빠졌던 시절에. 옛날에만 해도 반드시 꿈을 이루리라 굳게 다짐했는데, 정확히 무슨 꿈이었더라? 참신하고 기발한 사람, 타인의 의견 따위에는 전혀 연연하지 않는 사람이 되는 거였다. 그와 함께 뉴욕시의 그리니치빌리지로 떠나 정착하려고 했었다. 그가 약속했다. 권태로운 볼티모어를 벗어나 예술과 모험으로 가득한 도시에서 열정적으로 살자고.

오랫동안 그를 잊고 살았다. 한데 이제 막 떠오르기 시작했다. 엘리야의 유월절 와인[10]과 함께 엘리야의 계시가 나타났다.

매디는 잠을 청하며 남편을 떠날 최적의 시기를 정하려고 머릿속에서 달력을 뒤적거렸다. 다음 달은 매디의 생일이다. 12월? 아니, 연휴는 피하자. 새 출발이 하누카만큼이나 대수롭지 않게 된다. 2월은 너무 늦은 감이 없잖아 있고 1월은 새해 결심을 실행에 옮기려 하는 때이므로 자칫 진부해 보일 수 있다. 그래, 11월 30일이 좋겠다. 서른일곱 번째 생일을 맞이하고 스무날 째인 11월 30일에 떠나자.

같이 유리잔을 깨뜨려야 해.

그게 무슨 소리예요?

아니야.

———

10 엘리야는 메시아의 도래와 세상의 구원을 알리는 예언자이다. 유대인들은 유월절의 첫날 치르는 세데라는 의식에서 포도주를 한 방울 흘린다. 이는 이스라엘 백성의 고통과 상실 그리고 해방의 기쁨을 의미한다.

동창생

매디의 집에서 나와 캐딜락 신차에 올라타 운전대를 움켜잡고 그린스프링의 고부랑길을 쭉 따라가 우리의 모교인 파크 스쿨을 지나쳤다. 우리 때만 해도 파크 스쿨은 이 자리가 아니라 다른 데에 있었다. 아무튼, 이제 우회전을 하여 펄스가에 들어섰고 마침내 마운트 워싱턴으로 진입하는 언덕에 이르렀는데, 매디의 집에서 여기까지 짧은 거리를 운전하는 내내 나는 한시도 쉬지 않고 중얼중얼 떠들어댔다. 내 모습은 흡사 코치를 방불했지만, 사실 나는 스포츠팀에서 운동이라고는 해 본 적이 없다. 선수들에게 물을 날라다 주는 잡일조차도 나한테 맡길 리가 없었다. 집중하자, 월리, 집중해.

월리는 내 머릿속에서 살고 있다. 모두가 월리스 라이트를 우러러보고 나 또한 그를 존경해 마지않는다. 월리스에게는 차마 월리를 대하듯 말할 엄두도 내지 못한다.

자칫 중앙선을 침범해 역주행으로 다른 차량과 충돌하거나 그보다 더 심각한 사태를 일으킬까 봐 두렵다. **WOLD의 앵커 월리스 라이트, 볼티모어 북서부 자택 부근에서 교통사고 과실치사죄로 체포되다.**

"앵커는 대서특필될 일을 저질러선 안 돼, 월리." 나는 혼잣말을 되뇌었다. "집중해."

여기서 경찰을 맞닥뜨려도 큰일이다. **WOLD의 앵커, 음주 운전으로 체포되다.** 뉴스 진행자라는 사실만으로도 뉴스거리가 될 것이다. 약간 알딸딸한 정도로는 다들 종종 운전하잖아? 어쩌면 경찰도 대수롭지 않게 넘길 것이다. 심지어 사인을 해 달라고 할지도 모른다.

매디는 그렇게 술을 마시는 능력을 어디에서 얻은 걸까? 아무래도 카네기 홀 농담이 정답인 듯하다. **연습하고, 연습하고, 또 연습하**

라. 8시 전에 귀가하는 날이 드문 데다 항상 다음 날 9시에는 출근하여 정오에 방송을 하기 때문에 칵테일을 마실 기회가 별로 없었다. 하루 일과에 술은커녕 결혼 생활도 넣을 수가 없었다.

자정이 되니 마운트 워싱턴은 칠흑같이 어둡고 적막이 자욱하게 내려앉았다. 이걸 이제야 알게 되었다니? 지금 들리는 소리라곤 타이어에 바스락바스락 밟히는 가을 낙엽의 소음뿐이었다. 살금살금 기어올라 가까스로 사우스로드에 도달했지만 차고까지 무사히 들어갈 자신이 없었기에 굳이 무모하게 진입로를 운전하지 않고 길가에 차를 세워 두기로 했다.

왜 그렇게까지 오래 머물렀지? 대화가 딱히 재밌지도 않았는데. 그야 첫사랑에게 자신이 과거에 얼마나 큰 실수를 저질렀는지 확실히 각인시킬 기회가 날마다 찾아오는 것은 아니니까.

내가 무슨 현자라도 되는 양 사람들은 나를 찾아와 질문을 주저리주저리 늘어놓고 내 답변을 경청한다. 만약 오늘 아침에 누군가 내게 다가와 매디 모겐스턴에 관해 물었다면 지금껏 단 한 번도 떠올려 본 적이 없는 존재라고 진심 어린 말투로 답했을 것이다.

그러나 현관에 서 있던 매디를 보자마자 단 한 순간도 잊은 적이 없었음을, 매디가 나의 시청자 중 한 명이란 사실을 항시 염두에 두고 있었음을 불현듯 깨달았다. 월요일부터 금요일까지, 12시에서 12시 30분 사이 카메라를 응시하며 정오 뉴스를 진행하는 내내 매디는 언제나 내 곁에 있었다. 수요일 밤마다 "라이트가 정의를 바로세우겠습니다"라고 말할 때도. 그리고 언젠가 꿰차고야 말 하비 패터슨의 자리를 운 좋게 임시로 맡을 때마다. 희한하게도 매디는 나에게 여전히 열일곱 살 소녀임과 **동시에** 변두리 마을에서 오전 내내 집안일을 한 뒤 채널 6을 시청하면서 커피 한 잔을 마시며 한

탄하는 유부녀였다. 그때 내가 패만 잘 썼어도 윌리스 라이트의 아내가 될 수 있었을 텐데.

도나디오 분장을 할 때조차도 매디는 내 곁에 있었다. 내가 WOLD-TV에 발을 들일 수 있었던 것은 서글프고 말없는 이 역할을 우연히 맡게 되면서였다.

이미 라디오 방송으로 목소리를 인정받고는 있었지만 카메라 앞에 설 만한 인재인지 여부는 확실치 않은 상태였다. 도나디오 배역으로 매주 25달러를 추가로 벌었다. 이 역할을 맡고 있단 사실을 누구에게도 발설해서는 안 된다는 조항이 계약서에 명기되어 있는데 나로서는 오히려 아주 고마울 따름이다.

어느 토요일, 분장을 지우던 도중 무전기를 통해 경찰이 살해되었다는 소식을 들었다. 그때 이 뉴스를 전할 기자가 나밖에 없었다. 어찌된 영문인지 도나디오로 분장하며 살아온 14개월 동안 키가 더 자라고 머릿결은 고와졌으며 아이러니하게도 피부는 맑아졌다. 아무래도 광대로 분장하면서 세안에 신경을 쓴 덕인 듯했다. 아무튼 어느새 나는 깊게 울리는 바리톤 목소리에 걸맞은 얼굴과 몸을 얻었다. 현장에 찾아가 사실을 수집하였고 마침내 스타로 거듭났다. 반면 매디는 스타가 아니다. 매디가 고등학생 시절에 사귀었던 멍청한 놈팡이도 스타가 아니다. 또한 매디의 다정다감한 변호사 남편도 스타가 아니다. 바로 나, 윌리 와이스. 내가 진정한 스타다.

우리가 처음 만난 곳은 아마추어 라디오 클럽인데 아무리 생각해도 참 믿기 힘든 장소이다. 우리 두 사람에게는 제2차 세계대전 때 런던에서 생방송을 하며 세계인에게 큰 감명을 준 에드워드 R. 머로의 열렬한 팬이라는 공통점이 있었는데 이 사실을 만나자마자 알게 되었다. 그토록 예쁜 것도 모자라 머로와 저널리즘에 관한 대화를 즐기는 소녀는 생전 처음 보았다. 위대한 예술 작품이나 소설을 처음 접하면 장차 아무리 더 훌륭한 것을 본다 하더라도 죽는 날까지 최초로 접했던 것을 결코 잊지 못한다더니, 그런 이치인 듯했다. 나는 그저 매디 앞에서 나도 모르게 입을 헤벌쭉 벌리고 물끄러미 바라보는 짓만은 피하려고 사력을 다하는 수밖에 없었다.

그러나 매디는 아마추어 라디오 클럽에 두 번 다시 찾아오지 않았다. 라디오를 만지작거리며 수리하는 지질이들 모임이 아니라 글을 쓰고 방송하는 라디오 방송반으로 오해했던 모양이다. 매디는 학교 신문사로 들어가 금세 칼럼 하나를 맡았다. 그리고 혈기왕성한 고이goy[11] 무리와 어울리기 시작했는데 그중 한 명이 바로 앨런 더스트였다. 매디 모겐스턴이 앨런 더스트를 진지하게 만나지 않는다는 것은 누구나 아는 사실이었고 매디의 눈치 빠른 부모님은 딸의 연애에 간섭하지 않았다. 심지어 안식일에 더스트의 부모님을 집으로 초대한 적도 있다고 한다. 더스트의 어머니는 미술관에 전시된 거대한 추상화들을 그린 유명 미술가이고 아버지는 볼티모어 노부인들의 초상화를 전문으로 그리는 유능한 화가였다.

프롬 직전에 매디는 앨런에게 차였다. 텅 빈 교실에서 오열하던 매디를 우연히 발견했는데, 매디가 나를 믿고 속내를 털어놓아 얼마나 감격했는지 모른다. 그래서 프롬에 파트너로 나를 데려가라고 제안했다.

"뭐가 더 쪽팔리겠어?" 나는 어린아이가 트림을 할 수 있도록 돕는 어른인 양 손바닥으로 매디의 등을 위아래로 쓰다듬으며 말했

---

11 유대인이 비유대인을 부정적으로 부를 때 쓰는 말.

다. 브래지어 고리로 추정되는 무언가가 손에 닿았는데 나의 전 생애를 통틀어 가장 흥분된 순간이었다.

매디는 내 제안을 당혹스러우리만치 재빠르게 수락했다.

나는 매디를 위해 볼티모어에서 제일 비싼 난초로 만든 손목 코르사주를 구입했다. 매디는 프롬에 홀로 참석한 앨런을 무시하며 내가 잭 베니라도 되는 양 나의 농담에 까르르 웃어 젖히고 제 역할을 충실히 이행했다. 중간에 앨런이 매디에게 다가와 "옛정을 생각해서" 함께 춤을 추자고 제안했다. 매디는 그들이 언제 정을 나눈적이나 있는지 기억이 가물가물하다는 듯이 고개를 갸웃거리다가 대답했다. "싫어, 싫은데. 난 지금 내 **데이트 상대랑** 아주 즐거운 시간을 보내는 중인걸."

매디와 빙그르르 돌며 춤을 추던 순간 나는 젊은 프레드 아스테어가 된 기분이 들었다. 솔직히 말해 아스테어는 전형적인 미남은 아니다. 키가 크지 않고 운동 실력이 뛰어나지도 않다. 하지만 그는 **아스테어다.**

아버지에게 빌린 뷰익을 끌고 매디를 집에 데려다주던 때 매디는 조수석에서 운전석으로 몸을 기울여 나의 어깨에 머리를 기대었다. 매디는 글을 쓰고 싶다고, 정말로, 진정한 시와 소설을 써 보고싶다고 털어놓았는데 이때는 현관문 앞에서 나눈 입맞춤에 버금가게 설렌 순간이었다. 차로 돌아온 나는 코르사주에서 떨어진 꽃을 발견했다. 일반 난초와 별반 다르지 않은 냄새지만 내게는 오직 매디만의 향기로 다가왔고 십대 소녀답지 않게 침착하고 허스키한 음색만큼이나 감각을 자극했다. 매디는 꽥꽥 비명을 내지르는 여느 사춘기 소녀와 차원이 달랐다. 품위가 넘치고 위풍당당한 소녀로 퓨림 축일[12]에 에스더 왕비 역을 맡곤 했다.

정식으로 데이트를 신청하려고 신중히 날짜를 계산하여 사흘을 기다린 뒤 매디에게 전화를 걸어 영화를 보자고 했다. 절대 애절하게 들려선 안 되고 그렇다고 무심한 투로 물어서도 안 될 일이었다. 아주 아스테어답게 물어야 했다.

매디의 음색은 당황한 듯하면서도 정중했다. "날 이토록 걱정해주다니, 윌리 넌 참 착한 아이야." 매디가 말했다. "그렇지만 난 괜찮아."

그로부터 1년도 지나지 않아 열여덟 살이던 매디는 로스쿨 2년 차에 접어든 덩치 큰 털북숭이, 스물두 살 먹은 밀턴 슈워츠와 약혼했다. 두 사람의 결혼식에 참석했을 때 앨리스 페이가 킹콩과 함께 도망치는 광경을 지켜보는 기분이 사무쳤다.

어언 20년 동안 단 한 순간도 머릿속에 들어온 적이 없었던 밀턴 슈워츠를 마주치게 된 장소는, 텔레비전 힐 근처라서 출근 전에 운동하려고 들른 새 테니스장의 탈의실이었다. 일 대 일 시합은 박빙 승부였고 밀턴은 유명인과 친구를 맺게 되어 무척이나 기뻐하는 눈치였다. 그리고 나를 식사에 초대하고 싶어 안달이 났다. "부담 갖지 마요." 그가 말했다. "부부 동반 식사로 하죠. 괜찮다면 이웃도 초대할 테니, 같이 오고 싶은 분은 누구든 데려오세요."

베티나와 헤어진 지는 2년이 되어 가고 그후로 연애를 하긴 했으나 진지하게 만난 사람은 딱히 없었다. 그래서 졸업반 무도회 때 앨런이 그러했듯이 나도 혼자 참석하기로 했다. 밀턴은 자신의 아내가 나와 같은 고등학교 출신이지만 매디에게서 내 얘기를 들은 적

---

12 유대교의 축일로 부림절이라고도 한다. 유대인의 원수 하만이 유대인을 말살하려 했으나 에스더 왕비에 의해 무산되었다고 한다.

은 없다고 말했다. 매디가 우리의 인연을 과시하지 않고 지냈다는 사실에 의기소침하기보다는 오히려 칭찬을 받은 듯이 흐뭇했다. 남편에게 볼티모어 '정오의 안개'와 아는 사이라고 말하지 않았다는 것은 종종 나를 떠올리며 상상의 나래를 펼쳤다는 뜻일 터이니 말이다. 식탁에 커피 한 잔을 올려놓고 두 손가락에 타오르는 담배를 낀 채로 그날 밤과 사흘 후 걸려 온 전화 통화를 회상하며 데이트 신청에 응하지 않은 과오를 자책하며 살아 왔다는 뜻 아니겠는가. 어두운 빛깔이던 머리는 새치로 일찌감치 희끗희끗하게 변하고 잘록했던 허리에는 살이 뒤룩뒤룩 붙어 이제는 몸이 땅딸막해 보이리라 확신했다. 그러나 실제로 보니 전혀 아니었다. 그저 나의 상상에 불과했다.

그들이 가정에서 코셔 식품만 먹는다는 사실에 꽤나 놀랐다. 유대교를 멀리할 의향은 없지만 방송인은 시청자와 교감해야 하는데 나의 시청자는 대부분 기독교인들이다. 현자가 된 대가로 유대교와 멀어졌다. 그러나 정통파 유대인이라고 해도 다들 각자의 방식을 따르지 않던가. 육류와 유제품을 철저히 구분하는 것만이 슈워츠 부부가 엄수하는 유대교 율법인 듯했다. 남쪽이 점점 변질되어 가고 있다며 아쉬움을 토로하지를 않나, 파크하이츠가로 이주한 신실한 유대인들을 상대로 대놓고 우월감을 드러내질 않나, 그들의 태도는 가히 충격적이었다. 솔직히 말해 나는 중산층 유대인이야말로 진짜 반유대주의자라고 생각한다.

그렇다고 유대교에 관한 대화를 오래 나눈 것은 아니다. 정치를 주제로 토론하기도 했으며 누구나 그러하듯이 슈워츠 부부와 또 다른 손님 둘은 나의 의견을 열렬히 경청하였다. 최근에 스피로 애그뉴[13]가 게티스버그에서 연설하다 게티스버그 전투에서 어느 측이 승리했는지 혼동한 나머지 황당한 실언을 한 사건을 두고 다 같이 깔깔 웃었다. 식사를 마치고 술을 마시다 보니 어느새 모두가 편하고 친근하게 느껴졌다. 그래서 이쯤이면 프롬 때 있었던 일을, 그리고 나중에 데이트 신청을 했다가 매디에게 거절당한 일화를 꺼내도 될 성싶었다.

그런데 매디가 부정하는 것이 아닌가. 나한테 데이트 신청을 받은 적이 없다고 우겼다.

물론, 우리가 파트너로 프롬에 참석한 일은 인정했으나 그후로 나한테 전화를 받은 적은 일절 없었다고 단호히 주장했다. 그때 한 통화를 똑똑히 기억하고 있건만.

"전화를 받았다면 당연히 데이트를 수락했겠지!" 매디가 단호한 주장으로 내 기억을 덮어씌우기로 작정이라도 했는지, 아주 당당히 말했다. 심지어 그것도 모자라 한마디를 덧붙여 나를 더 깎아내리는 게 아닌가. "설마 내가 그 정도로 예의가 없었을 리가."

그나마 위안거리가 있다면 매디가 옛날 이야기에 과민 반응을 보였다는 것이다. 그렇게 화를 낼 이유가 없었는데도 말이다.

집에 도착하자 긴장이 풀린 탓인지 나도 모르게 손에서 열쇠를 두어 번 놓친 후에야 비틀비틀 실내로 발을 들였으나, 매디의 적대적이던 태도가 여간 거슬리는 게 아니었다. 내가 자기를 꿰뚫어봤다는 사실을 눈치챘나? 비록 고이의 이름으로 살고 있을지는 몰라도 내 가슴 속에는 늘 유대교 소년이 자리 잡고 있는 반면, 슈워츠 부부는 그릇 두 세트를 장만하여 따로 사용하는 것에 불과하니 짝퉁 유대인이 아니고 무엇인가. 슈워츠 부부의 집에 가득한 것은 전

13　메릴랜드 주지사와 미국 부통령을 지낸 정치인.

부 다 남들에게 보여 주려고 전시해 놓은 도구일 뿐이다.

베티나가 떠난 후로 나의 집은 적막만이 흐르고 온통 먼지투성이다. 베티나가 이 집을 차지하려고 싸울 줄 알았다. 우리가 함께 산 6년 동안 베티나는 이 집에 유난히 집착하는 모습을 보였다. 그런데 막상 헤어질 때가 되니 이 집도 나도 전혀 원하지를 않았다. 우리 사이에는 아이가 없다. 이 사실을 어떻게 받아들여야 할지 아직도 모르겠다. 웬만한 아이들은 아빠가 도나디오면 엄청 좋아할 텐데.

고주망태로 취해 갈지자로 걸으면서도 나는 베티나가 희망에 가득 찼던 신혼 첫 해에 나를 위해 만들어 준 '서재'로 향했다. 가죽과 마호가니로 꾸며진 서재에 잉글랜드 경마 사진들이 액자에 걸려 있어 볼 때마다 민망하기 짝이 없지만 근처에 핌리코가 있으니 사실 이러한 장식이 어색할 것은 없었다. 베티나가 책을 그저 보기 좋으라고 진열해 둔 터라 뭘 찾으려고 해도 쉽게 눈에 띄지 않아 부아가 치밀었는데 간신히 찾아냈다. 오래되어 너덜너덜해진 『개선문』이 다른 페이퍼백들과 함께 위쪽 선반에 처박혀 있었다. 이 책을 읽고 처음으로 글쓰기 욕구를 느꼈다. 소설들을 읽을 때마다 내가 느끼는 감정을 타인에게 불러일으키고 싶었다. 그러나 지금 나는 사람들에게 뉴스와 날씨를 읽어 주고 이따금씩 연예인을 보며 눈썹을 치켜 올리고나 앉았다.

바로 여기, 242쪽과 243쪽 사이에 매디의 갈색 난초가 금세라도 부서질 듯이 위태롭게 꽂혀 있다.

물론 이 꽃은 어떤 사실도 입증하지 못한다. 어차피 우리가 프롬에 함께 참석했다는 사실은 인정됐다. 하지만 나에게 이 꽃은 명명백백한 증거, 스모킹 건이다. 무엇에 대한 결정적 증거인가? 아까 내가 얘기한 게 진짜 일었던 일이라고 알려 주는 증거이다. 매디는 왜 부정한 걸까? 내가 꺼낸 일화는 매디가 청춘기에 어떠한 권력과 영광을 누렸는지 명확히 입증하는 증거일 뿐인데 말이다.

그나저나 우리 관계가 어떤 형태로든 더 이상 발전하지 않아 다행이다. 서른다섯 살, 나는 아직 젊고 내 인생은 장래성이 넘친다. 지금이야 이류들이나 상대하며 인터뷰를 하고 있지만 언젠가는 대통령과 왕을 만나 대화를 나누는 지위에 오를 테고 대형 방송국에 떡하니 자리를 잡을 것이다. 반면 매디 슈워츠는 마흔을 코앞에 두고 있는 것도 모자라 딱히 기대할 미래도 없다.

———

매디
1966년 1월

귀금속상이 한쪽 눈에 확대경을 가져다 대는 순간, 매디는 약혼반지를 팔아 생기는 돈을 어디에 쓸지 이미 정해 뒀다는 사실을 깨달았다. 얼마나 쳐줄까? 1000? 혹시 2000도 가능할까?

돈이 절실히 필요했다. 새로 이사 간 집에는 침실이 두 개 있으나 세간이 별로 없다. 당연히 세스가 자기 친모를 따라 나올 줄 알았다. 그러나 같이 살기 싫단다. 친구와 학교가 있는 파이크스빌 집에서 자기 아버지와 살고 싶단다. 학교에 데려다주겠다고 했는데도 무조건 싫단다. 보나마나 밀턴이 훼방을 놓은 것이 틀림없다. 그나마 세스가 2년 후면 집을 떠난다는 사실로 매디는 위안을 삼았다.

그러나 세스가 이리도 완강하게 거부하리란 걸 진즉 알았다면 더 나은 동네에서 침실 한 개짜리 집을 골랐을 것이다. 게다가 전화기도 한 대 장만할 수 있었을 텐데. 물론 전화기가 없다고 해서 삶이 나락으로 떨어지는 것은 아니다. 전화기가 있어 봤자 태티 모겐스턴에게 매일같이 전화를 받고 매디의 미래에 대한 걱정은 물론, 어려워진 형편 타령이나 들을 게 뻔했다.

이제 형편이 어려워졌으니 말이다, 매들린, 쿠폰을 잘 모아 둬야 할 게야. 혹실드가 가격이 좋더라. 형편이 어려워졌으니, 매들린, 할인하는 데서 물건을 사고 쿠폰을 잘 오려 뒀다가 모아서 쓰렴. 형편이 어려워진 만큼 아무래도 차는 없는 편이 낫겠지.

분통 터지지만 어머니의 말이 구구절절 옳았다. 밀턴을 떠나자 매디의 삶은 전보다 초라하고 처량해졌다. 아파트는 아늑한 편이지만 지스트가는 노던 파크웨이 오른쪽에 있는데도 막상 이사를 와 보니 별로 괜찮지가 않았다. 집주인이 낮에 집을 보러 오라고 꼬드겼는데 그 시간에는 동네가 한산하고 조용했다. 따스한 겨울 햇살이 텅 빈 목재 바닥에 황금빛 네모들을 이루고 욕실에서는 앙증맞은 분홍과 파랑 타일을 반짝반짝 빛내는데, 그런 광경을 보고 있자니 마치 파울 클레의 그림이 입체가 되어 눈앞에 세워져 있는 듯했다. 도형과 빛, 공간과 가능성이 매디의 시야를 가득 채웠다.

그러나 짐을 들이기 시작한 순간, 아파트는 분명 아기자기한데 동네가 눈에 띄게 뒤섞여 있음을 알 수 있었다. 게다가 점점 더 한쪽 비중이 높아지는 추세였다. 매디는 편견 따윈 전혀 없는 사람이다. 몇 해 전에 유권자 등록 프로젝트가 시행되었을 때 조금만 더 젊고 아이가 없었더라면 바로 참여했을 것이다. 여건만 되었다면 진짜 참여했을 거라고 매디는 굳게 믿고 있다. 그러나 떨떠름한 점은 이 동네에서 매디가 유난히도 눈에 띈다는 사실이었다. 게다가 모피 코트를 가진 백인 독거 여성이니 오죽 띌까. 한낱 비버일 뿐이지만 그래도 모피는 모피였다. 바로 지금 그 모피 코트가 매디의 몸을 두르고 있다. 돈이 궁해 보이지 않아야 귀금속상이 가격을 더 높이 쳐줄 것 같아 차려입고 왔다.

매디의 새 집 주소를 알게 된 밀턴은 세스가 거기서 하룻밤을 보내기는커녕 방문하는 일도 없을 거라고 못을 박았다. 그리고 세스와 주말을 보내길 바란다면 모자가 오붓한 시간을 보낼 수 있도록 본인이 집을 비워 주겠다고 말했다. 인정과 아량이 넘치는 제의는 고마웠지만 의아했다. 혹시 밀턴에게 벌써 만나는 사람이 생겼나. 생각만으로도 심히 언짢았지만 새 여자 덕에 밀턴이 마침내 합의 이혼에 동의할지 모른다고 위안을 삼고 있었다.

저도 모르는 사이에 매디가 상체를 카운터 위쪽으로 바짝 기울이는 바람에 입김으로 유리가 뿌옇게 흐려졌다.

"여기서 구입하신 게 아니네요?" 이미 매디에게서 들어 알고 있으면서 귀금속상이 마치 질문하듯이 말했다.

"네, 시내에서요. 슈타이너에서 샀는데 상점이 지금은 문을 닫은 걸로 알고 있어요."

"어디인지 압니다. 고급 귀금속점이었죠. 거금을 들여 실내를 으리으리하게 꾸몄던 데잖아요. 거기와 달리 우리는 실내를 수수하게 꾸미고 있어요. 제가 직원들에게 누누이 하는 말이 있죠. 귀금속점에서는 보석이 빛나야 하는 법이라고요. 정말 품질이 좋은 보석이라면 굳이 벨벳에 진열하지 않아도 어차피 광채를 발하니까요. 임차료만 비싸고 주차할 데도 없는 시내에 굳이 가게를 차릴 필요가 없어요. 우리 와인스타인은 유행을 선도하는 곳은 아니지만 쭉 영업을 이어 오고 있으니, 전 이 사실만으로도 만족합니다.

"저기, 제 반지는……."

그의 얼굴이 안타까움으로 물들었으나 평소에 탐탁지 않아 하던

지인이 사망했다는 소식에 어쩔 수 없이 예의를 갖출 때 억지로 지을 법한 슬픈 표정이었다.

"500달러 이상은 안 됩니다."

생전 주먹이나 도구로 맞아 본 적도 없건만 이 말 한마디에 명치를 강타당한 것만 같았다.

"제 남편이 1000달러에 산 거예요. 그것도 20여 년 전에요." 열아홉에 결혼했고 현재 서른일곱이니 나이를 살짝 올려 말한 셈이다. 그러나 18년보다는 20년이란 기간이 왠지 모르게 더 감화력이 있었다.

"아, 40년대에는 사람들이 무척 들떠 있었죠?"

그랬던가? 당시 매디는 어여쁜 십대 소녀였으므로 항상 들떠 있을 수밖에 없었다. 반면 밀턴은 현실적인 청년으로서 빚을 낼 때는 매우 신중했고 투자에는 아주 영민했다. 미래 가치를 계산하지도 않고 반지를 골랐을 남자가 아니다.

밀턴이 이 반지를 팔게 되는 경우를 아예 생각해 본 적이 없다면 또 몰라도. 그러나 이 세상에서 둘째가라면 서러울 정도로 냉소적인 남자인데 설마 약혼반지가 팔리는 상황을 상상도 안 해 봤을까. 그렇지만 엘리자베스 테일러와 연애했던 남자들도 영원한 미래를 꿈꾸었다.

"1946년에만 해도 1000달러에 달했던 반지인데, 어떻게 현재 가치가 반토막 났다는 얘긴지 도무지 이해가 되지 않네요." 방금 전까지만 해도 '20여 년'이라고 살짝 과장했으나 이제는 아예 대놓고 콕 집어 **20년**이라고 말하고 있다.

"중고 다이아몬드 시장과 이윤에 관한 강의를 듣길 바라시는 거라면 질리도록 설명해 드릴게요. 투명도, 컷, 시장의 판도 등등 일

일이 알려 드릴 수 있어요. 원하신다면 전부 다 자세히 설명해 드릴 수는 있는데 그래도 500달러 이상은 절대 쳐드리지 못한다는 결론은 변함이 없습니다."

"이 반지에 2000달러짜리 보험이 가입되어 있는걸요." 매디가 말했다. 맞겠지? 아마도 맞을 것이다. 어쩌면, 2000달러 정도를 받으리라 기대한 탓에 이런 소리가 나온 것인지도 모르겠다.

집을 떠난 뒤 밀턴에게 돈을 받고는 있었으나 충분한 금액이 아닐뿐더러 지불 날짜나 액수가 딱히 정해져 있지도 않아서 또 언제 받게 될지 확실히 알 수가 없었다. 세스가 당연히 따라올 줄 알았고 생활비도 두둑이 받으리라 예상했다. 밀턴은 외동아들을 극진히 챙기기 때문이다. 그러나 세스가 파이크스빌 집에 계속 살기로 결정하는 바람에 아들 덕을 볼 수가 없게 되었다. 돈이 궁했다. 아무래도 매디가 가난에 허덕이다가 결국 집으로 돌아오게 만들려고 밀턴이 구두쇠 작전을 쓰고 있는 것 같았다.

"진짜 질리도록 설명하고도 남을 위인이에요." 머리가 불그스름한 젊은 여인이 유리 케이스를 닦으며 말했다. 한낱 직원이 고용주에게 버릇없이 말하는 광경에 매디는 깜짝 놀랐으나 잭 와인스타인은 그저 허허 웃기만 할 뿐이었다.

"까불지 마, 주디스. 자, 이렇게 하시지요, 슈워츠 부인. 다음에 이런 반지를 찾는 손님이 오시면 가격을 조율해 볼 테니 번호를 남기고 가세요. 그런데 한물간 스타일이라ㅡ."

"클래식 솔리테어예요."

"맞습니다. 그렇지만 요즘 결혼하는 아가씨들은 독창성을 중시해요. 보석에 아예 관심이 없는 아가씨들도 있는걸요." 귀금속상의 얼굴이 이번에는 진짜 서글픈 표정으로 물들었다.

"아직은 전화기가 없어요. 설치를 기다리는 중이에요. C & P에 일이 많이 밀려서 오래 기다려야 한대요."

귀금속상이 확대경을 치우고 반지를 돌려주었다. 이 반지를 다시 손가락에 끼려니 몹시 꺼림칙했다. 파이크스빌로 돌아가는 상황 못지않게 패배감이 물밀듯이 밀려들 것 같았다. 젊은 여인, 주디스가 매디의 불편한 속내를 단번에 알아차렸다. 그리고 봉투 한 장을 꺼내며 말했다. "여기에 안전하게 보관하세요. 마음 같아선 상자를 드리고 싶은데 비용이 어쩌고저쩌고 오빠의 잔소리를 들을 자신이 없네요."

"오빠요? 이제야 이해가 되네요."

"말도 마세요."

젊은 여인은 예쁘다기보다는 잘생긴 축에 속했다. 그러나 연신 익살스러운 표정을 지었고, 차림새를 보아하니 방에서 몇 시간 동안 이것저것 착용해 보며 때 빼고 광내기를 반복한 끝에 마침내 조합을 마치고 외출한 듯했다. 매디 또한 항상 그렇게 행동하기에 알 수 있었다. 그렇지만 지나치다 싶으리만치 조화에 신경을 쓴 탓에 젊은 여자치고 살짝 나이가 들어 보였다. 그러나 젊은 여인의 배려에 감동을 받지 않을 수가 없었다. 때로는 감동을 주체하지 못할 때가 있지 않은가. 매디는 울음을 터트리지 않으려고 사력을 다해야만 했다.

울음을 억누르며 가까스로 운전석에 앉자마자 오열이 터지기 시작했다.

돈이 생길 줄 알았다. 우아하고 세련된 새 침대를 상상했었다. 주방 벽에 전화기를 설치하고 가능하다면 침실에도 전화를 연결할 계획이었다. 전화기가 없는 불편한 삶을 감내할 자신이 없었다.

그러나 가질 수 없는 것들이 못내 아쉬워서 눈물이 터진 게 아니었다. 간절한 마음이 들통났다는 사실, 걸렸다는 사실이 무척이나 수치스러웠다. 무언가를 간절히 원하는 마음을 누군가에게 드러낸 것이 얼마 만이었던가. 아주 잠시뿐이라고 해도 간절한 바람을 타인에게 들키는 것이 얼마나 위험한지 매디는 잘 알고 있다.

창문에서 똑똑 소리가 들리며 익살스러운 얼굴이 창을 채웠다. 주디스, 아까 이 여자의 오빠가 주디스라고 불렀다. 매디는 선글라스를 허겁지겁 낀 뒤 창문을 내렸다.

"오늘 날씨가 엄청 화창하네요." 주디스가 날씨를 구실로 공손하게 말을 걸었다.

"그러게요. 주말께 눈이 온다던데 아무래도 안 올 것 같아요. 역시 기상 캐스터가 하는 말은 믿을 게 못 돼요."

"절대 못 믿죠. 저기, 초면이지만 전 그쪽이 누군지 알아요. 당연히 모를 수가 없죠."

모를 수가 없다? 왜 모를 수가 없다는 거지? 혼란스러운 것도 잠시, 열일곱 살 때 추문의 주인공으로 전락할 뻔했던 과거가 문득 떠올랐다. 하지만 그러한 운명은 피했다. 그뿐만 아니라 다른 운명들도 모조리 피했고 믿고 싶은 대로 자기 자신에게 거짓말을 되뇌며 살아왔다. 이러다 보니 어느새 거짓을 사실이라 믿으며 살게 되었으니 큰 문제였다. 주디스가 매디를 안다고 말한 이유는 아마도 살렘 담배를 손에 쥐고 거만을 떨고 다니는 밤비 브류어가 꼴사나운 시종 패거리와 함께 퍼뜨린 소문 탓일 것이다. 그들에 비하면 모겐스턴은 상대적으로 유서 깊은 부유층 가문이었다.

"그런데 무슨 일이죠?"

약혼반지 판매에 혈안이 된 중년 여성에게 설마 조언을 구하러 왔겠는가. 세상이 완전히 달라졌다. 차 옆에서 몸을 쭈그리고 서 있는 이 젊은 여인은 아마 20년 전 매디와는 다른 고민을 안고 있을 것이다. 요즘 처녀들은 매일 알약을 복용하며 자유분방하게 성관계를 맺는다. 그래도 막상 결혼하고 싶은 남자를 만나면 성 경험이 전무한 척하는 처녀들이 태반일 것이다. 신랑뿐만 아니라 친정어머니에게도.

"스톤월 민주당 클럽에서 모임이 열리는데 혹시 참석하실지 여쭤보려고요. 올해 주지사 선거가 있어요. 현직 주지사가 재선에 도전하지 않아서 경쟁이 유독 치열할 거예요. 인맥을 넓힐 수 있는 좋은 기회죠. 우리 오빠, 잭 오빠 말고, 도널드 오빠도 한번 만나 보시면 좋을 거예요. 잭 오빠는 은근히 밉상인데 도널드 오빠는 심성이 아주 고운 사람이거든요. 그리고 정치 쪽에서 아주 활발히 활동하고 있고요."

"지금 주선하는 건가요?"

주디스는 이 질문이 꽤나 재미있는 눈치였다. "아니, 아니요. 도널드 오빠는, 제가 알기로는 연애에 관심이 없어요. 총각인데 독신 생활을 엄청 즐겨요. 제가 말한 '인맥 넓히기'는 순수하게 그냥 사람을 만난다는 뜻이에요. 거기 가면 남자도 있고 독신도 있죠. 저한테 이 모임은 부모님에게 질문 공세를 당하지 않고 외출할 수 있는 출구예요. 그런데 제가 볼티모어 북서부에 거주하는 참한 숙녀와 어울리면 부모님이 귀가 시간을 지금처럼 엄격하게 제한하진 않을 거예요."

매디는 가까스로 미소를 지어 보였지만 얼굴 근육이 파르르 떨렸다. 때로는 배려가 잔학 행위보다 훨씬 더 큰 고통을 안긴다. 매디는 종이를 찾으려고 가방을 뒤적였고 렉솔에서 받은 영수증을 꺼내 여성 용품 같은 낯부끄러운 품목이 적혀 있는지 확인한 뒤 뒷면에 어머니의 전화번호를 기재했다.

매디는 차를 끌고 지스트 가에 있는 집으로 향했으나 아파트가 제 집처럼 편하게 느껴지진 않았다. 집에 가 봤자 세스도 없고 세간 살이도 별로 없다. 그리고 가정부, 세탁부, 우유 배달부, 전차 안내원이 사는 동네에서 **다른 사람도 아닌 매디가** 위험 인물이라도 되는 양 이웃들에게 냉대를 받고 있었다. 그래도 막상 실내로 들어가자 웬일로 온기가 느껴졌다. 난방에 어지간히 인색한 집주인이 어찌된 영문인지 오늘은 라디에이터를 과하게 틀어 놨다. 매디는 침실에서 자그마한 파티오로 연결된 미닫이문을 열었다. 차라리 충동에 못 이겨 저지른 행동이라면 얼마나 좋을까. 매디는 흔들거리는 탁자에 일전에 올려 두었던 아프리카제비꽃 화분 속에 약혼반지를 깊이 파묻었다. 그러고는 겨울 공기가 살며시 드나들 수 있을 정도로만 미닫이문을 빼꼼 열어 놓았다. 이어 주방과 침실 내 서랍들을 열고 일부 옷가지를 바닥에 내던져 실내를 공들여 난장판으로 만들었다.

매디는 크게 심호흡을 하고 밖으로 뛰어나가 도와 달라고 고래 고래 소리를 질렀다. 그러자 한 블록 안에 있던 흑인 순경이 돌진해 왔다.

"도둑맞았어요." 매디가 말했다. 숨이 찬 덕에 겁에 질린 목소리가 절로 나왔다.

"여기, 길거리에서요?" 순경이 매디의 두 손에 들린 가방을 빤히 쳐다보며 물었다.

"집에서요." 매디가 말했다. "보석이 없어졌어요. 도난당한 물건은 대부분 옷가지인데 집에 있었던 다이아몬드 반지도 같이 사라졌어요."

순경이 매디의 아파트로 같이 걸어가며 퍼디 플랫이라고 자기소개를 하자 매디가 물었다. "본명이 퍼디낸드예요? 그 황소랑 동명?" 그러나 순경은 질문에 대답하지 않았다. 어지럽혀진 집 안에서 순경의 시선이 살짝 열려 있는 파티오 문에 고정됐다. 설마 저 예리한 갈색 눈으로 아프리카제비꽃 화분 속을 훤히 들여다보는 것은 아니겠지? 갑자기 매디의 시야에 화분 속 흙에 남겨진 지문이 떡하니 보이는 것만 같았다. 매디는 혹시 손톱에 흙이 끼진 않았는지 은근슬쩍 확인했다. 순경은 아주 깔끔하고 단정하며 항상 비누 냄새를 풍기는 부류였다. 애프터셰이브나 향수가 아닌, 비누 냄새였다. 키가 큰 편은 아니었지만 어깨가 넓고 운동선수 같은 몸짓을 보였다. 신경 써서 운동으로 건강을 관리하기에는 아직 젊어 보였다. 매디보다 족히 열 살은 어릴 듯했다.

"절도 전담 형사를 부르죠." 순경이 말했다.

"전화기가 없어요. 그래서 밖으로 뛰어나가 도움을 요청한 거예요. 그리고 또ㅡ. 도둑이 아직도 이 집에 있을까 봐 겁이 나기도 했고요."

이젠 진짜 겁을 먹은 것 같았다. 도둑이 들어와 물건을 훔쳐갔다, 모르는 사람이 침입해 집을 이 지경으로 만들어 놨다, 자기가 한 이 거짓말을 저도 모르게 슬슬 믿어 가고 있었다. 배우를 꿈꾸었다면 아주 훌륭한 연기자로 성장하고도 남았을 인재가 분명하다.

플랫 순경이 말했다. "제게는 무전기가 없습니다. 왜냐하면ㅡ. 그게, 저한테는 무전기가 없으니까요. 하지만 긴급 전화기가 드러그스토어 근처에 있는데 제게 열쇠가 있어요. 거기서 신고하고 같이 기다리죠. 여기서는 아무것도 건드리지 않는 편이 좋을 테니까요."

전화로 도난 신고를 한 뒤 플랫이 드러그스토어에서 탄산음료를 사 주었다. 매디는 카운터 앞에 앉아 음료수를 홀짝거렸다. 이게 칵테일이면 얼마나 좋을까. 그리고 순경이 팔짱을 낀 채로 매디를 감시하듯 내려다보지 않고 좀 같이 앉으면 얼마나 좋을까.

"이 동네 분 같지가 않군요." 순경이 말했다.

"이사 온 지 아직 일주일밖에 안 되었어요."

"그런 의미로 드린 말씀이 아닙니다. 제 말은, 이 지역과 어울리지 않는 분이라는 뜻이에요. 여기에 거주하실 분처럼 보이지 않아요."

"백인이라서요?" 자신의 태도가 꽤 당돌하게 느껴졌다. 이뿐만 아니라 여러 감정이 복합적으로 느껴졌는데 이러한 기분은 오랜만, 아니, 처음이었다.

"그건 아니고요. 주민들 사이에서 너무 튀지 않는 동네에서 지내시죠. 사생활이 보장되는 곳이요. 이를 테면, 시내 쪽?"

"계약서에 이미 서명까지 다 한걸요. 보증금도 지불했고."

"계약은 파기할 수 있어요. 타당한 이유가 있다면."

이주일 후, 매디는 계약을 물렸다. 퍼디 플랫 덕이었다. 집주인은 위약금 없이 임대차계약을 해지한 것도 모자라 보증금을 돌려주기까지 했다. 퍼디가 어떻게 처리했는지 매디는 굳이 물어보지 않았다. 퍼디가 안전하고 사생활이 보장된 위치라고 알려준 시내 도서관 부근에서 매디는 거처를 구했고, 퍼디는 아파트 안을 샅샅이 점검했다. "여기에서는 당신이 오고가더라도 주민들이 **눈여겨보지** 않겠네."

그리고 일주일이 더 지나서 보험금 일부로 침대를 새로 구입했고 퍼디와 함께 처음 사용했다. 차를 팔아 돈을 마련하기도 했는데 어처구니없게도 밀턴에게 허락을 받아야 팔 수 있다는 사실에 화가 머리끝까지 났더랬다. 그래도 차를 판 돈으로 마침내 상큼한 색감의 새빨간 전화기를 협탁에 올려놓을 수 있게 되었다. 그리고 바로 옆에는 아프리카제비꽃이 듬직하고 다소곳이, 그리고 조용히 서 있다.

———

점원

나는 불가사의하리만치 인내심이 강하다. 다들 하나같이 그렇게 말한다. 아니, 정확히 말하자면 다들 내가 인내심이 강하다고 말하고, 내가 제일 좋아하는 도널드 오빠만이 '불가사의' 같은 단어들을 사용한다. 나는 원하는 것이 있으면 음모와 계략을 세워 몇 달이 걸리더라도 손에 넣고야 만다. 경우에 따라서는 몇 년이 걸릴 계획도 기꺼이 세운다. 약혼반지를 팔지 못해 안달이 났으면서도 액수에는 그다지 신경 쓰지 않는 척하는 매들린 모겐스턴 슈워츠를 지켜보니, 목적을 달성하는 데 필요한 수단이 또렷이 보이기 시작했다. 결혼하지 않고도 집에서 나가 살 수 있는 방법으로 매디 슈워츠에게 들러붙는 방법만 한 것은 없다.

나는 5남매 중 막내로 집안의 유일한 딸이다. 오빠들은 남자라 결혼하지 않고 집을 나가도 누구 하나 말리지 않았다. 우리 집의 가장인 어머니는 결혼하기 전까지는 나를 절대 내보내지 않겠다고 못을 박아 두었지만 정작 나는 결혼에 별로 관심이 없다. 나는 어릴 적 말썽을 부리던 자식이 아니라 오히려 그 반대였고, 지금도 말썽과는 거리가 먼 딸이다. 그러나 날이 갈수록 내가 무엇을 원하지 않는지를 뼈저리게 느꼈다. 학교 선생님이나 간호사처럼 안정된 직업을 얻으면 부모님의 집을 떠나 자유를 찾을 수 있겠지만 그쪽은 내가 원하는 길이 아니다. 오빠들이나 아버지 같은 남자와는 연애하고 싶지 않다. 결혼하고 싶지도 않다. 아직은.

그렇지만 나는 정숙한 유대인 처녀이므로 결혼하기 전까지는 부모님과 살아야 한다. 이런 걸 보면 우리 부모님은 정말 옛날 사람이다. "괜찮은 동성 친구와 같이 살겠다고 하면 우리도 허락하겠지만 네 친구들은 하나같이 너무 경망스럽잖아." 어머니가 말했다. 내친구들이 경망스럽다고? 사실 여부는 중요하지 않다. 어머니가 이미 못을 박았으니까. 나에게 남은 전술이라고는 심하게 눈이 높은 어머니의 마음에 들려면 과연 어떻게 행동해야 하는지 은근슬쩍 정보를 알아내는 것뿐이었다.

그렇게 알아낸 정보로 대학 입학 계획을 세웠다. 전액 장학금을 받게 된다 하더라도 나를 내보내 줄 부모님이 아니었다. 나를 신뢰하지 못했기에 항상 눈앞에 두려고 했다. 아버지가 파산한 후로는 오빠들이 돈을 보태 주어도 집안 형편이 항상 빠듯했다. 엎친 데 겹친 격으로 칼리지파크는 차 없이는 어딜 가려야 갈 수가 없는 지역이었다.

그래서 장학생으로 볼티모어대학교에 진학할 기회를 얻었고, 여름 내내 일을 하여 교과서, 대중교통 이용, 옷 등에 필요한 비용을 마련하였다. 부모님은 이 계획에 차마 반대하지 못했고, 나는 작년에 정치학 학위를 받고 졸업했다. 출가 문제를 해결하기 위해서는 그때와 유사한 방식으로 작전을 세워야 했다. 부모님이 왜 반대하는가? **비용 문제 때문에.**(그래서 잭 오빠의 귀금속 가게에서 일을 시작하긴 했지만 거짓말로 손님을 살살 구워삶는 소매상은 전혀 적성에 안 맞는다.) **안전 문제 때문에.** 그래, 이건 룸메이트가 있으면 해결된다. **도덕성 문제 때문에.** 이건 룸메이트라고 다 통하는 게 아니란 뜻이다. 신용과 분별력을 갖춘 사람이어야만 한다. 그리고 유대인이어야 한다는 점은 두말할 필요도 없다.

매디 슈워츠가 안성맞춤이다. 반지를 팔아야 하는 상황이라면 생활비를 반씩 나누어 낼 룸메이트를 반길 수밖에 없다. 사람들은 매디가 집에서 아들을 데리고 나오지 않은 게 이상하다고 수군거리긴 해도 밀턴의 과실이 아니고서야 둘이 갈라섰을 리가 없다고 생각하고 있다. 볼티모어 북서부 주민들은 조만간 밀턴이 비서나 간호사와 팔짱을 끼고 돌아다니는 광경을 목격하리라 믿고 있다. 그게 누구인지는 모르겠다만, 매디의 발끝에도 못 미칠 여자임이 분명하다.

우리 가족이 여유가 없어 컨트리클럽에 참여하지 못한 지 수해가 지났지만 나는 매디 슈워츠가 매디 모겐스턴이던 시절을 여전히 기억한다. 오빠 중 하나가 매디를 짝사랑했는데 아마 네이선이었을 것이다. 오빠는 매디가 연분홍색 의상 차림으로 등교한 날 학교에 어떠한 파장이 일었는지 들려주었다. 그리고 얼마나 영특한지도. 매디는 열일곱 살이란 나이에 고등학교를 졸업한 다음 대학을 2년 다니고 결혼했다. 물론 매디가 내게는 어머니뻘이라 해도 과언이 아니지만 그게 대수인가? 그렇게 따지면 우리 큰오빠는 아버지뻘이다. 나이만 따져 본다면 말이다.

게다가 매디와 우리 어머니는 천지 차이이다. 우리 어머니는 태어났을 때부터 애어른이었다. 1920년대에 찍은 사진을 보면 당시 아빠는 인생을 즐길 줄 아는 멋쟁이 모습인 반면, 엄마는 어린 나이에도 엄숙하고 음침했다. 그러나 아빠는 이민자 2세대이고 엄마는 3세대이다. 그러니 둘의 성향은 다를 수밖에 없고 어떤 면에서는 간극이 어마어마하게 벌어진다. 우리는 제때 빠져나오지 못한 식구들 얘기는 절대 꺼내지 않는다. "무슨 할 말이 있겠니." 내가 물었을 때 엄마는 이렇게 대답했다.

아무튼, 매디는 나의 동아줄이다. 그러나 연락할 방도가 없다. 자기 어머니 댁의 전화번호를 알려준 것으로 보아 전화기가 없는 눈치였다.(근근이 먹고 산다는 또 다른 증거이다.) 아무래도 잠자코 기회를 기다리는 편이 나을 성싶었다.

그런데 지난주에 세븐 록스의 식품 코너에서 매디의 어머니, 모겐스턴 부인을 우연히 마주쳤다.(세븐 록스 또한 내가 도망치길 간절히 바라는 곳이다. 살림을 맡게 될 훗날을 위한 좋은 훈련이라며 어머니가 장 보는 일을 대부분 내게 맡기고 있기 때문이다.)

"모겐스턴 부인." 내가 쭈뼛쭈뼛 말을 건넸다. "저, 주디스예요. 주디스 와인스타인, 클럽에서 뵀는데 기억하시나요?"

부인이 안경 낀 눈으로 나를 빤히 쳐다봤다. **"오래간만이구나."**

평범한 한마디였지만 그냥 못 본 기간을 뜻하는지, 아니면, 내가 미성년자였을 때 와인스타인 가족이 파산하여 상류층 무리에서 나올 수밖에 없었던 사건을 뜻하는지 알 수가 없었다. 상대가 의중을 파악할 수 없는 발언을 한다는 사실만으로도 부인의 특징을 여실히 알 수 있었다.

"따님에게 연락을 하고 싶은데 방법을 알 수 있을까요? 일전에 저희 가게에 들렀는데." 나는 최대한 그럴싸한 구실을 만들었다. "찾고 있던 것과 비슷한 제품이 입고되어서요."

"정말? 매들린이 뭔가를 **살** 만한 여력이 없을 텐데. 그런데 걔가 원래 씀씀이가 헤프다니까. 좌우간 이제 전화기를 들여놨단다. 시내로 이사를 갔거든."

부인이 작은 수첩을 꺼내 일곱 자리 숫자를 적었다. 삼 삼 이, 처음 보는 앞자리였다. 모겐스턴 부인의 필체는 딱 자기 이미지답게 위아래로 아주 곧았고 보는 이로 하여금 은근히 주눅 들게 만들었다. 우리 어머니보다 고압적인 사람은 없을 줄 알았는데 보아하니 모겐스턴 부인은 본인만의 방식으로 원하는 것을 이뤄 내는 여자 같았다.

그날이 금요일이었는데 나는 오늘까지 꾹 참고 연락을 하지 않았다. 이쯤이면 모겐스턴 부인이 나와 만난 일을 전하고도 남았을 테니 내가 전화해도 매디가 별로 놀라지 않을 것이다. 그리고 스톤월 민주당 클럽 운영하며 진작 밑밥을 깔아놓지 않았던가.

교양인으로서 전화는 8시에 거는 쪽이 현명할 성싶었다. 혼자 사는 여자라면 저녁식사와 설거지를 마친 뒤 슬슬 텔레비전을 시청할 시간이기 때문이다. 〈빅 밸리〉가 9시에 방송된다. 나도 〈빅 밸리〉를 보고 싶지만, 어머니가 방영 시간 내내 끊임없이 해설을 다는 통에 아주 미치고 팔짝 뛸 노릇이었다. "어째 아들 역할을 맡은 저 양반보다 바버라 스탠윅이 더 어려 보여. 바른 소리를 하는구먼. 이봐, 이봐, 남자도 문제지만 남자를 꾀어낸 여자도 응당 대가를 치러야지. 저런 바지를 뭐라고 부르더라, 가우초였나?"

따르릉 따르릉 통화 연결음이 들렸다. 다섯 번, 여덟 번, 화장실에 있을지도 모르니 열두 번째 울리는데도 계속 기다렸다. 아무래도 전화를 잘못 건 모양이다. 그래서 혹시 모르니 다시 전화를 걸어 보았다.

두 번째 연결음에 매디가 숨을 헐떡헐떡 내쉬며 응답했다.

"매디? 주디스예요. 주디스 와인스타인이요."

"아, 깜짝이야─. 아니, 혹시 이게 두 번째 전화인가요? 방금 전에도 전화가 계속 울렸거든요? 전화를 받을 수가 없는 상황이라 별일 아니려니 생각하고 있었는데 다시 울리기 시작해서 설마 아들에게 무슨 일이 벌어졌나 싶어 엄청 걱정했어요—." 매디가 안도감과 짜증, 그리고 정확히 콕 집어낼 수 없는 감정을 말로 쏟아냈다.

"정말 죄송해요. 아까 전화를 잘못 건 줄 알고 또 걸었어요."

"무슨 일인데요?" 매디의 목소리가 다소 쌀쌀맞게 들렸다. 그러나 방금 전까지 걱정에 시달렸으니 냉담할 만도 하다.

"저번에 말씀드렸던 모임 이야기를 마저 하려고요. 스톤월 민주당 클럽 모임이요. 참석하길 바라실 것 같아서요. 제가 부모님 차를 빌려서 댁으로 갈 테니 같이 타고 가도 좋아요." 내가 같이 살아도 될 만큼 집이 넓은지 내 눈으로 직접 확인하고 싶었다. 만약 두 명이 살기에 비좁다면 매디에게 침실이 두 개 딸린 집으로 이사를 가자고 설득해야 한다.

"아." 이 탄성을 들으니 우리가 나눈 대화를 전혀 기억하지 못하는 기색이었다. 얼이 빠진 상태인 것 같았다. 내가 뭘 좀 모르는 사람이었다면 매디가 약간 취했다고 오해했을 것이다. 그러나 정숙한 유대인 숙녀는 수요일 저녁에 절대 술에 취할 리가 없다.

"모임이 다음 주에 있어요. 흥미로운 시간을 보낼 거예요. 메릴랜드 같은 주에서 민주당을 지지하는 게 대수롭지 않은 일이긴 해요. 그래도 결과를 단정 지을 순 없어요. 예비 선거도 중요하죠. 그리고 우리가 관여할 수 있는 방식은 아주 다양하고요."

"나중에 내가 전화해도 될까요? 오늘 밤 말고—. 주말쯤에?"

"그럼요, 번호를 알려드릴게요."

매디가 수화기를 내려놓는 눈치였다. 보통 통화 중에 종이와 연필을 더듬더듬 찾을 때 나는 부스럭 소리가 들렸는데 이것이 전부가 아니었다. 매디가 목구멍을 울리며 비명을 작게 꺅 내질렀다.

"하지 마! 진짜─. 하지 말라고!" 매디의 골반이 서랍에 쾅 부딪힌 듯했지만 듣자하니 당사자는 꽤나 즐기고 있는 음색이었다.

"불러 줘요." 매디가 다시 수화기를 들었고 나는 부모님의 전화번호를 읊었지만 매디 슈워츠의 연락을 기다려 봤자 소용 없으리란 것을 알 수 있었다. 확실히, 매디 슈워츠는 수요일 밤마다 〈빅 벨리〉를 시청하는 여자가 아니었다. 그리고 더욱 확실한 사실은 룸메이트가 전혀 필요 없는 여자라는 것이다.

부모님과 함께 텔레비전 앞에 앉은 나는 시청 중인 방송 이야기는 물론이거니와 온갖 생각을 쉴 새 없이 공유하는 어머니 때문에 한숨을 토해내고 싶었으나 가까스로 참았다. 아버지는 오늘도 어김없이 침묵했다. 아버지는 와인스타인 드러그스를 잃었단 사실을 단 한시도 잊지 못하고 있다. 가게에 본인의 이름을 붙여 놓았던 것이 큰 영향을 미친 듯하다. 사업이 무너져 내리고 간판이 떨어지는 광경이 자신의 육체가 분해되어 헐값에 팔리는 것처럼 보였던 모양이다.

오늘밤은 웬일로 아버지가 한마디를 거들었는데 오드라 역을 맡은 배우에 대한 평가였다. "미모가 굉장히 빼어나군." 이 소리에 엄마가 어지간히 마음 상한 눈치였다. "어럽쇼, 이제는 금발이 좋아지셨나 보네. 취향이 바뀌어서 아주 좋겠어."

이 집에서 빠져나갈 방법을 내 기필코 찾아내겠다.

───────

1966년 2월

매디는 깅엄 체크 무늬 천에 머리를 기댔다. 이제 곧 벌어질 일이 도무지 믿기지 않았다. 너무 뜻밖이라 겁이 나기까지 했다. 그러나 퍼디가 바라는 일이다. 사실, 정작 당사자는 매디의 머리에 대해 별말을 하지 않았다. 딱히 어떻게 하라고 요구한 적은 없지만 자꾸만 매디의 머리카락을 쓸어내리려고 했다. 하지만 약간 긴 듯한 머리가 헤어스프레이로 둥글게 부풀린 채로 유지되고 있었기에 그의 손가락이 매번 장애물에 걸렸다.

"아는 여자가 있는데—." 그가 말문을 뗐다.

"아는 여자가 엄청 많으리란 거야 진작 예상하고 있었지." 매디는 짓궂게 놀렸다. 그러나 진짜 예상하고 있었다. 어쩌면 퍼디가 유부남일 수도 있지만 진실을 어찌 알 수 있을까. 또 안다고 뭐가 달라질까? 어차피 두 사람은 이 집 밖으로 함께 나갈 수가 없었다. 매디의 이혼이 아직 확정되지도 않은 데다…… 여전히 똑같은 세상, 똑같은 볼티모어에 살고 있기에 야외로 같이 나가 봤자 좋을 것이 없었다.

"머리를 손질하는 여자야." 퍼디가 말했다. "주방의 마술사라고 불리더라고. 싸게 해 준대."

"뭘?"

"아이언으로 머리 펴는 거." 퍼디의 입에서는 아이언이란 단어가 한 음절 '안'으로 나왔다. 퍼디는 볼티모어 4세대로 매디보다 이곳에 뿌리를 훨씬 깊게 내렸다. 만난 지 얼마 안 돼 대화를 나누다 들은 바에 따르면, 플랫의 가족은 남북전쟁이 끝난 후 캐롤라이나에서 북쪽으로 올라왔고 50년대 초반의 소송 덕에 퍼디는 폴리테크닉에 다닐 수 있게 되었다. 공학에 재능이 있는 소년들이 다니는 공립 폴리테크닉 남자고등학교 학생이었다는 것은 특출한 소년이었다는 뜻인데 퍼디가 고등학교를 졸업하고 볼티모어 경찰이 되기로 결심했다는 점이 신기했다. '오' 발음을 길게 빼고 '알' 발음을 유난히 강조하는 퍼디의 말투가 전형적인 볼티모어 노동자 계층을 연상시켰다. 그는 둘 사이에 연락할 방도가 필요하다고 끈질기게 주장했고, 마침내 마련한 전화기로 그의 음성을 들을 때마다 처음 에는 낯선 백인 남성이 연상되곤 했다. 그러나 멀버리가와 대성당 가가 만나는 모퉁이로 거처를 옮겼을 무렵, 더 이상 그는 낯선 사람 이 아니었다.

'절도 사건' 이틀 후 퍼디가 지스트가에 있던 아파트로 찾아왔 다. 사건은 신고를 받은 두 형사에게 넘어갔고 그들은 전당포를 확인해 보겠다고 말했으나 그래 봤자 헛일일 터였다. 전당포에서 반지가 나올 리 만무했기 때문에 태평하게 지내고 있었는데 퍼디 플랫이 느닷없이 나타나서 놀란 것도 모자라 슬슬 겁이 나기 시작 했다.

"잘 지내는지 확인 차 들렀습니다." 그가 말했다. 음절 하나하나 가 반어법과 속뜻이 숨어 있는 것처럼 들렸다. 왠지 저 두 눈은 만 물을 꿰뚫는 듯한데 아파트 내부를 훑어보다가 아프리카제비꽃을 주시하면 어쩌지? 화분에 파묻힌 비밀을 금세 알아차리지는 않을 까? 백인 형사들이 사건을 공식 조사한다 해도 전혀 걱정되지 않았 지만, 흑인 경찰에게는 왠지 의심받는 것만 같아 덜컥 겁이 나는데 이런 생각 자체가 인종 차별일까?

그런데 퍼디가 매디를 물끄러미 바라보기만 했다. 매디의 눈을 정말 뚫어져라 바라봤다. 시선을 사로잡았다. 어머나. 매디가 그동 안 새까맣게 잊고 살았던 눈빛이 퍼디의 눈길에 담겨 있었다.

"미닫이문을 확인해 보고 싶군요."

"침실에 있는 문이요?" 매디의 목소리가 마지막 단어에서 고음 으로 갈라졌다.

"도둑이 침입했던 문이요."

"내 침실에 있는 문이요?"

"네."

매디는 침실로 안내했지만 둘은 미닫이문에 다가가지도 못했다. 침실 문지방을 넘어서자마자 퍼디가 두 팔로 매디의 허리를 감싸 방향을 돌리고 키스하기 시작했다. 마음 한구석에서는 제멋대로 행동하는 순경에게 화가 났지만 육체는 밀턴 슈워츠의 아내가 찍 소리도 못 하게 더욱 크게 고함을 내질렀다. 그날 드러그스토어에서 퍼디에게 끼를 부리며 대화를 나누기는 했으나 재미 삼아 했던 행동인데 그가 먼저 이렇게 가식을 벗겨 주니 여간 기쁜 게 아니었다. 이런 기분은 처음이었다. 그렇다고 밀턴이 이런 기분을 안겨 준 적이 한 번도 없다는 얘긴 아니지만 결혼 생활을 한 지 꽤 오랜 세월이 흐르지 않았던가.

퍼디가 옷을 벗거나 벗길 의향도 보이지 않고 매디를 침대로 와락 떠밀어 눕히는 바람에 치맛자락이 들춰지면서 얼굴을 덮을 뻔했다. 퍼디는 할례를 안 받았을지도 모르는데, 밀턴 슈워츠의 아내가 안절부절못했지만 매디는 개의치 않았다. 임신하면 어쩌려고?

퍼디가 알아서 할 거야, 매디는 예전의 자신에게 말했다.

어느새 매디에게서 신음이, 제 귀에도 생소한 소리가 새어 나오기 시작했다. 밀턴과의 잠자리를 언제나 즐기긴 했지만 퍼디의 저돌적인 행위가 섹스 자체를 오롯이 즐기고 있다는 생각을 불러일으켰다.

진짜 걱정은 퍼디가 이번 한 번만으로 만족하고 끝낼지도 모른다는 점이었다.

"이렇게 해소하지 않았으면 우리 둘 다 큰일 날 뻔했어." 다 끝난 뒤 퍼디가 말했다. 그리고 매디에게 입을 맞추고 협탁에서 티슈를 한 움큼 뽑아 자기 몸과 시트에 묻은 얼룩을 닦았다. "다음에는 여유롭고 멋지게 하자. 당신을 처음 본 후로 머릿속이 온통 이 생각 투성이어서 오늘은 어쩔 수가 없었어."

아무리 정신이 몽롱해도 퍼디의 이 말을 곧이곧대로 받아들일 매디가 아니었다. 지나치다 싶을 정도로 예리하고 목적의식이 강한 남자라 평소에 몽상에 젖은 채로 지낼 리가 없었다. 그래도 이런 부류의 아첨은 들어서 나쁠 것이 없었다. 이 좋은 걸 얼마나 오랫동안 잊고 살았던가. 아, 파티에서 만취한 남편에게 이끌려 모퉁이에 갇힌 채 아내에게 환장한 남자네 어쩌네 호언장담을 종종 들었지만, 매디는 그럴 때마다 설레는 구석도 일절 없고 엉성하기 짝이 없는 포옹을 능숙하고 센스 있게 피했다.

그런데 이번엔 조금 달랐다.

"다음—." 매디는 말문을 뗐지만 뭐라 말을 이으면 좋을지 확신이 서지 않았다. 두 사람에게 다음은 없다고? 다음번까지 대체 어떻게 기다리느냐고?

"걱정 마." 퍼디가 말했다. "난 어디 안 가니까."

얼마 지나지 않아 그들은 침대에서 상대의 벌거벗은 몸을 샅샅이 관찰하고 매우 만족했다. 확인해 보니 퍼디는 이미 할례를 받은 몸이었다. "유대인 의사에게 받았어." 매디의 손길을 느끼며 퍼디가 말했다. 퍼디의 탄탄하고 다부진 신체에서 매디를 가장 놀라게 한 부위는 불룩 튀어나온 커다란 참외 배꼽이었다. 퍼디는 매디의 가슴과 머리카락에 가장 큰 관심을 보였다. 혹시 백인 여자와 잠자리를 처음 해 본 거냐고 물어보고 싶었지만 예의에 어긋나는 질문 같아 차마 꺼낼 수가 없었다. 그런 질문보다는 세 번째 사랑을 나누는 편이 나았다.

'안'을 사용해 머리카락을 펴는 여자 이야기는 매디가 거처를 옮기고 둘만의 행동 양식이 정착되고 몇 주가 지난 후에 나왔다. 둘의 만남 패턴으로 말할 것 같으면, 먼저 퍼디가 전화를 걸어 시간 있냐고 묻는다. 매디는 그를 위해서라면 언제나 한가하다. 그러면 퍼디는 중식이나 피자를 사 가지고 집으로 찾아온다. 그들은 매번 차갑게 식은 음식을 대개 침대에서 먹으며 거품이 풍성한 맥주를 곁들였다. 퍼디가 가장 좋아하는 발렌타인 에일이 떨어지지 않도록 항상 구비해 두고 같이 마시고는 있었으나 사실 매디는 와인과 베르무트를 더 좋아한다.

퍼디는 찾아오기 전에 어김없이 전화한다. 그러면 매디는 아래층으로 살금살금 내려가 잠긴 문을 미리 열어 둔다. 퍼디는 해가 진 뒤에 오고 새벽녘에 사라진다. 방문할 때마다 항상 제복 차림이기에 당연히 눈에 띌 수밖에 없고, 옆집에 사는 이웃의 시선은 퍼디에게 고정된다. 황당한 것은, 매디는 이렇게 시끄러운 여자가 아니었단 사실이다. 그러나 다양한 사람들이 마구 뒤섞여 사는 곳임을 뻔히 알면서도 누군가 신음 소리를 듣고 매디가 한밤중에 섹스를 두어 번은 하며 사는 여자임을 알아차려 주길 바랐다. 퍼디는 화장실에서 매디가 세면대 위로 상체를 숙이는 자세를 좋아했는데, 그럴때면 눈을 감은 퍼디와 달리 매디는 거울에 비친 두 사람을 감상하며 완전히 넋을 잃었다. 자신의 몸이 유독 하얗고 아담해 보였다. 퍼디와 이런 관계를 맺기 전까지만 해도 자신이 백인치고 까무잡잡한 편이라고 생각했는데 말이다.

이리하여 매디는 전에 구했던 아파트에서 그리 멀지 않은 이 낯선 집까지 찾아와 이렇게 다리미판을 덮은 깅엄 체크무늬 덮개에 한쪽 뺨을 뭉갠 채로 주방의 마술사에게 머리칼을 맡길 준비를 하고 있다. 여자는 기골이 장대했으며 민무늬 원피스 차림에 슬리퍼를 신었다. 그리고 머리에는 스카프가 둘러져 있었다.

"내 얘기를 누구한테 들었어요?" 여자가 물었다.

매디는 퍼디에게 교육받은 대로 대답했다. "어머니 댁 청소부에게서요."

"그런 스타일을 하려면 오렌지 주스 깡통으로 머리를 말고 있어야 해요." 여자가 오렌지를 언지라고 발음했다. "그런데 습도가 높지 않으면 시간이 더 걸려요."

마침내 다 끝났으나 매디는 아리송한 이 기분을 콕 집어 표현할 수가 없었다. 물론 아름다웠다. 커다란 갈색 눈망울과 찰랑거리는 긴 머리를 자랑하는 배우가 요즘 텔레비전 방송에 자주 출연하는데, 제 모습이 그 여자와 다를 바가 없어 보였다. 한편으로는 자신의 일부를 잃은 듯했고, 이 기분은 세스를 만나 한소리를 듣는 순간 더욱 강하게 느껴졌다. "대체 어디서 뭘 하고 다니는 거야?"

아주 잠시, 아들이 머리를 두고 하는 소리란 것을 알아차리지 못했다.

매디는 윤기 나는 곧은 머리카락을 만지며 퍼디의 손길을 떠올렸다. 머리가 다시 곱슬거리기 전에 얼른 그에게서 전화가 오길 바랐다. "그냥 색다른 경험을 해 보고 싶어서."

"색다른 경험이라면 올해 이미 충분히 하지 않았어?"

설마 아들이 눈치챈 걸까? 퍼디와 섹스를 하면 할수록 길거리에서 남자들의 눈길을 더더욱 끌어당기는 기분을 느꼈다. 몸에서 쾌락의 향기가 뿜어져 나오는 것만 같았다. 하지만 세스는 그저 심술난 사춘기 청소년에 불과했고 십 대 심술쟁이답게 자기 어머니를 괴롭히고 있을 뿐이었다. 매디에게 단단히 화가 나 있다. 화날 법도 했다. 아무래도 세스가 고등학교를 졸업할 때까지는 기다려야 했나 싶었다.

세스와 함께하는 평일 '데이트'는 늘 어색하기 짝이 없었다. 가고 싶은 식당이 있느냐고 물으면 아들은 아무 데나 상관없다고 답했고, 결국 매디는 리스터스타운가에 있는 서버번 하우스나 중화요리 전문점을 골랐으며 세스는 어김없이 매디의 선택에 투덜거렸다. 매디가 뭘 물어도 아들은 시큰둥하게 한마디 할 뿐이었다. 그리고 헤어질 때가 되면 두 사람은 깊이 안도했다.

그러나 오늘 밤은 평소와 다르게 아들을 밀어붙이기로 다짐했다. "세스, 엄마에게 화난 거 알아, 이해해."

"응, 고마워." 오늘은 서버번 하우스로 들어왔다. 아들이 그릴 치즈 샌드위치와 감자튀김을 주문했지만 세스의 피부가 이제는 한결 부드러웠기에 잔소리를 늘어놓지 않고 원하는 것을 마음껏 먹도록 놔두었다. 세스가 입을 벌리고 쩝쩝거리며 음식을 씹고 있었지만, 이 부분 또한 지적할 기력이 없었다.

"아빠랑 엄마랑 이혼하게 돼서 진심으로 미안하게 생각하고 있어."

아들이 어깨를 씰룩이며 감자튀김에 케첩을 쭉 발랐다. "그러거나 말거나."

"세스. 생각 없이 그런 소리 막 하는 거 아니야."

아들이 먹다 말고 생각에 잠겼다. "당연히 생각했지. 그게 무슨 뜻이냐 하면—."

"아무튼, 좋은 소리가 아니잖아. 그리고 엄마한테 말버릇이 그게 뭐니."

"집 나갔잖아. 그러니까 이제 내 엄마가 아니지."

"난 영원히 네 엄마야. 그저 더는 네 아빠의 아내로 살고 싶지 않은 것뿐이야."

아들은 무심한 척하려고 어지간히도 애를 쓰는 기색이었다. 그러나 도무지 참을 수가 없는 모양이었다. "왜? 둘이 싸우지도 않잖아. 그래, 지금은 싸우고 있지만 전에는 한 번도 싸운 적 없잖아. 도무지 이해가 안 돼."

"뭐라고 표현하면 좋을지 모르겠구나. 〈가지 않은 길〉이란 시가 있잖아. 엄마에게도 가지 않은 길이 있었는데 그 길이 어렴풋이 떠올랐어. 내가 이런 모습으로 살 운명은 아닌 것 같다는 생각이 들더라고." 매디는 아차 하고 부랴부랴 말을 덧붙였다. "당연히 네 엄마로 살 운명이었지. 세스, 넌 이 세상에 태어나야지, 넌 이 세상에 반드시 필요한 존재니까. 그건 운명대로 됐어. 하지만 다른 것은 아니야. 너도 이제 곧 성인이 되잖니. 엄마에게도 살면서 뭔가를 이뤄 보고 싶다는 마음이 있다는 걸 알아주렴."

"직장을 갖고 싶은 거야? 엄마는 생전 일이라곤 해 본 적도 없잖아. 엄마가 뭘 할 수 있겠어?"

세스는 자기 어머니가 지금껏 아들이라는 직장에 다녔다는 사실을 몰라주고 있지만 매디는 그런 아들을 나무랄 수 없었다. 본인조차 그런 식으로 생각한 적이 없기 때문이다. 주부로서 가사를 돌보고 어머니로서 뾰로통하긴 해도 착한 아들을 키우며 아내로서 헌신했는데, 남편을 떠나기 전까지만 해도 이 모든 일을 노동이라고 생각하지 않고 살았다. 어머니날에 어머니는 자식에게 카드를 받는다. 남편은 금전적으로 여유가 많다면 아내의 생일에 장신구를 선물한다. 어느 문화권이건 어머니를 찬양하는 민요가 넘쳐난다. 그러나 어디에서도 어머니의 노동을 **직업** 활동으로 인정하진 않는다.

세스는 어릴 적에 대통령과 운동선수를 비롯한 미국 위인들의 성장기를 다룬 책을 읽었다. 이러한 위인전 시리즈는 여자도 몇 명 다뤘는데, 대표적으로 제인 애덤스, 어밀리아 에어하트, 베시 로스 같은 훌륭한 인물들이 있었다. 그러나 걸스카우트 창시자 줄리엣 로의 업적은 매디가 보기에 다른 여성 위인들에 비해 상당히 시시했다. 보이스카우트를 여성용으로 만드는 것을 생각해 내는 데 뭐 얼마나 대단한 능력이 필요하겠는가? 위인전 시리즈 기획자는 여자의 머릿수를 기어코 채워 넣어야 속이 시원했는지, 심지어 이루어 낸 업적이라고는 에이브러햄 링컨을 낳은 사실 하나밖에 없는 낸시 행크스 이야기로 한 권을 만들어 내기까지 했다.

"대학을 2년만 다니긴 했지만 엄마도 할 수 있는 일이 아주 많단다."

"어디서?"

"이를 테면 박물관에서 일할 수도 있지. 라디오 방송국에서 일자리를 얻을 수도 있고." 월리 와이스가 이 정도는 도와주겠지, 매디는 씁쓸하게 생각했으나 찾아가서 도움을 청하는 짓만은 차마 상상도 할 수 없었다.

매디의 딱한 처지를 눈치챈 세스가 콜라를 한 잔 더 마셔도 되느냐고 물었다.

"물론이지." 매디는 좌절감을 느끼며 말했다. 부모의 꿈과 갈망에 관심을 가지는 자식이 세상천지에 어디 있겠는가.

매디는 집으로 돌아가 전화기를 뚫어져라 쳐다보며 소리가 울리기만을 애절하게 기다렸다. 퍼디가 수요일에 전화하는 경우는 드물다. 매디가 수요일마다 세스와 저녁을 먹는다는 사실을 알기 때문

이 아니고, 이유는—. 딱히 이유를 들은 적이 없거니와 물어본 적
도 없어서 모른다. 아내 때문이다, 아내 때문임이 틀림없다. 이 부
분은 참을 수 있다. 그러나 퍼디에게 여자가 여럿 있으리란 확신이
섰는데 어떤 여자들인지 궁금해서 미칠 노릇이었다. 전화기를 응시
하고 있는 제 모습이 도로시 파커[14]의 이야기 중에서 전화벨이 울
리게 해 달라고 신에게 애처롭게 기도하는 여자와 영락없이 똑같았
다. 매디는 십 대 시절에 도로시 파커를 매우 좋아하긴 했지만 소년
의 전화를 기다리느라 애를 태우는 유형은 절대 아니었다. 고등학
교를 졸업한 해 여름, 어설픈 낚시 실력으로 커다란 물고기를 잡아
올리려고 안간힘을 썼던 그날까지는 세상만사가 술술 풀렸다. 퍼디
와 관계를 맺을수록 금지된 시간을 보냈던 옛 기억이 새록새록 떠
올랐고 또다시 은밀한 관계를 맺고 있다는 사실에 다시 청춘으로
돌아간 것만 같았다.

전화기는 울리지 않았다.

그러나 갑자기 진눈깨비가 창문을 때리기라도 하는 양 타닥타닥
소리가 들려왔다. 침실로 향하자 화재 대피용 비상계단에 서 있는
퍼디가 보였다.

"차를 타고 지나가고 있었는데." 퍼디가 말했다. "불이 켜져 있
길래."

"거기 있으면 안 돼." 매디가 말했다. "누가 보면 경찰에 신고할
지도 몰라."

"다행히, 경찰이 이렇게 벌써 왔네." 제복을 입은 퍼디가 창틀을

---

14 신랄한 독설로 유명한 시인이자 단편소설 작가, 시나리오 작가, 비평가. 주로
호텔에 투숙하며 글을 쓰기로 유명했다.

넘어 실내로 들어왔다.

전화벨이 울리기 시작했다. 매디가 한창 퍼디의 두 다리 사이에 있을 때였다. 퍼디가 한 손으로 매디의 머리를 단단히 붙잡았고 매디는 저도 모르게 전화벨 박자에 맞춰 몸을 움직였다. 전화기가 울리고 또 울렸다. 전화벨이 스무 번이나 울릴 때까지 기다리는 사람이 있다고? 퍼디와 전화기가 마침내 잠잠해졌으나 매디가 만족하여 취한 채로 등을 대고 눕자 전화벨이 다시 울리기 시작했다. 밀턴의 전화가 틀림없었다. 그리고 발신자가 밀턴이 확실하다면 세스 때문임이 분명했다. 헤어진 지 두 시간밖에 지나지 않은 아들에게 대체 무슨 일이 벌어졌단 말인가?

수화기를 집어 들었으나 상대는 밀턴이 아니라 귀금속점 여자였고 용건은 정치 집회에 참석할 의향이 있는지 묻기 위함이었다. 물론이죠, 좋아요. 일정을 봐서, 시간이 나면요? 전화를 끊고 퍼디에게 얼른 돌아가려면 아무 말이나 내뱉어야 했다.

얼마 지나지 않아 퍼디가 곁에서 잠들자 매디는 아들 앞에서 단언한 것을 어떻게 실행할지 곰곰이 생각해 보았다. 무언가 특별한 일을 해야 한다.

중요한 인물이 되어야 한다.

———

우리 가족은 새해에 블랙 아이드 피[15]를 먹어요. 이런 풍습을 아나요? 행운을 가져온대요. 그런데 우리 아버지는 이걸 안 좋아해

———
15 검은색 반점이 있어서 블랙 아이드 피라고 부르는데 미국에서는 새해 첫날에 행운을 가져온다고 믿어 볶음 요리를 해 먹는다.

요. 조금이라도 미신이랑 연관된 것은 탐탁지 않게 여겨요. 만일 누가 식탁에서 소금을 쏟아도 그냥 넘어가고 말아요. 사다리 밑으로 걷고 검은 고양이가 걸어온 길을 가로지르기도 해요. 아버지는 미신이 신의 존재를 부정하는 거래요. 십계명을 지키면서 올바로 살면 사다리, 검은 고양이, 13이란 숫자를 무서워할 이유가 없대요. 그런데 새해에는 엄마가 블랙 아이드 피를 요리해도 봐주는데, 대신 우리는 행운에 대해서는 단 한마디도 꺼내선 안 돼요. 그래도 나는 이 콩의 힘을 믿었어요.

그런데 1월 1일에 가족과 함께 블랙 아이드 피를 먹으러 와야 할 내가 나타나지 않았는데도 어느 한 사람 신경 쓰지 않았어요. 내가 어떻게 사는지 알고 있었으니까요. "요망한 것." 아버지가 어머니에게 말하곤 했죠. "그애가 요망한 계집이 된 건, 머바, 바로 당신 탓이야." 특별할 것 없는 토요일 밤에도 내가 일을 하거나 남자를 만난다는 것을 부모님도 알았으니까요. 어떨 때는 일도 하고 남자도 만났거든요. 그게 범죄는 아니잖아요. 한 해의 마지막 날이니까 아무리 귀가가 늦어도 내가 어디 놀러 갔다고 부모님은 으레 생각한 거죠. 게다가 12월치고 날씨가 유달리 푹했으니까요. 1월에는 기온이 최고 섭씨 15.6도에 이를 정도로 더욱 푹했어요.

그런데 나중에 보니, 죽기 딱 좋은 날이었지 뭐예요.

우리 가족이 언제부터 내 행방을 알아볼 생각을 했을까요? 이틀 전에 아들들을 보려고 본가에 들렀어요. 크리스마스에 애들에게 이미 선물을 잔뜩 사다 주었는데, 이제는 능력이 되니까, 돈 나오는 구석이 있으니까 29일에는 장난감을 더 많이 사 가지고 갔어요. 본가에 빈손으로 간 적이 없었죠. 아들들에게는 장난감을 사다 주고 소박한 동네 식료품점에서 싼 것만 사 오는 엄마를 위해서는 햄이나 고기처럼 웬만해서는 구입할 엄두도 못 내는 음식을 사다 줬어요. 그날 밤에는 엄마가 좋아할 만한 내 재킷 한 벌도 가져다 줬어요. 현찰도 주려고 했어요. 그런데 아버지가 한사코 못 받게 했죠. 아버지는 내 돈이 불결하다며 더러운 돈은 받고 싶지 않다고 했어요. 차라리 돈을 모아 아들들이나 데려가라고 했어요.

틀린 말은 아니었어요. 그렇지만 현금을 받다 보면 유혹에 빠질 수밖에 없어요. 실감이 안 나는데, 특히 내가 직접 돈을 낼 필요가 없을 때는 정말로 현실 세상에서 사는 것 같지가 않았어요. 물론 레티시아의 집에 얹혀 사는 비용은 지불했지만 월세는 걱정거리가 아니었어요. 돈이 떨어져 갈 때는 그냥 닭똥 같은 눈물 몇 방울을 뚝뚝 흘리기만 하면 됐죠. 그리고 당연히 나 자신을 위해서도 돈을 조금 썼어요. 그렇지만 남들이 생각하는 것처럼 사치를 부리진 않았어요. 내 고급 의상들은 새것은 아니었지만 하나같이 좋은 물건이었어요. 내 옷장에 들어오는 아름다운 옷들에 각기 다른 사연이 담겨 있다는 사실이 오히려 더 좋았어요. 여자에게 옷을 사 주는 일이야 아무 남자나 다 할 수 있잖아요. 내 남자는 아슬아슬한 줄타기를 하면서 내게 무언가를 주었어요.

찾는 사람이 거의 없다면 진짜로 실종되었다고 말할 수 있을까요? 죽었지만, 막상 유령이 되고 보니 기대와 달리 누릴 수 있는 특권이 별로 없더라고요. 간절히 바랐지만 가족을 볼 수도, 본가에서 머물 수도 없었지요. 그런데 행여 유령으로 출몰할 수 있는 권한이 생긴다 해도 가족을 찾아가진 않을 거예요. 한낱 자기 연민에 빠진 처량한 유령인 주제에 주변에서 얼쩡거리면서 가족을 괴롭힐 순 없죠.

온화했던 날씨도 잠시, 느닷없이 혹한이 찾아오더니 월말에는 눈보라가 휘몰아쳤어요. 그제야 사람들이 우리 엄마의 말을 진지하게 귀담아들었어요. 남자랑 눈이 맞아서 새해 직전 어느 날 엘크턴으로 도망친 레티시아를 따라서 나도 플로리다로 떠났다는 소문이 파다했어요. 레티시아는 새로 만난 남자와 플로리다로 거주지를 옮겼다고 내게 전보를 보냈지만, 그건 우리가 같이 살았던 드루이드 힐가에 있는 집의 문 틈새로 들어와 많은 고지서와 쓰레기더미에 끼여 읽히지도 않고 있었어요. 그러던 중 1월 15일에 밀린 월세 때문에 씩씩거리며 찾아온 집주인이 편지를 발견했어요. 집주인은 우리 짐을 길바닥에 내버릴 작정이었는데, 우리 엄마가 내 몫의 월세를 대신 내고 중요하다 싶은 물건들을 지켜 주었어요. 엄마는 내 곱디고운 의상들을 챙겨 본가로 가져갔어요. 나중에 내가 다시 입기를 간절히 바랐거든요.

《아프로-아메리칸》 신문사에서 2월 14일에 나에 대한 기사를 처음으로 보도했어요. 나에게는 더할 나위 없는 밸런타인데이였어요. 내가 자발적으로 사라졌을 리가 없다고 사람들을 설득할 정도로 어머니가 나를 사랑한다는 뜻이니까요. 경찰은 나의 행방을 수소문했지만 그냥 도의적 차원의 수사에 불과했어요. 12월 31일, 아니, 정확히 따지면 1월 1일 새벽, 나의 마지막 모습을 목격한 사람들은 나한테 들은 대로 내가 아주 호화찬란한 밤을 보내러 갔다고 진술했어요.

플라밍고의 바에서 일하는 토미는 나한테 들은 마지막 말까지 정확히 기억하고 있었어요. "1월 1일에 하는 일이 한 해를 좌우한다고들 하지. 하지만 1966년도는 블랙 아이드 피를 먹지 않아도 내게 엄청난 한 해가 될 거야."

당신도 그 기사를 읽어 보았다면 참 좋았을 텐데, 매디 슈워츠,

보나마나 당신은 《아프로-아메리칸》은 읽어 볼 생각도 하지 않는 사람이겠죠.

3월이 맹수처럼 달려들고 있지만 나는 여전히 발견되지 않은 상태이고 일간지들은 나의 실종에 관해 단 한 마디도 쓰지 않고 있어요.

테시 파인. 그애가 사라졌다는 사실은 단숨에 주목받았죠. 알아요, 나도 알아요. 그애는 고작 열한 살이죠. 백인이고요. 그래도 테시의 경우엔 사라지자마자 화제가 되었단 사실을 무시할 수가 없더라고요. 당신도 그애의 실종에 주목했잖아요. 그렇게 당신은 처음 맛을 봤어요. 어린 소녀의 실종을 통해서 말이에요. 당신은 참 기괴한 인간이더군요, 매디 슈워츠.

그나저나 다시 한 번 물을게요. 찾는 사람이 거의 없다면 진짜로 실종되었다고 말할 수 있을까요?

———

여학생

오늘은 나의 열한 번째 생일이건만 어처구니없게도 결국 이렇게 교장 선생님과 싸우게 되었다. 하지만 난 베이스 야코브에서 손꼽히는 모범생일 뿐만 아니라 자기주장이 강한 학생이다. 난 토론에 능하다. 다재다능하다. 그런데 친구와 가족 앞에서 토라를 낭독할 수 없다는 사실에 울화가 치민다. 나는 바트 미츠바[16]를 원하지만 우리 가족 같은 현대 정통파는 소년에게만 이 의식을 챙겨 준다. 보

---

16 유대교에서 성년식을 치른 사람 혹은 해당 성년식을 말한다. 남자는 열세 살, 여자는 열두 살에 치른다.

수파 가족은 종종 소녀에게도 파티를 열어 주며 개혁파 가족은—.
그 사람들이 뭘 하고 사는지 알게 뭐람. 우리 부모님 말에 따르면
개혁파는 진짜 유대인이 아니다.

"그저 자존심 때문에 원하는 거잖니." 랍비가 내게 말했다. "유
대인의 전통 때문은 아니잖아. 넌 그저 과시하기를 바랄 뿐이야. 하
지만 그건 바트 미츠바의 참된 의미가 아니란다."

자존심을 지적받은 게 처음도 아니라 말싸움을 할 만반의 준비
가 이미 되어 있었다. "네, 맞아요, 전 유대인으로서 자존심이 세
요. 그건 남자애들도 마찬가지죠. 하지만 웬만한 남자애들은 저만
큼 히브리어를 잘 읽지 못해요."

"겸손해지는 법을 배워야겠구나, 테시."

"제가 왜요?" 나는 발로 바닥을 탕탕 찼다. 굽을 튼튼하게 오래
쓸 수 있도록 어머니가 신발에 박아 놓은 징이 바닥과 부딪히며 유
쾌한 소리를 냈다.

"토라[17] 말씀에 따르면……." 나는 랍비의 말을 흘려들었다. 그
리고 다음 반박거리를 생각했다. 토라의 묘미는 주제가 무엇이든
언쟁을 승리로 이끌게 해 주는 근거가 가득하다는 점이다.

나는 샴푸 광고에서나 볼 법한 윤기 나는 곱슬머리를 손으로 톡
쳐 어깨에서 찰랑거리게 했다. 내 머리칼은 이모를 똑 닮았는데 이
모는 내가 천운을 얻었단다. 『빨간 머리 앤』을 읽을 때마다 앤이 빨
간 머리를 대체 왜 달가워하지 않는지 도통 이해할 수가 없다. 우리
반에서 내 머리만 빨갛다는 사실에 무척 흐뭇하다. 사람들은 '굴뚝
새들 틈에 있는 홍관조'라고들 한다. 다들 내가 못 들을 줄 알고 한

17 유대인의 경전. 모세오경이라고도 한다.

말이지만 난 다 듣고 있다. 나는 키가 제일 크고, 애들 중에 맨 먼저 몸에 굴곡이 생기기 시작했다. 그래서 생일 선물로 할머니에게 받은 돈으로 브래지어 한 장을 구입할 계획이다.

당연히, 몰래 사야 한다. 어머니가 절대 허락할 리가 없다. 그렇지만 브래지어를 일단 집에 들여놓은 후에는 어머니도 어쩔 수가 없을걸? 착용한 브래지어를 환불할 수도 없는 노릇이고 어머니는 물건을 함부로 버리는 사람이 아니다. 우리는 돈이 엄청 많지만 어머니는 검소하다. 체리로 직접 브랜디를 만들고 가족의 양말을 꿰맨다. 나는 어머니 말고 씀씀이가 헤프다는 소리를 듣는 이모를 더 닮았다.

랍비가 츠니우트, 즉 겸손에 대해 설교하고 또 설교했다. 지겨워 죽겠다. "지식을 쌓는 일은 칭찬받아 마땅하지만 타인에게 과시하려고 탐구하는 것은 옳지 않다는 사실을 우리는 언제나 명심해야 한단다. 타인을 종용하는 무기로 이용해서는 절대 안 된다는 사실도."

호으음. 내가 보기에는 지식을 무기처럼 이용해서 칭찬받는 것은 남자애들이나 하는 짓이지 여자애들은 전혀 아닌데. 어른들은 항상 나한테 말을 끊지 말고 귀를 기울이라고 잔소리한다. 두 해 전에 자신의 미래를 주제로 한 에세이를 써 오라는 숙제를 받았는데, 나는 오페라 가수나 랍비가 되고 싶다고 썼다. 그러나 여자는 랍비는커녕 캔토어[18]도 될 수 없다는 소리만 들었다. 그때도 츠니우트, 즉 겸손에 대해 똑같은 설교를 들었다. "모든 것이 헛되도다." 이 소리를 들었을 때마다 내가 1달러씩 받았다면 브래지어 다섯 장을

---

18 유대교 의식에서 찬양을 인도하는 사람.

사서 매일 학교에 갈 때마다 착용하고도 남았을 것이다. 겸손은 가진 것이 충분치 않으면서도 자만하는 사람들에게나 필요한 미덕이다.

속이 은근히 비치는 하얀색 블라우스를 입고 빨리 등교하고 싶다. 다른 여자애들이 내 어깨에서 비치는 끈을 보고 단순히 내의를 입은 것만이 아니란 사실을 눈치챌 것이다. 드러그스토어에서 잡지 『세븐틴』을 몰래 읽다가 배서레트 속옷 광고를 보게 되었다. 그게 최고라고 하니까, 그걸로 살 계획이다. 카디건을 입어 단추까지 잠그면 어머니에게 들킬 염려가 없다.

며칠에 걸쳐 쇼핑 작전을 짰다. 우선, 오늘 오후는 친구의 어머니가 하굣길 운전을 맡을 차례인데 아주머니에게 그럴싸한 거짓말을 둘러대야 했다. 그래서 속옷 가게가 반려동물 가게 옆에 있으므로 핀켈슈타인 아주머니에게 오빠의 물고기 밥을 사 가야 하니 거기에서 내려 달라고 말했다. 아주머니는 나를 현관 앞까지 데려다줘야 하기 때문에 고민하는 기색을 보이긴 했지만 우리 집은 가게에서 고작 두 블록 떨어져 있을 뿐인 데다 우리는 지금 에루브[19]안에 있었다. 낮이 길어지고는 있었으나 날씨는 아직 꽤 쌀쌀했고 자갈처럼 굵은 빗방울이 세차게 내리치는 유독 얄궂은 날이었다. 아주머니는 어서 집에 들어가길 바랐고 데려다줄 아이는 이제 나밖에 남지 않았다. 이 블록은 언제 오든 차 세울 데가 없는데, 오늘도 마찬가지였다. 결국 아주머니는 내게 볼일을 보고 반드시 곧장 집으로 가야 한다고 신신당부했다.

나는 한 치의 망설임도 없이 당당히 약속했다. '곧장 집으로 가

야 한다'는 말은 해석하기 나름 아닌가? 어차피 나는 속옷 가게 쪽에 난 길로 가야 하니 곧장 귀가하는 거나 다름없다.

핀켈슈타인 아주머니가 지켜보고 있었기에 어쩔 수 없이 반려동물 가게로 들어갔는데 굉장히 고약한 냄새가 코를 찔러 댔다. 물고기, 거북이, 뱀만 있고, 털 달린 동물이라고는 한 마리도 보이지 않는 시시한 가게였다. 털 달린 동물을 생각하니 **모피**가 떠올랐다. 열여덟 살이 되면 내게도 모피 코트가 생긴다. 모피 가게를 운영하는 할머니와 할아버지가 한 벌을 선물해 주기로 약속했다. 그렇지만 더 빨리, 이왕이면 열여섯 살에 입고 싶다. 남은 해가 5년인데 마치 10년처럼 느껴졌다. 모피를 갖고 싶다. 어머니의 것과 똑같이 생긴 반지도 갖고 싶다. 어머니는 반지에 매달린 커다란 초록색 보석이 에메랄드가 아니라고 우기지만 내가 보기에는 그게 맞다. 반짝반짝 빛나는 귀걸이도 갖고 싶다. 갖고 싶은 것이 생길 때마다 뭐든 바로 살 수 있도록 부자 남편을 만나거나 내 손으로 돈을 많이 벌고 싶다.

지금 가장 갖고 싶은 것은 배서레트 브라의 브래지어이다. 이왕이면 분홍색으로.

"도움이 필요하니?" 가게 안쪽에서 남자 목소리가 들렸다. 나는 가게 앞쪽에 진열된 유리 상자 속 뱀들을 관찰하는 척하고 있었지만 사실은 뿌연 창문 너머를 지켜보며 핀켈슈타인 아주머니의 차가 신호등 아래를 얼른 지나가기만을 기다리고 있었다.

"아니요." 내가 대답했다. 내가 이런 투로 말할 때마다 우리 가족은 나한테서 공작부인 분위기가 물씬 풍긴다고 한다. "그냥 **구경** 만 하는 거예요."

남자는 깡마르고 창백했다. 그리고 주황색 머리칼과 새빨간 눈

자위가 눈에 띄었다. 만약 추위가 사람이라면 딱 이 남자처럼 생겼
을 성싶었다. 남자의 눈을 보니 하얀 생쥐가 떠올랐다. 그러나 이
가게에서는 생쥐처럼 귀여운 동물은 일절 팔지 않았다. 남자가 엉
거주춤 서서 코를 훌쩍거렸다.

"너도 빨강 머리네." 남자가 말했다. "나처럼."

아니, 내 머리칼이 왜 자기랑 같다는 거야. 이 아저씨랑 나랑은
완전히 다르지. 이 아저씨 머리칼은 주황색이잖아. 나는 남자에게
서 등을 돌렸다.

"뱀이 갖고 싶니? 아니면 작은 거북이 한 쌍?"

"마음에 드는 게 보이면 따로 얘기할게요. 안에서 걸어 다니면서
이것저것 구경해도 되잖아요."

"그렇지만 우리 물고기 중에서는 특별한 수조가 필요한 애들이
있어. 물고기 두 마리를 마구잡이로 한 수조 안에 넣었다간—."

"필요한 게 있으면 얘기할게요." 내가 말했다. 구린내가 진동하
는 더러운 가게에서 일하는 아저씨와 더는 말을 섞고 싶지 않았다.
주황 머리 남자가 주머니에 10달러를 가지고 있는 나, 테시 파인에
게 감히 이래라저래라 하려 들다니. 우리 이모는 가게에서 주인이
이런 식으로 말할 때 잠자코 듣지 않는다. 허슬러에서 판매원이 이
모에게 향수를 뿌리려 하는 모습을 본 적 있다. "자기야." 이모가
이 한 단어를 길게 끌고는 이어 말했다. "난 조이만 뿌려." 손님은
왕이다.

"그래, 그런데 돌아다니면서 아무거나 막 만지면 안 돼……."

이런 누추한 데서는 아무것도 만지고 싶지 않았으나 이 아저씨
에게 이래라저래라 잔소리를 듣고 있는 상황이 더 싫었다.

"이 나라는 자유 국가잖아요." 나는 한 발로 바닥을 탕 쳤다. 금

속 징을 박은 굽이 목제 바닥과 부딪히니 역시나 듣기 좋은 소리가
났다.

"그러지 마." 남자가 얼굴을 일그러뜨리는 것으로 보아 탕— 소
리가 어지간히도 귀에 거슬리는 눈치였다.

"내게 이래라저래라 하지 마요." 난 한 발로 바닥을 탕 쳤다. 귀
가 몹시 즐거웠다. 그래서 나는 바닥을 또 탕 치고, 탕 치고, 탕 치
고, 타—.

———

1966년 3월

"애초에 할 생각도 없었던 일을 못 하게 되는 것보다 짜증나는
경우가 있을까?"

매디는 끊임없이 밀고 당기는 모녀 관계를 두고 익살스럽게 하
소연하고 있었다.

그러나 주디스 와인스타인은 아무 대꾸도 하지 않았다. 아무래
도 매디의 이 한마디가 의미심장한 질문으로 와닿아 사색에 잠긴
눈치였다. 좁은 길에서 매디가 앞장서서 걷고 있던 중이라 주디스
의 얼굴이 보이지 않았다. 마침내 입을 연 주디스의 말투를 듣자 하
니 별로 동의하지는 않지만 비위를 맞추고 싶어 하는 기색이었다.

"우리는 도움이 되려고 애쓰는데 허락을 받지 못하니 무척 속상
하죠. 그래도 우리를 말리지는 않네요?"

주디스의 음성은 두 사람이 걷고 있는 울퉁불퉁한 바닥만큼이나
불안정했다. 보나마나 주디스는 속으로 매디를 미치광이라고 욕하
고 있을 것이다. 어둠이 사방에서 서서히 모여드는 이 시각에 수목
원의 오래된 오솔길을 잘 따라오고 있긴 하지만 말이다. 대체 어쩌

다 여기까지 오게 되었단 말인가?

전화기가 설치된 이후로 어김없이 아침 9시에 어머니에게게서 전화가 왔고 매디는 항상 의무적으로 응답했다. 예전 삶과 지금 삶 중에서 한 가지 공통점을 찾자면 어머니에게서 하루도 빠짐없이 전화를 받고 있다는 것이다.

"매디, 테시 파인 얘기 들었니?"

"당연하죠, 어머니. 제가 있는 곳은 대성당가예요, 시베리아가 아니고요. 여기서도 다들 똑같은 신문을 보고 있어요. 그리고 전 WBAL도 듣고 있고요."

매디의 어머니가 작지만 또렷하게 "푸우" 소리를 냈다. 이 탄성인즉, 매디에게 들은 말을 믿지는 않지만 굳이 반박하지 않고 그냥 넘어가겠다는 뜻이다. '대성당'이라는 거리 이름이 언급되는 순간 해괴망측한 단어라도 들은 양 어머니가 수화기 너머에서 몸서리를 치는 게 고스란히 느껴졌다. 매디의 아파트가 멀버리 쪽에 있긴 해도 건물에서 대성당이 훤히 보인다는 사실까지 알게 된다면 어머니는 까무러칠 것이다.

"이틀이나 지났어. 우리 시너고그에서 봉사자를 보내고 있단다. 너도 주차장으로 가서 짝을 지어……."

대놓고 '너'라고 말했다. 매디의 어머니, 본명은 **해리엇**이지만 괴상하게도 어린 시절부터 쭉 자신을 태티라고 칭하는 태티 모겐스턴이 말했다. **매디** 너도 주차장으로 가서 누군가와 짝을 지어 테시 파인이 마지막으로 목격된 열대어 가게를 시작으로 점점 넓어지는 수색 반경 안에서 걸어다녀 보는 것이 좋겠다고.

이 사건으로 볼티모어가 들끓고 있었다. 아주 어여쁘고 어린 소녀, 테시 파인. 소녀는 아이들의 하굣길 운전을 맡았던 한 학부모에게 오빠가 키우는 물고기 먹이를 사러 간다고 말했다. 그러나 소녀의 오빠에게는 물고기가 없었다. 가게에서 일하는 남자는 소녀가 안으로 들어오긴 하였으나 아무것도 사지 않고 5분 뒤에 나갔다고 전했다. 그리고 버릇없게 굴었다고 증언하였다. 가족과 친구들은 소녀가 버릇없었다는 말에 흐뭇한 기색을 내비치며 말했다. "맞아요, 우리 테시예요."

매디의 어머니는 테시의 할머니와 아는 사이이다. 탐탁지 않게 여기지만 계속 상종은 한다. 두 사람은 동갑으로 파크 스쿨이 오켄 토롤리 테라스에 있었을 때 같은 해에 졸업했다. 당시 유서 깊은 사립학교에서는 독일계 유대인의 자녀를 환영하지 않았기에 그들은 어느 종파에도 속하지 않는 파크 스쿨을 택할 수밖에 없었다. 드루이드 힐 공원의 주변 동네에서 인종이 통합되면서, 아니, 완곡하게 표현하여 환경이 '변화'하면서 주택과 학교가 북서쪽으로 대거 이전되었다. 매디는 리버티 하이츠에 있던 파크 스쿨에 다녔지만 순환고속도로 부근에 있는 브룩랜드빌로 학교가 또 이전되었고 세스는 그곳으로 등하교하는 3세대 학생이다. 매디는 테시의 아버지와 파릇파릇한 십 대 시절에 데이트를 한두 번 하기도 했다.

테시의 아버지, 바비 파인은 자기 부모님보다 더 보수적인 인물이었다. 파크 하이츠의 에루브 내에 집을 마련하여 살고 있다. 태티에게 들은 바에 따르면, 바비의 어머니는 아들이 며느리 때문에 꼴사납게 정통파를 포용하게 되었다고 불평한다. 태티는 그릇 두 세트를 사용하고 갑각류, 조개류, 돼지고기를 피하는 것까지는 괜찮다고 한다. 그러나 바비의 아내는 유대교 신자로서 **정도가 지나치다**고 주장한다. 태티 모겐스턴은 어떤 종교가 옳은지(보수파 유대교), 어느 정도의 신앙생활이 적절한지 등등 종교를 두고 주야장천 자기

의견을 피력한다. 또한 신교도를 싸잡아 비난할 때는 '장로교회파'라는 단어를 사용한다.

매디는 테시의 어머니를 여기저기에서 종종 마주치는데 옷을 잘 차려입긴 해도 굉장히 조용하고 숫기가 없는 여자라는 인상이 강했다. 그러나 파인과 슈워츠는 교류하는 집단이 서로 달랐고 파인의 가족에게 참극이 벌어지자 느닷없이 끼어들자니 왠지 천박해 보였다. 만일 그들이 진실한 친구였다면 매디는 기꺼이 나서서 도왔을 것이다. 하지만 결혼식에만 참석하지 않은 게 아니라 보나마나 이번—.

매디는 생각이 흘러가는 대로 따라가고 싶지 않았다. 다음 생각은 자신이 또 참석하지 않을 게 뻔한, 파인 가족의 다음번 예식에 이르려 했기 때문이다.

"아주 끔찍하지." 태티가 말했다. "이런 일에 어떤 부모가 버티겠어."

"살아 있을 수도 있죠." 매디가 말했다. 사건이 잘 해결되어 행복한 결말을 맞을 수도 있지 않을까? 소녀가 이리저리 걷다가 길을 잃고 무언가에 머리를 부딪혀 자기가 누군지 잊은 것일 수도 있지 않을까? 그러나 전날 밤 퍼디도 태티와 상당히 비슷한 말을 전했다. 현재 테시 파인의 사망은 거의 기정사실이고 사건을 맡은 살인 사건 전담 형사들은 최대한 빨리 성과를 내야 한다는 압박감에 시달리고 있다고 한다.

"그 아이가 발견되고 나면—." 매디는 다시금 긍정적인 전망을 그리며 말문을 뗐다.

"**만약 발견된다면.**" 어머니가 매디의 말을 정정했다. "내가 어렸을 때 어린 여자애들을 강간한 다음에 살해하던 변태 성욕자가 있었는데 당시 사건이 아직도 잊히지가 않는구나. 장소는 네가 지금 사는 지역이고 그때 거기는 빈민가였지. 물론 지금도 빈민가지만. 아무튼, 한 피해자의 어머니가 가지고 있던 총으로 변태를 쏘았고 덕분에 범행이 끝나게 되었단다."

매디의 동네는 빈민가가 아닐뿐더러 어머니는 세상의 모녀라면 누구나 사랑하는 책 『브루클린에서 자라는 나무』의 일부 페이지에 적힌 글을 그대로 읊고 있다고 해도 과언이 아니었다. 그러나 이 부분을 지적해 봤자 의미가 없었다. 태티 모겐스턴은 자기가 한 말은 무엇이든 사실로 믿으니 말이다.

"어서 빨리 아이가 발견되면 좋겠어요." 매디는 이 한마디를 내뱉는 순간 자신의 말에 담긴 진정성에 놀랐다.

매디는 어머니에게 할 일이 있으니 전화를 끊어야 한다고 말했지만 사실 마땅히 할 일은 없었다. '도둑맞은' 반지 덕에 받은 보험금과 자동차를 팔아 생긴 돈으로, 밀턴에게 이혼 수당을 받아 내기 전까지는 생활이 가능하다. 변호사는 곧 매디가 집의 절반, 세스를 포함해 거의 모든 것의 절반을 챙길 수 있으리라는 뜻을 자신 있게 내보이고 있다.

매디는 코트를 걸치고 산책을 나갔다. 그렇게 별로인 동네는 아니다. 매디는 기묘한 환상에 빠지곤 했는데 제 머리에서 만들어진 생각임에도 무척 기묘하게 느껴졌다. 거리에서 마주친 한 남자가 매디를 다짜고짜 골목으로 끌고 가는 상상이었다. 남자는 매디를 거칠게 만지며 알아들을 수 없는 외국어를 내뱉는다. 무서운 상황이긴 하지만 심지어 이 나이에도 남자에게 탐스럽게 보일 수 있다는 뜻이라 흥분되기도 했다. 그래도 머리카락을 곧게 펴고 상체에 딱 붙는 스웨터를 입고 다니니 서른일곱으로 보이지는 않았다. 남자가 강제로 입을 맞추려고 하는데 때마침 퍼디가 짜잔 하고 등장한다. 어떻게 나타났는지는 설명할 순 없지만 망상에는 원래 논리가 없지 않은가. 퍼디가 악당을 쫓아버린 뒤에 놀란 두 사람은 근처 화장실이나 차로 들어가 사랑을 나눈다. 언제라도 들킬 수 있는 장소에서 위험천만하게.

참으로 기묘한 환상이지만 상상만으로는 죄가 되지 않는다. 아니, 그렇다는 글을 어디선가 읽었다.

이러한 생각에 잠긴 채로 걷다 보니 계획보다 멀리 가게 되었다. 오늘은 뭘 하면 좋을까? 처음 몇 주 동안은 누구 하나 신경 쓰지 않고 자유를 만끽하며 아찔한 쾌감을 느꼈지만 이런 느낌은 어느새 썰물처럼 사라졌고 외도로 인해 공허감만 짙어질 뿐이었다. 외도란 표현이 맞긴 한 걸까? 퍼디가 만나자고 할 때마다 마냥 너무 쉽게 시간을 내줄 순 없었다. 그래서 가끔은 퍼디가 계속 긴장할 수 있도록 전화 올 때쯤 일부러 저녁을 먹으러 나갔다. 매디가 전성기에 볼티모어에서 가장 인기 많은 소녀 중 한 명으로 거듭날 수 있었던 것은 바로 이러한 본능적인 행동 덕이었다. 심지어 데이트를 하고 온 소년과 어디까지 진도가 나갔는지 기억하기 위해 작은 수첩에 암호로 소년별 기록을 남기곤 했다. K(이게 뭔지는 뻔하지 않은가), SK('소울 키스', 왠지 '프렌치 키스'보다는 훨씬 얌전한 표현 같았다), OC, OB, UB('옷 위로', '브래지어 위로', '브래지어 속으로'). US('치마 속으로')는 두 명밖에 없었고 두 번째 남자와 결혼했다.

월리 와이스는 수첩에 언급될 가치도 없었다. 월리에게는 딱 한 번 쪽— 입을 맞추었을 뿐이며 이조차도 그가 언젠가 K와 SK를 나눌 소녀를 만나게 되리라는 위안이 담긴 담백한 입맞춤이었다.

그러나 퍼디 앞에서는 육체적으로 내숭을 떠는 법이 없었다. 엄청나게 빨랐던 진도를 떠올릴 때면 얼굴이 불그스름하게 물들었다. 퍼디에게 처음 붙들리고 키스를 받았을 때만 해도 그가 사실을 다 알고 그런 행동을 하는 줄 알았다. 반지를 도난당했다고 거짓말을 한 대가를 치르는 것이라 믿었다. 매디는 나쁜 짓을 한 여자이고 퍼디는 약점을 잡은 남자였다. 그러나 첫 관계를 맺은 후에 매디의 범죄를 퍼디가 전혀 눈치채지 못하고 있다는 사실을 깨달았다. 이 동네에서는 서류 작성을 까다롭게 하지 않는 전당포를 쉽게 찾을 수 있었고, 그렇게 해서 찾아간 곳에서 와인스타인이 제시했던 금액의 절반에 판매했지만, 그래도 나름 수익을 보았다. 매디는 이렇게 얻은 현금으로 비스트로 의자, 대리석 상판으로 장식된 식탁, 벨벳 쿠션, 예쁜 러그 등등 아파트를 꾸밀 물건들을 구입했다.

매디는 비하이브에 들러 풍미가 강렬한 커피 한 잔을 들고 나왔다. 아프지도 않은데 대낮에 침대에 벌러덩 드러누워 있으니 삶이 매우 호사스럽게 느껴지기는 했으나 도서관에서 빌려온 책 『허조그herzog』를 읽어 보려 해도 좀처럼 집중이 되지 않았다. 십대 시절만 해도 시를 그토록 좋아하고 직접 써 보려고 부단히 노력했으나 이제는 아무런 감흥이 없었으며 프랫 도서관에서 추천한 소설들에도 전혀 감동받지 않았다. 이번에 『허조그』를 읽어 보기로 결정한 이유는 하닷사[20]에서 누군가 이 책에 반유대적인 사고가 도사리고 있다기에 스스로 판단하기 위해서였다. 아직까지는 벨로가 '자기혐오에 빠진 유대인'이란 생각이 들지는 않았으나 허조그란 주인공의 둘째 아내가 철자만 살짝 다를 뿐 발음이 매우 유사한 매들린이란 점에 무척이나 떨떠름해 몸을 연신 들썩거렸다. 더 이상은 남의 일

---

20 유대교 여성 자원봉사 단체.

처럼 여길 수가 없었다.

내가 누군가의 둘째 아내가 될 팔자일까, 매디는 미래가 궁금했다. 열정적이고 충만한 삶을 살고 싶었다. 결혼 생활을 유지하면서도 과연 가능한 삶일까? 결혼식을 올린 뒤 밀턴과 육욕이 흘러넘치는 신혼을 보냈다. 매디는 거의 **주체하기 어려울 정도로** 육욕에 빠져 살았다. 결혼식을 일주일 남기고 사일번 수목원 부근 데이트 명소에 세워 둔 차 안에서 관계를 맺을 뻔했던 그날을 떠올리면 여전히 낯이 뜨거웠다.

그가 거부했다.

그가 정색을 하며 거부했다.

매디의 손은 그를 감싸고 있었다. 그때까지 그런 행동을 한 대상은 그를 포함해 둘뿐이었으며 두 남자에게는 기록으로 남길 수 없는 다른 짓도 했었다. 매디의 다이어리는 장악된 영토만을 간략하게 적는 장군의 전략 수첩을 방불했다. 애초에 자신의 이야기를 기록으로 남길 생각은 하지도 않았었다. 아예 아무 내용도 쓰지 않았던 시기가 있는데 자신이 저지르고 있던 만행과 상대를 차마 인정할 수 없었기 때문이다.

매디는 두 다리를 벌려 자세를 잡으며 밀턴을 유혹했다. 밀턴은 매디에게 가장 멋진 선물을 받는 셈이었다. 두 사람은 약혼한 사이였고 결혼식을 코앞에 두고 있었다. 그런데 대체 뭐가 문제란 말인가?

"신 앞에서 거짓말을 하고 싶지 않아." 밀턴이 말했다. 아주 잠시, 매디는 밀턴이 신 앞에서 눕고 싶지 않다고 말한 줄 알았다.[21]

---

21 영어에서 lie는 거짓말하다라는 뜻인데 눕다라는 뜻도 있다.

"알겠어요." 매디는 품위와 평판을 지키는 데 탁월한 소질을 지닌 여자답게 말했다. "당신 때문에 너무 흥분한 나머지 나도 모르게 도를 넘고 말았네요, 밀티."

신혼 첫날밤, 첫 경험 때 느낀 고통을 흉내 냈다. 이제 아내가 된 사람이 숫처녀가 아니었단 사실을 밀턴이 감지했는지 못했는지는 모르지만 설령 알아챘다 하더라도 정중한 사람이라 (혹은 지독히도 실망한 나머지) 아무 말도 하지 않았을 터이다. 이른 나이에 한 결혼을 통해 매디가 가장 먼저 깨달은 중대한 교훈은 일부 거짓말은 계속 묻어 두어야 한다는 점이다.

정오가 되자 매디는 책을 치우고 먹을거리를 찾아 냉장고를 뒤적거렸다. 지난 몇 년간은 점심에 멜바 토스트와 코티지치즈 같은 음식으로 끼니를 때우곤 했다. 그러나 퍼디는 매디가 살을 찌우길 바라며 많이 먹으라고 끈질기게 부추겼다. "이제는 당신도 보살핌을 좀 받아야지." 그가 말했다. 보아하니 매디가 지금껏 다른 사람을 챙기느라 말랐다고 오해한 눈치였다. 그게 아니라 철저한 자기 관리로 유지한 몸이건만. 언제나 유행을 따라온 매디이기에 혜성처럼 등장한 트위기란 소녀를 주목할 수밖에 없었다. 지금은 마른 여자가 대세였다. 물론 트위기의 의상을 입기에 매디는 나이가 너무 많았다. 아닌가? 아무리 살이 빠져도 가슴은 줄어들 기미를 보이지 않았다. 얼마나 많은 소년들이 OC에서 OB로, UB로 넘어가길 바라며 **애걸복걸했던가**. 매디의 가슴을 보자마자 넋을 잃던 소년들의 모습은 마치 망망대해에서 오랜 세월 떠돌다가 마침내 육지를 보게 된 사람 같았다.

사일번 수목원. 테시 파인이 마지막으로 목격된 장소에서 1~2킬로미터도 떨어지지 않은 사일번 수목원은 도시 한복판에 자리 잡은 황무지나 다름없었다. 그러니 누군가가 시체를 유기했다면―.

매디는 현재 시각을 확인했다. 아무래도 테시 파인 수색에 **직접 나서야 할 때**인 것 같았다. 어머니가 제안했다는 이유만으로 하지 않는다? 뾰로통한 사춘기 청소년이나 할 법한 행동이다. 귀금속 상점에서 근무하는 여자에게 전화를 걸어 함께 가자고 하면 좋을 성 싶었다. 혼자 가도 되는 곳에 왜 굳이 누군가를 데려가려는 것인지 영문을 알 수는 없었지만 왠지 괜찮은 생각 같았다.

매디의 연락을 받은 주디스는 매우 기뻐하며 사안이 워낙 엄중한지라 오빠가 이른 퇴근을 허락해 줄 것이라고 말했다. 두 사람은 버스에 올라타 시너고그 주차장으로 향했고 봉사자들이 이제 막 출발하려는 시점에 딱 맞게 도착했다.

"남자만 가능합니다." 수색대를 조직한 회당장이 말했다.

"말도 안 돼요." 매디가 반박했다.

"여자가 할 일이 못 됩니다." 회당장이 두 사람의 옷을 빤히 쳐다보며 눈빛으로 의상 또한 탈락 이유라고 알리고 있었지만 그들이 신은 신발과 입고 있는 외투는 오솔길과 공터를 샅샅이 수색하기에 적합했다.

"그럼, 저희끼리 알아서 수색할게요." 매디가 말했다. "회당장님의 허가를 받아야만 볼티모어를 돌아다닐 수 있는 건 아니니까요."

매디의 기억과 달리 수목원은 노던 파크웨이를 한참 더 내려가야 나왔고 부지는 더 넓었으며 나무가 아주 **빽빽하게** 우거졌다. 하루가 시작될 때만 해도 분명 봄기운이 가득했으나 기온이 점점 견디기 힘들 정도로 가혹하게 변해 가고 있었다. 두 사람은 동절기에 수목원이 5시에 폐장한다는 사실을 염두에 두고 체계적으로 오솔길을 돌아다녔다. 오솔길들은 수목원의 후미진 곳을 지나 사일번

가까지 쭉 이어졌다. 수색을 접어야 할 시간이 다가오자 매디는 주디스에게 말했다. "마지막으로 이 길을 따라서 울타리까지 걸어가 보자."

나중에 누가 물을지도 모른다. 어떻게 여기까지 와 보실 생각을 했습니까? 매디는 이 질문에 얼이 빠질 게 뻔하다. 차마 사실대로 말할 수는 없다. 여기에 주차하고 데이트를 했던 게 생각나서요. 나와 사귀었던 남자친구들 중에 여기 안 와 본 남자가 없었어요. 결혼 전에 예비 신랑이랑 사랑을 한번 나눠 보려고 수작을 부린 적이 있는데 그 사람은 내가 숫처녀인 줄 알고 결혼식까지 기다리겠다고 했거든요, 근데 그 장소가 바로 여기예요.

이렇게 솔직히 말할 순 없는 노릇이니 그냥 둘러대는 게 낫겠다. 그냥 직감으로요.

정말로 직감에 따라 거리와 맞닿는 울타리까지 쭉 걸어갔는데 울타리 끝에는 땅이 푹 꺼져 도랑이 만들어져 있었다. 울타리는 부서지고 벌어졌지만 거리에서는 도랑 밑바닥이 보이지 않았고 매디의 시야에 들어온 장면은 언덕배기에서 내려다봐야만 볼 수 있었다.

겨울의 회녹색 덤불 사이에서 빛나는 무언가, 유독 빛나는 무언가가 어렴풋이 보였다. 은색 초승달 모양의 무언가가 구두 굽에서 반짝반짝 빛나고 있었다. 신발 한 짝에는 다리가 달려 있었고 다리에는 몸통이 붙어 있었으며 몸통에는 머리와 얼굴이 연결되어 있었다. 지나치게 차분하고 미동도 없는 얼굴. 어린애 얼굴이 이 정도로 꼼짝도 않기란 불가능하다.

암록색 코트와 갈색 팬티스타킹을 입은 테시 파인은 자연에 완전히 스며들어 거의 존재감이 없었다. 그러나 붉은 머릿단은 계절

에 어울리지 않게 피어난 들꽃처럼 도드라졌고 신발은 노을빛에 영
롱하게 빛나고 있었다.

———

순경

출동 명령에 맨 먼저 든 생각은 바로 이거였다. **버거 셰프에 가지
않아도 된다니, 천만다행이다.** 매일 밤, 파트너 폴과 나는 저녁식사
메뉴 문제로 실랑이를 벌이는데 오늘은 폴이 이겼다. 난 지노에서
먹고 싶었다. 변사체가 발견되었다는 신고가 접수되었고 현재 모든
사람이 찾아내려 애쓰는 아동의 시신일지도 모르는데 저녁거리나
떠올리고 있는 내가 무정한 인간처럼 보일 수도 있겠지만 그럴 만
도 한 것이, 막상 현장으로 가 봤자 허탕을 치고 돌아올 것이 뻔하
기 때문이다. 보나마나 신고자는 한 쌍의 십 대 남녀이고 미성년자
로서 해서는 안 될 행위를 했을 것이다. 그러다 뒤늦게 시간을 확인
했고 저녁 시간에 맞춰 귀가해야 하는데 이미 늦어 버렸으니 핑곗
거리를 만들려고 신고 전화를 한 것이 분명했다.

아무튼, 노던 파크웨이 서쪽에서 순찰을 돌고 있던 우리가 수목
원에서 가장 가까이에 있었기에 곧장 출동했다. 폐장 시간이 지났
지만 오늘은 직원이 수목원 정문을 열어 둔 채로 지키고 있었다.

제일 먼저 눈에 띈 점은 신고자 두 명이 소년과 소녀는커녕 십
대도 아니란 사실이었다. 두 여자인데 이십 대와 삼십 대로 보였고
혈연관계는 아닌 것 같았다. 삼십 대 여자는 나보다 못해도 열 살은
많아 보였으나 빼어난 미모로 단번에 눈길을 사로잡았다. 그렇다고
이십 대 여자의 외모가 볼품이 없다는 얘기는 아니니 오해하지 않
길 바란다. 이십 대 여자의 머릿결은 곱고 이목구비도 퍽 괜찮은 편

이었다. 그러나 어두운 빛깔 머리, 밝은 색감 눈동자, 트렌치코트의 꽉 조인 벨트에 고스란히 드러난 가는 허리, 이 삼십 대 여자를 보자마자 머릿속에 한 단어가 절로 떠올랐다. 우와. 난 유부남이고 몇몇 동료들처럼 오입질을 하고 다니지는 않지만 그렇다고 눈뜬장님은 아니다.

그래도 소녀를 찾았다는 말은 여전히 믿을 수 없었고 수목원 입구에서 빙 돌아 사일번가 쪽으로 그들을 따라갈수록 불신이 더 깊어졌다. 번화한 거리는 아니지만 차량이 적잖이 돌아다니는 곳이기에 시체가 있다면 지난 이틀 동안 어떤 연유로든 누군가 발견하고도 남았을 것이다. 순찰차를 주차장에 세워 두고 둘씩 짝지어 걷는 우리 네 사람 모습, 이건 어디서도 볼 수 없는 어색한 더블데이트였다. 머리칼 빛깔이 어두운 여인이 길을 안내했고 나는 옆에서 나란히 걸었다.

여자는 하염없이 눈물을 흘렸다. "제게는 아들이 있어요." 여자가 말했다. "십 대예요." 난 결혼한 지 얼마 안 돼 아이가 없다고 말했는데 어느 정도는 사실이긴 했다. 결혼 3년 차이고 우리 부부는 유산을 두 번 겪었다. 의사 말로는 건강한 자녀가 생기지 않을 이유가 전혀 없다는데 말이다. 부디 내 뒤를 이을 아들을 여러 명 낳고 싶다. 내 아버지도 경찰이다. 1912년에 폴란드에서 이민을 온 할아버지는 영어 실력이 영 늘지 않았는데 만약 영어를 제대로 구사하기만 했다면 우리와 마찬가지로 경찰이 되었을 것이다. 사람들은 그게 다 편견 때문이라는 등 계속 불평을 하는데 여기서 그런 걸 안 겪어 본 사람이 어디 있나. 우리 가족이 아메리카 대륙으로 이주해 볼티모어에 정착했을 때만 해도 이곳은 아일랜드인들이 점령하여 자기들 방식으로 이끌어 가고 있었다. 그다음엔 이탈리아인들이 점령하여 자기들 방식으로 이끌어 갔다. 그리고 중부와 남동부 유럽의 미천한 노동자 출신 이민자들에게도 마침내 차례가 돌아왔다. 세상은 예나 지금이나 쭉 이런 양상으로 흘러간다. 그러니 차례를 기다리기만 하면 된다.

내가 남편의 직업을 묻자 여자는 어처구니없는 질문이라도 들은 양 화들짝 놀라는 모습을 보였다. 하지만 자식이 있다는 것은 남편도 있다는 뜻이 아닌가? 여자가 답했다. "변호사예요." 그러고는 서둘러 덧붙였다. "형사 전문은 아니에요. 민사예요. 부동산법이요."

"벌이가 아주 좋으시겠어요." 나는 무슨 말이라도 해야 할 것 같아서 이렇게 말했다. 굉장히 고요한 밤이었다. 멀지 않은 노던 파크웨이에서 차량 소음이, 신설된 고속도로에서는 차들이 연달아 지나가며 내는 쌩쌩 소음이, 그리고 매년 이맘때면 우거진 나무들 사이를 뚫고 전해지는 존스 폭포 소리가 들려오긴 했으나 마치 교회 안에 들어와 있는 양 적막하기만 했다. 게다가 심각한 상황인지라 우리는 목소리를 낮춰 대화하고 있었다.

버거 셰프의 음식과 난잡한 여자들을 향한 탐욕 외에 폴의 머릿속에 무슨 생각이 들어 있는지 모르겠으나 나는 그냥 부디 이 여자들이 헛것을 보고 신고한 것이었으면 좋겠다. 퇴근이 늦어질까 염려되어서가 아니다. 출근한 지 얼마 지나지도 않았거니와 마땅히 할 일이 있는 것도 아니었다. 그저 죽은 아동의 사건에는 관여하고 싶지 않을 뿐이었다. 왠지 재수 없는 일이 생길 것만 같았다. 이미 유산을 두 번이나 경험했으니 어린아이의 죽음을 더는 마주하고 싶지 않았다. 때로는 벌을 받고 있는 게 아닌가 싶기도 하지만 대체 무슨 죄를 지었기에? 난 선량한 남자다. 어릴 적에 비행을 저지르긴 했지만 안 그런 사람이 어디 있나. 남자 아닌가. 반면, 내 아내 소피아는 여섯 살 연하에 굉장히 순수하다. 아기를 낳아 마땅한 여자다. 신이 나를 벌하는 것까지야 이유가 조금 있으니 그렇다 치지만 소피아는 아니다. 만약 신이 아이들을 선물하시면 우리는 선한 시민으로 아주 잘 키울 자신이 있다. 아들들은 내 뒤를 이어 경찰이 되고, 딸들은 소피아에게 캐비지롤, 양지머리 구이, 피에로기 같은 일품요리를 만드는 비법을 배울 것이다.

사일번가에 도달하니 역시나 나의 바람이 현실로 드러나는 듯했다. 어디에서도 변사체는 보이지 않았다.

"어디—?" 머리색이 어두운 여인이 조바심쳤다. "여기 있는 줄 알았는데." 이십 대 여자는 언덕을 내려오는 동안 웬만해서는 입을 열지 않았고 폴 혼자 수다를 떨었다. 폴은 사귀는 여자가 없는 미혼 남성이지만, 미녀 한 명과 꾸준한 만남을 이어 오고 있었다. 남이 그러고 살거나 말거나 내 알 바 아니다. 결혼 전에 무슨 짓을 하든 본인 자유가 아니겠는가.

이십 대 여자가 말했다. "아니에요, 조금 더 가야 해요." 금세 밤이 깊어졌고 우리는 손전등을 꺼냈다. 그리고 이들의 불안감을 해소하기 위해 내가 나섰다. "이런 실수는 누구나 다 합니다." 바로 그때, 폴의 손전등에서 나온 불빛이 번쩍이는 무언가를 비췄고 순간 우리는 분명히 보았다. 테시 파인, 소녀의 목이 닭의 목처럼 부러져 있었다. 검시관이 아니어도 누구나 단번에 알 수 있는 사실이었다.

우리는 곧장 신고했다. 폴이 두 여자에게 수목원 주차장까지 데려다주겠다고 제안했으나 그들은 시너고그에서 여기로 걸어온 터라 주차해 놓은 차가 없다고 대답했다.

"택시를 잡아 드릴게요." 내가 말했다.

그러나 삼십 대 여자가 거부했다. "아니, 아니에요. 저— 저는 여기 계속 있어야겠어요. 저는 엄마예요. 만일 제 아들에게 변고가 생겼는데 다른 집 학부모가 발견한다면 전 그분이 현장을 끝까지 지켜 주셨으면 좋겠어요." 나로서는 좀처럼 이해가 가지 않는 주장이었지만 존중해야 했다. 그리고 소피아도 분명 똑같은 결정을 내렸을 것이다.

해가 지니 추위가 몰려들며 뼛속까지 시렸고 희한하게도 혹독한 한겨울보다 습한 3월이 견디기가 더 힘들었다. 숙녀들의 어깨에 아무것도 걸쳐 주지 못해 미안했다. 하지만 재킷을 벗어 주면 나는 셔츠 차림으로 버텨야 하는데 두 사람은 코트를 입고 있지 않은가. 살인사건 전담 형사들이 도착했고 폴과 나는 거리에 사람들이 모이지 않도록 막았다. 두 여자는 머리가 잔혹한 각도로 꺾인 소녀의 시신을 현장에서 옮길 때까지 자리를 지키려는 모양이었다. 소녀에게 이런 짓을 벌이는 데에는 굳이 괴력이 필요하지 않다. 웬만큼 억하심정을 품어서는 이럴 수가 없다. 대체 누가 이런 만행을 자행할 정도로 이 어린 소녀에게 화가 났던 걸까? 부디 성범죄는 아니길 간절히 바랐다. 내 자식이 이런 식으로 죽으면 난 눈알이 까뒤집혔을 것이다.

머리 색이 짙은 여인은 이 사건으로 큰 타격을 받은 기색이었다. 본인에게도 자녀가 있으니 남 일처럼 느껴지지 않는 모양이다. 아니면, 본인의 결정으로 여기까지 내려와 살펴보게 되었기 때문인지도 모른다. 어떻게 여기까지 와 보실 생각을 했습니까? 우리가 물었지만 여자는 아무런 응답도 하지 않은 채 그저 두 팔로 본인의 상체를 꼭 감쌀 뿐이었다.

소식은 삽시간에 퍼졌다. 무전을 칠 때 조심한다고 신경을 쓰긴 했지만 현장은 텔레비전 힐에서 1~2킬로미터도 떨어져 있지 않았으며 도로는 봉쇄되었으니 소문이 번지는 것은 시간문제였다. 지금처럼 구름 한 점 없는 늦겨울 밤에는 수킬로미터 밖에서도 빨강과 파랑 불빛이 보이게 마련이다. 시민들은 걱정이 되어 여기저기 전화를 걸고 있을 것이다. 기자들은 제한 구역 밖에서 이따금씩 큰 소리로 질문을 던졌지만 웬만해선 침묵했다. 《스타》의 기자 잭 딜러가 걸어오는 모습이 눈에 띄었다. 경찰 출입 기자 생활을 오래 한 터라 기자라기보다는 경찰에 가까운 인물이었다. 우리가 딜러에게 물러서라고 명령하자 기자가 사근사근한 몸짓을 보였다. "테시 파인 맞지? 이것만 알려 줘." 기자가 말했다. 결국 딜러는 확실하다는 답을 받았으나 내게서 받은 것은 아니었다.

당연히 우리는 여자들을 차로 집에 데려다주었다. 두 사람이 정반대 방향에 거주하리라고는 상상도 못 했다. 둘이 어떻게 알게 된 사이인지, 어쩌다 한 팀이 되어 수색에 나섰는지 궁금했다. 삼십 대여자가 앞좌석에 탔지만 우리는 그냥 내버려뒀다. 폴은 뒷좌석에 앉아서 쉬지 않고 재잘재잘 떠들어 댔다. 저 화상이 이십 대 여자에게 어지간히도 추파를 던지고 있다. 우리는 파이크스빌로 이동했다. 그때만 해도 역시나 이 여자들은 유대인 동네에 사는구나 생각했다. 하지만 두 번째 여자, 변호사 남편을 둔 숙녀가 우리에게 말했다. "저는 시내에 살아요. 죄송해요. 괜히 저 때문에 많이 돌아서 가시게 되었네요."

우리는 괜찮다고 말했다.

시내로 향하는 길에 나는 여자에게 조언 한마디를 건넸다. "기자들과 얘기할 필요 없어요. 아예 말을 섞지 않으시는 게 나을 거예요."

"왜요?"

"살인범이 어딘가에서 아직 활보하고 있으니까요. 우리가 어떤 정보를 습득했는지 살인범이 모를수록 수사에 도움이 돼요. 게다가 범인을 체포하기 전까지는 기자들이 당신을 화젯거리로 삼으려 할 거예요."

이 말에 여자가 잠시 생각에 잠겼다. "그게 나쁜 건가요?"

"좋지도 않고 나쁘지도 않아요. 하지만 한 번 시작되면 되돌릴 수가 없어요. 그게 답이다. 개처럼 물고 늘어질 거예요. 기자들 말이에요. 찌꺼기라도 집어 먹으려고 득달같이 달려들 겁니다. 게다가 기자가 엄청 많은데 다들 나름의 관점을 가지고 있어요. 첫 번째 기자가 당신을 칭송하는 기사를 쓴다고 해도 다른 기자들은 당신을 물어뜯으려고 혈안일 거예요."

"저를 물어뜯어요? 제가 뭘 잘못했다고요?" 여자가 굉장히 당황한 기색을 보이자 안쓰러운 마음이 들었다.

"잘못하신 것은 없어요. 그저 경고해 드리는 거예요. 기자들은 좋은 일조차 나쁜 일로 둔갑시키는 재주가 있거든요. 기자들은 원래 그래요." 한 기자가 내 아버지의 명예를 더럽힌 적이 있다. 별 탈 없이 마무리되긴 하였지만 당시 사건을 통해 나는 뼈저린 교훈을 배웠다.

우리는 대성당 근처 낡고 허름한 아파트 건물에 여자를 내려 주었다. 나는 집까지 데려다주고 싶었지만 여자가 완강히 거부했다. 과하다 싶으리만치 완강한 태도를 보니 아무래도 내가 자기에게 무슨 수작을 부리는 거라고 의심하는 눈치라 불쾌했다. 난 여자에게서 들은 이야기 조각들을 하나씩 맞춰 보았다. 아들이 한 명 있다고 했으니 시기가 언제가 되었든 간에 남편은 분명히 있었단 얘기다. 아들이 성인일까? 만일 결혼을 이른 나이에 했다면 그럴 수 있다. 이런 아파트에 아이가 산다? 이건 상상이 되지 않았다. 아내와 나, 우리는 현재 패터슨 공원 근처 로하우스[22]에 살고 있다. 지금까지야 운수가 사나워서 아직 자녀가 없지만 언젠가 아이들이 태어나면, 아니, 확실히 태어날 텐데, 아이가 생기고 내가 승진하면 바로 최소한 작은 잔디밭이 있는 집을 찾아 멀리 이사 갈 것이다. 나는 잔디밭이 있는 집에서 살아 본 적은 없지만 자고로 아이들은 마당 있는 집에서 자라야 한다. 좌우간 이제부터 내가 할 일은, 폴을 뒷좌석에 태운 채 지구대로 돌아가 순찰차를 반납하고 집에 가서 지금쯤 자고 있을, 아니, 자는 척하고 있을 아내 곁에 눕는 것이다. 아내는 요즘 신체 접촉을 부쩍 꺼린다. 아내는 자기의 신체 때문에 우울해하고 있을 뿐만 아니라 내가 자기 때문에 우울해하고 있다고 생각하지만 나는 아내를 원망하지 않는다. 추호도 원망하지 않는다.

나는 폴을 포함해 여러 동료들과 함께 맥주를 마셨다. 그리고 테시 파인을 발견한 경험담을 들려주면서 우리의 역할을 살짝 부풀렸다. 매디라는 숙녀와 친구의 공을 깎아내린 셈이었지만 어쨌거나 손전등으로 신발을 비춘 사람은 폴이었고 당시 현장의 전문가는 우리였지 않은가. 아무튼 나는 맥주 딱 한 잔만 마신 뒤 매디의 아파트 건물이 있는 길을 따라 집으로 돌아가기로 결심했다. 이유

---

22 양옆 건물과 벽체를 공유하는 저렴한 다가구주택으로 서민과 중산층이 거주했다. 이런 건물은 도심과 가까운 곳에 들어섰는데 1960년대부터 인종 갈등이 벌어지고 범죄가 늘어나 중산층은 도시 외곽으로 빠져나가고 도심은 위험하고 지저분한 곳이 되어 버렸다.

는…… 나도 모른다. 그냥 매디가 걱정됐다. 거긴 요조숙녀가 살기에 안전한 장소가 아니다.

목적지에 도착하자 밖에 주차된 순찰차 한 대가 눈에 띄었다. 이제는 진짜로 걱정이 됐다. 무슨 일이라도 생긴 걸까? 시체를 목격한 사람이 받는 충격은 이루 말할 수 없다. 아니, 그렇다고 들었다. 사실 나도 이번에 처음 보았다. 어쨌든 내가 매디의 집으로 올라가 보려고 찻길을 건너려는 찰나 제복을 입은 사람이 혼자서 건물에서 나와…… 순찰차에 타는 모습을 보았다. 말도 안 돼, 정말 말도 안 된다. 저 남자는 진짜 경찰일 리가 없다.

왜냐하면 피부가 잉크보다 새까만 남자인데 유색인 경찰은 차를 이용할 수가 없기 때문이다.

나는 차량 번호를 메모했다. 내 관할 구역인 북서부 순찰차이다. 내일, 북서부 지구대 순찰차가 왜 새벽 3시에 매디 슈워츠의 아파트 밖에 주차되어 있었는지 수소문해 볼 것이다. 한밤중에 유색인 경찰이 왜 저기에서 나왔는지도.

———

1966년 3월

비밀을 품은 채로 세상을 누비자니 기분이 참으로 묘했다. 퍼디를 두고 하는 말이 아니다. 퍼디의 존재는 남들의 편견 때문에 어쩔 수 없이 혼자만의 비밀로 유지하고 있는 **현실 타협 대상**이다. 테시파인을 찾는 데 혁혁한 공을 세운 사람은 매디인데 이 사실을 아는 사람이 주디스와 소수의 경찰관밖에 없으니 하는 말이다. 신문사들은 '행인 두 명에 의해 발견'되었다 표현했고 텔레비전에서는 윌리스 라이트를 포함해 모든 뉴스 진행자들이 '한 쌍의 젊은 목격자'라고 말하고 있었다. 완전히 틀린 소리는 아니지만 그렇다고 옳지도 않았다. '한 쌍의 젊은 목격자'란 표현으로 발견자가 웬 청춘 남녀로 둔갑된 것만 문제가 아니었다. 매디의 공이 우연에 불과한 것처럼 알려지고 있었다. 그 장소로 찾아가 볼 생각을 한 사람, 마지막 오솔길을 쭉 걸어가 볼 생각을 한 사람은 다름 아닌 매디인데 기사를 읽고 뉴스를 보면 누구도 이 사실을 알 길이 없다.

아직 범인은 체포되지 않았다. 하지만 퍼디 말에 따르면 가장 유력한 용의자는 물고기 가게 직원이다. 직원은 소녀가 가게에 들어왔다가 금방 나갔다고 진술했지만 이 말을 믿는 사람은 아무도 없었다.

그리고 퍼디는 매디와 주디스가 아주 잠시 '요주의 인물'이었다는 사실도 알려주었다.

"그게 무슨 소리야?" 테시 파인의 시신이 발견되고 이틀이 지난 날, 매디는 침대에서 퍼디와 함께 맥주를 마시다가 물었다.

"살인사건 전담 경찰은 원래 시신을 발견한 사람들도 예의 주시하는 법이야. 이건 수사 과정 중 일부니까. 그런데 해가 질 무렵에 두 여자가 사일번가까지 계속 걸어갔으니 다들 두 사람이 레즈비언이라고 의심했지. 아마 지금도 그렇게 생각하고 있을걸."

"수색대에 합류하려고 했는데 거절당해서 우리끼리 찾아다닌 거라고 분명히 얘기했는데." 매디가 말했다. 세상에 어떻게 매디를 레즈비언이라고 의심하는 사람이 있을 수가 있지? 그러나 레즈비언이었다면, 『그룹The Group』의 레이키Lakey 같으리라고 장담한다.

"자기야, 사람 말을 곧이곧대로 믿는 형사는 형사 자질이 없다는 뜻이야." 퍼디가 침묵하는가 싶더니 잠시 후 다시 말했다. "난 형사가 되고 싶어."

"당신은 되려고 마음먹으면 뭐든 다 될 수 있는 사람이야."

"경찰서는 차별이 만연한 곳이야, 매디. 흑인 경찰은 도보로 순찰하고 있어. 마약 범죄 위장 수사 정도는 시켜 주지만. 그런데 우리는 차를 이용하지도 못해. 내게는 무전기도 없잖아. 긴급 전화기 열쇠 달랑 한 개만 가지고 다니지. 우리가 만났을 때를 기억해?"

매디는 아프리카제비꽃을 슬쩍 쳐다봤다. "그걸 어떻게 잊겠어."

"하여간, 두 여자가 해가 지는데도 자택에서 멀리 떨어진 으슥한 곳까지 걸어갔잖아. 장담하는데, 두 사람은 분명 소녀와 아는 사이냐는 질문을 받았을걸."

진짜 그랬다. 그러나 매디는 사교적인 대화 정도로 여겼고 그저 고이가 유대인 공동체에 존재하는 유대감에 호기심을 품고 건넨 질문이라 생각했다. 어머나, 그것도 모르고 경찰 앞에서 별의별 소리를 나불거렸네. 그애 할머니와 저희 어머니는 서로 아는 사이예요. 볼티모어 북서부에서 모피를 가진 여자라면 파인 가족을 모를 리가 없어요. 그리고 옛날에 그애의 아버지와 저는 같은 학교를 다녔어요. 그애 아버지가 한 번은 제게 춤을 신청했었죠. 눈치도 없이 술술 떠벌리고 왔다는 사실을 깨닫자 매우 수치스러웠고 자신이 내뱉은 소소한 정보에서 아주 조금이라도 경찰이 의심스러운 정황을 포착했을지 궁금했다. 그러고 보니 바로 다음 날에는 매디와 주디스가 따로 질문을 받았네. 이 또한 당시에는 전혀 이상하게 여기지 않았다.

"그렇다고 진지하게 고려된 용의자는 절대 아니었어." 퍼디가 덧붙였다. 그런데 이 한마디가 왠지 모르게 더욱 모욕으로 다가왔다. 매디가 없었다면 결코 이룰 수 없었던 성과인데, 어쩌다 이 사건에서 단역으로 전락하게 되었단 말인가? 자신을 묘사할 수식어는 안 봐도 뻔하기 때문에 신문이나 텔레비전에서 거론되는 것은 원하지도 않았다. 매디라는 이름 앞에 어떤 표현이 붙겠는가? 별거 중인, 남편과 이혼한, 자식과 (원치 않게) 소원해진. 매들린 슈워츠는 누구인가? 테시 파인의 시체를 최초로 발견한 사람이라고 당당히 주장하려면 이 질문에 답을 할 수밖에 없다.

다음 날, 아무래도 그냥 조용히 사는 편이 낫겠다고 결론 짓고 산책에서 돌아온 매디는 트렌치코트와 모자 차림으로 입구 계단에 걸터앉은 살집 있는 남자를 마주했다.

"보브 바우어입니다." 남자가 한 손을 내밀며 말했다.

"누구신지 알아요." 매디가 말했다. 《스타》에서 보브 바우어가 맡고 있는 칼럼은 굉장히 유명했다. 그의 글에는 언제나 유쾌한 펜화가 곁들여져 있었다.

"그쪽은……."

"매디 슈워츠예요."

"제가 제대로 찾아왔군요." 기자가 말했다.

"무슨 일이시죠?"

"이미 알고 계실 것 같은데요. 이러지 말고 안으로 들어가는 게 어떨까요? 여기까지 걸어왔는데 온통 오르막길이잖습니까. 저처럼 뚱뚱한 남자에게는 여간 힘든 길이 아니랍니다."

"제가 보기에는 뚱뚱하지 않은걸요." 매디가 말했다.

"글쎄요, 그렇다면 이 몸뚱이가 어떻게 보이는지 궁금하네요."

보브 바우어를 만났다는 사실에 몹시 설레었고, 매디는 자신이 들떠 있음을 실감하며 그를 실내로 들인 뒤 물 한 잔을 건넸다. 기자가 3층까지 걸어 올라오느라 힘이 들었는지 숨을 쌕쌕 내쉬었다.

"집이 멋지군요." 기자가 말했다. "하마터면 실수로 다른 주소로 찾아갈 뻔했는데 정보통 덕에 제대로 왔네요."

"다른……?"

"전에 사셨던 곳이요."

아주 잠시, 매디는 기자가 지스트가에 있는 집으로 찾아가려 했다는 줄 알았다. 그러나 이내 밀턴과 세스가 사는 집으로 찾아갈 뻔했다는 사실을 깨달았다. 하마터면 파국으로 치달을 뻔했구나 싶어 천만다행이라고 생각한 것도 잠시, 자신이 왜 이토록 안도의 한숨을 내쉬어야 하는지 영문을 알 수가 없었다. 대체 무슨 잘못을 저질렀다고. 오히려 매디가 테시 파인을 찾아냈다는 사실이 세스에게 알려지는 편이 낫다.

"남편과 저는 이혼 절차를 밟고 있어요." 매디가 말했다.

"그런 일이야 명망 높은 가문에서도 흔히 겪잖습니까. 그나저나 친구 분과 테시 파인을 찾으셨다던데 인간애가 아주 돋보이는 이야기더군요. 대중에게 알려 마땅한 일화라고 생각하시지 않습니까?"

마음 같아서는 동의하고 싶었다. 하지만 그랬다가는 속사정까지 낱낱이 드러날 것이 뻔했다. 현재의 처지뿐만 아니라 어쩌다 수목원으로 향하게 되었는지 설명해야 할 테고 꼬리에 꼬리를 물고 이어진 사고의 흐름이 고스란히 드러날 것이다. 어떠한 연유로 그런 결정을 내렸는지 제대로 설명하려면 과거에 거기에서 위험천만한 애무를 나누었다는 얘기를 안 할 수가 없다. 건전하게 각색하여 이야기를 전한다 하더라도 결국은 전부 다 실토할 것이다. 퍼디의 존재, 신혼 첫날밤 숫처녀 행세를 한 이야기, 매디로 하여금 그런 연기를 하게 만든 남자의 정체, 오랜 세월 안전하게 묻어 둔 비밀마저도 다 털어놓게 될까 겁이 났다.

"세상 사람들에게 주목받고 싶은 마음은 없어요." 매디가 말했다.

"성은 빼고 이름만 적을 수도 있답니다." 기자가 말했다. 다정하고 정중한 태도 이면에서 똬리를 틀고 있는 집념이 엿보였다. 모자와 코트를 벗지 않고 있지만 목적을 이루기 전까지는 이 주방 의자에서 절대 엉덩이를 뗄 사람 같지 않았다. "일부 세부 사항은 모호하게 쓰면 되고요."

"제게는 기자님과 인터뷰를 해야 할 의무가 없어요. 전 이런 걸 잘 알아요. 남편이 변호사니까요."

기자가 미소를 머금었다. "물론, 의무는 아니죠. 도덕적으로나 법적으로나. 그렇지만 대중이 궁금해하는 이야기의 주인공 아닙니까. 이 일화를 세상과 공유하고 싶지 않으신가요?"

매디는 잠시 상상의 나래를 펼쳐 보았다. 세상 사람들의 주목을 한몸에 받는다. 기분이 어떨까? 이게 왜 이리도 궁금한 걸까? 그래도 안 된다, 이런 식으로는 절대 안 된다. 그 순경의 경고를 떠올리며 단호히 결단을 내렸다.

그러나 이 남자에게 뭐라도 줘야 한다는 의무감이 들었다. 왜? 이유는 알 수 없었다. 확실한 것은, 남자가 찾아와 무언가를 요구하면 왠지 도와야 할 것처럼 느껴진다는 사실이었다. 하지만 이는 아이를 양육하는 어머니의 모성애와 유사했다. 그러니 관심을 다른 데로 돌리면 된다. 아이가 사탕이나 초콜릿을 먹고 싶어 할 때 건강식을 줌으로써 아이로 하여금 원하던 것을 먹게 되었다고 믿게 만드는 방법이다.

"전 이 이야기의 주인공이 아니에요." 매디가 말했다. "반려동물 가게에서 일하는 남자가 주인공이죠."

"그걸 어떻게 아시는 거죠? 그 사람이 체포된 것도 아니잖습니까."

애인에게서 들었으니까 알죠. 차마 이렇게 답할 순 없는 노릇이었다. "경찰 측에서는 아직 공개하지 않았지만 시신에서 발견된 게 있어요. 경찰이 시신에서 뭔가를 찾아냈거든요. 현재 조사 중이고 보고서를 기다리고 있는 중이에요. 결과가 확인되는 대로 가게 직원을 바로 체포할 거예요."

기자가 감탄한 눈치였다. 더욱 중요한 사실은 이제 매디에게 관심을 보이지 않았다는 점이다. "대답하기 몹시 어려운 질문을 하나 하겠습니다. 설령 사실이라 해도 신문에 절대 보도하지 않을 겁니다만, 혹시 경찰이 성범죄를 의심하고 있습니까?"

답을 알지는 못하나 왠지 모르게 테시 파인의 명예를 지켜 주고 싶은 기묘한 충동이 일었다. "아니요." 매디가 말했다. "하지만 범인은 반려동물 가게 직원이에요. 지켜보세요."

기자가 모자를 벗고 정중히 인사했다. "슈워츠 부인, 덕분에 굉장히 유익한 시간을 보내고 갑니다."

"정말 제 이름은 언급하지 않을 거죠?"

기자가 미소 지었다. "예, '제보자'라고 하지도 않을게요. 다만 본사에서 동료들과 담소를 나눌 때는 직접 얻은 정보라고만 말해 두겠습니다. 직접 얻은 정보가 맞잖습니까?"

이런 상황에서 직접 얻은 정보가 어떤 뜻으로 쓰이는 말인지 정확히 알 수는 없었지만 매디는 잠자코 고개를 끄덕였다.

———

칼럼니스트

나는 칼럼니스트다. 특종을 터뜨릴 필요가 없으므로 기삿거리를 찾지 못해 전전긍긍하지 않는다. 지금은 무슨 소식을 전하는 일은 웬만해선 하지 않고 있다. 일종의 명예 훈장을 가진 셈으로 경쟁을 넘어선 위치에 올랐기 때문에 내 말이 무조건 진리인 양 거들먹거리며 말해도 되고 그냥 내 인생 이야기를 스케치 기사[23]로 쓰기만 해도 된다. 이게 바로 내가 주로 하는 일이다. 나는 교외의 삶, 아내, 자식들에 관한 이야기를 쓰고 있다. 그러나 이따금씩 어느 사건에든 개입해야 할 것 같다는 생각이 든다. 아내에 관한 웃긴 이야기를 써서는 헨리 루이스 맹켄처럼 프랫 도서관에서 자기만의 공간을 가질 수 없다. 볼티모어에서 활동하는 기자라면 맹켄을 모범으로 삼아야 한다. 맹켄과 짐 브래디에 더하여, 야간조 경찰 출입 기자로 활동하던 초반만 해도 이렇다 할 성과를 내지 못했지만 훗날 명성을 얻은 러셀 베이커도 귀감이 된다.

그러나 테시 파인, 이 소녀에 대해서는 기필코 글을 써야만 했다. 알아야만 했다. 소녀의 부모를 찾아가 대화를 나누면 금세 해결될 일이었다. 그들이 문을 활짝 열고 나를 반길 게 뻔했다. 웬만하면 다들 나를 환영한다. 만화 주인공으로 살다 보니 어느새 사람들에게 유독 더 신뢰를 받게 되었다. 나와 대화를 나눈다고 무슨 해가 되겠는가? 그들에게 나는 그저 재미있는 그림 속에서 튀어나온 사람에 불과한데 말이다.

나는 이 사실을 자주 곰곰이 생각한다. 내가 어느 정도로 만화 속에 사는 인물인지 말이다.

여하튼, 우리 신문사에서 야간조 경찰 출입 기자로 오랜 세월 활동해 기자보다는 경찰에 더 가까운 딜러와 대화를 나누었다. 내 평생 그 정도로 호기심이 없는 사람은 한 번도 본 적이 없다. 사람들 생각과 달리 신문사에는 딜러 같은 부류가 은근히 많다. 딜러가 취

---

23 생생한 묘사가 특징인 기사.

재한 정보를 야간 리라이트[24] 담당자에게 왈왈 질러 대는 꼴을 보고 있자면 그냥 개 한 마리에게 중절모를 씌우고 수첩을 손에 쥐여 주는 것과 뭐가 다를까 싶다. 소녀, 사망. 사일번가 길가에서 발견. 아직까지 검거된 용의자 없음. 제보자에 따르면 테시 파인의 시신이 확실함. 가끔 딜러는 손에 넣은 정보의 중요도를 인지하지 못하는 경우가 있는데, 내게 현장에 있었던 두 여인에 대해 설명해 준 사람은 다름 아닌 딜러였다. 경찰서 인맥을 활용하면 되므로 여인의 성명을 알아내는 것은 쉬운 죽 먹기였다.

나는 《스타》의 사무실이 있는 항구에서 북쪽으로 올라가는 길이 얼마나 경사가 졌는지 이번에도 깜빡하고 대성당가에 있는 여자의 집까지 걸어갔다. 딱히 열악한 동네는 아니지만 그렇다고 좋은 동네도 아니었다. 참한 아가씨가 왜 이런 동네에 계시는 겁니까? 인도를 걸어 올라오는 이 여자를 보는 순간 마음 같아선 한번 물어보고 싶었다. 비트족 차림새로 꽤 어려 보였다. 그래, 솔직히 거리가 가까워질수록 생각만큼 젊어 보이진 않았지만 지금 이 순간 늦겨울이라기보다는 초가을 분위기를 자아내는 이 산들바람처럼 생기발랄한 여자였다. 여자는 내 아내, 지금 아내 말고, 내가 진짜 결혼했던 아내를 상기시켰다. 현재의 아내가 27년 전에 나와 결혼식을 올린 아내가 맞긴 한데, 내가 펜실베이니아 퀸시의 한 고등학교에서 만났던 여자는 아니다. 아내를 원망하지는 않는다. 구약성서의 욥조차도 우리가 겪은 시련은 끝내 견뎌 내지 못했을 것이다.

이 여자가 나와 대화를 나누길 꺼린다는 사실에 적잖이 놀랐다. 사람들이 보브 바우어와 대화를 나누길 얼마나 바라는데. 그래도

---

24 취재기자가 제출한 기사를 윤문하는 일.

더 좋은 정보를 주었으니 나로서는 이득이었다. 보아하니 현장에서 엿들었거나 입방정을 떤 순경에게 들은 모양이었다. 그렇게 예쁜 여자는 허세를 부리고 잘난 척을 할 법도 한데 예상과 달랐다. 아무튼 나는 아는 형사에게 전화를 걸었는데 그는 언제나 내게 친절하다. 동정심에서 우러난 친절일지도 모르지만 상관없다. 나는 그의 친절을 기꺼이 손에 쥘 것이다. 난 받을 만하니까. 다른 경찰이나 기자들을 마주칠 염려가 일절 없는 술집에서 만나자고 제안하여 우리는 콜드 스프링 레인에 위치한 알론소에서 만나게 되었다.

그런데 어럽쇼, 그 여자 말이 사실이었다. 직원이 정말로 유력한 용의자였다.

"손톱 사이에서 뭔가 발견됐어." 나의 형사 친구가 말했다. "그리고 머리카락에서도. 대부분이 머리에 있었지."

"타인의 혈흔?" 이 질문을 할 때 내 머릿속에는 한 가지 생각뿐이었다. 그 여자는 분명 성범죄가 아니라고 단언했다.

친구가 고개를 내저었다. "모래에 가까운, 희한한 흙이 묻어 있어. 시체가 발견된 공원에 있는 흙과는 달라. 메릴랜드 전역을 다 뒤져도 그런 흙은 도통 찾을 수가 없더라고."

"어떻게 그럴 수가 있지?"

"수족관 모래니까!" 남자가 말했다. "그런데 내일 영장을 집행하기 전까지는 기사로 쓰면 안 돼. 경찰이 집에서 체포할 예정이거든. 모친과 같이 사는 녀석이야."

나이를 그렇게 먹고도 어머니와 같이 살고 있다니 지질이가 따로 없구나, 생각하며 우리는 동시에 콧방귀를 뀌었으나 만약 성인이 된 아들이 우리 집에 들어와 함께 산다고 하면 내 가슴은 안에서 폭죽이 터지기라도 한 양 벅차오를 것이다.

"이 사건을 밀착 취재하는 기자가 있으면 참 좋을 텐데." 내가 말했다. "자네들이 얼마나 영리한지 돋보이게 할 수 있는 든든한 기자 말이야."

역시나 아첨이 통했다. 웬만하면 통하는 수법이다. 나는 용의자를 검거하는 경찰과 동행하지는 않고 경찰서에서 그들을 기다렸다. 그는 자기가 미쳤다고 주장하지만 진짜 미치광이는 원래 그런 말을 하지 않는 법이다.

그의 청소 실력은 딱하다 싶을 정도로 아주 허술했다. 반려동물 가게의 지하는 증거로 득실거렸다. 그런데 증거가 왜 지하에 있었을까? 남자가 뭔가를 약속하였으니 소녀가 아래층으로 내려간 것이다. 검시관의 소견에 따르면 범인은 소녀를 죽지 않을 만큼 강하게 때린 다음 목을 부러뜨렸다. 아무렴, 범인이 소녀의 목을 단칼에 부러뜨렸을 리가 없다. 근래에 영화 〈싸이코〉를 봤을 게 뻔하고 빠져나갈 구실을 미리 마련해 뒀을 것이다.

내가 터뜨린 특종으로 난리법석이 났다. 예상한 일이었다. 다른 모든 신문사가 내 기사의 꽁무니를 따르려고 안간힘을 다했다. 경찰 전담 젊은 기자들은 물론이거니와 내가 속한 신문사의 기자들까지도 분통을 터뜨렸다.(반면 딜러는 내 제보자의 정체에만 관심을 기울이고 있다.) 경찰서에서 최고의 특종을 낚아 올린 나란 사람은 과연 누구인가? 내가 어떤 사람인지 직접 알려 주겠다. 난 보브 바우어다. 제2차 세계대전에 참전했고 고향으로 돌아와 고등학교 때부터 쭉 사랑했던 여자와 결혼을 하고 기자로서 바닥에서 시작하여 최고의 자리에 올라왔다. 나는 특집 기사, 정보 제공 뉴스, 정치 분석 등등 무엇이든 쓸 수 있다. 신문업계 거물로서 원하는 곳은 어디에든 앉을 수 있다. 내 기사가 실리는 날, 나는 일요판을 내는 사무실 모퉁이 책상 앞에 앉아 다른 기자들에게 찬사와 축하 인사, 그리고 어떻게 이런 특종을 따낸 것이냐는 질문 세례를 받았다. 나는 미소를 머금고 한 손가락을 까딱거렸다. "영업 비밀입니다, 여러분. 영업 비밀이에요."

퇴근 후 내게 축하 파티를 제안하는 직원은 아무도 없었다. 행여 제안을 받았다 하더라도 수락하지 못했을 것이다. 그래도 누가 물어봐 주었다면 무척 기뻤으리라. 동료들과 어울리지 않은 지 오래되니 이제는 누구도 내게 한잔 하지 않겠냐고 묻지 않는다.

그래서 나는 노스우드에 있는 음침하고 처량한 집으로 돌아갔다. 집에 가면, 내 칼럼 속 '베티'라는 인물에게 영감을 주는 여자, 내가 리키 리카르도라면 루실 볼[25]인 여자, 전신이 다발성경화증 덩어리인 여자가 휠체어에 앉아 있다. 이 여자는 하루 종일 술을 마시지만 누가 감히 손가락질 할 수 있겠는가? 내 칼럼 속 '베티'는 춤을 추러 다니고, 온 동네를 들쑤시고 돌아다니며 귀여운 사고를 치고, 요리하고, 청소한다. 그러나 실제로는 요리는커녕 더 이상은 청소도 못 한다. 나는 할 수 있는 한 최선을 다하고는 있지만 늘 역부족이다. 그렇다고 대신 일할 사람을 고용하고 싶진 않다. 이 말인즉, 누군가를 집 안으로 들여 지금껏 내가 신문지상에서 창조해 낸 환상적인 삶, 즉 덜렁이 아내, 그런 아내와 대조되는 성격으로 아내의 매력을 돋보이게 만들어 주는 남편, 웃고 웃고 또 웃는 아들과 딸이 사는 유쾌한 가정생활이 거짓이란 사실이 폭로되도록 놔둘 순 없단 뜻이다.

---

25 1950년대 미국에서 선풍적인 인기를 끌었던 흑백 시트콤 〈왈가닥 루시〉의 주인공. 1951년 10월 15일 처음 방송된 이 프로그램은 주인공 가정주부 루시와 음악인 남편 리키의 일상을 담아냈다.

아들은 캘리포니아에 있다. 딸은 세 살 때 백혈병으로 목숨을 잃었다.

나는 매디 슈워츠에게 이렇게 말했어야 했다. 누구에게나 비밀은 있죠. 제게도 비밀이 있답니다. 당신에 대해 최대한 두루뭉술하게 쓰겠습니다. 남편과 헤어졌다는 이야기를 세상 사람들에게 알리지 않을게요. 경찰이 물고기 가게 점원을 예의 주시하고 있다는 사실을 당신이 어떻게 알고 있는지는 제가 알 필요가 없습니다. 그렇지만 당신에게 정보를 준 사람은 남자가 맞지 않습니까, 매디 슈워츠? 당신 같은 여자들에게는 언제나 남자가 끊이지 않는 법이니까요.

아내와 나는 텔레비전 앞에서 밥을 먹었다. 내가 터뜨린 특종이 모든 뉴스를 덮어 버렸다. 아내는 비지땀을 흘리며 축하해 주었지만 내 영광이 얼마나 공허한지는 아내도 알고 나도 안다. 물고기 가게 직원, 백혈병. 적어도 물고기 가게 직원의 경우에는 양손으로 놈의 목을 조르는 상상을 하거나 놈이 가스실로 끌려 들어가는 장면을 그려 볼 수라도 있다. 파인 가족이 부럽다는 말은 아니다. 내가 겪은 고통을 누군가 똑같이 당하기를 바라는 것은 결코 아니다. 그래도 파인 부부는 11년이란 세월 동안 딸과 함께한 반면 우리는 고작 3년을 함께 살았을 뿐이다.

3년. 1000일에 자투리로 고작 며칠을 더한 날수.

내일은 칼럼 마감일이다. 내 딸이 우리 차고에 악마가 산다고 믿었던 때의 이야기를 쓸 예정이다. 과연 이게 실제로 있었던 일이겠는가? 진실이건 아니건 무엇이 중요할까? 내 삶을 꼭 사실 그대로 기재할 필요는 없다. 잘못 쓴다 한들, 누가 알겠는가?

———

열한 살 때, 사회 수업 시간에 선생님이 미국의 10대 도시를 조사하는 숙제를 내주었어요. 볼티모어는 6위에 올라와 있긴 했지만 5위 디트로이트의 인구수가 200만 명에 가까운 반면 6위 볼티모어는 100만 명도 안 되니까, 차이가 눈에 확 띄더라고요. 인구가 800만 명에 달하던 1위 뉴욕에는 애초에 비교조차 안 되었고요. 시카고, 로스앤젤레스, 필라델피아, 바로 이런 데야말로 진짜 도시였어요. 볼티모어는 한낱 마을 수준에 불과했죠. 어떤 아이들은 고향이라 자부심을 느꼈는지 아니면 그냥 편해서 그랬는지 볼티모어를 조사하길 바랐어요. 하지만 나는 오직 뉴욕만을 원했죠. 그런데 선생님은 당시 10위에 불과했던 세인트루이스 팀에 나를 넣었어요. 설마 내가 세인트루이스와 어울린다는 거예요, 뭐예요? 부아가 치밀었어요. 자랑거리라고는 미시시피강과 신발 공장밖에 없는 볼품없는 세인트루이스 따위와 나를 엮다니. 나는 일류 도시에 살 팔자인데 세인트루이스는 삼류잖아요.

내가 당신에게 굳이 이 얘기를 꺼내는 이유는 말이죠, 매들린. 볼티모어는 보잘것없고, 볼티모어에서 돌아다니는 패거리들은 더욱 보잘것없다는 말을 하려는 거예요. 내가 주로 지냈던 구역에서 퍼디 플랫을 모르는 사람은 없었어요. 여자 취향은 물론이거니와 발렌타인 에일 입맛까지도 유명했어요. 내게 추파를 보내진 않았어요. 내게 남자가 있는 것도 모자라 그가 대단한 재력가였으니 천치가 아닌 이상 함부로 추근댈 수 없었죠. 그리고 애당초 자기가 꾀어낼 필요가 없는 여자들을 만나면서 돈을 아끼는 남자였어요. 퍼디 플랫은 꽤나 짠돌이인데 당신도 이쯤이면 이미 다 알겠네요. 그런데 자기 여자를 여기저기 데려가주지도 않고 돈도 안 쓰는 남자를 대체 왜 만나는 거예요? 공공장소에서 같이 못 다닐 여자, 유부녀, 백인 여자. 이 세 조건을 다 갖춘 매디 슈워츠 당신을 만나다니, 퍼디의 도박 실력은 정말 남달라요.

그런데 퍼디는 클럽, 내 클럽, 플라밍고에 자주 들렀어요. 사람들은 퍼디가 뒷돈을 받으러 오는 거라고 짐작했어요. 고든 씨 같은 부류의 사람들과 사이가 아주 돈독했거든요. 퍼디가 바에서 술을 마시고 있을 때 내가 당돌하게 비리 얘기를 한 번 꺼냈어요. 내가 끼를 부린 듯도 한데 정말 그랬는지 잘 모르겠네요. 확실한 것은, 눈이 맞으면 우리 둘 다 위험에 처하리란 거였죠. 결국은 이렇게 죽고 말았으니 이왕 죽을 거 그냥 하고 싶은 대로 할 걸 그랬어요. 딱한 번이라도.

내가 아주 시건방진 투로 말했어요. "여기서 공짜로 술을 마신다고 해서 팁을 안 줘도 된다는 건 아니에요."

"주고 있잖아요."

"별로 안 주잖아요."

정말이지 인물이 참 뛰어난 남자였어요. 내가 오로지 재미만을 위해 남자를 고를 정도로 여유로웠다면 퍼디를 만나 볼 생각을 한번쯤은 해 봤을 거예요. 장담하는데 당신은 그런 만남을 전에는 상상도 못 했을 거예요, 내 말이 맞죠, 매디 슈워츠? 오로지 쾌락을 충족시키려고 잠자리를 함께할 남자를 고르는 거야말로 여자가 진짜 풍요로워지는 길이죠.

나는 야한 의상으로 이미 훤히 드러낸 가슴을 상판에서 더 돋보이게 하려고 바에 상체를 바짝 기울였어요. 그런데 퍼디는 힐긋 쳐다보지도 않더라고요.

"이제부터는 당신에게 더 신경 쓰도록 노력할게요. 일주일에 한번씩 들르면서 당신에게 민폐를 끼치고 있는 줄은 몰랐군요."

"여기에는 왜 오는 거예요? 관할 구역도 아니잖아요."

"셔우드 양은 내가 왜 오는 것 같은데요?"

나는 얼굴에 철판을 깔고 대답했어요. 이렇게 대담하게 굴 때마다 결과는 늘 성공적이었으니까. "뇌물을 받으러 오는 거겠죠."

퍼디의 반응은 정말 희한했어요. 성을 내지 않더라고요. 그렇다고 펄쩍펄쩍 뛰며 부정하지도 않고. 그저 자기의 양쪽 주머니를 살며시 톡톡 두들기며 말하더라고요. "뇌물을 받게 되면 팁을 두둑하게 줄게요."

"당신 대답은 뇌물을 안 받는다는 말이 아니잖아요." 내가 지적했어요.

"그 남자가 그렇다는 말을 안 하네, 아니란 말도 안 하네." 퍼디가 이런 가사로 된 노래를 흥얼거렸지만, 이게 진짜 있는 노래인지 즉석에서 지어낸 노래인지 분간이 되지 않았어요.

"진짜 그런 노래가 있어요? 왠지 진짜 있는 노래 같아요. 당신 노래 실력은 별로지만." 솔직히 퍼디의 음색은 좋았지만 굳이 칭찬해 주고 싶진 않았어요.

"아, 요즘 젊은 사람들이란." 퍼디가 이렇게 말했죠.

"많아 봤자 나보다 다섯 살 위면서."

"난 엘라 피츠제럴드의 앨범을 전부 다 가지고 있어요. 〈그 여자가 그렇다는 말을 안 하네(She Didn't Say Yes)〉, 제롬 컨 가요집. 1963년에 발매된 거죠. 나한테 괜찮은 스테레오가 있는데." 퍼디가 잠시 말을 끊었고 나는 숨을 죽이며 기다렸어요. 내게 데이트를 신청하려는 기색이었는데 그건 미친 짓, 무모한 짓이었어요. 그렇지만 용감무쌍한 행동이기도 했어요. 아주 가상한 용기였죠. 당시 플라밍고에서 남자들은 나를 건드리지 못했거든요. 고든 씨가 조취

109

를 취해 뒀으니까요. 한데 그런 위험을 감수할 정도로 미친 남자라니, 아무래도 내게 연정을 품고 있었던 모양이에요.

퍼디가 말했죠. "콜벳이나 하모니 헛에서 한 장 사요. 내 것을 빌려주면 좋겠지만 나는 레코드를 빌려주는 걸 영 꺼리거든요. 관리에 워낙 철두철미해서 말이죠."

또 시작이었어요. 퍼디가 또 거창한 단어를 써서 말했어요. 철두철미란 단어가 돌려받기로 약속한 날짜에 못 받는 것이 싫다는 뜻인 듯했지만 괜히 물어봤다가는 망신만 당할 것 같았어요.

"괜찮아요." 내가 말했어요. "어차피 어르신들 음악은 안 좋아해요. 난 슈프림스를 좋아해요."

"아무렴, 어련하겠어요." 퍼디가 이렇게 말했죠.

그날 밤 퍼디에게서 5달러짜리 지폐 한 장을 받았어요. 그후로는 다시 만난 적이 없어요. 그야 이주일 뒤에 내가 죽었으니까요. 마음만 먹었다면 나는 퍼디 플랫을 가질 수 있었어요. 그냥 알아두라고요, 매디 슈워츠. 내가 퍼디 플랫을 가질 수도 있었다는 걸요.

———

1966년 4월

봄이 새해의 눈치를 보기라도 하는지 우물쭈물 다가오고 있었다. 그러나 굉장히 쌀쌀한 날씨에도 불구하고 매디는 화재 대피용 비상계단으로 나가 담배를 피웠다. 2년 전, 공중위생보건국장의 보고서가 발행되었을 때 금연을 시작했는데 그때만 해도 어차피 담배랑 별로 친하지 않았기에 금방 끊을 수 있었다. 매디에게 흡연이란 공공장소에서 밀턴을 기다리고 있는데 사람들 시선이 의식될 때나 커피를 마실 때 곁들이는 행동에 불과했다.

그러나 요즘 들어 담배가 여간 당기는 게 아니었다. 담배를 피우면 마음이 안정되고 깊이 생각할 수 있기 때문이다. 이제는 해방감에 어지럽다 못해 무력했다. 사람들은 향락을 추구하는 성향을 가리켜 '마치 사탕 가게에 들어간 꼬마아이처럼'이라는 표현을 쓰지만 어린이 대부분이 처음에는 좋아하는 간식을 향해 뛰어들지언정 다음에는 뭘 해야 할지 갈팡질팡하리란 사실을 매디는 알게 되었다. 양과 질 중에 무엇에 집중해야 할까? 지금 당장 먹을까, 아니면 최대한 많이 모아 나중에 먹을까? 아내가 상품의 가격을 맞혀 남편에게 '쇼핑'할 시간을 얻어 주는 다소 참신한 게임 쇼 〈슈퍼마켓 스윕〉이 방송되고 있는데 여기서 중요한 점은 가장 비싼 물건을 집는 것이다. 설령 아직까지 밀턴과 함께 살고 있다 하더라도 매디는 밀턴과 그런 게임을 하는 모습을 상상도 할 수가 없었는데, 이는 밀턴이 자기 신념 때문에 바닷가재 꼬리 살을 집을 리가 없는 사람이기 때문만은 아니다. 어차피 밀턴은 슈퍼마켓에서 판매하는 물건의 가격을 전혀 모른다. 게다가 매디 또한 가격에 신경을 안 쓴 지 수년이 흘렀다. 이제는 생소한 단어가 되어 버렸지만 매디는 '사회적 신분'을 얻은 후로 쿠폰을 오리거나 할인되는 제품을 찾아다닐 필요가 없었고 그런 사실에 굉장한 자부심을 느꼈다. 신혼 때만 해도 근검절약이 필수였기 때문이다. 인생은 돈이 없을 때보다 있을 때 훨씬 즐거웠다.

매디는 '여성 구인 광고' 제목 아래로 시선을 내려 차근차근 읽어 보았다. 간호사, 계산원, 웨이트리스, 비서, 사무 보조. 어디 하나 마땅한 일자리가 없었다. 가만, 《스타》에서 사무를 볼 여직원을 뽑고 있다. 친절한 보브 바우어에게 도움을 받을 수 있지 않을까? 보브가 먼저 매디의 덕을 봤으니까? 테시 파인을 죽인 남자에 대해 보브가 쓴 기사가 신문의 1면을 떡하니 차지했다. 하지만 그 사건은 별안간 무미건조하게 용두사미 꼴로 막을 내린 것처럼 보였다. 어린 소녀가 상점에 들어와 발을 쾅쾅 구르자 남자의 이성이 '뚝' 하고 끊겼다고 한다. 퍼디 말에 따르면 형사들은 이성이 뚝 끊긴 사람이 소녀의 옆머리를 후려친 뒤 느닷없이 평정을 되찾아 지하실로 끌고 가서 목을 부러뜨려 살인을 마무리했을 리는 없다고 믿는다. 형사들 의견에 따르면 그 남자는 뭐가 강하다는데 퍼디가 그 말을 전할 때 무슨 단어를 사용했더라? "일탈 기질."

   퍼디에게 들은 말이 떠오르자 매디의 얼굴에 미소가 번졌다. 퍼디는 거창한 단어를 자주 꺼내는 편인데 매번 적절히 사용하는 것은 아니다. 이번 경우에는 꽤 그럴싸했지만 그런 극악무도한 범죄자에게 쓰기에는 지나치게 고상한 단어였다. 경찰은 스티븐 코윈이 살인을 저지른 적은 없으나 그동안 계속 아이들을 건드렸을 것으로 의심하고 있다. 여태껏 운 좋게 안 들키고 넘어갔지만 어린이에게 아주 인기 많은 장소에서 근무하면서 무엇이 이상한지도 모르는 순수한 아이들에게 몹쓸 짓을 서슴없이 저지른 인간인지도 모른다. 앙증맞은 손을 자기 바지 속에 넣어 한두 번만 쓰다듬어 보라고 유인해도 아이들은 그가 나쁜 어른인 줄 몰랐을 것이다. 반면 침착하고 자신만만한 테시 파인은 남자의 수작에 넘어가지 않고 맞서 싸웠을 것이다. 그러나 경찰은 반려동물 가게의 지하실에 내려간 적이 있는 아동을 아직 찾지 못한 상태이며 현재 확보한 증거만으로는 범인에게 사형을 선고하지 못한다.

   "그렇다고 방송국 카메라 앞에 서서 '안녕하십니까, 볼티모어 북서부에 거주하시는 어머니들, 혹시 이 변태 성욕자가 댁의 자녀를 건드린 것 같진 않습니까?' 이렇게 말할 순 없는 노릇이잖아. 경찰서 여직원들이 학교 직원들과 긴밀히 협조해 수사를 진행하고 응급실 간호사들을 찾아가서 수소문하고 있어. 그렇지만 범인이 아이들의 머리끈 하나 건드리지 않고 그저 아이들을 만지기만 했다거나 교묘하게 자기를 만지게만 했다면 우리가 찾을 수 있는 것은 전무하겠지."

매디는 **우리**가라는 표현에 주목했다. 퍼디는 살인사건 전담 형사가 되길 갈망하고 있다. 그리고 형사 몇 명을 감히 범접할 수도 없는 올림포스산의 신들로 대접하며 호감과 신뢰를 사고 있다.

퍼디는 침대에서 매디와 같이 담배를 피우며 테시 파인 사건에 관한 기밀을 알려주었다. 그러고 보니 매디의 인생에 다시 담배를 들인 장본인은 퍼디였다. 밀턴과는 부부 관계를 맺은 후 이런저런 담소를 나누고 싶은 욕구조차 사라진 지 무척 오래되었다. 그러나 퍼디와의 흡연은 그를 조금이라도 더 붙잡아 둘 수 있는 수단이었다. 그렇다고 퍼디와 밤새 같이 있고 싶진 않았다.(그런데 퍼디가 항상 알아서 떠나 주니 얼마나 다행인가.) 그러나 퍼디가 나가려고 했던 시간보다는 조금 더 곁에 머물러 주길 바랐다. 그래서 일부러 질문을 꺼내고 직장 생활에 대한 대화를 유도했다. 그렇게 하여 퍼디의 어린 시절 사연을 조금이나마 들을 수 있었다. **7남매 중 막내이고 고등학생 때는 야구를 했다.** 그러나 사적인 질문에는 늘 잽싸게 철벽을 치는 게 느껴졌다.

퍼디는 매디에게 수수께끼로 남고 싶은 눈치였다. 처음 매디의 삶에 등장했던 때와 마찬가지로 눈 깜짝 할 사이에, 정말이지 순식간에 사라질 위인이다. 어쩔 때 보면 두 사람의 관계는 세스의 수학 숙제에서 보았던 문제와 비슷했다. **볼티모어에서 열차 한 대가 오후 6시에 시속 100마일로 서쪽을 향해 달리고 시카고에서 열차 한 대가**

시카고 시각으로 오후 8시에 시속 120마일로 동쪽을 향해 달린다. 만약 두 도시 간의 거리가 720마일이라면 어느 시점에 두 열차가 서로를 지나칠까?

두 열차가 잠시 측선에서 머물면 무슨 일이 벌어질까? 신경 쓰는 사람이 있을까? 알아차리는 사람이 있을까? 운전이 재개되면 반드시 서로 다른 방향으로 가야 하는 걸까?

퍼디는 위로 올라가길 바랐다. 위장하여 마약 범죄를 수사하는 순경 말고 형사가 되길 바랐다. 아주 오래 전부터 차별이 만연했던 경찰서에 변화의 바람이 불리라는 소문이 돌고 있다. 그렇다면 머지않아 기회가 찾아올 것이다.

"당신은 실력 있는 사람이잖아." 매디가 말했다. "분명, 성공할 거야."

퍼디가 소리 내 웃었다. "단순히 실력만 가지고는 안 돼. 인력이 계속 투입되고 인원이 늘어날 거야. 그러니 실력만으로는 소용이 없어. 운도 좋아야 해."

퍼디는 속력이 몇이나 되는지는 모르겠으나 볼티모어의 펜 역을 향해 전력으로 질주하고 있었다. 반면 매디는 원하는 목적지도 찾지 못한 채 갈팡질팡하며 느릿느릿 기어가고 있었다. 심지어 부티크에서 화려한 마리메코꽃 무늬를 보고 반했는데 이 원단을 사다가 여름용 원피스를 만들지 말지도 결정하지 못하는 상태였다. 재키 케네디가 남편의 재임 초기에 마리메코 무늬 의상들을 착용한 모습이 사진으로 찍혀 공개된 것이 이미 몇 년 전 일인데 이 무늬는 이제야 볼티모어에서 최신 유행으로 자리 잡았다. 그러나 요즘 나오는 무늬는 전보다 더 선명하고 컸다. 크로스 키스에 있는 스토어 리미티드라 불리는 상점에서 매디는 아련한 눈길로 마리메코 무늬를 유심히 구경하기만 했다. 볼티모어 북부에 있는 크로스 키스에는 최근 고급 주거 단지가 형성되었는데 가히 마을 하나를 방불케 하는 규모였다. 매디는 크로스 키스가 좋았다. 밀턴과 얽힌 문제가 완전히 해결되면 매디도 거기로 들어가 살 수 있을지도 모른다.

스토어 리미티드에서 탐나는 것은 마리메코 무늬 원단만이 아니었다. 굉장히 멋진 장신구도 제작 판매되고 있었다. 아주 단순하게 생기긴 했다. 눈길을 사로잡는 유선형 은제 장신구로 대개는 보석이 달려 있지 않았으나 아주 비쌌다. 매끄럽고 단순한 디자인, 이거야말로 시대를 앞선 멋이다. 장신구를 바라보고 있자니 머리를 최대한 짧게 자르고 싶었으나 보나마나 퍼디가 반대할 것이다. 그래, 뭐, 머리는 나중에 잘라도 된다. 그런데 설마 퍼디가 귀를 뚫는 것까지 반대하진 않겠지?

화재 대피용 비상계단에 앉은 채로 매디는 양쪽 귓불을 만지작거렸다. 이 귓불이 얇게 늘어난 이유는 수년간 무거운 클립 온 귀걸이를 착용한 탓인데 그중 몇 점은 값이 제법 나갈 것이다. 매디는 밀턴을 생각해서 장신구를 대부분 집에 두고 나왔다. 하지만 그런 행동이 밀턴과 세스에게 오해를 샀고 부자는 매디가 이 괴상한 실험에 질리면 금방 집으로 돌아오리라는 신호로 여기며 매디를 더욱 괘씸하게 여겼다. 매디는 세스와 따로 떨어져 살게 될 줄은 정말 몰랐다. 아들도 매디의 새 삶에 동참하길 바랄 줄 알았다. 아무튼 약혼반지를 팔려고 했다가 꽤나 고생했기에 더 이상은 옛 장신구로 돈을 벌어 볼 욕심도 나지 않았다. 그러나 양쪽 귀를 뚫고 싶었다. 매디는 전화번호부를 펼친 뒤 파이크스빌에서 14캐럿 금귀걸이를 구입하는 대가로 귀를 뚫어 주는 귀금속점을 확인하여 바로 찾아갔다. 이제 매디는 귓불이 원상 복구될 때까지 이 귀걸이를 쭉 착용하면 된다.

매디는 파이크스빌에서 스토어 리미티드로 곧장 가서 지금 주머니 사정으로는 엄두도 못 낼 베티 쿡의 제품을 애정 어린 눈길로 물끄러미 바라봤다. 여성 판매원이 일전에 방문했던 매디를 알아보고 마리메코 한 필을 꺼냈다.

"사면 안 되는데, 정말로 사면 안 되는데." 매디가 말했다. 그러나 검은색 바탕에 파란색 꽃무늬가 매디의 신체 색감과 완벽하게 어울렸다. 게다가 봄이 오고 있다. 마리메코 원단 5.5미터를 구입한 매디의 시야에 홀터넥 원피스를 제작하기에 제격인 단순한 무늬의 천도 들어왔다. 재봉틀만 있었다면 당장이라도 뚝딱 만들어 낼 수 있을 텐데. 하지만 그것도 밀턴의 집에 있다. 밀턴에게 달라고 말하기는 싫었다. 돈 말고는 아무것도 받고 싶지 않았다.

매디는 스토어 리미티드 맞은편에 있는 작은 식료품점에 들러 사과 한 개를 산 뒤 크로스 키스의 유선형 길을 걸으며 다세대주택들을 유심히 관찰했다. 걷다 보니 저도 모르는 사이에 테니스장 부근에 와 있었다. 밀턴이 이 테니스장에 다니지 않았다면, 또 월리 와이스를 집으로 데려오지 않았다면 매디는 지금 어떻게 살고 있을까? 결국 언젠가는 집을 나왔겠지만 아직은 밀턴의 곁에 있었을 것이다. 그 시점에 집을 나오지 않았다면 그날 어머니에게 장광설을 들었을 리가 없고 테시 파인의 시신을 발견하지도 못했을 것이다. 매디가 나서지 않았다면 테시 파인이 영영 발견되지 않았으리라 여기진 않지만, 수색 범위가 아직 거기까지 넓혀졌을 리는 없으니 적어도 그날 발견되지는 않았을 거란 뜻이다. 즉 매디는 결정적인 역할을 했다. 그러니 중요한 인물이다. 비록 이 사실을 아는 사람은 아무도 없지만.

이 사실을 아무도 모를지언정 중요한 역할을 수행함으로써 중요한 인물로 사는 인생의 참맛을 보았다. 특별한 사람이 되고 싶었다. 매디의 탄생이 이 세상에 변화를 불러온 계기가 되었으면 했다. 세스를 낳은 것으로는 충분하지 않다. 세스가 미국의 첫 번째 유대인 대통령이 되거나 암을 치료하는 의사가 된다고 한들 아들의 성취로는 이 지독한 갈망을 채울 수 없다. 대성당이 내다보이는 침실에서 퍼디만 쳐다볼 것이 아니라 자신을 위한 무언가를 찾아야 했다.

그런 범행을 저지른 남자와 대화를 나눠 보고 싶었다. 경찰이 접근하지 않은 방식으로 범인의 속내를 알아보고 싶었다. 범인이 철창에 갇혀 더 이상은 아동에게 해를 입힐 수 없으니 경찰은 살해 '동기'를 알려고도 하지 않고 있다. 그러나 매디는 테시 파인의 어머니와 같은 입장에 놓였다면 더 자세히 알길 바랐을 것이다. 이번 사건이 흐지부지 마무리되어 버린 양 여간 찜찜한 게 아니었다.

범죄자와 대화를 나눌 수 있는 방법이 번쩍 떠올랐다. 얼굴 보고 대화할 수는 없겠지만 편지를 주고받을 수는 있을 것이다. 테시 파인의 죽음과 관련하여 공감대를 형성하여 신뢰를 얻으면서 진실을 털어놓도록 유도해 볼 것이다.

집으로 돌아가는 길에 두 정거장 전에 버스에서 내려 찰스가에 있는 문방구에 들렀다.

매디는 편지 용품이 든 상자를 들고 화재 대피용 비상계단으로 나갔다. 사위는 어스름하고 서늘한 바람이 살랑살랑 불고 있었다. 단순한 양피지 같은 미색 편지지에 성명의 철자로 모노그램을 그릴 시간은 없다. 설령 시간이 있다 한들 어떤 철자를 이용하겠는가? 매디는 공책에 편지의 초안을 쓰고 고치길 여러 차례 반복한 뒤 마침내 편지지를 펼쳐 놓고 유려하고 굵은 필체로 공백을 채워 나갔다.

코윈 씨에게,

저는 테시 파인의 시신을 발견한 여자, 매들린 슈워츠라고 합니다. 그리하여 어찌되었든 간에 저는 당신에게 깊은 유대감을 느끼게 되었답니다. 당신은 테시 파인이 살아 있을 때 마지막으로 목격한 사람이고 저는 그 아이가 사망한 후에 처음 목격한 사람이니까요…….

매디는 중앙우체국으로 걸어가서 가장 빠른 우편으로 편지를 부쳤다.

남자들은 매디가 해 달라는 것을 거의 대부분 응해 주었으니 범인에게 답장을 못 받는 상황은 생각도 하지 않았다. 정말로 거의 대부분은 바라는 대로 해주었으니까.

———

용의자

편지를 처음 받았는데 봉투 안에 여자 사진이 들어 있었다. 외모를 보니 요조숙녀 같았다. 여자는 내 속사정을 궁금해했다. 내게 관심을 표했다. 나에게.

알다시피 난 자백하지 않았다. 검거된 후로는 그저 함구하고 있었다. 할 말이 뭐가 있겠나? 수족관 모래가 발견되었고 그애가 상점으로 들어왔다는 사실을 모르는 사람이 없는 판인데 내가 말을 한들 뭐가 달라질까? 나는 너무 지쳤다고만 말한 뒤 더 이상의 대화를 거부했고 경찰이 전화 통화를 허락했을 때 변호사에게 시간을 낭비하지 않았다. 조취를 취하고 수습해 줄 엄마에게 곧장 전화를 걸었다. 엄마는 내게 멍청하다고 말했지만 나는 그런 소리에 이골이 났다. 사건이 벌어진 그날 아침에도 엄마는 내게 멍청하다고 말했다. 나는 거의 하루도 빠짐없이 엄마에게 멍청하단 소리를 듣는다.

그렇지만 엄마가 진짜 날 그렇게 생각해서 하는 말은 아니다. 그저 욱하는 성격 때문이다, 우리 엄마 말이다. 엄마는 매우 예민하다. 그래서 약을 먹어야 한다. 남편에게서 버림 받은 데다 나 같은 자식을 떠맡기까지 했으니 정말 박복한 인생이다. 난 잘하는 일이 딱히 없다. 보통 똑똑한 남자들은 자기가 물고기와 뱀 애호가인지라 그 상점에서 근무하기를 무척 좋아한다고 말할 것 같은데 나도 그렇게 말할 수 있는 사나이라면 얼마나 좋을까. 하지만 난 그저 일자리가 필요한 사내였다. 주인 남자는 장사가 잘되는 토요일에도 근무할 수 있는 직원이 필요했다. 사장은 물고기와 뱀을 사는 손님이 유대인뿐만은 아니라고 말했다. 토요일 장사를 하지 않으면 문을 아예 닫는 수가 있어. 그리고 어차피 너는 딱 봐도 유대인이 아니잖아.

유대인처럼 생기지 않았다는 게 무슨 뜻인지 모르겠다. 나는 빨강 머리, 파란 눈, 아주 새하얀 피부를 가지고 있고 주근깨는 없다. 내 출신을 추측하려는 사람이 과연 있을까 싶다마는, 보나마나 아일랜드인 같다고 말할 테지만 굳이 따지자면 우리 이름은 스페인어에서 비롯되었다. 하지만 겉모습을 보면 우리가 스페인인이 아니란 사실을 누구나 단번에 알 수 있다. 엄마한테 들었는데, 아일랜드인 중에 빨강 머리가 많지는 않지만 다른 나라 사람들보다는 많은 편이라고 한다. 우리 엄마는 똑똑하다. 그러니 나 때문에 욱할 수밖에 없다. 난 그런 엄마를 원망하지 않는다.

그래도 난 둔하거나 지능이 떨어지진 않는다. 그저 엄마만큼 똑똑하지 못한 것뿐인데 엄마는 **엄청나게 똑똑하다.** 남자로 태어났다면 무엇이든 될 수 있었을 사람이다. 그런데 변변찮은 남자와 결혼했고 게으름이나 피우던 놈팡이는 내가 어릴 적에 집을 나가 버렸다. 아무튼 바로 이 대목이 내게 편지를 보낸 숙녀에게 답장을 하게된 이유 중 하나인 것 같다. 나는 내 지능이 남들보다 떨어지지 않는다는 사실을 알리고 싶었다. 그리고 내게 편지를 써 보낸 사람은한낱 평범한 숙녀처럼 보였다. 이 여자가 내 편지를 누군가에게 보여 줄 거라곤 생각도 못 했다.

그런데 사실 나는 여자에게 알려준 게 **아무것도** 없다. 뭐라고 말했냐 하면, 변호사에게 신신당부를 받은 터라 당신을 포함해 어느누구와도 대화를 할 수 없다고 했을 뿐이다. 솔직히 그애가 상점에들어왔다는 사실 때문에 모양새가 나빠져 내가 수상쩍어 보이긴 하겠지만 그것만으로는 나를 범인으로 단정할 수 없다. 난 5시에 문을 잠갔다. 퇴근한 뒤에 거기에서 무슨 일이 벌어졌는지 어찌 알겠는가. 후문이 쇠지레로 열린 흔적이 남아 있었단 말이다.

내가 여자에게 한 말이라고는, 그애를 실제로 봤고 그애가 버릇없게 굴었다는 사실뿐이다. 그날은 하루 종일 운수가 사나웠다. 아침에 엄마랑 다퉜다. 이유는 아주 황당했다. 우리는 늘 황당한 이유로 싸웠다. 그날은 내가 달걀을 두 개만 남겨 놔서 엄마가 역정을냈다. 엄마가 달걀 두 개로 스크램블 드 에그를 어떻게 만들어 먹느냐고 말하자 나는 달걀 프라이 두 개를 만들어 주겠다고 말했다. 하지만 엄마는 달걀 프라이도 싫고 수란도 싫다며 스크램블 드 에그를 먹고 싶은데 두 개만으로는 몽글몽글한 식감을 만들 수가 없다며 화를 냈다. 그러다 보니 어느새 엄마랑 나는 바락바락 악을 쓰며 싸우고 있었다. 엄마와 나는 그런 식으로 싸웠다. 고양이와 개처럼, 앤디 캡과 플로처럼 우리는 상대에게 소리를 빽빽 질러 댔고, 엄마가 차를 못 쓰게 하는 바람에 나는 하는 수 없이 빗속에 걸어서 출근해야 했다.

직장을 향해 터벅터벅 걸어갔지만 내가 퇴근할 때쯤이면 엄마가 후회하리란 걸 알고 있었다. 엄마는 내게 사과하며 머리를 말릴 수건을 가져다주고 신발이 뻣뻣해지거나 모양이 변형되지 않도록 말려줄 게 뻔했다. 차도 가져다줄 테고, 우리는 쟁반에 음식을 올려놓은 채로 같이 저녁을 먹으리란 것을 나는 알았다. 우리는 자주 싸웠지만 매번 화해했다. 그러나 엄마와 화해하기 전까지는 마치 세상이 엉망진창이 되기라도 한 양 기분이 내내 언짢았다. 그래서 그애에게 상점에서 당장 나가라고 고함을 쳤다. 그런데 나중에 다시 찾아온 모양이다. 아무래도 그애가 못된 장난을 치려고 상점에 몰래 들어왔는데 누군가 그애를 뒤따라온 것 같다. 내 추측은 이러하고, 나는 내게 편지를 보낸 숙녀에게 딱 이것만 얘기했다. 그래, 솔직히 군대 얘기도 했다. 내가 거기서 당한 일들 말이다.

말했다시피 난 우리 엄마만큼 똑똑하지 못하다. 그래서 편지를 보낸 숙녀에게 이용당했다. 곱상한 숙녀가 편지에 자기 사진을 동봉하고 우리에게는 공통점이 있다며 나는 테시 파인이 살아 있을 때 마지막으로 목격한 사람이고 자기는 아이가 사망한 후에 처음 목격한 사람인데 우리 둘은 이 사실로 연결되어 있다고 말했다. 내가 그런 말에 홀랑 넘어갈 정도로 멍청한 놈은 아니다. 그래서 답장에 이렇게 썼다. 아니요, 테시 파인이 살아 있을 때 마지막으로 목격한 사람은 제가 아니라 그애를 살해한 사람이죠. 그런데 이조차도 지나치게 떠벌린 셈이었고, 비밀 유지가 전혀 되지 않은 통에 내 편지에 대한 기사가 나간 날 변호사와 엄마에게 귀 따갑게 혼이 났다.

그런데 갑자기 변호사가 진정하더니 우리에게 말했다. 오히려 절호의 기회인지도 모르겠군요. 잘하면, 이걸 이용할 수 있을 것 같습니다. 엄마는 처음에 펄쩍펄쩍 뛰었다. 엄마가 말했다. "우리 스티븐이 미쳤다는 소리만은 절대 용납 못 해요." 그러나 변호사의 설득에 엄마의 생각이 금세 바뀌었다.

―――

1966년 5월

매디는 《스타》의 본사에 방문하기에 앞서 의상을 신중히 골랐다. 다시 예전 차림새를 하고 갈 순간임을 본능적으로 알 수 있었다. 드디어 날씨가 포근해졌지만 장갑과 모자까지 착용했다. 예전 모습인데도 여간 어색하고 낯선 게 아니었다. 그러나 오늘은 사뭇 진지한 분위기를 자아내야 하므로 요즘 입고 다니는 밝은 색감의 짧은 치마와 원피스를 입을 순 없었다. 진지한 면모와 목적의식을 분명히 보여야 한다.

신문사 건물까지는 내리막길에 1~2킬로미터밖에 안 되는 거리였기에 힘들이지 않고 걸어갈 수 있었다. 취업하게 되면 월요일에서 금요일까지 내리막길로 걸어 내려가면 되니 출근길이 얼마나 편할까. 또 기나긴 하루를 보내고 오르막길로 걸어 올라가면 되니 퇴근길은 또 얼마나 뿌듯할까. 신문사 직원들 간에 친목이 두터운지, 다른 직원들이 모임에 끼워 줄지 궁금했다.

그리고 퍼디의 부름에 언제나 즉각 응답했는데 이제 바빠져서 아무 때나 시간을 낼 수 없게 되면 퍼디가 어떤 반응을 보일지도 궁금했다. 신경 쓰기는 할까? 오히려 안심하는 게 아닐까? 퍼디는 자연스러운 이별을 바라는 남자 같은데, 혹시 매디의 취업을 구실로 헤어지려고 하는 것은 아닐까.

그러나 신문사 문턱을 넘어 실내로 들어서는 순간 충만했던 자신감이 꺾이기 시작했다. 전화기가 여러 대 놓인 거대한 책상이 주변 바닥보다 살짝 높은 단상에 놓여 있었고 매디는 책상 앞에 판사처럼 앉아 있는 여자에게 다가갔다.

"어느 분을 찾아오셨습니까?" 여자가 물었다.

"바우어 씨?" 매디가 대답했다. 신성한 장소에 함부로 들어와 저명 인사를 만나게 해 달라고 주제넘게 부탁하고 있는 게 아니라, 자신의 아파트까지 찾아와 이야기를 들려 달라고 졸라 댄 남자를 찾아왔을 뿐이건만 원통하게도 찢어지는 고음이 튀어나왔다.

"약속을 잡고 오셨나요?"

"아니요."

"성함이 어떻게 되시죠?"

매디는 혹여 남이 들을세라 이름을 속삭여 알려준 뒤 목제 벤치에 앉아 전화 교환원의 지시를 기다렸다. 여자는 한참 동안 중얼거리며 한숨을 푹푹 내쉬다가 말했다. "5층이요."

"네?"

"5층이라고요, 5층. 지금 5층에 있는 일요판 사무실에 계세요."

보도국의 첫 인상은 정말이지 뭐랄까, 지독히도 지저분했다. 어디 지저분하기만 하랴, 시끄럽기까지 했다. 신문더미 천지였다. 사람의 고함 소리, 딸칵딸칵 타자기 소리, 어딘가에서 울리고 있는 전화벨 소리. 게다가 남자들로 바글거렸다. 그래도 이 신문사에 근무하는 여자들도 있다. 오기 전에 바이라인byline[26]을 일일이 확인했고 여기자들의 기사를 보았다. 여자도 기자가 될 수 있다.

일요판 발행을 준비하는 사무실 한쪽 구석에서 바우어 씨의 책
상이 보였다. 항만을 바라보는 남향 자리라 찬란하고 장엄한 장관
이 보장되었을 터인데 창문에는 먼지와 때가 두껍게 앉다 못해 말
라붙은 상태였다. 거기에 누군가가 낙서를 해 놓았다. **세계 일류 신
문사, 스타.** 매디가 이 말장난을 이해하기까지 잠시 시간이 필요했
다. 해외 지사와 워싱턴에 수많은 직원을 둔, 냉철한 논조의 조간지
《비컨》이 자칭 '세계 일류 신문사'였다.

"여기서 다시 보게 되다니 놀랍군요." 기자가 좌석에 등을 기대
며 말했다. 사람의 태도가 왜 이리도 달라졌는지 궁금한 것도 잠시,
매디는 당시 그가 일종의 연기를 선보인 것임을 이내 깨달았다. 매
디에게 관심 있는 척, 공감하는 척, 자기가 원하는 것을 얻는 데 필
요한 연기를 했던 것이다. 더 이상은 매디에게서 얻을 게 없다는 뜻
을 몸짓으로 표현하고 있었다. 하지만 그렇게 생각한다면 큰 오산
이다.

"여기에 취직하고 싶어서요."

기자가 미소 지었다. "난 편집국장이 아니에요, 슈워츠 씨. 채용
은 내 담당이 아닙니다. 설사 채용 담당자라고 하더라도 과연 이쪽
업계 경력이 전무한 여성을 적극 추천할 수나 있을지 모르겠군요."

"그래도 도와주실 수는 있잖아요."

"그럴 수야 있겠죠. 그렇지만 이유가 있어야 하지 않을까요? 여
기는 진지한 사람들이 모인 진지한 장소예요. 아무나 들어와서 일
을 시작할 수 있는 곳이 아니란 말입니다."

---

26 해당 기사를 작성한 기자의 이름이 적힌 행.

"제 덕에." 매디는 머릿속에 있는 단어를 사용해도 될지 말지, 자칫 우스운 꼴만 당하는 것은 아닐지 몰라 아주 잠시 고민했다. "제 덕에 특종을 잡으셨잖아요."

기자의 얼굴에 또다시 미소가 고였다. 그러나 매디는 기죽지 않았다. 우스운 꼴을 당할 리 만무하다. 지금 가방에 무엇이 들어 있는데.

"그때 내 관심을 다른 데로 돌리려고 떡밥을 던졌죠. 그리고 운 좋게 떡밥이 통했고요."

"원하시던 것보다 더 좋은 정보를 드렸잖아요. 그걸 떡밥이라고 치부할 순 없을 것 같은데요."

"그래서 느닷없이 신문사에서 근무하고 싶다고요? 어떠한 자질을 가지고 있기에 여기서 일자리를 찾는다는 겁니까?"

매디는 끈으로 묶은 종이 뭉치를 꺼냈다. "편지예요. 스티븐 코윈에게 받은 편지요. 그 사람한테 테시 파인 살인사건에 관해 편지를 썼고 답장을 받았어요. 두 번이요."

이 말 한마디에 갑자기 사무실 안에 적막이 깔린 것은 아니었다. 결코 적막이 내려앉을 만한 장소가 아니었다. 그러나 매디는 느낄 수 있었다. 분위기가 사뭇 달라졌다. 사람들이 두 사람의 대화에 귀를 기울이고 있었다. 아니, 귀를 쫑긋 세우고 있었다. 바우어 씨도 삽시간에 변한 분위기를 눈치챈 모양이었다. "같이 산책이나 나가죠."

매디는 으레 그러듯이 야외로 나가자는 뜻인 줄 알았으나 기자는 복도로 나간 다음 뒤쪽 계단으로 향했다. "두 통 다 한번 볼 수 있을까요?"

"첫 번째 것만 보여 드릴게요." 매디가 말했다.

바우어 씨는 편지를 금세 읽었다. "그래서 이게 뭐요?" 그가 말을 이었다. "아무것도 인정하지 않았잖아요. 여자애가 다시 찾아왔고 자기는 거기 없었다는 터무니없는 주장만 늘어놓고 있잖습니까. 이걸 누가 믿어요."

"저도 믿지 않아요." 매디가 말했다. "그렇지만 내용을 자세히 들여다보면 공범이 있다는 암시가 있어요."

바우어 씨의 양쪽 눈썹이 찡긋 올라갔다. "행간에 숨겨진 뜻을 파악해야 한다고는 하지만 슈워츠 씨는 아예 이 편지 속에 들어가서 집을 짓고 살고 계시나 보군요. 추측이 지나칩니다. 자, 지금 이자는 다른 사람이 저지른 일이라고 우기고 있어요. 슈워츠 씨는 이걸 보고 어떻게 공범이 있다고 주장하는 거죠?"

"거기 말고요." 매디가 말했다. "편지 앞부분을 보세요. 그날 어머니와 싸우게 된 동기에 대해 쓴 부분이요."

"달걀 하나 때문에 모자가 헛소리를 주고받은 부분 말입니까. 이 실랑이는 나조차도 흥미진진한 싸움으로 윤색하진 못하겠네요."

"아니요. 직장까지 걸어가게 된 동기를 쓴 부분이요."

"그래요. 근데요?"

"테시 파인의 시신은 반려동물 가게에서 3킬로미터 정도 떨어진 지점에서 발견되었어요. 어떻게 그리로 옮겼을까요? 누구의 차량을 이용한 걸까요? 지금까지 이녁 프랫 도서관에 가서 이 사람에 대해 쓰인 기사를 다 찾아서 읽어 봤어요." 열렬한 목적의식을 갖고 현관문을 나선 뒤 중앙도서관을 찾아가 긴 나무 막대에 꽂힌 일간지들을 열람했다. 웬만해서는 방문하지 않던 곳이었다. 매디는 단조로운 현대식으로 지어진 랜돌스타운 분관에서 주로 유명 소설을 빌려 봤는데 거기 비하니 중앙도서관은 성을 방불했다.

"시신을 밤새 숨겨 뒀다가 다음날 유기했겠죠."

"그랬을지도 모르죠. 아니면, 자기에게 공범이나, 범죄를 은닉해준 다른 누군가가 있다는 사실을 편지에 은연중에 누설했다가 뒤늦게 깨달았을 수도 있어요. 그래서 편지를 한 통 더 써 보낼 생각을 한 거죠. 포트 데트릭에서 복무했던 이야기를요."

"무슨 내용인데요?"

"5년 전에 스티븐 코윈은 입대 영장을 받았어요. 그래서 제칠일안식일예수재림교 신도로서 양심적 병역 거부자 지위를 신청했죠. 그렇게 해서 포트 데트릭에서 복무하게 되었고 화이트코트 Whitecoat 작전[27]이라 알려진 실험에 참여하게 되었어요."

"어이가 없군." 바우어 씨가 말했다. "군에서 사내를 소녀 살인마로 변신시키는 실험을 했다고 주장하는 꼴이라니."

"제 귀에도 어이없는 주장으로 들려요." 매디가 말했다. "바로 이 부분 때문에 범인이 지푸라기라도 잡는 심정으로 편지를 쓴 것 같다는 생각이 들어요. 굉장히 **흥미진진**하지 않나요? 지금까지 보도되지 않은 내용이잖아요. 이 편지에 관한 글을 제가 한번 써 보고 싶어요."

"그렇게 하면 나를 처음 만났을 때까지만 해도 들춰질까 봐 염려했던 사생활이 다 까발려질 텐데요? 아드님이 난처해지지 않을까요?"

"제 이름을 걸고 쓰는 글이라면 괜찮아요. 제가 필자라면요."

매디의 요구에 바우어 씨가 잠시 사색에 잠겼다. "바이라인." 기

---

27 1954년에서 1973년까지 미 육군이 제칠일안식일예수재림교 병사들을 대상으로 자행한 세균 실험.

자가 말을 이었다. "바이라인을 원하는 거로군요. 여기 채용되어 신문의 첫 페이지를 당신의 특종으로 채우길 바라는 거로군요. 그렇지만 이쪽 일은 생각처럼 단순하게 돌아가는 게 아니랍니다, 로이스 레인[28]. 어쩔 작정입니까? 대형 살인사건마다 끼어들 건가요? 지금 볼티모어 술꾼들의 오금을 저리게 하고 있는 틱-택-토 킬러를 찾으려고 술주정뱅이로 변장해서 돌아다니기라도 할 건가요? 왜, 그러지 말고 워런위원회[29]보다 먼저 존 F. 케네디 암살 사건의 진상을 파헤치는 쪽이 낫지 않겠어요? 그런 건 보도가 아닙니다. 스턴트우먼이나 넬리 블라이[30]의 아류를 꿈꾸는 거라면 또 모를까."

바우어 씨에게서 가면 하나가 더 벗겨졌다. 매디의 언행에 비위가 상한 눈치였다. 그러나 매디가 누군가, 본능적으로 남자의 욕구를 꿰뚫고 상황을 즉각 바로잡는 법을 아는 여자다.

"바우어 씨의 도움을 받아서 기사를 한번 써 보고 싶은데, 이 기회를 통해 제 자질을 시험해 보시는 게 어떨까요? 바닥에서 시작해서 차근차근 위로 올라갈 각오가 되어 있어요."

"아이고, 매디. 신문사에서 일하다 보면 여자도 우악스러워질 수밖에 없어요. 여기서 노동 분야 기사를 쓰는 여장부를 한번 봐야 정신을 차릴 텐데."

"무슨 일을 맡게 되든 저는 여자라는 사실을 늘 명심할 거예요."

---

28 DC 코믹스 『슈퍼맨』에 등장하는 여기자.

29 1963년 미국 대통령 존 F. 케네디가 암살당한 후 이 사건의 진상을 규명하기 위해 구성되었다. 하지만 대중의 의심과 달리 리 하비 오스왈드의 단독 범행이고 배후는 없다고 밝혀 케네디의 암살에 대한 음모론이 더 증폭되기만 했다.

30 탐사 보도에 온힘을 기울였으며 세계일주에 성공해 유명해진 기자.

"아무렴요, 어련하겠습니까." 바우어 씨가 말했다. "이렇게 합시다. 윗분들에게 편지를 직접 보여 드리면 과정이 한결 수월해질 테니까 편지 두 통을 우선 내게—."

매디는 편지를 가방에 도로 쏙 집어넣었다. "두 번째 편지는 안 가지고 왔어요. 제가 제일 먼저 찾은 곳은 바로 여기예요. 제일 먼저 찾은 사람은 바로 **바우어** 씨죠. 그렇지만 이 지역에는 신문사가 두 곳이나 더 있잖아요. 《비컨》도 있고 《라이트》도 있어요. 아무래도 두 곳을 마저 들러서 어디가 가장 구미가 당기는 제안을 하는지 비교해 보고 결정하는 편이 나을 것 같네요."

이틀이 지났다. 바우어 씨 곁에 앉아 걸핏하면 달그락거리고 버벅대는 타자기를 두드리고 논의하고 바우어 씨에게 퇴고를 맡기고 일부 표현은 자신이 원고에 썼던 대로 내보내야 한다고 강력하게 밀어붙이며 이틀을 보낸 뒤에야 마침내 매디의 기사가 신문 제1면에 대서특필되었다. '살인자의 고백.' 바이라인은 바우어 씨가 차지했지만, 매디의 성명이 이탤릭체로 함께 인쇄되었다. **테시 파인을 수색하던 중 시신을 최초로 발견한 매들린 슈워츠와 스티븐 코윈이 주고받은 서신을 바탕으로 쓰였음.**

바우어 씨의 글 솜씨에 힘입어 편지는 더욱 큰 파장을 일으키는 특종이 되었다. 육군 대변인은 스티븐 코윈이 받은 **처우**가 정신병을 유발하지 않거니와 유발할 수도 없다고 강경하게 주장했다. 스티븐 코윈의 어머니는 그가 항상 우울했고 평생 실망스러운 아들이었다고 주장했다. 입을 열 때마다 거짓말을 일삼고 심지어 달걀 사건 또한 지어낸 이야기라고 전했다. 그리고 어머니가 탐탁지 않게 여기는데도 아들이 꺼림칙한 친구들과 어울렸다고 주장했다.

스티븐 코윈의 변호인은 매디를 증인으로 소환하려고 애를 썼으나 매디가《스타》에 소속된 계약직 직원이므로 메릴랜드주의 취재원보호법에 따라 기사와 연관된 모든 자료는 보호받아 마땅하다는 답변만 전해 들었다. 그리고 계약서가 사측의 요청에 따라 급히 작성된 것이 아니라 매디가 코윈과 편지를 주고받기 전에 일찌감치 작성되었다는 점이 암시된 탓인지, 신문사 측 변호인이 별다른 말을 하지 않았는데도 불구하고 경력이 짧은 국선변호인은 어느새 작전을 바꿔 코윈이 법정에 설 만한 능력이 아예 없는 인물이라는 주장을 밀어붙이기 시작했다.

이 기사는 돌풍을 일으키며 며칠 동안 언론을 장악했다. 일부 언론은 매력적인 예비 이혼녀가 아동 살인범으로 하여금 공범이 있다는 사실을 실토하도록 교묘하게 유도했다며 매디의 활약을 집중 보도하였으나 매디는 자신이 이 특종을 만들어 냈으며 바우어 씨의 도움을 받긴 했어도 스스로 기사를 썼다는 사실을 잠시도 잊지 않았다. 이성이 남아 있는 한 바우어 씨는 물론《스타》에 몸담은 누구에게도 말할 리 없겠지만 사실 매디는 한때 시와 소설을 쓰는 삶을 동경했고 고등학교 신문사에서도 활동했다. 바로 그곳에서 앨런 더스트를 만났고 하마터면 저도 모르는 사이에 인생을 망칠 뻔했다.

어쩌면 이번에는 글쓰기 덕에 저도 모르는 사이에 다시 태어날지도 모른다.

신문사에 특종을 물어다 준 대가로 매디는《스타》에서 '상담' 칼럼을 맡고 있는 남자, 지독한 회의주의자, 돈 히스의 보조가 되었다. "생전 조수라곤 부려 본 적이 없구먼, 대체 느닷없이 내게 조수를 붙이는 이유를 도통 모르겠네." 히스 씨가 안절부절못했다. "우선 우편물을 개봉하는 일이나 해. 여기가 어떤 일을 하는 데인지 감을 잡은 것처럼 보이면 문의 글을 구분하는 업무를 맡길 테니까. 칼럼에 써먹지 않을 시시한 것들 말이야."

신문에 실린 글을 보면 죄다 시시한 질문이던데, 그렇다면 나머지 문의 글은 대체 얼마나 알맹이가 없다는 것일까. 그래도 상관없다. 책상이 생기지 않았는가. 직장을 구하지 않았는가. 매일매일 쩨쩨한 불평불만이 한없이 배송되어 왔지만 봉투를 열 때마다 젊은이들이 우러러보는 위치에 서게될 날을 상상하며 그들에게 자신이 기자가 된 계기를 어떻게 설명해 줄지 생각했다. 세스에게, 그리고 강의실을 가득 메운 여대생들에게. "천리 길도 한 걸음부터라는 말이 있지요. 뭐, 제 경우에는 '상담' 책상에서 보도국까지의 천리 길이 사실은 50보도 채 되지 않았지만 종이에 천번은 손을 베이면서 첫 걸음이 시작되었답니다."

밤에 퍼디는 매디의 양손에 크림을 발라 주고 곱디곱던 손톱이 매일 망가지고 있다며 안타까워했다. 매디는 예전과는 다른 부류의 자신감을 갖고 퍼디에게 말했다. "봉투 여는 일을 평생 할 것도 아닌걸."

———

미스터 상담

조수를 붙여 달라고 요청한 적도 없건만 회사에서 뜬금없이 한 명을 데리고 있으라고 하니 여간 불안한 게 아니다. 원치 않게 4년 전에 '상담' 쪽으로 옮겨 왔다. 그때 사고를 좀 치기 시작한 탓인데 그냥 실수라고 하겠다. 그렇다고 돌이킬 수 없는 만행을 저질렀다거나 명예훼손죄에 휘말렸던 건 아니다. 한번은 무슨 상을 받기로 돼 있던 지역 은행가가 롱아일랜드의 크라운대학교를 나왔다고 썼더랬다. 그래, 나도 난생처음 들어본 대학이긴 했지만 내 귀에는 분명 그렇게 들렸다. 요즘 젊은 것들은 말할 때 어쩌나 중얼중얼 웅얼웅얼하는지. 그래, 원래는 로드아일랜드의 브라운대학교였다. 이 내용이 신문에 실리기 전에 발견되었다. 이것이 바로 편집자의 존재 목적 아닌가? 그런 오류를 걸러 내려고 책상에 앉아 있는 것 아니냔 말이다. 결국 회사에서는 청각 검사를 받게 했지만 내 청력은 멀쩡하단 결과가 나왔다. 난 그날 점심시간에 술을 두어 잔 마셨다고 회사에 말했다. 다른 기자들도 점심에 으레 반주를 곁들이지 않는가. 우리는 석간신문을 발행한다. 인쇄 전 최종 마감 시간이 오후 2시이다. 원고를 제출하고 편집자에게 교정을 맡긴 뒤 내가 원하는 문장으로 작성돼 실릴 때까지 고군분투한 다음에 점심을 먹으러 간다. 나는 회사 맞은편에 있는 코널리를 좋아한다. 그곳에서 파는 생선 샌드위치 맛이 참 괜찮다. 식사를 마친 뒤 사무실로 돌아와 인터뷰를 했다. 그리고 남들도 흔히 저지르는 실수를 좀 했다. 두 번 다시는 근무 중에 술을 마시지 않기로 약속했다. 그런데 사실, 회사에는 말하지 않았지만 그날 나는 술을 한 모금도 마시지 않았다.

회사는 내 말에 깜빡 속아 넘어갔다. 그러나 조금씩 나를 밀어내더니 요사꾼 바우어에게 은근슬쩍 내 칼럼을 넘겼다. 하이고, 아주 잘난 가족에 대해 잘난 이야기를 쓰는 잘난 남자 납셨더구먼. 나 같으면 그런 감성팔이 싸구려 글을 쓰느니 내 두 눈을 도려내고 말겠다. 윗사람들은 내게 '상담' 칼럼을 맡기고 유능한 편집자를 붙여주었으며 가끔씩 (본인들은 내가 눈치 못 채는 줄 알지만) 은근슬쩍 내 입냄새를 맡으려고 킁킁거린다.

차라리 나한테서 무슨 냄새라도 나면 얼마나 좋을까. 입에서 진이나 보드카 냄새가 진동했으면 좋겠다. 그런데 보아하니 뉘가 맛이 가도 악취를 풍기며 썩지는 않는 모양이다.

담당의가 말하길 치매 신호는 보이지 않는다나. 의사라는 양반이 까먹은 모양이었다. 허허. 아무래도 치매에 걸린 것 같아 진단을 받으려고 찾아갔건만, 의사는 내가 치매 때문에 고생했을 뿐 아니라 코앞에서 증상을 지켜본 사람이란 걸 잊은 모양이었다. 치매로 우리 엄마를 잃었다. 이건 집안 내력이 아니란 소리는 하지도 마라. 엄마도 초기에 나와 비슷한 언행과 실수를 했었다. 여기서 정신이 잠깐 오락가락하고 저기서 정신이 잠깐 오락가락했다. 담당의 말로는 잊어버리는 것은 딱히 문제가 아니라고 한다. 의사는 내가 혹시 소중한 사람을 기억하지 못하는지, 기초 단어가 생각나지 않는지 물었다. 아직까지는 괜찮다. 그런데 의사 말이 맞는다면 회사에서 내게 왜 조수를 붙여 놓았단 말인가? 나보고 조수를 훈련시키라고 말하긴 했다. 조수는 열의가 넘친다. 젊진 않지만 열의가 넘친다. 나는 못 속인다. 마흔에 가까운 나이에 신문사에서 일을 시작한다는 게 말이 된다고? 아무래도 간호사이거나 누군가 나를 염탐하라고 붙여 놓은 스파이 같다. 진짜 해코지를 당하는 입장에 놓인 사람을 두고 피해망상 환자라고 할 수는 없다. 노조가 있어서 날 해고하기 힘들겠지만 만일 내가 큰 실수를 저지르거나 진짜 병에 걸린다면 노조도 날 지켜 주진 못한다. 보도국 한쪽 구석에 처박혀 죽어라 술을 퍼마시는 것까지도 괜찮다. 우리가 대화를 나누고 있는 지금 이 순간에도 네드 브라운이 딱 그러고 있다. 그래도 괜찮다. 그러나 어느 날 내가 바지도 안 입고 출근하면 나는 곧장 쫓겨난다. 다행히 '상담' 칼럼에서는 큰 실수라고 할 만한 일을 저지르기도 힘들다. 원숭이조차도 능히 해낼 만한 일이기 때문이다. 단, 원숭이도 망령이 들면 쫓겨난다.

조수가 출근한 첫 주, 대체 뭘 시켜야 하는지 알 수가 없었다. 내 자리는 사무실 모퉁이에 있어서 다행히도 사람들에게 주목받을 일이 없었다. 그런데 회사에서 이 여자에게 어떻게 해서든 자그맣게나마 자리를 내주려고 아등바등하는 꼴을 보고 있자니 부아가 치밀었다. 나는 듣는 귀가 없는 조용한 곳에서 혼자 통화하며 근무해 왔단 말이다. 그래서 매일 조수에게 커피 심부름을 시키는데 갔다 오는 데 시간이 얼마나 걸리더라, 아휴, 고작 10분밖에 안 걸린다. 마침내 문의 글을 검토해 보라며 우편물을 넘겼다. 그때 내가 말했다. "덕분에 나의 영원불멸할 산문에 오롯이 집중할 시간이 더 주어졌군." 조수가 소리 내며 웃었다. 조수는 남자가 농담을 하면 웃기지도 않는데 웃는 여자였다.

여기서 진짜 웃긴 얘기는, 내가 신문에서 제일 한심한 칼럼을 맡고 있지만 독자들에게는 가장 인기가 많다는 사실이다. 이 칼럼에 우편물이 얼마나 쏟아지는지 상상도 못 할 것이다. 그래, 솔직히 말하면 일일이 다 챙기진 않는다. 칼럼의 공간을 채울 만큼 문젯거리들을 찾으면 더는 문의글을 읽지 않는다. 일주일에 네 번 칼럼을 쓰려면 괜찮은 질문을 최소 열두 개는 가지고 있어야 한다. 질문은 무조건 소비자가 제기하는 불만을 선정하고 있는데 그래야 내가 뭐라도 할 수 있기 때문이다. 편지 내용들만 보면 다들 내가 무슨 디어 애비[31]라도 되는 줄 아는 모양이다.

향후 10년간의 인생을 정확히 예측할 만큼 연륜이 쌓인 사람은 없다. 서른이 되면 마흔에는 앞날이 훤히 보이리라 믿지만 이는 착각에 불과하고, 나이 쉰을 넘기면 이야, 마흔이던 시절이 좋았었구

---

31 47년간 인생 상담 코너를 맡아 온 미국의 유명 칼럼니스트로 2013년 사망했다.

나 하게 된다. 지금 나는 쉰여덟인데 내 육십 대가 실망스러우리란 점 외에는 다른 예측을 하지 않을 셈이다. 왜냐하면 지금껏 10년마다 내가 기대한 것에 훨씬 못 미치는 삶이 펼쳐졌기 때문이다. 그러니 다음 10년이라고 다를 리가 있겠는가?

이것도 고백하겠다. 내게는 우편물을 걸러 내는 방식이 있다. 육필보다는 타자기로 쓰인 글을, 여성스러운 글씨체보다는 남자다운 글씨체를 선호하며 글씨체는 무조건 필기체여야 하고 전과범의 편지는 애초에 무시한다. 경찰에 누명을 썼다는 증거 사진을 보내더라도 거들떠보지도 않는다. 나는 지금 교통 신호등 문제를 해결해야 하고, 아직 꼬리표가 붙어 있는데 왜 가죽 울 장갑을 허츨러에서 환불해 주지 않는지를 확인하고 있다.(결과를 말하자면 고객은 당장 현금을 돌려받진 못하지만 향후에 해당 금액만큼 물건을 살 수 있게 되었다. 허츨러 측에서는 도둑맞은 장갑이라 의심하는 눈치였고, 그래, 내가 보기에도 사실인 것 같다. 그러나 미스터 상담은 도덕을 운운하는 상담가가 아니다.)

결국 이 열성적인 일벌레에게 우편물을 다 맡기게 되었다. 조수가 일을 참 잘하는데 아무래도 너무 잘하는 것 같다. 요거 요거, 습득 능력이 아주 빠르다. 좋은 질문의 요건을 벌써 파악하여 쓸모없는 것을 능숙하게 분류한다. 먼저 전화로 해결책을 확인한 다음 나에게 편지들을 보여 준다. 조수는 새로운 카테고리를 하나 만들기까지 했는데 칼럼에 언급될 가치는 없지만 쉬운 문제들의 경우에 짧은 전화 한 통으로 해결해 준다. 처음에는 마음에 안 들었지만 가만 보니 나쁘지 않은데? 전과 마찬가지로 다음 단계는 내가 나서서 처리하고 칼럼도 계속 내가 쓰고 있다. 이 칼럼이 인기를 끌고 있는 것은 다 내 문체 덕이다. 그리고 신문에서 사람들에게 직접 도움을 주는 글이 딱 두 개가 있는데 내 칼럼이 그중 하나이기 때문이다. 또 다른 하나는 부고이다. 내가 보도국에서 이런 말을 할 리는 없지만 사람들 말마따나 신문사는 대부분 흐뭇한 기사보다는 불행한 기사를 선호한다. 불행한 기사가 판매 부수를 높인다. 《정다운 마을》이란 신문은 결코 존재하지 않는다.

조수에게서는 야망이 이글이글 뿜어져 나온다. 어디에서 왔어? 이렇게 물어보고 싶다. 그렇게 예쁜데 남편은 없어? 보브 바우어가 네 맨살을 탐내진 않던가? 듣자하니 네가 처음은 아닌 것 같던데. 퍽도 가정적인 남자고 퍽도 능력자에 좋은 남자겠어. 이 업계에 좋은 남자는 없다는 걸 너도 금방 깨달을 거야.

나는 조수에게 이제부터 내 점심식사를 대령하라고 명령했다.

────

1966년 6월

"어이, 특종. 이번에 한번 허락할 테니까 보조 바퀴 달고 쌩쌩 달려 보게."

사회부 차장 캘빈 위크스가 불길한 종이 한 장을 양손에 쥐고 음산하게 매디를 내려다봤다. 입사한 지 아직 이주일밖에 안 됐지만 캘빈 위크스의 명성을 익히 들었기에 그가 퇴근할 때쯤에 기자들의 우편함에 이른바 '검은콩'을 끼워 넣고 가는 인물이란 사실은 이미 알고 있었다. 타자기를 이용하여 카본지에 메시지를 친 뒤 원본은 본인이 보관하고 얼룩덜룩한 사본은 기자들에게 하사한다. 사본에 묻은 얼룩들 때문에 검은콩이라고 불리는 것 같긴 했으나 정확한 유래를 아는 사람은 어디에도 없었다. 캘빈 위크스가 사회부 차장 직을 지낸 지는 어언 20년이 되어 가고 장장 19년째 검은콩을 나눠 주고 있다고 한다.

"저 자리에만 저리도 오랫동안 앉아 있는 데는 다 그만한 이유가 있지." 일전에 보브 바우어가 매디에게 말했다. "피터의 법칙[32]을 아주 고스란히 보여 주는 인물이거든. 캘의 신조라고, 신문사 버전의 히포크라테스 선서가 있어. 첫째, 손해를 최소화하라. 그래서 3시에서 11시 사이에 근무하는 거지. 특종이 밤늦게 터지면 야간조 부장이 알아서 할 테고. 낮에 속보거리가 생기면 윗분들이 이미 회사에 계시잖아. 위크스는 다 쓰인 기사의 흐름 정도나 관리하고 앉았으니 기껏해야 여기서는 교통순경 정도에 지나지 않는 위인이야."

현재 시각 오후 3시 30분, 매디의 퇴근 시간까지 이제 90분밖에 남지 않았다. 그러니 캘이 쥐고 있는 올가미에 목을 끼어 넣는 상황을 피하려면 어떤 핑계든 다 동원해야 한다는 뜻이었다. "전 5시에 퇴근합니다만."

"자네를 잠깐 빌려 간다 해도 돈이 말리지는 않을 걸세."

히스 씨가 고개를 끄덕거리는 모습은 가히 주인에게 복종하는 하인을 방불했다. 이 사람에게 이런 권한이 있는 건가? 매디의 진짜 상관은 누구란 말인가? 아무래도 이 부분을 정확히 짚고 넘어가야 할 성싶었다.

"오늘 오후에 작은 파티가 열린다네." 캘이 말을 이었다. "보통 이런 경우에 우리 측에서 사진사만 보내지. 그런데 요즘 흑인들이 하도 성화를 부리니까 작게나마 호의를 베풀어서 우리가 항상 폭동

---

32 이에 따르면 직장인들은 기존 업무 성과를 바탕으로 승진하는데 더 큰 책임을 질 능력은 고려하지 않는다. 그래서 승진할수록 일처리 능력이 떨어지고 급기야는 구제불능의 존재, 고객이나 동료를 짜증스럽게 하는 존재가 된다.

이나 노상강도 기사만 쓰지는 않는다는 사실을 보여 주는 게 좋겠다고 위에서 말씀하시는군."

캘이 그 유명한 검은콩을 건네며 종이에 적힌 내용을 낭독했고 매디는 눈으로 직접 글씨를 훑어보았다. "오늘 경찰이 바이올렛 윌슨 화이트의 근속 29주년을 기념할 계획이라네. 대단하지 않은가? 첫 번째 흑인 경찰이자 여성이지. 그래서 경찰청에서 이 여경을 위해 작은 파티를 개최할 걸세. 자네가 참석해서 이 여경이 어떻게 일을 시작하게 되었는지, 소감은 어떠한지, 루타바가, 루타바가[33] 들은 뒤에 인용문을 몇 개 넣어서 15센티미터 길이로 기사를 한번 써 보게. 내일 기사로 실을 걸세."

루타바가, 루타바가도 캘의 전매특허나 다름없는 표현으로 **기타 등등, 기타 등등, 기타 등등**을 뜻했다. 그리고 이 또한 어원을 아는 사람은 아무도 없다. 캘을 보고 있자니 페인터스 밀의 먼지 날리는 텐트 극장에서 공연된 〈왕과 나〉에서 연기력은 시원찮은데도 자아도취에 빠져 우쭐거리며 무대를 활보하던 남자 배우가 떠올랐다. 그가 매디의 좌석 바로 옆 통로에서 샴 왕족의 망토와는 영 딴판인 천을 뒤로 휘날리며 씩씩하게 걷는 장면이 있었다. 여름날 망토 밑단이 펄럭거리며 후덥지근한 바람을 일으키고는 매디의 한쪽 눈가를 찰싹 때렸다. 다치지는 않았지만 예상치 못했던 타격에 소스라치게 놀란 매디는 작게 소리를 꺅 질렀다. 그러자 배우가 고개를 돌려 마치 매디에게 대단한 선물을 하사하기라도 한 양 만족스러운 미소를 머금고는 다시 무대로 성큼성큼 돌아가 〈욕망이라는 이름의 전차〉의 말론 브랜도를 흉내 내는 듯한 몸짓을 보이며 어설픈

---

33 칼 샌드버그의 동화 『루타바가 이야기』에서 나온 말로 '난센스'라는 뜻이다.

가창 실력으로 오스카 해머스타인의 노래를 장렬하게 망쳤다.

매디는 재차 주장했다.

"전 5시에 퇴근합니다만."

"그렇다면 얼른 출발해야겠군."

매디는 이 상황이 이해됐다. 아니, 어느 정도는 이해했다. 보도 자료가 늦게 들어왔고 윗사람이 당장 처리하라고 하니 캘 입장에서는 순순히 따라야지 어쩌겠는가. 여러 도시에서 폭동이 벌어지고 있었기에 미국 전역이 갈수록 뒤숭숭했다. 아직까지 볼티모어는 무사했다. 매디에게 이렇게 '대단한 기회'가 주어진 이유는 매디가 아주 소심해서 초과근무 수당을 신청하지 못하거나 바이라인에 이름을 올리려는 마음이 너무나 간절해서 수당을 포기할 거라고 캘이 확신하기 때문이다.

그의 추측은 둘 다 맞았다.

매디는 경찰청으로 걸어가서 《스타》의 사원증을 보여 주었다. 그러나 "이건 기자증이 아니잖습니까"라는 소리를 들었다.

"예, 알아요." 매디가 말했다. 이게 문제가 될 줄은 전혀 몰랐다. "그렇지만 전 《스타》의 직원이 맞아요. 딜러 씨가 바쁘셔서 회사에서 대신 저를 보냈어요."

그런데 경찰 출입 기자 딜러가 떡하니 안에 있었다. 왜 이 사람에게 맡기지 않은 것인가? 그러나 이 질문에 대한 답 역시 보브 바우어 덕에 매디는 이미 알고 있었다. 딜러는 **아무것도** 쓰지 못한다. 딜러가 수집한 사실을 전화로 알리면 리라이트 담당자가 글을 쓰고 다듬어 신문에 싣는다. 대부분이 최대한 빨리 경찰 영역을 벗어나 바이라인 아래에 자신만의 글을 써 내려가길 열렬히 바랐기에 이런 일은 보통 신입에게나 맡겼다. 그러나 딜러에게는 다른 영역으로 넘어가려는 의지가 없었다. 오늘의 주인공인 흑인 여성이 송장이라면 몰라도 이 일을 딜러가 취재하여 리라이트 담당자에게 알릴 리는 없다. 송장 사건이라면 자면서도 할 사람이다. 그러나 범죄와 연관이 없는 일에는 아예 손을 대지도 못한다.

매디는 짜릿한 설렘을 느끼며 새 기자 수첩을 꺼냈지만 경찰청장이 전하는 기계적이고 판에 박힌 찬사를 받아 적느라 진땀을 뺐다. 속기를 배운 적이 없기에 대체 어떻게 받아 적어야 하는지 알 길이 없었지만 임기응변을 발휘해 나름의 약자를 만들어 수첩을 채워 나갔다. 북적거리는 실내에서 가장 눈길을 끄는 존재는 바이올렛 윌슨 화이트가 아니라 케이크였다. 경찰청장이 파티의 주인공에게 사람들 앞에서 한마디 해달라고 재촉하자 여경은 나직한 음색으로, 그러나 자신감과 권위가 드러나는 자태로 간결하게 인사말을 전했다.

"감사합니다." 여경이 말했다. "29년이 지난 지금도 이 자리에 서 있다는 사실에 그저 기쁠 따름입니다. 하지만 제 임무는 끝나지 않았습니다. 아직 더 남았습니다." 여경은 마지막 부분에 강력히 힘주어 말했다.

"향후 29년을 위하여 건배." 뒤편에서 누군가가 외쳤다. 빈말 쩌네, 매디는 생각했다. 빈말을 넘어 무례한 언사로 들리기까지 했다. 화이트 부인의 소감을 비아냥거린 게 분명했다. 매디는 이 자리에 퍼디도 있을지 궁금했다. 이 특별 행사를 위해 흑인 경찰들을 시내로 소집하지 않았을 리가 없었다. 그러나 참석자 수가 매우 적을뿐더러 대부분 백인이었다.

그래서 매디는 딜러에게 질문했다. 퍼디의 참석 여부 말고 참석한 흑인 경찰이 왜 별로 없냐고.

"그야 겉만 번지르르한 보여주기식 서커스니까요." 딜러가 말했다. "누가 근속 29주년 파티를 연답니까? 졸속으로 준비한 거지요. 까놓고 말해 자기네가 흑인 머리통을 깨부수기만 하는 집단이 아니라는 걸 보여 주려는 홍보 작전이죠."

"그런데 우리는 왜 이걸 기사로 실으려는 거예요?"

딜러가 매디에게 기묘한 눈초리를 보냈다. "가만, 《스타》에서 왔어요?"

"네, 저는 매디―."

그러나 딜러는 눈 깜짝할 새 자리를 뜨더니 케이크 모서리에서 벽돌만큼 큼지막하게 잘려 나온 한 조각을 챙기고 있었다. 그러고는 한 무리의 남자들 사이에 끼었다. 보나마나 딜러와 같은 기자들일 것이다. 모여 있는 기자들을 두고 뭐라고 부르더라? 아니, 아무래도 패거리라고 부르는 편이 낫겠다. 죽음의 까마귀 떼, 기자 패거리.

매디는 수첩을 꺼내고 주인공에게 다가가 자신을 기자라고 소개했다. 지금 기자 일을 하고 있으니 기자라 할 수 있지 않겠는가?

화이트 부인은 인터뷰를 정중하게 사양했다. "지금까지 기회가 다수 주어졌던 덕에 전 이미 제 이야기를 많이 해 왔어요. 여기 오시기 전에 자료를 보고 오셨다면, 아니, 분명히 보고 오셨을 테니 저에 대해 다 알고 계시겠죠."

간접 힐책에 매디는 제대로 한 방 먹었다. 도서관에서 신문을 찾아 관련 기사를 읽고 왔어야 했다. 얼굴이 화끈화끈 달아올랐지만 기삿거리 하나 얻지 못하고 보도국으로 돌아갈 순 없다. 현재 시험을 보는 중이다. 그리고 매디는 시험을 볼 때마다 늘 우수한 성적을 받았다.

"최초의 인물로 사는 삶은 어떠한가요?"

"두 번째, 세 번째, 천 번째와 다를 건 없어요."

"그렇지만 경찰서에는 여전히 흑인 경관이 적잖습니까. 그리고 아직까지 백인 경관만큼 뽑지도 않고 있고요." 물론 이는 퍼디에게서 들어 알게 된 정보였다. 흑인은 순경이나 비윤리 범죄 담당 경관 자리 외에는 엄두도 낼 수 없다. 차도 없고 무전기도 없다. 그런데도 어찌된 영문인지 퍼디는 심야에 순찰차를 끌고 찾아오고 있었지만 매디는 그에 대해 전혀 묻지 않았다.

매디가 이 사실을 알고 있다는 사실에 화이트 부인이 적잖이 놀라더니 조금 부드러워진 태도를 보였다. "음, 저는 부족한 상황에서 많은 것을 얻어 내는 데 노련한 사람이에요. 몇 해 전까지만 해도 펜실베이니아가를 걸어 다니며 순찰했어요. 내가 교사일 때보다는 경찰일 때 동네에 거주하는 아동들에게 도움이 될 것 같았어요. 교사를 폄하하는 게 아니에요. 저 역시 교직에 있었고 남편은 평생 교육계에 몸담은 사람이에요. 그렇지만 여교사는 무수히 많아요. 아이들은 여교사를 매일 보죠. 저는 제복을 입고 거리를 걸으며 아이들에게 세상에는 다른 선택지도 있다는 걸 보여 줬어요. 보지 못하면 상상할 수도 없는 법이니까요."

매디는 맹렬한 손놀림으로 휘갈겨 썼다. 화이트 부인의 위풍당당한 직업적 자긍심에 매우 감탄한 나머지 하마터면 나이나 남편의 성명 같은 기본 질문조차 빠뜨릴 뻔했다. 그러나 간신히 기억해 낸 다음 어디에서 자랐는지, 부모님은 딸의 직업을 어떻게 생각하는지, 하루 일과를 마친 후 무엇을 하며 쉬는지 같은 소소한 질문을 건넸다.

마지막 질문이 화이트 부인에게 흥미롭게 들린 눈치였다. "텔레비전을 조금 봐요." 화이트 부인이 말했다. "신문도 읽고요. 뜨개질도 좀 해 보려고 하는데 만들 수 있는 거라곤 스카프밖에 없고 그마저도 무늬가 영 엉망이에요. 언니 말로는, 내가 바늘만 손에 쥐면 덤벙거린다네요."

매디가 신문사에 복귀한 시각은 4시 30분이었다. 타자기를 두드리는 속도와 달리 글을 쓰는 속도는 빠르지 않았기에 기사 작성은 여간 어려운 과업이 아니었다. 그래도 즐거웠다. 마치 고등학생 시절로 돌아간 것만 같았다. 그때만 해도 재담을 떠올려 내고 인기 있는 학생들에게 별명을 지어 주며 자신만의 칼럼을 써 내려갔다. 8시가 다 되어서야 지시받은 대로 400단어를 채웠다. 작성을 마쳤을 때 다른 기자들처럼 "원고!"라고 외치기가 몹시 부끄러웠기에 매디는 원고지를 들고 캘에게 찾아갔다.

"너무 길잖아." 캘이 원고를 읽어 보지도 않고 말한 뒤 곧장 마지막 문단에 빨간색으로 X 자를 그었다.

"하지만 이 부분이 핵심인 걸요." 매디가 말했다. "매일 마주치는 아동들에게 영감을 주는 인물로 거듭나길 간절히 바란다는 내용이 담긴 인용문이에요." 보지 못하면 상상할 수도 없는 법이니까요.

"핵심을 끝에 써 넣으면 안 되지."

취직한 후로는 흥미와 관심을 쏟아 《스타》를 정독하고 있었다. 예전의 매디였다면 이 정도의 집중력을 발휘하지 못했을 것이다. 그리하여 신문은 심금을 울리는 기사와 〈드라그넷Dragnet〉[34] 스타일("저희가 원하는 것은 오직 사실뿐입니다, 부인.") 기사로 나뉜다는

---

34 1950년대와 1960년대에 라디오와 텔레비전에서 인기리에 방영되었던 범죄 수사 드라마. 객관적이고 단도직입적인 전개 방식으로 유명하다.

점을 알게 되었다.

"이건 특집 기사 아닌가요? 특집 기사라면……." 과연 특집 기사가 맞는지, 이것이 적절한 단어인지 확신이 서지 않아 매디는 잠시 머뭇거렸다. "특집 기사라면 마지막에 한 방이 있어야죠. 아닌가요?"

"폭동이나 도둑질에 연루되지 않은 흑인에 대해 15센티미터짜리 아무 기사나 내기만 하면 돼."

"그렇지만 흥미로운 인물이잖아요." 매디가 말했다. "그런데 생각보다 더 특별한 분 같아요."

"이미 그 여자에 관한 기사는 수두룩하게 써 냈어. 사진 한 장이랑 짧은 설명문만으로 끝낼 수도 있는데 이 정도로 길게 쓰는 거니까 감지덕지해야지. 어쨌거나, 자네 실력이 입증되면 내 자네에게 기사를 더 맡길지도 몰라."

만일 자네 실력이 입증되면. 이렇게 고분고분 속아 넘어갈 매디가 아니다. 매디의 야망과 예의를 알기 때문에 오후에 긴급히 일을 맡길 사람이 필요할 때마다 이용해 먹으려는 속셈이다. 매디가 마땅한 권리조차 요구하지 않을 정도로 만만한 직원이라고 믿는 게 틀림없다.

"8시가 넘었습니다." 매디가 말했다. "세 시간 초과근무를 했어요. 초과근무 수당을 받으려고 하는데 주말께에 근무시간 기록 카드에 어떻게 써 넣으면 될까요?"

"대휴를 갖게." 캘이 태연하게 말했다. "돈에게 말해 두겠네. 사흘에 걸쳐서 한 시간씩 일찍 퇴근하게."

"대휴요?"

"시간으로 대신 보상을 받으란 얘기네. 다른 직원들의 동의를 받으면 사용할 수 있지. 아, 엄밀히 따지면 40시간을 넘겨선 안 되니까 해당 주에 대휴를 써야 해. 하지만 그런 세부 조항은 아무도 신경 쓰지 않는다네."

그런 세부 조항을 신경 쓰지 않는 사람이 경영진 말고 더 있겠는가.

"초과근무 수당은 1.5배로 받잖아요. 그렇다면 저는 4.5시간을 대휴로 쓸 수 있어야 하지 않나요? 그렇지 않다면 대휴는 제게 불리한 것처럼 보입니다만."

순식간에 캘의 눈빛이 냉랭하게 변하고 지금껏 천연덕스럽게 연기했던 호의의 기운이 얼굴에서 싹 사라졌다. 뾰족한 앞니, 유난히 창백한 피부, 시뻘겋게 충혈된 눈 때문에 캘의 외모는 흡혈귀 혹은 알비노 고양이를 연상시켰다. 진정한 권위라고는 손톱만큼도 없는 남자란 점을 확실히 알 수 있었다. 그러니 당사자는 이 사실에 얼마나 심기가 불편할까.

"그래, 알겠네." 캘이 말했다. "4.5시간을 대휴로 쓰게. 상호 합의하에. 그나저나 뭘 할 계획인가? 점심시간을 길게 누리려고? 쇼핑이나 하러 가려고?"

"우선은 시간을 축적해 둘 생각입니다. 언제 시간이 유용하게 쓰일지 모르니까요. 돈에게 이 상황을 설명해 주실 건가요? 시키신 업무를 제가 맡아서 대휴를 얻게 되었다는 걸요?"

"상호 합의하에 대휴를 쓰게." 캘이 말했다. "일찍 퇴근하겠다고 무작정 선언해선 안 되고. 돈에게 이 상황을 직접 전달하게."

"알겠습니다."

매디는 대휴 시간에 무얼 할 작정이냐는 오지랖 넓은 질문에는 대꾸도 하지 않고 자리를 떴다. 신문에 실어 마땅할 기삿거리를 찾아다닐 계획이라고 알리고 싶지는 않았다. 진정한 기삿거리를 찾아낼 것이다.

다음 날 발행된 《스타》에서 매디의 기사는 대거 수정되어 네 단락밖에 나오지 않았다. 매디의 성명은 어디에도 적혀 있지 않을뿐더러 생생하고 훌륭한 표현이라고 생각했던 문구와 인용문은 싹둑 잘려나가 있었다. 상관없다. 매디는 책상 앞에 앉아 기사를 오려 마닐라 서류철에 넣은 뒤 한참을 고심한 끝에 '모겐스턴, 매들린'이라고 제목을 붙였다. 나중에 바이라인에 이름을 올리게 되는 날, 바로 이 이름을 쓸 것이다.

캘의 지시로 경찰청에 다녀오느라 미처 확인하지 못한 편지들을 이제야 개봉하기 시작했다. 그중에서 칼럼의 소재로 괜찮아 보이는 편지 두 통은 따로 보관했다. 나중에 히스 씨에게 전달할 것이다. 우편물 중에서 매디가 쉽게 해결할 만한 문의 글이 하나 보였다. 한 행인이 드루이드 힐 공원 분수대의 전등불이 들어오지 않는다는 사실을 발견했다. 내일 공공사업부에 전화를 걸어 이 사실을 알릴 것이다. 이런 부류의 문제는 칼럼에서 언급할 수가 없다. 이제 구분법을 완벽히 깨쳤다. 매디는 자신이 진취적으로 업무를 수행하고 있다는 사실에 몹시 뿌듯했다. 보브 바우어에게 듣자하니, 히스는 지금 바짝 쫓아오는 매디에게 일자리를 빼앗길까 봐 노심초사하고 있다.

매디의 시야는 이제 굉장히 넓어졌는데 너무 방대해진 탓에 무엇을 봐야 할지 구체적으로 알 수가 없었다. 매디는 오후마다 히스 씨에게 커피와 함께 엔텐만 쿠키 또는 사라 리 소용돌이 케이크를 열심히 갖다 바치고 있다. 머지않아 히스 씨에게 인정받는 날이 올 것이다. 4.5시간, 원할 때 마음껏 이용할 수 있다. 그런데 이 시간을 어떻게 활용하면 좋을까? 4.5시간으로 어떤 일을 할 수 있을까?
이 질문에 대한 대답은 조만간 전기 기사가 알려주게 된다.

정의의 귀부인

난 파티를 원하지 않았다. 근속 29주년을 기념하는 파티를 여는
사람이 세상천지에 어디 있단 말인가? 상관들에게 누누이 못을 박
아 말했듯이 지구대장이 되기 전까지는 절대 나가지 않을 것이다.
난 분명히 **누누이** 말했다.

그러나 이게 무슨 상황인지는 알고 있다. 그리고 경찰청에서 왜
내 근속 29주년을 축하해 주는지, 왜 사진사들이 모였는지, 나이에
비해 풋내기처럼 보이긴 하지만 왜 기자까지 찾아왔는지도. 기자를
보며 나는 생각했다. 이 일을 하려면 확실히 자신감부터 키워야겠네.
나는 인터뷰를 꽤 해 봤고 전부 다 이번보다는 훨씬 깊이 있는 기사
로 보도되었다. 그때까지만 해도 케이크 칼을 손에 쥐고 사진을 찍
을 필요가 없었다.

내 인생에 자신감이 결여된 적은 없다. 죽음을 두려워하지 말라
는 아버지의 가르침 덕에 지금까지 이 모든 일을 해낼 수 있었다.
죽음을 두려워하지 않는 것은 겁이 없는 것과 다르다. 내가 가는 길
의 끝, 사후를 걱정하지 않는다는 뜻이다. 나라고 일평생 떳떳하게
만 살았겠는가. 그러나 기독교 신자로서 신에게 기도한다. 역경을
이겨 낼 수 있게 해 달라고, 길을 잃을 때는 용서해 달라고, 다시 곧
고 좁은 길로 돌아갈 수 있도록 내게 손을 내밀어 달라고.

사람들은 내가 으레 좋아할 거라는 고정 관념을 가지고 있지만
사실 탐탁지 않아 하는 게 몇 가지 있다. 나는 파티를 안 좋아한다.

사진 찍히는 것도 안 좋아한다. 주목받는 것도 안 좋아한다. 〈진실을 말하자면〉이라는 텔레비전 방송에 정말 출연하기 싫었지만 그래도 참가자들 중에서 내가 진실을 말한 사람이어서 다행이었다. 그러나 이 방송은 참가자를 어떻게 해서든 특이한 사람, 경우에 따라서는 괴짜처럼 보이게 만든다. 난 괴짜가 아니다. 대학을 졸업했고 내가 낳은 자식 두 명과 입양한 자식 두 명, 이렇게 총 네 명의 자식뿐만 아니라 순찰을 도는 동네에 거주하는 아이들 모두를 아끼는 사람이다. 어떤 면에서 보면 경찰이라기보다는 사회복지사에 가깝다. 그래도 나는 사회복지사와 다른 점을 만들어 냈다. 가정 방문하는 사회복지사는 적이나 참견쟁이 대우를 받는다. 난 주로 술주정이나 막돼먹은 행위를 신고 받으면 가정에 방문하는데 어머니들은 은밀히 나를 반긴다. 내가 자기들을 이해하고 보살핀다는 사실을 알기 때문이다. 하지만 나는 성인보다는 그들의 자녀들을 항상 최우선으로 보살펴야 한다.

사람들은 나를 '정의의 귀부인'이라고 부른다. 이 별명이 진심으로 마음에 든다. 특히 귀부인이란 표현이 참 좋다. 자랑스럽게도 나는 절대 품위를 잃는 법이 없다. 1950년대에 젊은 여성들을 지도했는데 그들에게 예의 바른 태도와 단정한 용모가 얼마나 중요한지를 강조했다. 맡은 업무 때문에 남성적이고 거칠어져야 할 필요는 없다. 경우에 따라서는 엄격한 학교 선생님과 다를 바 없다. 수업을 빼 먹고 영화관에 잠입하는 어린 소년들을 잡기도 한다. 그리고 아이들에게 집과 첼트넘[35] 중에 한 곳에 데려다줄 테니 목적지를 선택하라고 말한다. 그러면 아이들은 어김없이 귀가를 고른다.

---

35 여기에 청소년 교정 시설이 있다.

사람들은 이제 내가 은퇴를 고려해야 할 때라고 생각하는 눈치이다. 올 가을에 나는 예순아홉이 된다. 어쩌면 내게 힌트를 주려고 이 파티를 열었는지도 모르겠다. 그러나 난 이 힌트를 무시하고, 사람들이 이상한 눈길로 쳐다보든 말든 들으라는 건지 말라는 건지 속닥거리며 나를 흉보든 말든 괘념치 않을 것이다. 하고 싶은 말이 있는 사람은 내 얼굴을 보며 직접 전하면 된다. 난 아직 떠날 수 없다. 아직 나의 장례식도 계획하지 않았다. 심지어 신의 사자를 흉내내며 젊은 여성들을 착취하던 놈팡이가 내게 총을 겨눴을 때도 죽음을 염두에 두지 않았다. 그런 일을 경험한 후에도 장례식을 계획해야겠다는 마음을 먹지 않았다. 뭐하러 지금 하겠는가? 살날이 한참은 더 남았는데. 단순히 최초였다는 것을 넘어 더 큰 공적을 세우리라.

이러한 내 견해를 전달하기 위해 나름대로 최선을 다했으나 여자는 인터뷰 내내 상당히 쭈뼛쭈뼛 하는 것이 삼십 대 후반답지 않았다.(백인에 대해 확실한 것 하나는 나이를 추정하기가 매우 쉽다는 점이다. 나이테가 나무의 나이를 알려주듯이 그들의 피부도 나이를 고스란히 알려준다.) 아, 맞다. 난 마흔에 이 직종에 처음으로 발을 들였다. 새로운 일을 시작하기에 늦은 나이란 없다고 생각한다. 여길 떠나 세 번째 직장을 가지게 될지도 모르는 일이다. 난 좋은 설교가가 될 자신이 있다. 그러나 말로 타이르는 것 말고 내가 직접 **행동하는** 쪽을 선호한다. 해마다 연말연시에 이웃에게 선물 바구니를 나눠 주는데 이를 기반으로 사업체나 자선 단체를 설립해도 좋을 것 같다. 그러나 정의의 귀부인이란 별명은 사용하지 않을 생각이다. 그런 채신없는 행위를 할 순 없다. 그런 별명은 이곳을 떠날 때 나와 함께 은퇴할 것이다.

다음 날 오후에 신문이 발행되었고 내 사진도 실렸다. 하지만 몇 장 보이지 않았으며 그 여자가 잘못 인용한 부분들이 눈에 띄었다. 그러나 북서부 지구대 순찰 경관 퍼디낸드 플랫이 복도에서 나를 멈춰 세우고는 몇 가지를 물었는데 시시하기 짝이 없는 질문들이었 다. 이 기사에 대해 어떻게 생각하세요? 만족스러우셨나요? 나는 기사 에 그다지 관심이 없을 뿐만 아니라 나에 대한 기사는 이미 숱하게 실렸다고 솔직히 대답했다. 경찰이 되기 훨씬 전부터 기독여성절제 회에 가입해 전국적으로 활동했던지라 내 이름은 일찌감치 신문에 서 거론되었다. 나는 우리 시대의 가장 큰 적 중 하나가 알코올이라 고 생각한다. 물론 마약도 거악이지만 알코올은 합법이지 않은가. 순환고속도로를 운전하며 칼링 공장을 지나갈 때면 내 코에 홉의 탄내만 스치는 것이 아니다. 돌이킬 수 없을 정도로 파탄 난 가정의 냄새도 솔솔 풍긴다. 나는 키포버위원회에 참석하여 마약의 위험성 을 진술했지만 대가를 따지면 알코올이 훨씬 더 심각하다고 판단한 다. 당연히 나는 금주법[36]의 역설을 아주 잘 알고 있다. 당시 난 이 미 성인 여성이었고 결과를 똑똑히 지켜봤다. 그러나 과연 음주를 합법화하는 것이 해결책 노릇을 할지는 모르겠다.

젊은 퍼디낸드에게는 내 기사가 신문에 실린 일이 대단해 보이 는 모양이다. 퍼디낸드는 참 잘생겼는데 아무래도 지나치게 잘생긴 외모가 언젠가 화를 부를 것 같다. 소문에 따르면 지역 내에서 특정 인물과 유독 친분이 두텁다던데 그자는 선량한 사람들 뒤에서 정 체를 감춘 채 악행을 저지르는 위인이다. 셸 고든은 지역의 수치다. 펜실베이니아가에서 저급한 시설을 운영하고 거기서 일하는 여자

---

36 미국에서 1920년부터 1933년까지 시행되었다.

들에게 흉측한 의상을 몸에 걸치라고 명령한다. 퍼디 플랫도 고든의 업소에 드나들며 단골들과 알고 지낸다고 한다. 그나마 다른 경찰들이 저지르는 죄악에 비하면 소소한 편이다.

그렇다면 퍼디는 좋은 경찰이 될 자질을 가진 인물인지도 모른다. 셸 고든 같은 사람은 범죄자일지라도 질서 유지를 중시한다. 자기네 영역에서 아수라장과 무법천지를 일으키거나 말거나 조직화를 추구하고 개별 활동을 하는 프리랜서를 용납하지 않는다. 고든의 클럽 직원들은 클레오 셔우드의 행방을 찾으려고 수사 초기에 경찰에 적극적으로 협조했다. 클레오의 부모님은 선한 사람들이다. 대체 어쩌다 그애가 그렇게 커 버린 건지 모르겠다. 내가 알기로 그애는 사춘기에 이르면서 삐뚤어지기 시작했다. 지나치게 빼어난 미모가 독이 되어 방황하는 소녀들이 종종 있다. 난 예쁘지는 않지만 여자로서 매력이 충분하다. 허영심이 아니다. 세련되게 잘 차려입고 피부가 고운 편이다. 남편은 내 외모에 단 한 번도 불만을 드러낸 적이 없다.

클레오를 일찍이 만났다면 참 좋았을 텐데. 그랬다면 그애가 올바른 길로 갈 수 있도록 인도했을 텐데.

———

그렇게 정의의 귀부인을 만나게 되었군요, 매디 슈워츠. 내가 어렸을 때부터 알던 분이에요. 동네에서 모르는 사람이 없을 정도로 유명한 분이었죠. 당신 남편이 총각 때 나를 울렸는데 울고 있던 나를 그분이 위로해 주셨어요. 밀턴 때문에 울었던 아이들이 한두 명이 아니었죠. 알고는 있었나요? 뒤룩뒤룩 살진 밀턴은 길모퉁이에서 부모님이 운영하던 작은 식료품점에서 책을 들여다보고 있었어요. 난 고작 여섯 살, 1학년에 불과했는데 다른 아이가 나를 클레오란 별명으로 불렀다는 이유만으로 대학생이던 그 남자가 작정하고 비웃었어요. 내 본명은 유네타예요. 그러니 내가 클레오란 이름을 더 좋아할 수밖에 없지 않겠어요?

보통 별명은 남들이 지어 주잖아요. 내 별명도 다른 아이들이 지어 준 거예요. 별명을 스스로 만드는 사람들도 있던데 그건 좀 안쓰럽지 않나요? 수업 시간에 고대 이집트의 인물들에 대해 배우다 클레오파트라의 옆모습 그림을 보게 되었어요. 한 남자애가 자기 딴에는 나를 놀린답시고 "헨더슨 선생님, 이 그림이랑 유네타랑 똑같이 생겼어요. 유네타도 맨날 이렇게 코를 들고 다녀요." 내 코는 예뻐요. 아니, 예뻤어요. 곧고 오뚝하고 모양이 완벽했죠. 마치 10캐럿짜리 다이아몬드를 이고 다니는 셈이었지만 어느 누구도 내게서 빼앗아 갈 수는 없었어요. 그러니 사람들은 내 장점이 원래는 단점이라고 하지를 않나, 위가 아래며 깜장이 하양이라 우기고 내 자신감을 뭉개지 못해 안달이었어요. 그렇지만 대놓고 시샘하는 게 빤히 보이니까 남들이 놀리든 말든 개의치 않았어요. 내 눈동자 색은 연하고 입은 예쁘고 광대뼈는 갸름해요. 그래도 내 이목구비를 완성하는 부위, 나를 진정한 미녀로 만들어 주는 부위는 단연코 코였어요. 내 미모는 단 한시도 역변한 적이 없어요. 자만심이 지나친 소리로 들리려나. 그런데 나 정도면 자만해도 된다고 생각해요. 아주 어린 나이부터 주변에 남자들이 몰려들었는데 그때 내 나이가 열넷, 열다섯이었고 스물한 살 무렵에는 남자들을 밀어내는 것조차 신물이 나더라고요. 그래서 결국 아이가 둘이나 생겼는데 남편은 없는 처지에 이르렀어요.

금세 난 클레오라고 불리기 시작했어요. 다들 '유네타'를 잊어갔어요. 이름이 바뀌어 불린 덕에 치부 하나가 사라진 셈이었는데 이걸 아무도 눈치를 못 채더라고요. 새 이름에 대해 별 생각 없이 지내던 어느 날 밀턴이 자기 부모님이 운영하던 가게에서 내 사촌이 날 부르는 소리를 들었어요. "그 돈으로 뭐 살 거야, 클레오?" 박스 삼촌이 놀러 온 날이었어요. 진짜 우리 삼촌이 아니거니와 이름도 박스가 아니었는데 왜 그렇게 불렀는지 아직도 영문을 몰라요. 지금은 어디서 무엇을 하며 살고 있으려나. 그때 우리가 아는 거라곤, 박스 삼촌은 나타났다 사라지길 반복하는 어른이고 나타날 때면 우리에게 파티가 열린 거나 다름없다는 사실이었어요. 아무 이유 없이 그냥 신나는 파티, 최고로 신나는 파티가 열렸죠. 아이들은 용돈을 받았고 우리 아버지는 구석에서 도끼눈을 뜨기만 했어요. 아버지는 파티고 놀고 인간이 세상에 태어나서 즐길 수 있는 거라면 뭐든 다 싫어했어요.

"오늘 조금 사고 남겨 뒀다가 나중에 또 사야지." 난 사촌 워커에게 말했어요.

"클레오?" 내가 돈을 내미는 순간 밀턴이 물었어요. "무슨 이름이 그러냐?"

"클레오파트라란 뜻이에요." 내가 말했어요. "사람들이 제가 클레오파트라랑 닮았대요."

밀턴이 웃음을 터뜨렸어요. "이렇게 볼썽사나운 피부색으로 어디가 클레오파트라랑 닮았다는 소린지, 원. 살다 살다 별 황당한 소리를 다 듣네. 클레오파트라는 왕족이야. 그런데 한낱 가난뱅이 흑노 주제에 감히 어디서 클레오파트라를 갖다 붙여."

'흑노.' 밀턴의 입에서 나온 이 단어는 뜻이 아주 명확했어요. '흑노'는 '흑인 노예'를 줄인 말이었어요. 이 말을 들은 아이들이 날

보고 깔깔거렸는데 걔네는 밀턴의 멸시 어린 발언에 아무렇지도 않은 모양이었어요. 나는 조롱거리로 전락했는데 내 편은 아무도 없었어요. 난 군것질거리며 돈이며 무엇 하나 집을 생각을 안 하고 엉엉 울면서 가게 밖으로 뛰쳐나갔어요.

"왜 울고 있니, 꼬마야? 길을 잃었니? 집에 무슨 일이라도 생겼니?"

나는 창피해서 눈물을 감추려고 두 팔로 내 코허리, 오똑하고 어여쁜 코를 가리고 있었어요. 울었단 사실이 들통 나면 학교에서 놀림받을 게 뻔했거든요. 한 번 눈물을 본 아이들은 어떻게 해서든 그걸 또 보려고 했어요. 다른 애들도 뒤룩뒤룩 살진 밀턴 슈워츠처럼 날 깔아뭉개지 못해 안달할 게 뻔했어요. 고개를 조금씩, 조금씩, 조금씩 들었더니 정의의 귀부인이 보였어요. 화이트 경관님을 모르는 사람은 없었어요. 경찰이었지만 믿을 수 있는 분이었어요. 막무가내로 아무나 잡아넣는 분이 아니었죠. 하지만 갈색 봉투에 술병을 숨기고 거리를 돌아다니다가 혹여 화이트 경관님을 마주치는 사람은 단단히 혼쭐날 각오를 해야 했어요.

너무 쪽팔리고 흥분한 탓에 말을 더듬으며 내가 당한 일을 두서없이 일러바쳤는데 정의의 귀부인은 용케 알아들었어요.

"클레오파트라가 누비아인[37]이라는 사람들, 학자들도 있단다." 경관님이 내게 말해 줬어요. "자, 같이 가게로 들어가서 네 돈을 가져오자꾸나."

나는 경관님과 함께 가게로 들어갔어요. 군것질거리와 돈이 다

---

37 지금의 아프리카 북부 수단에서 살았던 사람들. 클레오파트라 여왕은 알렉산드로스 대왕의 휘하 장군이었던 프톨레마이오스의 후손이니 그리스계이다.

시 내 손에 쥐여졌는데 그런 신기한 상황에 정신이 멍했어요. 이게 바로 정의란 건가? 법이란 건가? 밀턴은 내 돈을 꿀꺽 삼키려 했던 대가로 내게 공짜로 사탕을 줘야 했지 뭐예요? 알고 보니까 남을 아프게 하는 사람은 그 이상의 대가를 치러야 하는 거 있죠? 당신에게도 빚진 사람이 있나요, 매디 슈워츠? 당신이 빚을 갚아야 할 사람은요?

아무튼, 여섯 살이란 나이에 나는 누구에게도 망신당하지 않고 살기로 굳게 다짐했어요. 그렇지만 매디 슈워츠, 당신도 스스로 깨달았다시피 어릴 적에 자신에게 한 맹세는 지키기 어렵잖아요. 그래도 20년 동안 난 체면을 지키면서 살았어요. 절대로 남자 때문에 울지 않았어요. 심지어 손가락에 결혼반지 한 번 껴 보지 못하고 어린 두 아들과 두 번이나 버림받았는데도 꿈쩍하지 않았어요. 교회에서 얻어 온 헌옷을 입고 다닐 때조차 난 어깨를 쫙 펴고 다녔어요. 난 은신해서 살고 있는 누비아인 여왕 클레오파트라니까요.

그러다가 남자, 늘 바라고 바라 왔던 왕을 마침내 만났는데 결국 내 인생이 끝장났어요.

이제 5개월이 흐르고 6개월째에 접어들고 있어요. 호수의 물이 점점 따뜻해지고 계속 움직이네요. 이제는 내 옷이 얼마 남지도 않은 것 같은데 아주 작은 생명체들이 다가와서 계속 오물오물해요. 대낮에는 햇살이 암흑을 뚫고 들어오긴 해도 나에게까지 미치지는 못해요. 어쩌다 보니 내가 이런 몸뚱이가 되어 버렸네요. 야만스럽게 끊임없이 들썩거리는 이 흉한 몰골이 내 아름다운 육체를 대신하게 되었고 자리를 이동하면서 전선을 건드렸어요. 전기를 막았는지 선을 끊어 놓았는지 모르겠어요. 밤에 어떤 남자가 약속 장소인 파충류 우리로 향하다가 분수대 조명이 꺼진 사실을 알게 됐어요.

그의 정체와 목적을 알 것 같아요. 은밀한 사생활을 즐기는 남자가 벌렁벌렁 요동치는 가슴을 부여잡고 목적지로 향하고 있었으니 가는 내내 온갖 것을 예의 주시했겠죠. 모르는 사람이 없어요. 밤마다 파충류 우리 주변에 어떤 남자들이 서성거리는지 말이에요. 끼리끼리 어울리잖아요. 은밀한 삶을 사는 남자는 평범함 속에서도 비밀을 쉽게 찾아내는지라 전등이 단순히 꺼지기만 한 게 아님을 직감했겠죠. 거기에서 살기를 느꼈을 거예요. 그래서 도시 경관을 아름답게 빛내던 전등이 왜 느닷없이 꺼졌는지 문의하게 된 거죠. 미스터 상담에게요. 결국은 그 남자가 나를 당신에게 보낸 셈이네요. 당신은 분수대로 사람을 보냈어요. 그러자 누군가 호수에 나타나 노를 저으며 분수대를 향해 가로질러 왔어요. 순간, 호수는 마치, 학창 시절에 배운 신화 있잖아요, 지옥 밖에서 흐르는 강, 딱 그거 같았어요.

당신네들 모두 지옥에 떨어져 살점이 썩어 문드러지길 빌어요.

학교에서 배운 시인데 그게 뭐였더라? '못 한 개가 없어서⋯⋯.' 참내, 전구 한 개가 없어서 내가 발견되기 직전이고, 그래요, 이것 하나 때문에 왕국 비슷한 게 무너질 판이네요. 이제 곧 여러 사람의 인생이 나락으로 떨어지고 왕은 왕좌에서 밀려나고 사람들의 억장은 무너지게 생겼어요.

이 모든 것이 다 당신 때문이에요, 매디 슈워츠. 분별력과 자존감 때문에 나는 계속 침묵하고 있었건만.

———

Part 2

___

1966년 6월

포장 음식을 한 손에 들고 승강기에서 발을 내디뎠으나 어느덧 익숙하고 소중해진 보도국에서 인기척이 전혀 느껴지지 않아 매디는 몹시 의아했다. 왁자지껄한 소음이 한 꺼풀 벗겨진 후였다. 기계들은 변함없이 박자에 맞춰 딸깍딸깍 소리를 내고 전화기들도 따르릉따르릉 울리고 있었지만 대화는 일절 없었다. 고함은커녕 웃음소리도 들리지 않았다. 마지막 판을 향해 전력 질주하며 최소한의 단어로 속삭이는 소리만 간혹 들릴 뿐이었다.

가슴이 풍만하고 얼굴에 홍조를 띤 특집부장 하노 리빙스턴이 신문사 편집국장 마셜 씨와 함께 '상담' 칼럼 자리에 있었다. 마치 집으로 돌아갔더니 우편함 주변에서 어슬렁거리는 신을 마주한 것만 같았다. 매디는 와들와들 떨리는 양손으로 샌드위치와 커피가

든 종이 상자를 내려놓았다. 끔찍한 일이 벌어진 게 틀림없다. 그렇지 않고서야 이들이 여기서 기다리고 있을 리가 없다. 세스에게? 밀턴에게?

"매들린 슈워츠." 마셜 씨가 말문을 뗐다.

"저, 맞습니다." 이름이 맞느냐는 질문을 듣기라도 한 양 매디가 대답했다. 마셜 씨가 자신의 성명을 알고 있다는 사실에 불안했다. 혼내러 온 걸까? 대체 무슨 잘못을 저질렀다고? 화이트 부인 기사에서 무슨 오류라도 발견된 걸까? 설령 그렇다 하더라도 얼마나 큰 잘못이기에? 아직 수습사원인지라 언제 쫓겨나도 이상할 것이 없었다. 아무래도 캘 앞에서 초과근무 대가를 운운한 것이 화근이 되어 이 사달이 난 듯했다.

"지금 형사 두 명이 자네와 대화하려고 내 사무실에서 기다리고 있다네."

무릎에서 힘이 풀리자 매디는 양손바닥을 자신의 책상에 올리고 몸을 지탱했다. 마음 한 구석에서는 세스가 시끄럽게 울려 퍼지고 다른 한 구석에서는 퍼디가 작게 들렸다. 그러나 둘의 관계를 아는 이가 있을 리 없다. 매디는 지금 곤경에 처했다. 심각한 일이 터진 게 분명하다.

"시간이 없네." 마셜 씨가 낮은 음성으로 빠르게 말했다. "형사들이 왔을 때 점심을 먹고 있었던 것을 천만다행으로 알게." 마셜 씨는 순전히 잘못 알고 있다. 매디는 점심을 먹고 온 게 아니라 남의 도시락을 나른 것뿐이다. 매디는 보통 집에서 도시락을 싸 온다. "경찰이 찾아온 이유를 히스 씨에게 들었네. 자네가 드루이드 힐 공원 전등 문제로 공공사업부에 전화를 걸었기 때문이라지."

"네, 종종 그런 일을 하고 있습니다. 소소한 문제들은 제가 해결하거든요. 혹시 제가 무슨 실수라도……?"

"현장에서 인부가 시체를 발견했다더군, 흑인 여성을. 경찰은 자네가 왜 전화를 걸었는지, 전등불 문제를 문의한 사람에 대해 아는 바가 있는지 알고 싶어 하네."

"편지 한 통을 받았어요." 매디는 편지 내용을 최대한 기억해 내려고 머리를 쥐어짰다. 육필로 쓴 편지, 남성적인 글씨체. 이름이 적혀 있었던가? 그랬던 것 같긴 하지만 이름을 보는 순간 가명임을 육감으로 알 수 있었다. 그렇다고 존 스미스는 아니지만 그 정도로 흔한 성명이었다. 어차피 신문에 실을 것도 아니고 발신자의 신원을 따로 확인할 필요가 없어 이름에 딱히 관심을 두지 않았다.(히스 씨가 발신자 명 '궁둥짝 가라사대'에게 받은 편지를 신문에 그대로 올리는 것을 본 후로 매디도 신원을 확인하지 않고 있다.)

"그리고 자네는 그걸 폐기했고." 마셜 씨가 말했다.

매디는 절대 그렇지 않다고 자신이 맡은 문제가 확실히 해결되기 전까지는 해결책 서류철에 보관해 둔다고 말하려 했다. 그러나 웬만한 남자의 눈을 보면 속을 알 수 있는 매디는 눈두덩이가 움푹 파인 마셜 씨의 갈색 눈동자를 보는 순간 그가 기대하는 대답을 알 수 있었다.

"저희는 신문에 게재하지 않는 문의는 **간직하지 않습니다.**" 매디는 찬찬히 침착하게 말했다. "보관할 이유가 없으니까요."

"다행이군." 마셜 씨가 고개를 끄덕였다. "신문사 법률 고문이 내 사무실에 있다네. 나와 같이 가서 우리는 신문에 게재하지 않는 문의는 보관하지 않는다는 점을 형사들에게 설명해 주게. 간직하지 않는다는 점을."

자신이 한 말이 마셜 씨의 입에서 그대로 반복되자 매우 뿌듯했다. 적절한 단어를 사용하여 제대로 답변한 모양이었다. 진실이면서도 오도하는 말이었다. 분수대에 관한 편지는 주말경에 폐기될 예정이다. 그러니 아직은 매디의 서류철에 들어 있다.

매디를 기다리고 있던 경찰들은 살인사건 전담 형사들이었고 외모는 사회부 기자들과 별반 차이가 없었다. 그러나 사십 대임에도 불구하고 업무 때문에 생긴 나쁜 습관들과 하는 일 탓에 나이가 더 들어 보였다. 형사들은 회사 방침에 따라 신문에 실리지 않는 편지들이 폐기된다는 답변에 실망한 기색을 보이며 매디에게 최대한 상세히 기억해 낼 것을 요구했다. 매디는 발신자의 성명을 기억하지 못하며 아는 거라고는 성별이 남자이고 한밤중에 분수대를 지나가던 중이었다고 전했다. 그리고 얼마나 오랫동안 전등불이 나갔는지 아는 사람은 없지만 공공사업부 추정에 따르면 불이 꺼진 지 오래되지 않았다는 사실도 전했다. 매디가 들은 바에 따르면 분수대가 컴컴하단 사실이 발견되기까지 사나흘을 넘겼을 리는 없다.

"혹시 그게 누구의 시신인지 아십니까?" 마셜 씨가 형사들에게 물었다. "사인은요? 그게 어떻게 거기에서 발견된 거죠?"

그게.

"시신이 꽤 손상된 상태입니다." 형사들이 일제히 매디의 얼굴을 빤히 쳐다보는 듯했다. 이 사실에 매디가 당황하는지 확인하려는 양. "흑인 여성이에요. 저희로서는―. 음, 저희로서는 아직 자세히 말씀드릴 수가 없습니다."

너희가 아는 걸 우리에게 이실직고하지 않는데 우리라고 너희에게 낱낱이 얘기하겠냐. 다 큰 남자들이 이렇게 유치하게 굴다니, 여자들 세계에서는 있을 수 없는 일, 매디로서는 생전 경험한 적 없는 유치한 행동이었다. 공평성과 위신 타령을 하며 삐쳐서 심술이나 부리고 놀이터에서나 써먹을 법한 규칙을 주장하는 꼴이라니. 물론 여자도 위신을 중요시한다. 그저 인생이 항상 공정하지만은 않다는 사실을 일찌감치 깨닫고 현실에 순응하며 살 뿐이다. 세상에 공평한 것은 없다는 사실을 여자는 거의 요람에서 깨닫는다 해도 과언이 아니다.

역시나 이 사실을 입증이라도 하듯 마셜 씨는 나가라는 지시를 내리며 이 모임에서 매디가 더 이상은 쓸모가 없다는 뜻을 알렸다. 매디는 한낱 도구에 불과했고 타자기나 전화기 헤드셋과 다를 바 없었다. 매디는 정보를 전달할 뿐 이유와 과정을 설명할 수는 없는 미천한 존재다. 매디는 차오르는 분을 억누르며 오늘의 우편물을 뜯었다. 시민들이 보내는 이 하찮은 불만에 대체 얼마나 많은 범죄가 가려져 있을까?

그러나 한 시간 뒤 형사들이 신문사 건물을 나가자 매디는 '연관성'이 있는 서류철을 전부 다 가져오라는 명령을 받았다.

처음 방문했을 때는 정신이 없어 몰랐으나 다시 찾아간 편집국장 사무실은 굉장히 호화로웠다. 마호가니 목재로 만든 것으로 보이는 으리으리한 책상. 가죽 의자. 녹빛 램프. 천으로 덮인 푹신한 안락의자에는 손님들이 앉아 있었다. 아수라장인 우중충한 보도국과 분위기가 극명히 대조되었다.

"무슨 일인지 정확히 알고 싶군." 마셜 씨가 양손을 맞잡고 상체를 기울인 채로 말했다. "우리는 선량한 시민이라네. 필요시에 경찰에 협조하지. 그렇지만 우리가 뭘 쥐고 있는지 먼저 정확히 알아야 공유할 수 있겠지. 경찰이 자네 서류철을 먼저 봤다면 그게 무엇인지 확인할 기회를 우리는 영영 잃었을 걸세. 증거품으로 곧장 압수되었을 테니까."

"여기에는 중요하다고 볼 만한 것이 딱히 없는 것 같습니다." 매디는 투명인간 '미시즈 상담'으로서 '스스로' 맡아서 해결하기 위해 편지들을 따로 넣어 둔 마닐라 서류철을 제출하며 말했다. 가만, 다시 '미스'인가? 둘 다 적절치 않은 경칭 같았다. 미시즈는 능수능란하게 살림을 이끌어 나갔던 여자이자 밀턴 슈워츠의 아내이다. '미스'는 열일곱 살 소녀 시절에나 들었던 경칭이다.

"해당 편지를 꺼내서 자네가 직접 읽어 주는 게 어떻겠나?" 마셜 씨가 제안했다. "어차피 자네 지문으로 범벅이 되어 있을 테니 말이야. 증거품을 온전히 보존하긴 글렀지만 적어도 더 이상 오염이 되는 일은 막을 수야 있겠지."

매디는 서류철에서 해당 편지를 금방 찾았다. 봉투가 스테이플러로 편지지에 고정되어 있었는데, 유일하게 확인되는 정보라고는 지난주에 볼티모어에서 우편으로 부쳤다는 사실이 담긴 소인뿐이었다. 질문은 단도직입적이었다. 보브 존스, 이 이름을 다시 보니 가명인 게 더더욱 티가 났다.

"칼럼 쓸 때 편지를 이용하지 않으면 발신자의 신원을 따로 확인하지 않습니다." 매디가 설명했다. 그리고 뒤늦게야 이 자리에 히스 씨가 초대되지 않았음을 깨달은 매디는 이유는 알 수 없지만 묘하게 차오르는 자부심을 느꼈다.

"별 내용이 없군." 마셜 씨가 말했다. "솔직히 말하면 사소한 단서라도 나와서 우리가 선수를 칠 줄 알았는데."

"분수대에서 발견된 흑인 여성의 변사체라." 사회부장 하퍼가 말했다. "이걸로는 도시 소식으로 어림도 없어요. 딜러가 수집한 정보에 따르면 올초에 행방불명된 여자일 확률이 높다고 하더군요. 셸 고든이 운영하는 술집 플라밍고에서 야한 옷차림으로 술을 나르던 여자랍니다. 《아프로-아메리칸》에 도배되었던 사건인데 확실히 확인된 사실은 없는 것으로 보여요."

신문사 변호사가 매디를 뚫어져라 쳐다봤다. "당신은 그때 스티븐 코윈을 구워삶았던 여성분이군요."

매디의 낯이 벌겋게 물들었다. "구워삶았다니요. 전 그저 답장을 써 달라고 요청했을 뿐인걸요."

가만히 듣고 있던 마셜 씨가 변호사의 주장을 이었다. "그렇게 해서 자네가 지금 여기 있는 거고 공공사업부에 그냥 전화 한 통을 걸었을 뿐인데 시신이 발견된 것 아닌가."

매디는 지금 혼나고 있는 듯했다. 참견해서? 부정직해서? 둘 다 절대 아니라고 부정할 순 없지만 뛰어난 직감과 잠재력을 지닌 직원, 수완 있고 제 일에 적극적인 직원이라고 칭찬받아 마땅하지 않은가? 하지만 잠자코 있는 편이 나을 성싶었다. 지금은 중대한 시점이다. 무슨 일이 벌어지려 하고 있다. 포상을 받거나 특정 직위에 발탁되기 직전이다. 못해도, 더 이상은 히스 씨의 조수가 아니라는 소리를 듣게 될 게 분명하다.

그러나 예상과 달리 오늘만 벌써 두 번째로 나가란 지시를 받았다. "협조해 줘서 고맙네, 매들린."

매디가 문 밖으로 나가 3미터쯤 걸었을까, 갑자기 편집국장실에서 박장대소가 요란하게 터져 나왔다. 눈치로 보아 저들이 매디를 웃음거리로 삼고 낄낄거리는 것은 아니었지만 자신이 밖으로 나오자마자 분위기가 저렇게 순식간에 유쾌해졌다는 사실에 기분이 썩 좋지 않았다. 불쾌감에 휩싸인 매디는 찬물을 얼굴에 끼얹어 시뻘건 두 뺨을 식히려고 여자 화장실로 들어갔다.

이 여자 화장실은 전 층에서 가장 평온하고 상대적으로 깨끗한 장소였다. 게다가 노가하이드 사의 이인용 소파가 구비된 작은 휴게실도 따로 마련되어 있었다. 비록 휴게실을 이용하는 여자는 노동 전담 기자인 에드나 스페리 한 사람뿐이었지만. 스페리 부인은 소파에 자리 잡고 커피와 담배를 곁들여 원고를 읽다가 마감 직전에야 일어났고 일부 문구가 바뀔 것을 예상하며 욕설과 함께 밖으로 나가곤 했다.

"스페리 부인……." 매디는 손을 씻고 얼굴에 물을 끼얹은 뒤 눈치를 보며 말문을 뗐다.

"네?"

"전 매들린 슈워츠라고 합니다. '상담' 칼럼에서 일하고 있어요. 하지만 전 여기서 기자가 되는 게 꿈이에요. 늦깎이라는 사실은 알고 있어요. 서른다섯이 넘었거든요." '내일모레 마흔'이라는 표현은 왠지 머지않아 송장이 될 거라는 말처럼 느껴졌다. 그러나 서른일곱은 서른다섯에서 딱 두 해를 넘긴 것뿐이지 않은가. "여쭤볼 게 있는데—."

중년 여성이 매디를 힐긋 쳐다본 뒤 담뱃재가 수북이 쌓인 재떨이에 담배를 탁 털면서 웃음 비슷한 소리를 냈다.

매디는 위축되지 않도록 마음을 다잡았다.

"어떻게 기자가 되셨는지 여쭤봐도 될까요?"

이 질문에 에드나가 진짜 웃음을 터뜨렸다.

"뭐가 우스운 거죠?"

"그쪽은 '여쭤볼 게 있는데'라고 말한 순간 장악력을 잃었어. 애초에 장악력이 얼마나 있었겠냐마는." 에드나가 말했다.

"전 제게 '장악력'이 필요한지는 몰랐네요." 에드나는 매디가 신혼 때 활동했던 하닷사나 시너고그에서 잘 보이려고 어지간히도 애를 써야만 했던 기가 센 노부인들과 별반 다르지 않은 인물이었다.

"권위와 자신감이 필요해. 내가 어떻게 이쪽에 발을 들였는지 알고 싶다고?" 대답을 바라고 던진 질문으로 들리지 않았기에 매디는 잠자코 있었다. "하긴, 알아야겠지. 기자가 되길 바란다면 어떤 인터뷰든 맡을 수 있도록 만반의 준비를 하고, 자기가 맡은 대상에 대해 최대한 정보를 수집하는 게 첫걸음이야."

매디는 심히 당황스러웠지만 티를 내고 싶지 않았다. "전 선배님을 인터뷰 대상이 아니라 동료로 여기고 질문을 드린 거예요."

"바로 그게 그쪽이 저지른 첫 번째 실수야." 에드나가 말했다.

어떻게 반응하느냐에 따라 미래의 성패가 좌우되는 중대한 순간이었다. 매디는 이런 순간을 경험한 적이 있다. 열여덟이 가까워 오던 어느 날, 볼티모어 북서부의 한 진입로에 서서 일꾼들이 트럭 적재함에 노란색 실크 소파와 함께 매디의 꿈까지 싣는 광경을 표정 없이 바라봤을 때. 그리고 한 달 뒤 댄스파티에서 밀턴을 만났는데 그가 인생 경험이 풍부하긴 해도 순진해서 속이기 딱 좋은 남자란 사실을 깨달았을 때.

"시간 내주셔서 감사합니다." 매디는 상냥하게 인사했다. 그리고 생각했다. 아니, 내가 저지른 첫 번째 실수는 애초에 여자에게 조언을 구할 생각을 했다는 거야. 난 남자를 요리할 줄 알거든. 난 언제나 남자를 쉽게 요리해 왔어.

그날 밤, 매디의 얘기를 들은 퍼디도 비웃었다. "그야 그냥 흑인이니까 그렇지, 매디. 그래서 실종되었을 때도 대수롭지 않게 그냥 넘어간 거야."

"나도 알아." 매디가 말했다. "그것도 모를 정도로 순진하진 않아."

그래도 속이 상했다. 《스타》 신문사에서 그들의 무정한 태도에 화가 난 이유는 흑인 애인을 생각했기 때문이다. 두 사람이 공공장소에서 함께 돌아다니지 못하는 게 뭐 어때서? 그러나 이는 인종만이 문제가 아니었다. 매디가 여전히 기혼 상태라는 게 더 문제였다. 또 퍼디의 혼인 여부도 아직 확인하진 못했지만 어쩌면 그의 상태도 문제가 될 것이다.

"전에도 한 흑인 여성이 변사체로 발견됐지만 지역 신문에 일절 보도되지 않았어." 퍼디가 말했다. "당신네 신문사의 윗사람들이 클레오 셔우드가 행방불명되었을 때 관심을 가지지 않은 데는 다 그럴 만한 이유가 있어. 클레오 셔우드는 말이지, 문란한 여자였어. 유일하게 『아프로―아메리칸』에서 야단법석을 떨었지만 모친이 딸이 실종됐으니 찾아 달라고 강력하게 호소해서 그랬던 거고, 클레오가 셸 고든의 가게에서 근무한 것도 한몫을 했어. 셸 고든은 다양한 사건에 연루된 인물이거든."

"아는 여자야?"

퍼디가 또 아까처럼 웃음을 터뜨렸다. "우리라고 서로를 다 알고 지내는 건 아니야, 매디. 이 지역이 얼마나 넓은데."

서서히 잠이 들 무렵, 그러고 보니 퍼디에게 제대로 된 답변을 듣지 못했단 사실을 불현듯 깨달았다. 이제 와서 재차 물으면 아내 행세를 한다고 생각할 게 뻔했다. 퍼디가 지금 누구와 알고 지내고 과거에 누구를 알았는지 알아서 무엇 하겠는가?

그런데도 이 주제가 뇌리를 떠나지 않았다. 클레오 셔우드의 발견과 테시 파인의 사망에는 유사점이 매우 많았으나 마치 거울 나라의 앨리스 같았다. 수색대가 편성되지도 않았고 주목받지도 못했다. 아직 공식 사인이 밝혀지지도 않았다. 범인을 신속히 검거하지도 못했고 격분한 인파가 몰려드는 일도 없었다.

그러나 두 사망 사건에 한 가지 공통점이 있었으니, 이는 바로 매디였다.

아무리 우연이라고 해도 우연의 중심에 서게 된 이상, 중대한 사실을 못 보고 지나치기 어렵다. 코윈이 공범의 정체를 밝히지 않으려 한다 해도 사람들은 테시를 위해 정의를 실현하고자 고군분투할 것이다. 과연 클레오를 위해서도 정의가 실현될까? 클레오는 어떻게 분수대에 이르게 된 걸까? 어떠한 연유로? 분수대에 도착했을 때는 목숨이 붙어 있었을까?

"클레오 셔우드가 어디서 일했었다고?" 이렇게 질문하면 자연스럽고 대수롭지 않게 들릴 듯했다.

"플라밍고 클럽." 퍼디가 말했다. "매디, 하지 마."

"하지 말라니, 뭘?"

"이 사건에 관여하지 마."

"내가 어떻게 관여하겠어?" 말을 내뱉고 나니 제 귀에도 거짓말처럼 들렸다.

"어디 보자, 매들린 슈워츠가 살인사건에 어떻게 끼어들더라? 음, 우선, 수색대에 들어가. 그다음에 신문사 기자와 인터뷰를 하고—."

"안 했거든."

"—사형수 감방에 들어갈 변태 성욕자에게 편지를 쓰지. 그리고 그걸 신문에 실으려고 계략을 꾸며. 당신이랑 그 신문사 사이에 뭔가 있는 것 같아, 매디. 내가 보기엔 당신이 불나방처럼 무작정 불구덩이로 달려들고 있는 것 같아."

"거긴 지금 내 직장이야. 난 일을 하고 있는 거고. 나는 지금 내 분야에서 성공하려고 노력 중이야. 당신이랑 나랑 뭐가 다르다는 거지?"

이 질문을 토해 낸 후 한참 동안 적막이 흐르자 매디는 의도와 달리 심오하고 의미심장한 뜻을 전달했음을 뒤늦게 깨달았다. 두 사람은 침대에 누워 있었다. 같이 있을 때면 항상 침대에 누워 있었다. 일어나서 맥주를 마시고 식사를 하기도 하지만 단 한시도 옷을 걸치지 않았다. 한두 번 소파에서 텔레비전을 시청하려고 했으나, 옷을 갖춰 입고 나란히 허리를 세워 앉고 있자니 여간 어색한 게 아니었다. 결국 퍼디가 무거운 텔레비전을 침실 서랍장에 옮겨 놓았고 그들은 종종 채널11에서 방영하는 심야 영화를 시청했다. 이 침실은 두 사람의 온 세상이었다.

퍼디가 말했다. "내 생각엔, 당신이—." 갑자기 말이 끊겼다. 매디는 설레면서도 두려웠다. 사랑을 나누는 사람에게 평가받는다는 사실에 몹시 긴장되었다.

"말해."

"정확히 어떻게 표현해야 할지 모르겠어. 내 생각엔, 당신이 말이야, 이게 맞는 표현인지 모르겠는데 당신이 세상에 가려진 채 살아왔다고 느끼는 것 같아. 아니면, 두 세상 사이에 끼어 살았다고 느끼거나. 당신은 이제 슈워츠 부인이 아니야. 그렇다고 슈워츠 부인이 아니라고 부정할 수도 없지. 당신은 신문에서 당신 이름을 봤을 때 무척 기뻐했어. 그래서 이름을 또 보고 싶은 거야. 기사 속에서 말고 기사 위에서."

"바이라인에서." 바이라인에 이름을 꼭 올리고 싶었다. 보브 바우어에게 코윈에 대한 정보를, 아니, **자신이 찾아낸 특종**을 넘긴 후 기사 꼭대기에서 이탤릭체로 인쇄된 자신의 이름을 보았다. 테시 파인을 수색하던 중 시신을 최초로 발견한 매들린 슈워츠와 스티븐 코윈이 주고받은 서신을 바탕으로 쓰였음. 하지만 그건 바이라인으로 칠 수가 없다는 걸 뒤늦게야 깨달았다. 어찌 보면 자신의 진짜 이름이 적혔다고 말할 수도 없었다. 그렇지만 어떤 여자가 자기의 진정한 이름을 가지고 있단 말인가? 매디의 '처녀' 때 성은 어머니가 결혼하여 얻은 성에 불과했다.

혹시 두 사람이 결혼하는 것은 메릴랜드 법이 금지하는 행위임을 알기 때문에 퍼디를 택한 걸까? 매디가 퍼디를 선택했다고 말할 순 있는 건가? 두 사람은 물거품 속에서, 이 방 안에서 숨어 지내고 있다. 그런데 대체 무엇으로부터 숨어 지내고 있는지는 알 수가 없었다. 밀턴이 겁나진 않았다. 솔직히 매디에게 **애인**이 생겼다는 사실, 특히, 다른 사람도 아닌 바로 이 남자를 만난다는 사실이 밀턴에게 발각되는 상상을 즐겨 했다. 퍼디는 윌리 와이스에게 잘 보이려 머리 위로 넘어간 테니스 공을 아등바등 쫓아다니지는 짓을 하지 않아도 될 만큼 자존감이 높은 남자다.

그러나 세스가 알면 안 된다. 사춘기 소년은 자기 어머니가 연애하길 바라지 않을뿐더러 그런 사실을 감당하지도 못한다. 이혼이 확정되고 진짜 세계로 돌아가면 어떤 일이 펼쳐질까? 지금으로서는 진짜 세계가 대체 뭔지도 모르겠지만. 재혼하게 될까? 재혼을 하고 싶긴 한가? 아마도, 어쩌면. 그러나 지금은 당최 뭔지는 모르겠지만 **이것**만을 원했다. 이것, 그리고 보도국도. 보도국에는 분명 여자들이 있고 그들은 항구, 세계, 워싱턴에 대한 기사를 쓴다.

에드나. 그 여자에게 가차 없이 무시당한 일이 떠오르자 낯이 뜨거워졌다.

퍼디에게 이야기하지는 않았다. 에드나를 우연히 마주쳤다가 모욕만 당한 일 말이다. 그리고 남자들에게 환심을 사서 야망을 이루려는 계획도 말하지 않았다. 그러나 장담컨대 퍼디가 알면 어지간히도 질투하여 매디의 어깨를 으쓱하게 만들 것이다. 만약 퍼디가 남편감이었다면 질투심을 불러일으키고자 얘기하고 싶은 충동을 느꼈을 것이다. 밀턴에게 그랬듯이.

그러나 퍼디는 남편감이 아니거니와 그렇게 될 수도 없다. 설령 둘의 관계가 합법이라고 해도. 그렇지만 이곳 메릴랜드에서는 합법이 아니다. 이건 매디 탓도 아니고, 매디가 마음을 먹는다고 바꿀 수 있는 것도 아니다.

두 사람은 다시 사랑을 나눴다. 새벽 3시경, 퍼디가 살금살금 멀어져 가는 게 느껴졌다. 퍼디가 매디의 머리카락을 어루만지고 한 번 더 입을 맞췄다.

매디는 생각했다. **아무래도 예전 헤어스타일이 낫겠어.** 전보다는 짧고 더 풍성하게 부풀린 머리로. 에드나의 머리가 딱 그랬다. 그러고 보니 신문사에서 근무하는 여자들 대부분이 그랬다.

아니, 아니야, 매디는 계획을 상기했다. 이제부터는 남자들에게 환심을 사기로 하지 않았던가.

———

여장부

여자 화장실에 세워진 금속 재떨이에 담배를 짓이겼다. 여기 쌓여 있는 담배꽁초 대부분이 내가 버린 것이다. 이 층에 여자 화장실은 달랑 두 군데지만 여직원들이 일찌감치 나에게 넘겨준 덕에 여기가 나만의 은신처로 이용된 지 꽤 오래되었다. 이 화장실은 작고 냉랭하며 실용적이다. 몇몇은 꼭 나 같다고 말할 것이다. 내 면전에서 그렇게 얘기할 수 있는 사람은 없지만.

나는 책상 앞에 앉아 저녁에 넘길 기사를 쓰려고 여기저기 전화를 걸었다. 윗사람들은 하루 스케줄을 짜는 내 방식에 칠색 팔색을 하지만 내 능력이 워낙 출중한 터라 아무도 이래라저래라 하지 못한다. 그래도 불평은 한다. 석간신문이잖아, 에드나. 야밤이나 새벽에 사건이 다른 방향으로 흘러가면 어쩌려고 그래? 조간신문에 나온 걸 추가로 조사해야 하는 상황이 생길 수도 있잖아? 이 지역에서 나보다 정보를 더 많이 전하는 사람이 있으면 나와 보라지. 난 내키는 시간에 출근하고 당일에 발행된 신문에서 난도질된 부분을 확인한 뒤 캘에게 괴성을 지른다. 그리고 다음 날 신문에 실을 원고를 작성하기 시작한다. 캘은 내게서 원고 여덟아홉 개를 받은 다음 내 기사의 순서를 배열한다. 난 캘과 일하는 게 좋다. 캘은 나를 조금 무서워하는데 아무럼 당연히 무서워해야 하고말고. 그런데 희한하게도 캘은 내 원고를 수정한다.

오늘자 신문을 보니, 캘이 제멋대로 어설프게 고쳐 놓은 통에 아예 정정 기사를 내야 할 판이다. 편집자들은 절대 인정하지 않으려 하지만 편집자의 실수에 기인한 정정 기사라고 내 기필코 써 넣게 만들 것이다. 이따가 캘에게 이 부분을 따질 때 향후 몇 달 동안은 감히 내 원고에 손을 댈 엄두도 내지 못하도록 단단히 혼꾸멍을 낼 것이다. 하는 짓거리를 보면 꼭 개 같다. 똑같은 훈련을 수차례 거쳐야 말을 듣는 멍청한 개. 솔직한 심정으로는 발칙한 행동을 할 때마다 신문을 딱딱하게 돌돌 말아 쥐어 캘을 패고 싶다. 주변에 신문은 널리고 널린 데다 내가 주는 교훈은 그야말로 효과가 아주 톡톡할 테니까.

내 책상은 얼핏 보면 어린애들이 가벼운 블록으로 쌓은 커다란 요새와 유사하다. 서류철이 가득 담긴 종이 상자들이 상판에 잔뜩 놓여 있기 때문이다. 일부러 이렇게 보도국과 나 사이에 벽을 세운 것은 아니다. 처음에는. 서류철이 언제든 손에 잡히는 자리에 있길 바랐고 서랍에는 더 이상 보관할 공간이 없었다. 난 뭐가 어디에 있는지 정확히 알뿐더러 도서관에 특정 기사를 찾으러 간 사람보다 훨씬 빨리 무엇이든 10분 내로 찾아낼 수 있다. 그러나 누군가 나의 작은 미궁 속에서 원하는 서류철을 찾아내려 한다면, 헛물만 켜는 셈이다. 어쩜, 고의로 만든 요새 같기도 하다.

내게는 고도로 전문화된 취재 영역이 있는데 사실상 《스타》에서 내가 만들어 냈다고 해도 과언이 아니다. 여기서 난 '노동' 전담 기자로 불리고 이 도시에 산재한 여러 노동조합을 취재해 기사를 쓴다. 그러다 보니 자연히 항구나 베들레헴 철강 회사에 관한 큰 화젯거리의 이면을 기사로 작성하는 경우가 많다. 그리고 경찰, 소방관, 교사도 취재한다. 볼티모어 전역에서 일하는 모든 근로자를 다룬다. 단, 신문노동조합의 경우 자칫 잘못 건드렸다간 연말까지 파업에 돌입할 수도 있기에 이쪽에 대한 기사는 쓰지 않는다. 만약 파업을 한다 해도 난 동료들과 피켓 라인에 같이 서지는 않을 것이다. 편향된 의견을 가져선 안 된다고 주장할 것이다. 파업은 언제나 종국에 해결되기 마련이지만 앙금은 결코 사라지지 않는데 왜 그런 무모한 짓을 벌이는지 도통 모르겠다. 그러니 피켓 라인을 넘어 출근할 생각도 없고 파업 행진에 동참할 의향도 없다.

솔직히 말해 난 노동조합을 혐오하고 《스타》에 비조합원으로 입사하기로 합의를 보았으며 신문노동조합에 회비도 안 낸다. 행진은 어린애들이나 하는 짓이고 파업은 아무도 노동자 편을 들지 않는다는 현실을 보지 못하게 하려고 고안해 낸 장난질에 불과하다. 경영진뿐만 아니라 노동조합 지도부조차도 같은 편이 아니란 사실을 말이다.

일부 동료들은 노동조합에 가입하지 않는 행위 자체가 편향된 것이라고 주장하지만 나는 오히려 객관적이라고 판단한다. 나의 기사, 그리고 볼티모어 노동조합 위원장들과 나의 관계만 봐도 알 수 있지 않은가. 사실, 다양한 노동조합 지도자들이 나와 대화하길 바라는 이유는 내가 인정사정 봐주지 않기 때문이다. 내 입에서 나오는 단도직입적이고 회의적이며 적대적이기까지 한 질의들이 그들의 전략에 숨은 결점을 찾아 주는 효과를 발휘하곤 한다.

노동 전담 기자 생활을 한 지 11년, 《스타》에서 활약해 온 지 19년, 신문사 기자로는 24년을 일했고 노스웨스턴대학교 신문사에서 활동한 기간까지 합치면 어언 28년차이다.(아무렴, 당연히 교내 신문사도 포함해야지.) 나의 고향 콜로라도의 아스펜에서 고등학교 재학 시절에 2년간 신문을 엮기도 했는데 이 기간까지 합치면 내 경력은 30년이다. 내가 보도국 내 **최초의 여성 기자**는 아니지만 여자는 몇 명 안 되며 특히 고되고 남성적인 영역을 취재하는 여자는 극소수이다.

물론 시래기뭉치처럼 못생긴 외모가 그간 도움이 되었다. 아, 내게 자존감이 없다고 말하는 사람들도 분명 있을 텐데 내가 사춘기 소녀였을 때만 해도 세상 사람들이 모래시계 같은 몸매를 숭배했다. 반면 나는 작고 앙상하게 말랐었다. 그리고 내 코는 보기 흉한 정도는 아니지만 얼굴에 비해 유달리 크다. 이러한 패를 가지고 태어난 여자들은 으레 다이애나 브릴랜드[38]의 길을 따라가거나 제2의 마사 그레이엄[39]이 되려고 노력할 것이다. 난 그런 거에 관심이 없었다. 켄터키의 렉싱턴에서 첫 직장을, 애틀랜타에서 두 번째 직장을 가졌을 때, 나는 승승장구하리라 확신했고 남자들은 안중에도 없었다. 오래 머물 생각이 일절 없는 곳에서 연애를 한들 무슨 소용인가?

그러나 동료들이 나에 대해 뭐라고 떠들어 대든 간에 나는 여성으로서 욕구가 있는 여자였고 볼티모어에 정착한 뒤 괜찮은 남자를 물색하기 시작했다. 동료, 경찰, 검사, 노동조합 지도자. 이들은 여성 기자가 주로 만나는 남자들이었다. 그러나 마음에 쏙 드는 남자가 없었다. 그러던 중 피트 다이너에서 커피를 마시고 있던 순한 청년, 중학교 영어 교사를 보자마자 시선을 빼앗겼다. 그는 경험이 없는 데다 수줍음이 많았고 나와의 연애를 감지덕지했으며 나에게 청혼하지 않는다는 것은 있을 수 없는 일로 여겼다. 현재 우리에게는 두 자녀가 있으며 둘 다 어엿한 청소년으로 성장하였다. 아이들이 어렸을 때만 해도 집을 생지옥으로 만들어 온갖 고생을 다 했으나 우리는 이렇게 생존했을 뿐만 아니라 다행히 그 시절을 기억하지 못한다. 우리가 생지옥에서 살아남았다는 것만 중요할 뿐이다.

그런데 느닷없이 웬 **가정주부**가 《스타》에 은근슬쩍 기어들어 와 제멋대로 기자가 되겠다고 한다. 물론 많은 직원이 일반 사무원이나 교환원으로 입사해 비슷한 행로를 걷긴 하나 그들은 젊었을 때부터 겸손한 자세로 일을 배우기 시작했다. 그런데 이 인간, 이 여자에게서는 정보를 얻고자 몸을 불사를 의지가 전혀 보이지 않는다. 신문사 여기자의 삶을 **장신구** 정도로 여기는 이 여자는 지금 남

---

38 잡지 《보그》의 편집장을 지내기도 했던 패션 칼럼니스트.
39 20세기를 대표하는 무용가 중 한 사람.

자의 책상에 걸터앉아 매끈한 다리를 흔들어 젖히고 바이라인에 자기 이름을 올릴 궁리만 하며 담배를 뻐끔뻐끔 피워 대고 있을 게 뻔하다. 나는 웬만해서는 책상에서 담배를 피우지 않는데 사무실은 화재 위험 구역이기 때문이다. 그리고 담배를 열심히 일한 나에게 주는 보상으로 여기며 원고를 작성하고 통화하는 동안에는 업무 효율성을 위하여 흡연을 자제한다. 나는 내 업무 활동을 3C라고 칭한다. 원고, 그리고 담배와 커피. 나는 여자 화장실에서 원고를 계속 검토하는데 웬만한 여직원들은 나를 방해해선 안 된다는 것을 불문율로 알고 있다.

그 곱상한 여자가 미모만으로 히스의 조수 자리를 꿰찼단 사실을 여기서 모르는 사람이 없다. 하지만 거기는 막다른 길이나 다름이 없다. 일요판 쪽을 노렸어야 했다. 신부와 약혼에 관한 글이라면 기가 막히게 잘 써 내려갈 터이니 말이다. 신문에 유대인의 결혼 기사가 자주 실리진 않지만 그래도 어딜 가나 마이어호프 씨가 보이고 허셜 씨도 꽤 자주 보이지 않는가.

난 왕왕 유대인으로 오해받는 데 우리 집안은 스코틀랜드 출신이고 우리는 스코틀랜드인들이 채취한 대리석만큼이나 강인하고 튼튼하며 단단하다. 그래서 사람들은 내가 노동조합을 지지하리라 믿는 경향이 있지만, 다시 말하건대, 오히려 정반대이다. 노동조합은 평균에 속하는 근로자를 위해 존재할 뿐이고 무능한 자에게는 최고의 횡재를 안겨주는 조직이다. 업무 능력이 월등한 사람에게 노동조합은 걸림돌이 될 뿐이다.

공화당원이 여기서 당선되기란 쉽지 않은 일이지만 올해 선거에 출마할 예정인 애그뉴가 내게 접근했다. 동료들이 이를 두고 어떻게 생각할지 궁금하다. 애그뉴가 언론 담당 비서직을 제안하며 이 일을 맡게 되면 장차 주정부에서 요직을 얻게 될지도 모른다고 설득했다. 하지만 난 내각에 들어가길 바란다며 이왕이면 상무부를 원한다고 대답했다. 나는 민주당 후보로 출마할 가능성이 가장 높은 시클스 하원의원에게 연락해 애그뉴가 날 회유하고 있다는 사실을 전했다. 올해 11월, 누가 이기든 난 이득을 본다. 양측과 동시에 거래를 맺었다는 사실만 봐도 내가 전혀 편파적이지 않다는 사실을 명확히 알 수 있지 않은가?

이제 신문사 생활이라면 진절머리가 난다. 사무실에는 얼굴 반반한 여자들이 득실거리고 뭐가 그렇게 재밌고 신나는지 하이힐을 신은 발로 또각또각 소리를 내며 보도국을 활보해 댄다. 심지어 남자 기자들과 연애를 꿈꾸기까지 한다. 나도 소싯적에 실수깨나 저지르고 살았지만 적어도 그런 짓은 안 했다.

———

1966년 6월

에드나에게 말을 한번 걸었다가 낭패를 당한 후, 매디는 바보가 아닌 이상 자신이 얼마나 처참하게 헛발질을 했는지 여실히 깨달았기에 자기가 무엇을 가졌고 무엇을 원하며 무엇이 필요한지를 조용하고 신속하게 되짚어 보았다. 지나치게 멋을 부렸다 싶었던 차림새를 한층 정리하고 곧게 폈던 머리카락을 시늉으로 묶고 다녔다.(머리를 계속 펼 수밖에 없는 것이, 차마 퍼디를 실망시킬 수 없었다.) 스스로 '성공'이라고 자부하게 한 사건들을 돌아봤다. 수목원 근처에서 우연히 테시의 시신을 발견했고 보브 바우어의 관심을 다른 데로 돌리려 일부 정보를 살짝 흘렸으며 공공사업부에 전화를 걸어 분수대에 관한 말을 했다. 그래, 전부 다 우연의 일치다. 그러나 한 가지 공통된 요소가 명료하게 보이지 않는가? 매디.

매디는 자신의 업적에 행운이 단단히 한몫했다는 사실을 절대 강조하지 않기로 굳게 다짐하고, 바우어 씨에게 같이 점심식사를 하면서 직장 생활에 대한 조언을 해 달라고 부탁했다.

바우어 씨가 실눈을 뜨며 쳐다보았다. 꽤나 어리둥절한 눈치다. "어디에서?"

"여기요, 여기 신문사에서요."

"아니, 내 말은, 어디서 먹자는 거야?"

"뉴올리언스 다이너 어때요?" 사무원과 비서들은 신문사에서 가까운 거기로 가서 점심을 뚝딱 해치우고 돌아왔으나 매디는 돈을 아끼려고 거의 매일 도시락을 싸 오고 있었다. 뉴올리언스 다이너에서 끼니를 챙기는 기자들도 있긴 했으나 몇 안 되었다. 기자들은 항구 부근 해산물 식당을 선호했으며 경력이 많은 선배들은 최종 마감 이후에 어스름하고 조용한 자리에서 마티니를 세 잔씩은 들이켜며 호사스럽게 두 시간을 보내곤 했다. 그리고 진 냄새를 폴폴 풍기며 휘청휘청 사무실로 들어오지만 이미 할 일을 다 마쳤으므로 문제 될 것이 전혀 없다. 그들에게는 여유로운 낮과 초저녁이 있으니 그사이에 기운을 되찾으면 된다. 마음 같아선 그런 식당에서 점심을 먹고 싶었으나 자칫하다가는 매디가 흑심을 품고 있다고 오해를 살 수도 있다.

더욱이 매디가 밥값을 지불할 계획이기에 어쩔 수가 없었다.

매디는 앞에 놓인 참치 샐러드와 탭[40] 그리고 바우어 씨가 주문한 데블드 햄 샌드위치와 커피 너머로 말을 건넸다. "제가 기자가

---

40 다이어트 콜라.

아니란 것은 아는데요. 회사에서 시켜만 주신다면 잘할 자신이 있어요. 캘이 계속 시키려 하는 그런 허접한 일 말고요."

"자네에게 **시킨다**." 바우어 씨가 말했다. "아무도 자네에게 일을 시키지 않을 걸세. 스스로 상황을 만들어 나가야지."

"그럼 제가 제 시간을 활용해서 기삿거리를, 그러니까 특종을 찾아서 보고하면요?"

"그건 남의 취재 영역을 침범하는 셈이니." 바우어 씨가 말했다. "당연히 인정받을 리가 없지."

"아무도 신경 쓰지 않는 사건이라면 침범하는 게 아니잖아요, 그렇죠?"

"과자를 실컷 훔쳐 먹다가 걸려서 교묘하게 빠져나갈 구실을 찾는 꼬맹이처럼 구는군." 말은 이렇게 해도 바우어 씨가 매디의 끈질긴 집념을 기특하게 바라보고 있다는 사실이 역력히 드러났다. 바우어 씨는 매디에게 살짝 연정을 품고 있다. 그의 속을 뻔히 알면서도 매디는 신경 쓰지 않았다. 이런 일이 한두 번도 아니다. 남자들은 시간이 흐를수록 어김없이 매디에게 더욱 깊이 빠져들었다. 매디는 상대가 가슴앓이를 하거나 자존심이 상하는 경우를 초래하지 않도록 신중하게 처신할 뿐 아니라 상대가 이처럼 섬세한 감정을 품게 만드는 데 도가 튼 인물이었다.

"말인즉 자네가 취재하지 않으면 간과될 특종이 있다는 건가?"

"호수에서 발견된 아가씨, 그 여자요."

바우어 씨가 고개를 절레절레 내저었다. "그건 특종이 아니지."

"왜요?"

"이십 대 여성이 제 자식도 돌보지 않고 놀러 나갔어. 게다가 미혼모였지. 그런 여자가 아무나 만나고 다닌 거야. 자유롭게 연애하면서. 그러다가 남자에게 살해당했잖아. 그게 뭐 대수야?"

"내일 제가 집에서 주검으로 발견되면 다른 사람들도 저를 그런 식으로 표현하겠죠." 솔직히 그럴 리는 없지만 주장을 뒷받침해 줄 만한 발언을 이어갔다. "저는 남편을 버린 여자예요. 제 친아들은 저와 살길 거부하고 있어요. 그래서 그날 저를 찾아오셨을 때 저에 대해 자세히 말씀드리길 꺼렸던 거고요. 기사에 이런 이야기를 쓰실 게 분명했는데, 그러면 당연히 세스가 망신을 당할 테니까요."

보브 바우어가 케첩을 뿌리려고 병을 탕탕 쳤지만 한 방울도 나오지 않았다. 그래서 매디가 도와주기 위해 그의 손에서 병을 가져오려는 찰나 웨이트리스가 재빠르고 능숙하게 끼어들었다. 바우어 씨와 굉장히 친한 사이인지, 주문한 음식을 두고 농담을 건네기도 했다. 데블드 햄이라니, 꼭 자기 같은 것만 시킨다니까.

"왜 이렇게 기를 쓰고 기자가 되려고 하는 거지, 매디? 이 분야에 있는 여자들은 태반이 젊었을 때 일찍 발을 들였거나 배우자 인맥으로 들어왔어. 대부분이 우악스럽고 기가 센 여장부들이고. 적어도 내가 보기에는."

"세상이 변하고 있어요." 매디가 말했다.

"안타깝게도 좋은 방향은 아니지."

"마거릿 버크 화이트가 있잖아요?" 지푸라기라도 잡으려고 안달 났다는 사실이 역력히 전달된 한마디였다. 여기서 뜬금없이 웬 사진작가 타령이냐? 유명한 여성 기자가 누가 있더라?

"사회 통념을 깨는 예외적인 인물들이 존재하지. 언제 어디서나 예외는 있는 법이야. 자네는 자신이 예외라고 확신하는 건가?"

매디는 너저분한 샌드위치를 최대한 얌전하게 한 입 깨문 다음 과하다 싶으리만치 꼭꼭 씹었다. "솔직히 말씀드리면 그렇게 믿어요. 그리고 마사 겔혼[41]이요. 아까 마사 겔혼을 잘못 말했어요."

"그렇다면 자네가 이걸 이야깃거리로 만들지도 모르겠군. 자, 이렇게 하지. 내일 점심시간에 경찰서로 같이 가세. 존 딜러를 소개해 줄 테니까. 그 친구가 기본 지식을 가르쳐 줄 걸세. 우선, 경찰 보고서를 입수하는 법부터 배워야겠지."

"그분을 일전에 경찰청에서 잠시 봤는데 보도국에서는 한 번도 본 적이 없는 것 같아요."

"아마 거기서는 평생 볼 일이 없을 거야. 그 친구는 리라이트 담당자에게 전화로 정보를 전달하기만 하니까. 리라이트 담당자와 통화하지 않고는 자기 어머니에게 건넬 쪽지는커녕 장 볼 물건 목록조차도 못 쓸 위인이지. 오죽하면 다들 뒤에서 딜러 부보안관이나 멍멍이 부보안관Deputy Dawg[42]이라고 부르겠어. 존 딜러에게는 그냥 훈련을 받는 중이라고 하자고. 듣도 보도 못한 여자가 자기 영역에서 취재하고 있다는 사실을 알면 기겁할 테니까. 말했다시피 딜러는 기자라기보다는 경찰에 가까워. 경찰의 피가 흐른다고나 할까. 경찰서에서 벌어지는 일은 모르는 게 없지."

그분도 모르는 게 있는 걸요, 문득 이 생각이 들자 매디의 두 뺨이 발갛게 물들었다.

———

웨이트리스

이들이 지금 클레오 이야기를 하고 있다. B 씨와 이 여자가. 하

41 미국의 작가이자 언론인.
42 1960년대 텔레비전에서 방영된 만화영화의 주인공.

마터면 상체를 숙이고 말할 뻔했다. **나도 그 여자 알아요.** 하지만 내가 끼어들었다가는 웨이트리스가 귀머거리나 벙어리가 아니란 사실에 손님이 벙찌기밖에 더하겠는가. 장담하건대 팁이 깎이는 데 직방이다.

B 씨와 같이 온 여자가 계산서를 집어 드는 광경을 보고 놀랐는데 그것도 모자라 팁까지 두둑이 남겨서 두 배로 놀랐다. 모든 여자들이 팁에 야박하단 소리가 아니라, 이 여자는 고생이라고는 일절 모르고 사는 여자 같았고 이렇게 고된 노동을 경험해 보지 않은 여자는 팁을 적게 주기 때문이다. 변호사들이 제일 지독한 구두쇠인데 세상에 그렇게 짜디짠 사람들은 내 평생 본 적이 없다. 그리고 직장생활을 해 본 적 없는 가정주부도 변호사 못지않게 쩨쩨하다.

어쩌면 B 씨에게 잘 보이려고 그랬는지도 모른다. 내가 B 씨의 음식을 주문받은 지 어언 10년이 되어 간다. 예전에는 B 씨도 젊고 날씬했다. B 씨가 식이 조절을 한다더니 데블드 햄을 주문했다. B 씨가 남의 감자튀김에 손을 뻗으면 손등을 장난스럽게 찰싹 때려도 될 만큼 우리는 친한 사이이다.

그런데 물론 B 씨가 겸상한 상대는 감자튀김을 주문하는 여자가 아니었다.

이 여자는 왜 B 씨가 먹은 음식 값을 계산했을까? B 씨는 그걸 용납할 사람이 아닌데. 자기가 먹은 음식은 언제나 무조건 직접 내야 한다고 못을 박아 말했다. 그래서 B 씨가 낯선 사람과 동행하면 계산서를 언제나 B 씨에게 주었다. 그런데 이 여자가 돈을 내는데도 B 씨가 가만히 있었다. 참 이상하기도 하지. 만약 이 여자가 B 씨의 애인이라면 밥값을 계산할 리가 없을 테니 둘이 그런 관계가 아님은 분명하다. 게다가 B 씨는 유부남이다. B 씨는 자기가 '행복한' 유부남이라고 하지만, 자기의 실제 인생을 보고 진짜 '행복한' 이란 수식어를 붙일 수 있을지는 모르겠다. 신문지상에서라면 또 모를까. B 씨는 자기 일을 좋아한다. 집에 가길 꺼린다. 내가 이 사실을 아는 이유는 B 씨가 가끔 식당 문이 닫히기 직전에 불쑥 들어와 커피를 아주 천천히 마시다 가기 때문이다. 그리고 하루 동안 받은 팁을 정산하는 나에게 자신이 자란 동네 이야기를 들려주는데 가만히 들어 보면 내 고향 웨스트버지니아와 굉장히 비슷하다.

남의 인생이니 내 알 바는 아니다. 내가 신경 써야 할 일은 음식이 식기 전에 식탁 위로 신속하게 가져다주는 것이다.

나는 열세 살 때부터 식당에서 음식을 날랐는데 다리가 워낙 길어서 열여섯 살이라고 해도 사람들이 믿었다. 우리 부모님은 전쟁 때 글렌 마틴의 덕을 봐서 돈 좀 벌어 보겠다고 볼티모어로 이주했다. 그러나 잘 풀리지 않았다. 부모님이 한 일 중에 무엇 하나 잘 풀린 게 없다. 둘 다 술을 마시고 이혼하고 다시 합쳤는데, 재결합은 술이나 이혼보다 더 독이 되었다. 난 고작 열세 살이란 어린 나이에 어떡하든 탈출구를 찾아야 했고 결국 스테이시라는 곳에 취직했다. 그다음 베르너로 직장을 옮겼고 지금은 이렇게 뉴올리언스 다이너에서 일하고 있다. 줄여서 NOD라고 불리는 이 식당의 내부 구조는 좁고 길다. 그래서 힘들다고 줄행랑을 친 웨이트리스가 수두룩하다. 여기서 몸을 제대로 가누지 못하다가 떠나는 젊은 여자들을 한두 번 본 게 아니다. 여기서는 미끄러지듯이 사뿐사뿐 지나가야 하는데 다들 종종걸음으로 너무 서두른 탓이었다. 그러나 나는 최소한의 발걸음으로 최대한 바닥을 누비는 법을 안다.

그렇다고 내가 풋내기 시절부터 지금처럼 똘똘했단 소리는 아니다. 일당으로 현금을 손에 쥐는 게 혼자 사는 십 대 소녀에게는 그리 이롭지 않다는 사실을 그때는 미처 몰랐다. 한 2년 정도 암흑기를 보냈고 하마터면 우리 엄마의 전철을 밟을 뻔했다. 이런 사연은 여자라면 누구나 다 갖고 있지 않나? 여자 팔자는 자기 어머니처럼 되거나 안 되거나 둘 중 하나다. 물론, 다들 엄마처럼 되고 싶지 않다고 말은 하지만 그게 어디 자기 마음대로 되나. 대부분의 여자들은 엄마처럼 된다는 것을 그저 어른이 되고 책임을 떠안으며 어른답게 행동하는 과정 정도로 여긴다. 엄마가 강요하는 견해나 규칙 때문에 답답하다고 하소연하는 아가씨들을 여기서 많이 봤다. 난 그네들의 어머니 편이다. 특히 요즘처럼 기행을 일삼고 아주 희한한 옷을 착용하며 갈수록 괴기스러운 음악을 듣는 젊은이들을 보면 어머니 편에 설 수밖에 없다.

그런 아가씨들이 가엾기는 하다. 내게도 젊은 시절이 있었고 엘비스를 무척이나 좋아했으니까. 집에 가면 잔소리를 하는 어머니가 내게도 있었으면 얼마나 좋았을까. 목욕 가운 차림으로 진 한 병을 손에 쥐고 있다가 내가 나가면 내 방에 몰래 들어와 식당에서 받았던 팁을 훔쳐 가는 유령 말고.

아무튼 어느 날 정신을 차려 보니 내 배는 불러 있었고 그길로 엄마가 됐다. 아이의 생부와 결혼을 하긴 했는데 이는 그 남자가 한 일 중에 유일하게 올바른 행동이었다. 그리고 얼마 지나지 않아 열아홉 살이 된 나는 아기와 달랑 단둘이 남겨졌다.

내 아기, 새미가 지금은 열네 살이 되었으며 학교에서 내로라하는 우등생이다. 난 술이라면 입에 대지도 않고 우리 집은 티끌 하나 없이 깨끗하다. 집세를 꼬박꼬박 내며 사는 집이긴 해도 티끌 하나 없이 깨끗하게 정리하고 산다. 티끌이 정확히 무엇을 뜻하는지는 모르겠지만. 아무리 깨끗해도 티끌 하나 없을 수가 있긴 한가? 나는 매일 귀가 후에 펩시 한 잔을 옆에 두고 오토만에 한 시간 동안 두 발을 올려놓는다. 이렇게 하는 까닭은, 내 다리는 정맥 하나 튀어나오지 않았으며 여전히 남자들의 휘파람을 들을 정도로 예쁘기 때문이다. 종종걸음으로 다니지 않고 미끄러지듯이 사뿐사뿐 걸어다닌 덕이다. 그리고 이렇게 다리를 올려놓으니까. 젊은 아가씨들이 물어보면 이 비법을 선뜻 공유할 생각이다. 그런데 누구 하나 내게 물어보지를 않는다. 다들 자기가 척척박사인 줄 안다. 뉴올리언스 다이너에서 살아남은 여자들도 그렇고.

내 꼭 한번 짚고 넘어가야겠는데, 식당 상호 때문에 고객들이 어지간히도 헷갈려한다. 식당 이름답게 뉴올리언스 음식을 팔아야 하는 것이 아니냐고 생각하는 손님들이 꽤 있다. 거기서 뭔 요리를 먹는지는 모르겠지만. 사실 올리언스가에 있던 음식점을 롬바드로 이전한 것이라 사장은 영업장을 옮긴 뒤에도 손님을 계속 끌어들이려고 올리언스가 다이너에 '뉴'를 붙여 뉴올리언스가 다이너로 상호를 지었다. 그런데 메뉴판에서 '가'를 빼먹는 어처구니없는 실수를 저지르고 말았는데도 짠돌이 사장은 수정할 생각을 하지 않았다. 그리스인 남자라 돈과 음식을 잘 다루긴 하는데 이것 말고는 영 젬병이다.

이 여자, B 씨와 함께 점심을 먹은 여자가 연거푸 질문을 늘어놓았다. 그러나 상대를 자세히 알고 싶어서 내뱉는 질문은 아니었다. 데이트 중에 나올 법한 질문이 결코 아니었다. 대화를 듣지 않아도 알 수 있었다. 이 여자가 격앙되어 전신을 파르르 떠는 모양새가 마치 다람쥐를 살금살금 뒤쫓는 개와 같았다. 그런 개를 볼 때마다 내 머릿속에는 궁금증이 떠오른다. **다람쥐에게서 대체 뭘 원하는데? 넌 좋은 거 잘 먹고 지내잖아. 다람쥐는 별로 맛이 없을걸.** 이 여자가 B 씨에게 원하는 바가 무엇인지는 몰라도 실제로는 본인 생각만큼 중요할 리가 없다. 세상만사에는 원래 대단한 게 없다. 난 이 교훈을 뼈저리게 배웠다. 이 세상에 생각만큼 중요한 것은 단 하나도 없다.

B 씨에게 서너 번째 커피를 따르다 클레오 셔우드, 그 여자 이름을 들었다. 클레오는 잠깐 베르너의 주방에서 일했다. 웨이트리스로 일하길 바랐지만 어느 식당에서도 허락할 리가 없었다. 음식 나르는 일을 하려면 우선 백인이어야 하는데 사장들 말로는 손님들 뜻이란다. 클레오는 자기가 이렇게 예쁜데 주방에 처박혀 있자니 너무 아깝다고 아쉬워했다. 맞는 말이긴 했다. 그런데 그 클레오가 죽었다. 얼마 전에 《스타》에서 사망 기사를 접했다. 노령의 조부모님처럼 자연사하는 사람들을 빼고, 클레오는 내 지인 중에 처음으로 죽음을 맞은 인물이다. 클레오의 사망 기사를 신문에서 읽었을 때 기분이 묘했다. 젊은 여자가 어쩌다 분수대에서 생을 마감한 걸까? 남자가 문제다. 남자 문제가 아니고서야 젊은 여자가 그렇게 죽을 리가 없다.

클레오를 계속 생각할수록 인생이 얼마나 짧은지, 인간이 얼마나 조금밖에 살지 못하는 존재인지를 깨달았다. 오후가 되어 하루 동안 받은 팁을 정산해 보니 오늘은 평소와 달리 운수 대통한 날이었다. 나도 모르게 버스 정류장의 반대 방향으로 걷기 시작했고 어느새 대형 백화점이 있는 도심지에 도달했다. 허츨러는 너무 호화로워서 쇼핑은 애초에 엄두도 내지 않는다. 10층짜리 건물이지만 건물 한 동으로는 부족할 정도로 온갖 상품이 진열되어 있다. 그렇지만 혹실드 콘은 사람을 그 정도로 기죽이진 않는다. 나는 회전문을 밀어 맨 먼저 눈에 띈 향수 카운터로 성큼성큼 걸어갔다.

내게는 향수가 쓸모가 없다. 베이컨과 감자튀김 냄새가 온몸에 배어 있어서 아무리 머리를 자주 감아도 소용이 없기 때문이다. 그렇다고 주변에 내가 풍기는 냄새에 신경 쓰는 사람이 있다는 말은 아니다. 새미가 학교에 들어간 후로는 남자를 잊고 살기로 굳게 다짐했다. 아들이 대학에 진학하면 내 나이는 딱 서른다섯이 된다. 그때 재미를 찾아도 늦지는 않다. 아까 점심 때 본 여자에게서는 좋은 향기가 풍겼다. 나한테서도 그런 향기가 나면 얼마나 좋을까.

"찾으시는 제품이 있나요?" 여성 판매원이 물었다. 고운 원피스, 보드라운 머릿결, 매끈한 손을 보고 있자니 당장 내 손을 주머니에 쑤셔 넣고 싶은 충동이 일었다.

그러나 손을 숨기지 않고 조이를 시향해 보고 싶다고 말했다. 이게 세계에서 가장 비싼 향수라는 광고를 봤기 때문이다. 판매원은 향기 나는 종이 쪼가리를 마지못해 건넬 뿐, 내 손목에 묻혀 줄 기미는 전혀 보이지 않았다. 난 향기를 킁킁 맡아 보았다. 아니, 이건 B 씨와 점심식사를 했던 여자에게서 났던 향기가 아니다. 난 느낌 가는대로 비둘기 한 마리 형상이 뚜껑에 매달린 병을 손짓했다. 레르뒤탕. 이름을 발음할 엄두도 안 났다. 설령 프랑스어를 할 수 있다 하더라도 억양 때문에 우스운 꼴만 당할 게 뻔했다. 내 억양이 남들과 다르다는 생각은 전혀 못 하고 살았는데 2년 전 어느 날 새미가 집에 데려온 친구와 주방에서 나누는 대화를 우연히 들었다. "너희 엄마는 말투가 왜 저러셔?" "어떤데?" 나의 착한 아들, 나의 사랑스러운 아들, 새미가 물었다. "꼭 〈비버리 힐빌리스〉에 나오는 사람 같아." 말도 안 돼, 설마 내가 그들처럼 발음할 리가. 웨스트 버지니아 특유의 말투가 볼티모어 억양에 묻힌 지 얼마나 오래되었는데. 비록 철없던 시절 사고로 탄생하였지만 아주 멋진 결과물인 새미와 나의 억양은 똑같단 말이다. 사람들은 내 목소리를 좋아한다. 사람들은 나를 좋아하고 내가 주문을 받으러 식탁으로 다가가면 단골들의 얼굴이 환하게 빛난다. 그렇게 손님들에게 사랑과 귀여움을 받는 나인데, 괜히 여기서 레르뒤탕을 발음하려다 한낱 판매원에게 무시를 당할 수는 없다.

"그것보다는 이게 더 저렴해요." 여자가 말했다. "병이 그만큼 화려하진 않지만요."

"난 병을 보고 향수를 사지 않아요." 나는 단호히 말했다. 내가 촌뜨기가 아님을 확실히 각인시켜야 했다.

그런데 가격이 —. 에구머니나. 몸에서 좋은 향기를 내려고 돈을 이만큼이나 지불하는 사람이 있다고? 그냥 차라리 귀 뒤에 바닐라 추출물 따위를 바르는 게 낫지 않을까?

그러나 향기를 들이마시는 순간, 바로 이것이 B 씨와 점심식사를 하던 여자에게서 풍기던 향수임을 단박에 알 수 있었다. 뉴올리언스 다이너의 좁고 긴 통로를 아무리 많이 사뿐사뿐 왔다 갔다 하더라도, 메뉴판을 보면서 "엥, 검보 수프는 없어요?"라고 농담하는 낯선 손님에게 난생처음 들은 소리인 양 한결같이 웃으며 "예, 없습니다"라고 아무리 많이 응답한다 해도 감당할 수 없는 향수였다. 난 그 여자 못지않게 예쁘다. 아니, 예뻐질 수 있다. 코끝으로 천장을 찌를 기세로 거들먹거리며 향수를 판매하는 이 젊은 여자보다 내가 더 예쁘다. 내 다리는 매끈하고 피부는 맑다. 내게는 자랑스러운 자식이 있고 우리 모자는 잘 살고 있다. 그러나 뚜껑에 비둘기 한 마리가 매달린 이 향수는 꿈도 꿀 수 없다. 상류층 여자들은 바닥에 거울이 달린 쟁반에 향수를 보관하던데 그 여자 화장대에는 보나마나 이것 말고도 여러 병이 쟁반에 놓여 있을 것이다.

"아쉽게도 마음에 드는 향기가 아니네요." 내가 말했다. "너무

진해요—. 과일 향이."

여자가 미소 짓는 것이, 마치 그럼 그렇지 라고 말하는 듯했다.

집으로 돌아가 한 시간 동안 두 다리를 올려놓고 펩시를 마시며
《볼링 포 달러》를 시청했다. 이 방송은 볼 때마다 기분이 좋아진다.
이유는 모르겠다. 가끔은 동네에서 종종 보는 여자들도 나온다. 난
스타킹을 벗은 뒤 다리에 코코아 버터를 문질렀다. 내 다리는 참 예
쁘다. 종종걸음으로 걷지 않고 미끄러지듯이 사뿐사뿐 다닌 덕에.
괜찮은 카홉에서 일을 했으면 딱인데. 롤러스케이트를 타고 음식을
자동차로 가져다주는 일 말이다. 그런데 메릴랜드에서는 그런 식당
을 보기가 힘들다. 아무래도 캘리포니아처럼 평소 날씨가 쾌청한
지역에서나 볼 수 있을 듯하다.

열네 살인데도 벌써 나보다 10센티미터는 큰 새미가 들어와서
내가 해 달라는 소리도 안 했는데 볼에 입을 맞춰 주었다. 지난번
어머니날에 아들이 라이트 에이드에서 은방울꽃 향수를 사다 줬
다. 그런데 솔직히 말하면, 그게 뚜껑에 비둘기가 매달린 병과 조이
보다 훨씬 향기롭다. 레르뒤탕. 도대체 무슨 뜻이람? 공기 어쩌고?
나중에 새미에게 물어 봐야겠다. 아들은 해밀턴 중학교에서 매번
전 과목 A를 받고 있는데 심지어 프랑스어도 최고 점수를 받는다.
내 아들은 장래에 세상을 놀라게 할 인재다. 내게는 아들만 있으면
된다. 새미를 낳은 것이 내 평생 가장 잘한 일이다.

텔레비전에서 광고가 나오는 동안 《스타》를 읽었다. 클레오 셔우
드 사건은 벌써 옛날 얘기가 되었는지 더는 신문에 거론되지 않았
다. 유명 인사가 될 거라더니, 뭐 어찌 보면 유명해진 셈이다. 고작
하루뿐인 영광이지만.

아무래도 그냥 식탁 위로 몸을 숙여 여자에게 말할 걸 그랬다.

"내가 아는 여자예요, 클레오 셔우드 말이에요. 그러니까 궁금한 거 있으면 나한테 다 물어 봐요." 뭔가 짜릿하지 않은가? 하지만 대화를 얼마나 듣고 있는지 손님에게 드러내선 안 된다. 그들은 듣는 귀가 없는 데서 대화를 나누고 있다고 생각하기 때문이다. 비밀 연애를 즐기는 연인, 이별하는 연인뿐만 아니라 해서는 안 될 행위를 버젓이 하는 남자들도 봤다. 음식을 가져다주고 단골손님에게 끼를 부릴 때도 있지만 대개는 귀가 먹고 눈이 안 보이는 척을 한다.

그리고 뉴올리언스 다이너의 울퉁불퉁한 리놀륨 바닥을 최대한 스케이트 선수처럼 사뿐사뿐 누비지, 절대 종종걸음으로 다니지 않는다.

———

1966년 6월

바우어 씨가 매디를 경찰청 기자실에 데려다주긴 했지만, 흡사 자녀가 유치원에 입학하는 첫날인데도 불구하고 입구에 덩그러니 두고 가는 무심한 아버지 같았다. 문까지는 같이 왔으나 당당히 안으로 들어가 자리를 꿰차는 것은 매디의 몫이다.

아무리 《스타》의 아수라장 같은 보도국에서 근무하고 있다 해도 경찰청이 남성 취재진을 위해 한쪽 구석에 따로 마련한 우중충한 공간에는 들어갈 자신이 없었다. 온통 남자밖에 보이지 않건만 존 딜러는 석간 《라이트》에 경찰 출입 여기자 필리스 바스케가 있다고 계속해서 우겨 댔다.

"어디 있는데요?" 매디는 대놓고 의심을 드러냈다.

"자기가 경비 청구한 주행거리를 채우려고 지금 순환고속도로를 달리고 있어." 딜러가 말했다.

딜러가 장난치는 것 같았으나 매디는 순순히 고개를 끄덕였다. 만약 진짜 여자가 있다면 이 기자실을 피할 법도 했다. 이 기자실뿐만 아니라 건물 전체에 남성성이 넘쳐나는데 그렇다고 하우스너의 바처럼 좋은 쪽으로 남성적인 것은 아니었다.(아니, 상상 속의 하우스너의 바. 여자들의 입장을 허용하지 않는 이상한 규칙이 있음에도 늘 문전성시를 이루었고 예약은 받지도 않았다. 그러나 안으로 들어가려고 대기 중인 사람들이 항상 한 블록을 줄지었으니 여자 손님을 받지 않는다 해도 영업에 지장을 받을 리는 없었다.) 물론 여기에는 여성 경관, 여성 사무원, 그리고 전설적인 필리스 바스케도 있다. 그러나 남자 냄새가 진동했다. 남자의 땀, 담배, 브라일 크림, 그리고 애프터셰이브. 그것도 아주 질 낮은 싸구려 애프터셰이브.

매디의 경찰서 투어가 시작되었고 딜러는 우선 보고서를 입수하는 법부터 알려주었다. 매디는 장기간 행방불명되었으나 아무도 눈치채지 못했던 클레오 셔우드 사건에 대해 간략하게 작성된 보고서를 읽었다. 바텐더 토머스 러들로의 증언에 따르면 1월 1일 이른 새벽에 클레오와 데이트하기로 한 남자가 찾아왔다. 남자는 장신에 호리호리했으며 터틀넥 스웨터에 검은색 가죽 재킷을 걸쳤고 나이는 삼십 대로 보였다 한다. 바텐더가 처음 본 남자였고 클레오도 딱히 소개해 주지는 않았다. 클레오는 초록색 블라우스, 표범 무늬 바지, 빨간색 반코트 차림에 운전용 빨간색 가죽 장갑을 착용했다. 매디는 가만히 있으면 안 될 것 같은 기분이 들어 수첩에 이런 세세한 인상착의를 옮겨 적었다.

"1번 여성이 뭐예요?" 매디가 딜러에게 물었다.

"유색인종." 그가 답했다. "백인은 2번, 유색인종은 전부 1번."

딜러는 이 부서에서 저 부서로 매디를 데려가 여러 경사들에게 인사를 시켜 주었다. 매디가 들어갈 때마다 남자들의 얼굴에 화색이 돌았으나 이내 딜러의 동료라는 소리를 들으면 금세 의기소침해졌다. 남자들에게 줄곧 통하던 장점이 여기서는 효과를 제대로 발휘하지 못하는 듯했다. 그리고 경감에게 클레오 셔우드 사건을 언급하자 그는 금세 과묵해지다 못해 퉁명스러워지기까지 했다. "아직 살인사건이라고 공식화되진 않았습니다." 경감이 말했다. "검안서를 기다리고 있는 중이에요."

딜러와 함께 경찰서 안을 계속 돌아다녔지만 말쑥하게 차려 입은 이 아담한 남자의 속내가 도통 읽히지 않았다. 그저 매디가 당황할 때마다 은근히 즐기는 눈치였다. 보아하니 다시 혼자 남을 속셈으로 매디가 꽁무니 빼고 도망칠 수밖에 없는 상황을 유도하고 있는 듯했다. 그러나 '투어'가 끝나자 딜러가 예상 밖의 제안을 꺼냈다. "시체안치소에 가서 셔우드 사건에 진전이 있나 한번 확인해볼까?"

매디는 선뜻 대답하지 못하고 망설였지만 이런 경우 무조건 수락해야 한다는 사실을 알 수 있었다.

"아직도 시신이 거기에 있나요?"

"아직 가족에게 인계하진 않았을 거야. 설령 이미 인계됐다 해도 시간 낭비로 볼 순 없지. 경찰이 맡은 사건을 기사로 쓰고 싶다면 거기서 일하는 사내들과 안면을 트고 지내는 편이 좋을 테니까."

아이코. 거기도 사내들 천지인가 보네.

시체안치소는 경찰청보다는 《스타》의 사무실에서 도보로 꽤 가까운 편이었다. 딜러는 목적지로 걸어가는 동안 부둣가에서 술고래들을 사냥하는 틱-택-토 킬러 이야기를 들려주다가 피해자 한 명이 발견된 골목을 손가락으로 가리켰다. 그리고 신문사가 독자들로 하여금 시신이 어떻게 훼손되었는지 알아서 짐작하라고 살인마의 별명 뒤에 숨겨 두었던 상처들을 명랑한 말투로 속속들이 설명해 주었다. "원래는 이런 얘기를 숙녀에게 전하지는 않지만 자네는 기자니까."

내항은 음산했다. 서쪽 끝자락을 시나몬 향기로 물들이는 매코믹 향신료 공장은 주변 경관과 기묘하게 대조되었다. 부둣가에서 남쪽으로 멀리 가 본 적은 없으나 아주 오래 전에 세스와 맥헨리 요새로 견학 갔을 때 이 길을 지나갔다. 술집에서 유인되어 공터나 골목길에서 사망한 채로 발견된 처량한 병자들을 떠올려 보았다. 그래도 그들은 클레오 셔우드보다는 나은 대우를 받았다. 그들을 살해한 자는 별명이 붙어 특정 인물로 정형화되었고, 해당 살인사건들 사이에서 연결고리 역할을 하고 있다.

"클레오 셔우드의 사망은 확실한 살인사건 아닌가요?" 매디가 딜러에게 물었다. "시신이 1월에 분수대에 어떻게 들어가겠어요?"

"탁월한 질문이군." 딜러가 말했다. 그러나 대답해 줄 낌새를 보이지는 않았다.

부검실은 환하고 유달리 깨끗했다. 딜러와 함께 안으로 들어가자 어깨를 맞대고 들것 주변을 빙 두르고 있던 남자들이 움직였고 그들 사이에 틈이 생기며 매디의 시야에 시체 한 구가 들어왔다. 피부가 보라색으로 물든 덩치 큰 남자였다. 시신의 자세 때문에 남자의 가랑이가 한눈에 들어왔다.

"이 친구는 마저리 슈워츠라네." 딜러가 말했다.

"매들린입니다." 매디가 말했다. 손을 내밀까 말까 잠시 고민했지만 아무래도 이런 장소에서는 악수를 나누는 행동이 부적절할

듯싶었다. "클레오 셔우드에 관해 대화를 좀 나누고자 찾아왔습니다."

"아, 그래요, 호수 속의 여인 말씀이군요." 검시관이 말했다. 매디는 방금 들은 말을 머리에 새겼다. 마음에 드는 별명이었다. '틱-택-토 킬러'라는 별명이 지어짐에 따라 희생자들이 특정한 대우를 받게 되었듯이 이 표현을 사용하면 클레오 셔우드의 사연에도 인간미가 붙을지 모른다.

검시관이 서랍으로 가득한 곳으로 데려가 여기저기를 열었다가 계속 쾅— 닫는 모습을 보아하니 클레오 셔우드의 시신이 어디 있는지 모르는 눈치였다. 흉기에 찔린 상처가 있는 남성의 시신 한 구, 이어 딱히 특색이 없는 송장 여러 구를 연달아 본 후에야 마침내 매디가 찾던 시신을 보게 되었다. 매디는 속이 메스꺼웠으나 최대한 평정심을 유지했다.

"어…… 얼굴이." 매디가 말했다. 얼굴이라고 할 수도 없는 상태였으며 색깔은 흰색도 갈색도 아닌, 얼룩덜룩한 회색에 가까웠다.

"모친도 보셨나요?"

"여동생이 신원을 확인했습니다."

어떻게 신원을 확인할 수 있었을까, 매디는 궁금했다. 그러나 다른 질문을 꺼냈다. "어쩌다 이 지경이 된 건가요?"

"다섯 달 동안이나 물에 노출된 탓입니다. 부검이 용이한 상황은 아니죠. 지금까지 결론지을 수 있는 사항은, 익사도 아니고 뼈에 손상도 없다는 겁니다."

"아니, 그럼, 시신이 이 지경인데 대체 왜 살인사건이라고 결론짓지 못하는 거죠? 시신이 어떻게 스스로 분수대로 들어갈 수가 있겠어요?"

"그건 저희가 하는 일이 아닙니다." 검시관이 말했다. "저희는 사인을 밝힐 뿐이죠. 그리고 현재까지는 알아내지 못했고요."

"사인 가능성으로는 뭐가 있을까요?"

"유해 환경 노출, 저체온증이 있겠죠. 어쩌다가 분수대에 몸이 끼였을 수도 있어요. 마지막으로 목격된 날이 1월 1일인데 꽤 푹한 날이었으니까요."

"이 여자가 옷을 다 갖춰 입은 채로 분수대까지 헤엄쳐 갔다고 생각하시는 건가요? 옷을 다 갖춰 입었던 건 맞죠? 아무튼, 분수대까지 헤엄쳐 간 다음에 안으로 기어 들어간 거라고요?"

검시관이 보고서를 소리 내어 읽었다. "변사자는 표범 무늬 바지, 빨간색 울 코트, 그리고 초록색 블라우스 차림이었다." 검시관이 고개를 들었다. "만취한 사람들은 우리로서는 상상도 못 할 별의별 짓을 다해요. 마약에 취한 사람은 더 심각한 짓도 벌이고요."

"엘에스디 같은 거요?" 매디는 《타임》에서 해당 마약에 대한 무시무시한 기사를 읽은 적이 있다.

"여긴 볼티모어인데요? 그리고 이 여자가? 여기서는 헤로인일 확률이 높죠."

"클레오 셔우드가 헤로인 중독자였나요?"

"전 그런 말을 한 적은 없습니다. 거기까지 알긴 힘들어요."

남자들은 매디가 금방 좌절하고 나가떨어지려니 짐작하며 빤히 쳐다보고 있었다. 매디는 딜러에게 고개를 돌렸다. "이제 곧 정오예요. 점심식사 하러 가실래요? **배고파 죽겠어요.**"

딜러가 길 건너편에 있는 식당으로 매디를 안내했다. "여긴 베이브 루스[43]의 아버지가 한때 운영했던 음식점이야." 딜러가 말했다. 메뉴판에서 **겹겹이 포갠, 다진 고기, 저민 고기**와 같은 설명을 보자 속이 울렁거렸지만 매디는 기운차게 먹기로, 아니, 적어도 기운차 보이는 척이라도 하기로 다짐했다. 기름진 지방 덩어리 음식에 열광하는 유쾌한 여성인 척하는 연기가 이제는 제법 자연스러웠다. 오늘은 음식 가장자리만 깨작거리다가 결국 접시에 내려놓고 아주 잘게 썰어 먹을 게 뻔했지만 그래도 꿋꿋이 클럽 샌드위치와 감자튀김을 시켰다. 그리고 딜러가 맥주를 주문하자 매디도 한 잔 마시겠다고 했다.

눈썰미 없는 남자인 줄 알았건만 딜러는 매디의 입속으로 들어가는 음식의 양을 금세 눈치챘다.

"식욕이 없나?"

"음식량을 조절하는 중이에요." 매디가 말했다. "코티지치즈만 먹는 여자들도 있어요. 하지만 전 음식을 가리지 않되 소량만 먹어요."

침묵 속에 두 사람은, 아니, 딜러 혼자서 식사를 이어 나갔다.

"가족과 얘기는 나눠 보셨나요?"

이 질문에 딜러가 어리둥절한 표정을 지었다. "누구네 가족?"

"클레오 셔우드요. 호수 속의 여인." 아까 들었던 표현을 입에 딱 붙이려고 소리 내어 말해 봤다.

"내가 왜?"

"안 할 이유가 없잖아요? 사망 사건이 벌어질 때마다 선배님이 하는 일 아닌가요?"

딜러가 마지막 남은 버거 한 조각을 삼키고 냅킨으로 입을 닦았다. 전혀 상스러운 남자가 아니었다. 예의범절이 매디만큼이나, 아

---

43 미국의 전설적인 야구 선수.

니, 매디보다 더욱 몸에 밴 사람이었다. 셔츠는 눈꽃처럼 새하얗고 얼굴은 이발소에서 면도한 듯이 매끄러웠으며 시어서커 재킷은 단정했다.

"유색인종이잖아."

"그게 어때서요?"

이 말 한마디에 딜러가 사뭇 진지하게 곱씹는 기색을 내보였다. 그에게는 굉장히 참신한 질문인 모양이었다.

"유색인종의 사망은 이야깃거리가 못 돼. 내 말인즉슨, 늘 있는 일이란 거야. 아주 무미건조한 일이라고. 개가 사람을 무는 게 별일 아니듯이. 그리고 자네도 검시관이 하는 말을 들었잖아. 아마도 마약이 화근이었을 거야. 약물에 취한 상태로 호수에 들어가서 분수대까지 헤엄친 거지."

"그렇지만 사망 소식이 대중에게 알려졌잖아요. 미스터리한 점도 많고요."

"그래서 발견되었을 때는 주목을 받았지. 그리고 《아프로-아메리칸》 신문사에서 가 볼만 한 장소는 다 찾아가서 조사했어. 이 여자는 그냥 질 나쁜 남자와 데이트를 하러 나간 것뿐이야. 딱히 사연이라고 할 것도 없어. 듣자하니 만났던 남자의 수가 상당하던데."

"상당수가 몇 명인데요?"

"나도 모르지. 난—." 딜러가 적절한 표현을 찾으려고 애를 썼다. "난 그냥 들은 대로 말하는 것뿐이니까. 노는계집이라고 불리는 여자들이 있지. 그런 여자들은 그렇게 살면서 집세를 마련해. 여자가 일했던 곳은 플라밍고라는 클럽이었어. 플레이보이 클럽에 갈 여력이 안 되는 사람들이 가는 곳이지. 속살을 다 드러낸 의상 차림으로 젊은 여자들이 물 탄 술을 휙휙 나르고 이류 밴드가 음악을 연주하는 업소야. 사장이 매춘부를 부리는 포주라는 건 뭐 모르는 사람이 없고."

매디는 아까 본 장면, 한때 클레오 셔우드의 육체였으나 이제는 부패해 버린 시신을 떠올렸다. 자연은 참 잔인하다. 4년 전, 마릴린 먼로가 사망했다. 노화와 퇴색해 가는 외모로 압박감을 느낀 먼로가 시신으로나마 아름답게 남길 바란 거라고 떠들어 대던 사람들도 있었다. 세상에 아름다운 시신으로 남는 사람은 아무도 없다. 사망한 지 몇 시간 지나지 않은 시신을 전문가가 방부 처리하여 고운 상태로 유지시키면 모를까. 외상을 입지 않고 사망한 사람일지라도 아름답게 유지될 순 없다. 하루하루 시간이 흐를수록 매디는 전날에 비해 덜 아름답다. 살아 숨 쉬는 이 모든 순간이 사실은 죽음을 향해 달려가고 있는 셈이다.

먼로는 서른여섯에 생을 마감했다. 반면 매디는 서른일곱 번째 생일을 몇 주 앞둔 어느 날 살기로 결심했다.

"제가 클레오의 부모님을 찾아뵈면 어떨까요?"

딜러가 어깨를 씰룩였다. "왠지 께름칙한데. 만났다가 기삿거리를 건지지 못하면 더더욱. 그렇지만 미스터 상담이 괜찮다고 한다면야 뭘 하든 자네 마음이겠지. 그런데 특집 기사를 노리는 거라면 차라리 영매를 만나 보는 게 어때?"

"영매라니요?"

"영매 말이야. 누구는 정신병자라 하고 누구는 심령술사라 하는 사람. 죽은 여자의 부모가 딸의 행방을 알아내려고 영매를 찾아간 적이 있어. 그러니 자네가 영매를 만나서 정보를 얻은 다음에 그 여자에 대한 일종의 소개글을 써 보는 것도 좋겠지. 영매가 초록색과 노란색이 보인다고 했는데 분수대에 노란색은 전혀 없고 초록색을 띤 거라곤 녹조밖에 없지. 여자가 실종되기 전까지는 녹조가 분수 대에 있었을 턱이 없고. 그리고 초록색 블라우스 차림이었다는 거야 바텐더가 일찍이 경찰에 진술한 사실이니까 이미 다 아는 정보였지. 오늘 영매에게 가서 왜 그렇게 말했냐고 따지면 분명 얼굴이 태양을 향하고 있었네 어쨌네 변명해 댈걸. 그런데 시신이 해를 봤을 리가 없잖아. 어쩌면 호숫가에 핀 수선화 타령을 할지도 몰라. 1월에는 절대 피지도 않는 꽃인데 말이야." 딜러가 웃음을 터뜨렸다. 말을 잇지 못할 정도로 배꼽을 잡고 웃는 모양을 보니 자기가 한 말이 어지간히도 웃긴 눈치였다. "전화하지 말고 가 봐. 분명히, 분명히." 이제는 자기의 한쪽 무릎을 찰싹찰싹 때리기까지 했다. "분명히 내 장담하는데 자네의 방문은 상상도 못 하고 있을걸."

———

경찰 출입 기자

동료들이 뒤에서 뭐라고 수군거리는지는 나도 잘 알고 있다. 나를 멍멍이 부보안관이라고 부른다. 다들 내가 경찰이 다 됐네, 기자라기보다는 경찰에 가깝네, 어쩌고저쩌고 떠들어 댄다. 그리고 제손으로는 글도 못 쓰는 인간이라고 험담하는데, 사실, 그래서 30년째 경찰 출입 기자로만 활동하고 있다. 신문사에서 기자로 성공하려는 이들은 경찰 쪽 취재 영역에 오래 남지 않는다. 그런데 사망한 흑인 기사로 경력을 쌓을 수 있으리라 믿는 이 암망아지를 봐라. 뭘 몰라도 한참을 모른다. 해외에는 지부를, 수도 워싱턴에는 유능한 인재를 배치할 정도로 지체 높으신 《비컨》을 애당초 따라잡을 엄두도 안 내는 《스타》의 기자들에게조차 경찰 쪽은 무정차 통과역이나 다름이 없다.

쉰두 살에 아직도 경찰 출입이라니, 난 보기 드문 사례다. 다른 경찰 출입 기자들은 나를 보고 '최고참'이라고 부른다. 날 존경하는 시늉을 한다. 자기들이라면 더 유용하게 써먹을 수 있으리라 확신하며 어떻게 해서든 내게서 정보원들을 빼앗아 갈 궁리만 한다. 하지만 내가 든든한 정보원을 둘 수 있는 이유는 내가 이 자리에 쭉 있으리란 걸 그들이 알기 때문이다. 반면에 젊은 녀석들은 배신을 밥 먹듯이 한다. 난 내 취재 영역에 있는 남자들과 사이좋게 지낸다. 그들의 아이들이 세례식을 올릴 때 참석하고 경찰공제조합에서 황소 바비큐 파티를 열 때도 가고 경찰들이 애용하는 술집에서 술을 사기도 한다.

경찰청에 있으면 마음이 편하다. 반대로 보도국은 갈 때마다 심장이 땅으로 꺼지는 것만 같다. 급여를 받으러 가거나 지출 경비를 현금으로 돌려받으러 갈 때라면 또 모를까. 돈을 받을 때가 아니라면 《스타》로 가는 발걸음이 몹시 무겁다.

나의 아버지는 필라델피아의 신문사에서 활동했으며 전설적인 칼럼니스트이다. 조니 딜러. 아버지 이름은 조너선인데, 난 출생신고서에 이름이 잘못 기재된 탓에 주니어가 빠진 그냥 존[44]이다. 그래서 나는 누구를 만나든 나를 조니라고 부르지 말라고 신신당부한다. 자연히 난 어릴 적부터 아버지가 간 길을 따라가길 바랐다. 재미있어 보였다. 사람들은 정기적으로 신문 1면에 당당히 이름을 올리는 아버지를 특별한 존재로 대우했다. 존스홉킨스대학교에 진학하고 학교 소식지의 편집을 맡은 나는 졸업 후 자연스럽게 《스타》에 입사했다. 그리고 언젠가 칼럼니스트나 정치부 기자로 성공하여

---

44 앞에서는 이름이 잭 딜러라고 했는데 잭은 존의 애칭이다.

머나먼 고향으로 돌아가는 꿈을 꾸었다.

그러나 한 가지 걸림돌이 있었다. 내가 글을 쓰지 못한다는 사실이었다. 그래, 당연히 문장들을 순서대로 나열할 수야 있지만 더는 예전처럼 솜씨를 발휘할 수가 없다. 이를 어떻게 설명해야 할지 모르겠다. 신문사에는 특유의 업무 처리 과정이 있는데 처음부터 글을 작성하는 것이 아니다. 범죄 현장에 찾아가 취재하고 공중전화를 찾은 뒤 리라이트 담당자에게 수집한 사실을 전달한다. 석간신문을 발행해야 하므로 회사로 돌아가 원고를 건넬 시간이 없기 때문이다. 그러므로 이 도시의 공중전화 위치를 모두 파악해 두면 공중전화 박스들이 잔뜩 놓인 책상 앞에 앉아 있는 셈이다.

입사 사흘 차에 처음으로 살인사건을 취재해 수첩에 성심성의껏 원고를 작성했다. 리라이트 부서에서 내가 쓴 글을 그대로 받아 적어 별 다른 수정 없이 신문에 싣기를 바랐다. 내가 담당자의 수고를 한껏 덜어 준 것이라 생각했다. 그러나 호되게 야단만 맞았다. 담당자의 수고를 덜기는커녕 시원찮은 원고 때문에 담당자의 시간을 빼앗은 꼴이었다. "이렇게 하라고. 이런 순서대로 기사를 작성하란 말이야." 그가 귀청 따갑게 소리를 내질렀다. 그리고 내가 기사에 생동감을 불어넣으려 하거나 흥미로워 보이는 상세 정보를 덧입히려 들면 이런 소리가 날아왔다. "내가 시킨 것만 하라니까."

난 다짐했었다. 기필코 내 실력을 보여 주리라. 밤마다 소설을 써 나갔다. 필라델피아에 사는 어느 소년의 성장기를 다룬 소설에 모든 역량을 쏟아 부었다. 바른 길을 걷던 한 소년이 그릇된 길로 빠져들며 불량소년과 친구가 되는 내용이었다. 길을 잃고 막다른 골목에 다다른 한 아이는 훗날 사제가 되고 또 다른 아이는 범죄자가 된다는 부류의 고전적인 이야기이긴 하지만, 내 소설에서는 두 소년의 삶이 이 정도로 극명하게 갈리진 않았다. 한 소년은 기자가 되고 또 다른 소년은 경찰이 된 후 서로의 목표가 상충하게 되는데 기자가 극악무도한 살인범을 미화하는 기사를 계속 올려 결국 범죄자는 자유를 얻는다. 그러자 형사는 의무감에 살인범을 살해하고 체포된다.

난 정말 위대한 작가라고 자부했다.

어느 날 밤, 타자기 앞에 앉아 그간 써 온 원고를 쳐다봤다. 매일 두 쪽씩 작성하다 보니 어느새 반년이 지났고 300쪽을 채워 소설 한 권을 완성하기 직전이었다. 내가 쓴 글을 찬찬히 읽어 본 결과, 두 가지 사실에 넋을 잃고 말았다.

첫째, 내가 내 소설의 주인공인 기자를 혐오한다는 사실이었다. 나 자신을 바탕으로 만든 등장인물인데도 불구하고 나는 기자가 아닌 경찰 편을 들고 있었다.

둘째, 난 글을 쓰면 안 된다는 사실이었다. 정말 글을 쓰면 안 된다.

오해는 하지 마라. 그렇다고 내 글이 **엉망**이었단 말은 아니니까. 그저 잘 쓴 글이 아니었다. 맹세하는데, 정말 한때는 필력이 좋았다. 고등학생과 대학생이었을 때만 해도 공책을 시와 단편소설로 빼곡하게 채웠고 대회에서 상을 타기도 했다. 그런데 《스타》가, 리라이트 담당자가 내 안에 존재했던 재능을 무참히 짓밟아 버린 탓에 나는 이를 소생시킬 수가 없는 지경에 이르렀다. 천벌을 받아 힘을 잃은 채로 정처 없이 지구를 떠도는 신으로 사는 기분이다. 내가 언제 천벌받을 짓을 했다고? 취재한 사건을 리라이트 부서에 전화로 알릴수록 나의 작문 실력은 줄어들고 줄어들고 더 줄어들었다. 기사에 대한 《스타》의 편협한 시야가 내 시야마저도 우그러뜨렸다.

영역을 바꿔 새로운 분야에서 취재를 할 수도 없는 것이, 난 어차피 글을 못 쓴다. 그렇다면 다음은 어떻게 되겠는가?

옛날에만 해도 아내가 침실로 들어간 뒤에 혼자 거실에 남아 셔츠의 소매를 팔꿈치까지 걷어붙인 채로 책상 앞에 앉아 타자를 쳤는데 아직도 당시의 나와 (젊었던) 아내의 모습이 생생히 기억난다. 지금 내 처지는 창공을 훨훨 날 수 있으리라 자신에 차 있던 젊은 사내가 한창 꿈을 꾸다 잠에서 깨어나 보니 건물의 창틀 바깥쪽에 아슬아슬하게 서 있는 것과 같다. 이런 생각을 할 때마다 등골이 오싹했다. 누군가 내 머리에 총을 겨눈다고 해도 나는 타자기의 키 한 개도 제대로 못 누를 위인이다. 난 슬럼프에 빠졌고 지금도 헤어나지 못하고 있다. 단어를 늘어놓을 순 있어도 문장을 써서 이을 순 없다. 수첩에 사실을 기록하지만 이는 작문이 아니라 속기에 불과하다. 실제로 속기에 능하기 때문에 내 기록은 정확하고 완벽하며 내가 전한 인용문은 문제를 일으킨 적이 없다. 단어 하나라도 트집 잡힌 적이 단 한 번도 없다. 똑같은 사건이 모든 신문에 동시에 실릴 때 인용문이나 내용이 불일치하는 경우가 왕왕 있으나 정확히 사실을 전달한 기자는 나 한 사람밖에 없다. 단 한 번도 오류를 지적받지 않고 이 일을 한 지 30년이 다 되어 간다. 이게 얼마나 보기 드문 일인 줄 아는가?

점심시간에 매디인지 마조리인지 하는 여자에게 점심 값을 각자 지불하자고 얘기했다. 여자가 약간 놀란 기색을 보이더니 제 몫을 내게 주었다. 아무렴, 당연히 줘야지. 데이트가 아니지 않은가. 난 계산서를 주머니에 넣고 사무실로 돌아가 방금 챙겨 온 종이쪼가리 뒷면에 '패트릭 마호니 경사'라고 쓴 뒤 다른 것들도 챙겨 경비를 청구하여 현금을 한 움큼 쥐고 밖으로 나왔다. 퇴근한 후에는 경찰들이 주로 모이는 술집으로 향했다. 회사에서 받아 온 돈으로 모두에게 한턱을 쏘고 나중에 다시 경비를 청구하려고 계산서를 챙겼다. 챙길 것을 정당하게 챙기는 것뿐이다. 경찰에게 맥주를 돌리는 게 내 업무의 일부가 아니라면 대체 뭐가 내 일이란 말인가.

테시 파인의 시신이 발견된 현장에 맨 먼저 출동한 순경이 눈에 띄었다. 젊은 폴란드인인데 도덕성이 과해서 탈인 친구로 이름난 경찰이다. 맥주를 딱 한 잔 마시자마자 술집을 곧장 나서고 어찌나 성인군자 행세를 해 대는지, 아내 얘기를 입에 달고 살고 다른 사내들과는 다르게 농담과 불평조차도 온순하게 한다. 아니, 무슨 자기 마누라가 성녀야 천사야. 유난히 오버하는 꼴이 오히려 수상쩍다.

"그 요조숙녀 말이야, 테시 파인의 시신을 찾고 살인자의 펜팔이 된 여자, 지금 신문사에서 근무하는 거 알아?" 자, 봐라, 먼저 이렇게 조금 흘리면 자연스레 뭔가 얻게 되는 법이다.

순경의 얼굴이 일그러졌다. "요조숙녀는 아닌 것 같아요."

"그게 무슨 소리야?"

"괜한 남 얘기는 하고 싶지 않아요."

남 얘기를 하기 전에 사람들은 꼭 이렇게 말한다. 이 순경은 남 얘기를 유난히 좋아한다. 물론 정작 당사자는 남 얘기라고 하지 않는다. 남의 치부를 소문내고 있다는 사실을 인정할 남자가 세상천지에 있긴 하겠냐마는.

그래서 내가 물꼬를 텄다. "클레오 셔우드 사건을 조사하기로 마음먹었나 보더군. 플라밍고에서 일하던 헤픈 여자 있잖아."

"그걸 누가 신경이나 쓴다고요?"

"어차피 아무도 신경 안 쓰는 사건이니까 자기 마음대로 한번 파보라지, 뭐."

"누가 흑인 좋아하는 여자 아니랄까 봐." 순경이 말했다.

나는 상체를 기울이며 담배 한 갑을 순경에게 밀었다. 난 이 순경을 잘 안다. 자기 앞에 놓인 맥주잔이 비는 순간 술집을 나설 인간이니 담배를 피우게 하여 맥주를 천천히 마시게 해야 했다.

"무슨 소리인지 모르겠군."

"퍼디 플랫이란 순경 본 적 있으세요? 북서부에서 순찰을 돌고 잉크보다 새까만 순경인데. 그 여자랑 **잘 아는** 사이예요." 순경이 몸을 더욱 깊이 숙여 '잘 아는'이라는 단어를 입에서 꺼내며 속뜻을 명확히 전달했다.

"그래?"

"그래서 순경 뒷조사를 한번 해 봤죠. 플라밍고 주인, 셀 고든과 친분이 두텁더라고요. 여자는 클레오 셔우드의 사건을 취재하려고 나대는 게 아닐 거예요. 내 생각에는 플랫에게 가져다줄 만 한 정보를 건지려는 속셈 같아요. 그리고 순경이 테시 파인 사건 정보를 여자에게 조금 흘린 것 같아요. 그래서 보브 바우어가 그런 특종을 챙긴 거고요. 여자가 이 사건을 파헤치려 하는 데에는 퍼디 플랫의 종용이 한몫을 하지 않았을까 싶어요."

"그 친구가 왜 그런 일을 시킬까?"

순경이 담배 연기를 내뿜었다. "나야 모르죠. 아무튼, 여자 집에 순경이 들어가고 나오는 걸 두 눈으로 똑똑히 지켜봤어요. 거기가 북서부 관할이면 내 손에 장을 지질게요."

"자네는 거기에 왜 갔는데?"

이 폴란드인이 맥주를 마시기만 할 뿐 대답하지 않았다. 원래 이런 놈이다. 쥐새끼 같은 인간이라 남의 비밀을 소문내고 다니기나 하고 절대 성숙해지지 못하는 놈. 남의 허점을 기록해 두는 놈.

"이만 가 볼게요." 순경이 말했다. "아내는 내가 귀가하기 전까지는 깊게 못 자거든요."

순경이 자리를 떴고 나는 방금 들은 이야기를 골똘히 생각했다. 이 깜찍한 가정주부가 경찰 남자친구 덕에, 그러니까 흑인 남자친구 덕에 절호의 기회를 잡았다 이건가. 남자친구가 테시 파인 살인범에게 그런 편지를 쓰라고 부추겼는지, 편지에 쓸 말을 알려주었는지, 살인사건 전담 경찰들에게 도움을 받았는지가 궁금했다. 하지만 해당 기사가 터졌을 때, 즉 코윈이 경찰에는 진술하지 않은 것을 여자에게만 전달한 통에 《스타》에서 자동차와 공범에 관한 부분이 대서특필되었을 때 내가 아는 경찰들은 하나같이 원통해했다. 3개월이 지난 지금까지도 범인은 그냥 거짓말을 한 것뿐이라며 그건 여자를 놀리기 위해 전부 꾸며낸 이야기에 불과하다는 주장을 고수하고 있으나 어딘가에 공범이 있다는 사실은 분명했기에 경찰들은 미치고 팔짝 뛸 노릇이었다. 공범을 잡기만 해도 두 사람을 서로 등지게 하여 둘 중 하나라도 사형을 선고받도록 만들 수 있기 때문이다.

그렇지만 난 고자질쟁이가 아니다. 신문사로 달려가 사람들에게 이 신입이 경찰이랑 그렇고 그런 사이라고 소문낼 생각은 없다. 어차피 여자가 경찰 출입 기자로 자리 잡을 리도 없고 설령 그런다 하더라도 《스타》에서는 아닐 터이니 말이다.

———

시신을 보면서 무슨 생각을 했나요? 이제야 내가 현실로 다가오던가요? 아니면 오히려 더 멀어지던가요? 보나마나 공포 영화에서 볼 법한 기괴한 모습을 하고 있었겠죠. 공원의 석호에 출몰한 괴생

명체. 차마 그걸 나라고 하고 싶진 않네요. 과연 당신, 시체안치소 직원들, 형사들 중에서 그토록 흉한 몰골을 인간으로 바라보는 사람이 한 명이라도 있었을까요? 난 사람들이 관심이 있거나 말거나 개의치 않아요. 전혀 신경 쓰지 않아요. 살점과 뼈 덩어리가 비밀을 꽉 붙들고 있을지언정 과연 뭘 느낄 수 있겠어요. 내내 빤히 내려다보던데, 당신, 대단하던걸요.

황당한 질문 하나 할게요. 나는 벌거벗고 있었겠죠? 내 옷은 어디 갔나요? 분명히 옷 상태도 영 말이 아니었을 테니, 내 몸에 남겨둘 수가 없었을 거예요. 그래도 그건 증거품이겠죠? 조사를 마치고 어딘가에 보관했을까요? 아니면 세탁해서 버렸을까요? 진실을 알길 바라는 사람이라면 모든 유품을 사연이 있는 증거로 여기겠죠. 그날 밤에 골라 입었던 옷에도 각기 다른 사연이 있어요.

날씨가 푹해서 표범 무늬 바지와 얇은 빨간색 코트, 그리고 100퍼센트 실크로 만들어진 에메랄드 빛깔의 초록색 블라우스를 입었어요. 의상의 조합이 너무 크리스마스스러워서 거슬렸지만 날 기다리고 있던 남자가 있었는데 꾸물거리지 말고 얼른 나오라고 하는 통에 어쩔 수가 없었어요. 일분일초도 낭비할 수 없었어요. 바로 전 날 곧게 편 머리는 스카프로 감쌌어요. 장신구는 착용하지 않았고요.

내 몸을 두른 의상은 죄다 내 남자에게 받은 선물인데 이 사실만으로는 자초지종을 알기 힘들겠죠. 여자에게 원피스, 코트, 스카프를 사 줄 수 있는 남자는 세상에 널리고 널렸어요. 그런데 내 남자는 엄청나게 영리했어요. 때를 기다리다가 절호의 기회를 단번에 낚아채는 식이었죠. 날 처음 봤을 때도 그랬어요. 어쩔 때는 옷이 내 몸에 안 맞았어요. 그럴 때면 자기가 직접 수선해서 줬죠. 그만큼 내 몸을 잘 아는 남자였어요. 그 사람이 재봉틀 앞에 앉아 상체를 수그리고 내 체구에 맞게 옷을 수선하는 장면을 상상할 때마다 내가 정말 사랑받고 있고 날 사랑해 주는 남자를 나 또한 진심으로 사랑하고 있음을 알 수 있었어요. 그는 왕이었고, 그 사람이 마지못해 데리고 있는 여자, 왕국을 확장하려면 계속 데리고 있어야 한다고 사람들이 누누이 말하는 여자보다 내가 더 나은 왕빗감이었어요. 난 헨리 8세와 그의 아내들에 관한 책을 아주 많이 읽었어요. 그중에서 앤 불린[45]을 가장 좋아했어요. 그때가 천오백 몇 십 년도인지는 정확히 모르겠지만 아무튼 그때의 규칙이 1965년도와 조금 다를지라도 나는 앤 불린이 했던 게임을 비슷하게 해 보려고 했어요.

그런데 내 생각보다 판이 훨씬 크더라고요. 내가, 그 사람이, 우리 모두가 감당하기에도 판이 너무 컸어요.

———

1966년 6월

심령술사의 주소로 찾아가 초인종을 누르자 이내 문이 열리며 길고 헐렁한 분홍색 실내복 차림의 여인이 보였다. **마담 클레어가 감기에 걸렸네.** 매디는 생각했다. 그러나 문학적으로 비꼴 줄 아는 자신의 능력에 흡족한 것도 잠시, 『황무지The Waste Land』에 등장하는 심령술사의 이름이 좀처럼 기억나지 않아서 여간 답답한 게 아니었다.

———

45 전형적인 금발 미인이 아닌 흑발에 까만 눈이 매력적인 여인이었다고 한다. 헨리 8세와 결혼했으나 왕이 원하는 아들을 낳지 못해 갈등을 빚었고 반역과 간통 등의 혐의를 뒤집어쓰고 참수당했다.

분홍색 실내복 차림의 여인은 목구멍을 울리며 허스키한 저음을 내긴 해도 콧물 때문에 고생하는 것처럼 보이진 않았다. 설령 코를 훌쩍거린다고 해도 요즘처럼 따스한 6월에는 감기보다는 알레르기가 원인일 확률이 높다.

심령술사는 레저보아 힐이란 동네의 오래된 저택에 거주하였으나 건물주가 아니라 1층에서 일부만을 사용하는 세입자였다. 매디는 퇴근 시간까지 기다린 다음 버스를 타고 마담 클레어의 '작업실'로 찾아왔다. 업무를 일찌감치 마쳤고 대휴로 네 시간 반을 쓸 수 있음에도 시체안치소에 다녀오는 데 두 시간을 썼다고 야단을 맞았다. 기가 막히고 억울했다. 기삿거리를 찾아다녀도 된다는 허락을 받은 것과 실제로 찾아다니는 것에는 차이가 있다는 사실을 매디는 뒤늦게 깨달았다. 이제와 보니 자신이 신문사에 하루에 여덟 시간씩 빚진 상태였다. 매디는 영리하고 능률적인 방식으로 업무를 처리했다. 그래서 여덟 시간짜리 업무를 여섯 시간 내에 뚝딱 해치우곤 했다. 그러나 시간을 단축해도 여유가 생기는 것이 아니었다. 〈16톤〉이란 노래에 나오는 광부들이 회사의 상점에 영혼을 빚졌듯이 매디는 신문사에 시간을 빚진 셈이었다.

가정주부로 살 때만 해도 집안일을 신속하고 능률적으로 처리해 자유 시간을 남겼다. 상사는 자기 자신 한 명뿐이었다. 밀턴은 모든 중대사를 본인이 결정했다고 믿을 테지만 사실 진정한 결정권자는 매디였다. 남편도 아닌 남자에게 일일이 설명해야 한다는 게 영어색했다. 심술과 반항심이 스멀스멀 차오르기까지 했는데 이런 제 모습은 세스와 다를 바가 없었다. 할 일을 다 했잖아요, 마음 같아선 이렇게 따지고 싶었다. 클레오 셔우드 사건을 파헤쳐 보겠다고 점심시간을 조금 길게 썼을 뿐인데 대체 뭐가 문제란 거예요? 하지만 잠자코 잔소리를 듣는 것이 현명한 처사였다.

그렇게 혼난 뒤 버스를 타고 찾아온 동네는 불과 얼마 전까지만 해도 차를 타고도 지나갈 엄두를 내지 못했던 지역이다. 그나저나 집에 갈 때 택시를 타면 나중에 회사에 경비를 청구해도 될까? 퍽 도 되겠다. 그런데 어차피 택시가 돌아다니지도 않는 지역이다.

그래도 이제는 날이 길어졌으므로 마담 클레어의 집을 나서는 시각에도 해가 남아 있을 테고 이 동네에서 밀턴이 활동하는 시너 고그까지 그리 멀지 않아 다행이었다. 그러나 머지않아 사라질 곳 이었다. 치주크 아무노[46]가 내년에 교외로 이전될 것이란 계획이 발표되었다. 신자들이 거주하는 교외로. 유대인들이 있는 곳에. 매디 는 버스를 타고 여기까지 오는 동안 〈남자들이 있는 곳에〉의 음에 맞춰 바꾼 가사를 속으로 흥얼거렸다. 유대인들이 있는 곳에 / 나를 기다리는 이가 아무도 없네.

작년까지만 해도 매디는 교향악단 연주회를 감상할 때나 티오 페페 또는 프라임 립에서 식사할 때를 제외하고 웬만해서는 볼티모 어 시내를 피했다. 불결하고 위험한 곳이라고 생각했기 때문이다. 틀린 소리는 아니다. 그러나 신문사에 취직하여 시끌벅적한 술집이 즐비한 항구와 웅장한 백화점이 들어선 하워드가 부근으로 출퇴근 할수록 시내의 묘미에 푹 빠져들었다. 이 도시를 좋아하게 된 이유 는 도심지의 장점 때문이라기보다는 장래성이 여실히 느껴지는 장 소이기 때문이다. 이 나이가 되면 인생 내리막이라고 생각했는데 반대로 새롭게 시작하지 않았는가.

어릴 적부터 매디는 나이를 계산했다. 1928년생이므로 금세기

---

46 메릴랜드주 파이크스 빌에 있는 유대교 회당.

중반에 스물두 살이 되고 21세기가 시작될 때 일흔두 살이 된다는 사실을 늘 새겨 두었다. 자신이 늘 한결같고 평온한 성인기를 보내리라 믿어 왔다. 어린 시절의 예측은 틀리지 않았고 스물다섯 살을 기점으로 안정기에 들어섰다. 그해에 파이크스빌에 두 번째 집을 구입하였으나 매디에게는 으리으리한 돌무덤이나 다름없었다. 최신 설비로 잘 꾸며진 우아한 돌무덤이었지만 그래도 돌무덤은 돌무덤이었다. 그 집에서 살아 숨 쉬는 존재는 세스 하나뿐인데 아들은 머지않아 떠날 예정이다. 아들이 집을 떠나는 상황은 동화 또는 〈환상특급〉에서나 나올 법한 이야기 정도로만 여겨졌다.(매디는 〈환상특급〉을 좋아하지 않았으나 밀턴이 가장 좋아하는 방송이라 어쩔 수 없이 항상 같이 시청했다.) 시들어 빠지고 활력이라곤 도통 없는 풍경이 인생을 둘러싸고 있었는데 이제 황무지가 서서히 모습을 드러낼 준비를 하고 있었다.

마담 클레어, 오호라, '클레어보이언트'[47]란 단어를 연상시키는 이름으로 활동하다니 굉장히 약삭빠른 사람이다. 그런데 과연 매디의 방문을 예상이나 했을까? 매디는 소위 초능력 따위는 믿지 않으나 상대의 오싹한 눈초리를 보니 마음만 먹으면 사람의 속내를 읽고도 남을 위인임을 알 수 있었다.

"예약하고 오셨나요?"

"제가 오리란 걸 당연히 아실 줄 알았는데요." 매디는 이 한마디를 내뱉자마자 후회했다. 왜 딜러의 농담을 여기서 써먹고 있니? 이 여자의 비위를 맞춰 주진 못할망정.

"능력이 항상 발휘되진 않아요." 마담 클레어가 말했다. "그 덕

---

47 신통력을 가진 사람.

에 휴식을 누릴 수 있죠. 능력 탓에 진이 빠지기 일쑤거든요." 아주 잠시 의미심장한 적막이 흘렀다. "능력을 사용할 때는 대가를 받는답니다."

매디는 가방에 들어 있는 얼마 안 되는 돈을 떠올렸다. 택시를 타고 집에 갈 수 있을지 모른다는 실낱같은 희망이 더욱 희미해졌다.

"손님으로 찾아오진 않았답니다. 전《스타》에서 왔어요. 클레오 셔우드가 행방불명되었을 때 선생님께서 점을 보셨다고 해서 몇 가지 여쭈려고 찾아왔어요."

"질의응답도 제 능력을 이용하는 거죠."

"3달러면 괜찮을까요?"

"우선, 돈부터 보죠." 여자가 매디에게서 지폐를 가져가 코에 대고 킁킁거렸다.

냄새를 맡아 보니 받아도 될 만한 지폐라고 판단된 모양인지, 여자가 한때 응접실로 이용되었던 공간으로 매디를 안내했다. 거리를 내다보는 창문은 새틴처럼 광택 나는 빨간색 커튼으로 가려져 있었으나 매디는 싸구려 모조품임을 단번에 알 수 있었다. 수정 구슬 한 개와 카드 한 벌이 눈에 띄었다. 마담 클레어는 점술 도구에 눈길한 번 주지 않고 매디에게 맞은편에 앉아 손바닥이 위를 보도록 양손을 탁자에 올려놓으라고 요청했다. 잠시 후 여자가 양손을 들어 매디와 손바닥을 맞댔고 손가락을 매디의 손목에 올렸다. 마음만 먹으면 매디의 펄떡펄떡 뛰는 맥박도 잴 법한 자세였다. 하지만 그러지 않았다. 마냥 가만히 있었다.

"클레오 셔우드의 부모님이 선생님을 찾아오셨죠?" 매디는 질문으로 불편한 적막을 깨뜨렸다.

"모친만 오셨어요. 부친은 안 오시고. 부친은 제가 악마의 일을 대신한다고 믿으시거든요." 여자가 얼굴을 찌푸렸다. "아주 무지하신 분이에요."

"그때 뭘 보셨나요?"

"클레오의 모친은 딸이 평소에 소중히 여기던 것 같다며 물체 하나를 가져오셨어요. 그래서 그걸 손에 쥐어 보았어요."

"물체요?" 처음 듣는 얘기였다.

"어민ermine⁴⁸ 스톨이었어요." 여자가 '어민'을 유독 길게 늘여 말했다. "굉장히 고급스러운 스톨이었어요."

"클레오가 어떻게 모피를 가질 수 있었을까요?"

심령술사의 이목구비가 경멸감으로 일그러졌다. 그럴 법도 했다. 젊은 독신 여성이 어떻게 모피를 소유할 수 있겠는가?

"선생님께서 《아프로-아메리칸》에 어떤 말씀을 전하셨는지 알고 있어요." 매디는 최대한 입조심을 해야 했다. "그런데 클레오가 발견된 장소와 말씀하신 내용이 맞지 않더라고요. 공원이나 블라우스는 초록색이니까 그건 맞다고 볼 수 있겠지만 노란색은 어디에도 없었어요. 클레오가 실종되기 전 시간대에서 보신 건가요? 선생님께서 보셨다던 노란색 말이에요."

마담 클레어가 고개를 끄덕였다. "맞아요. 실종되기 전 시간대예요. 노란색 방에 있었던 것 같아요. 클레오가 마지막으로 응시한 것은 노란색이었어요."

"그 말씀은―. 다른 장소에서 살해되었단 뜻인가요?" 매디는 시체안치소에서 검시관과 나눈 대화를 회상했다. **시체는 육중해요. 아**

---

48 어민은 족제빗과 동물이며 스톨은 여자가 어깨에 걸치는 긴 숄이다.

무리 체력이 좋은 남자라고 해도 분수대까지 들쳐 메고 가서 빠뜨리기란 불가능해요.

"클레오가 마지막으로 응시한 것은 노란색이었어요." 마담 클레어가 재차 말했다.

매디는 고작 이런 소리나 들으려고 시간과 돈을 낭비했단 사실에 기가 막혔다. 스톨에 관한 새로운 정보를 듣긴 했으나 이것만으로는 원고를 쓸 수가 없다. "또 보신 게 있나요?"

여자가 두 눈을 감더니 오랫동안 눈꺼풀을 들어 올릴 기미를 보이지 않았다. 이건 뭐 잠이 들었나, 슬슬 의심이 될 정도였다. 마침내 여자가 요란하게 눈을 번쩍 떴는데, 보아하니, 이런 눈짓을 어지간히도 연습한 모양이었다. "비밀."

"클레오 셔우드에게 비밀이 있었나요?"

"아니, 비밀은 그쪽에게 있는 것 같군요."

마담 클레어의 투박한 두 손을 뿌리치고 싶었으나 매디는 가까스로 충동을 억눌렀다.

"세상에 비밀이 없는 사람은 없어요." 매디가 말했다.

"그래요, 맞아요. 하지만 그쪽은 비밀 때문에 곤혹스러워하고 있어요. 마치 신발 속에 아주 작은 돌멩이가 끼어 있는 걸 알면서도 계속 걷는 상태나 마찬가지죠. 걸음을 멈추고 신발을 털어 내면 한결 나아질 거예요. 그렇지만 본인이 원하질 않고 있죠. 까닭이 궁금하네요. 그다지 커다란 비밀이 아닌데도 그쪽은 아무도 모르길 바라고 있어요."

문득 퍼디가 떠올랐다. 혹시 마담 클레어가 퍼디를 두고 하는 말일까? 얼토당토않은 생각은 애초에 하지도 말자, 매디는 자기 자신을 꾸짖었다. 이 여자는 사기꾼이다. 허튼소리를 늘어놓고 있는 것뿐이다.

"남의 비밀이라 말을 못 하는 상황일 수도 있죠. 제 비밀이 섞여 있다고 해도 함부로 발설할 순 없는 노릇이잖아요."

"그런 게 아니라 옛날에 벌어진 일이에요. 그쪽의 오라에서 노란색이 보여요. 노란색 오라가 서서히 사라지는데, 마치 전등불이 아주 천천히 나가는 장면처럼 보여요. 가로등인가? 헷갈리네요. 아무튼, 노란색은 이제 다 사라졌어요."

매디는 찝찝한 마음에 신체 접촉을 끊고 두 손을 무릎에 올려놓았다. "이런 일을 하면서 죄의식을 느끼지는 않나요?"

"제가 왜 죄의식을 느껴야 하죠?"

"클레오 셔우드의 모친에게 헛된 희망을 주는 얘기를 했잖아요. 모친이 찾아왔을 때쯤이면 클레오는 이미 사망했을 확률이 높아요. 그런데 정확히 아는 것도 아니면서 틀린 답을 했잖아요."

"전 이런 능력을 갖길 바란 적이 없어요. 사람들에게 방문을 유도한 적도 없고요. **그쪽을** 이리로 오게 만든 적도 없어요. 그리고 전 어떠한 대답을 하든 장담하지 않아요. 사람들이 무엇이 보이냐고 물으면 그저 본 걸 알려줄 뿐이에요. 별세계가 무엇 하나 직접 보여 주질 않으니 제 눈에 모두 아리송해 보이는데 이게 제 탓은 아니잖아요."

"어디 한번 제 미래도 좀 얘기해 보시겠어요? 지금까지는 과거만 보셨잖아요."

마담 클레어가 눈알을 부라린 채로 매디를 뚫어져라 바라보며 숨을 깊이 들이마시고는 한참 동안 내뱉지 않았다. 마치 뱀을 부리는 사람처럼, 그리고 매디는 코브라라도 되는 양. 마침내 마담 클레어가 숨을 길게 내뱉었다.

"위험." 여자가 말했다. "위험해."

"제가 위험에 처한다고요?" 매디는 귀갓길을 떠올리며 새된 소리로 물었다.

"아니, 그쪽이 위험을 **불러요.** 그쪽 때문에 누군가 지독한 상처를 입겠군요. 아수라장이 되겠어요."

어휴, 매디는 속으로 탄식했다. 실망스러웠다. 또 과거 타령이다. 밀턴을 두고 하는 소리 아닌가. 밀턴에게 상처를 입혔다. 그리고 세스에게도. 지금까지 벌인 사기 행각을 이제라도 이실직고하면 아내의 이혼 요구에 낙심한 밀턴이 조금이나마 위안을 얻지 않을까 생각될 때가 종종 있다.

그나저나 아직까지도―. 노란색이 남아 있다니. 월식. 빌어먹을 월식.

6월의 땅거미가 지는 시각, 매디는 걸어서 집으로 갔다. 그리스 신화에서 에우리디케를 되찾으려고 지옥으로 걸어 들어가던 오르페우스의 심정이 딱 이랬을 것 같았다. 절대 방심해서는 안 되니 매디는 가방끈을 상체에 사선으로 걸치고 허리를 곧게 폈다. 그리고 허겁지겁 걷지 않으려고 애를 썼는데, 이는 구두를 신어 빨리 걸을 수 없기 때문이 아니라 겁을 먹지 않은 것처럼 보이고 싶었기 때문이다. 그러나 외부인 티가 여실히 나기라도 하는지 지나치는 남자들마다 매디를 멀찌감치 피하는 눈치였다. 설마 이들의 눈에도 위험이 보이는 걸까?

그날 밤, 창문을 열어 놓았다. 무모한 짓이긴 하지만 대성당의 정원 덕인지 늦봄의 공기가 향긋하고 상쾌해서 좋았다. 이 동네에서는 자연의 향기를 웬만해서는 맡기 어려웠기에 이 공기를 한껏 만끽하고 싶었다. 마치 시내에서는 계절들이 건너뛰는 것만 같았다. 매디는 실오라기 하나 걸치지 않고 침대에 누웠다. 새벽 2시경,

화재 대피용 계단에서 발걸음 소리가 나직하게 들리더니 이내 창문이 활짝 열렸다. 그리고 남성의 육체가 매디를 덮고 지배했다.

"전에도 얘기했잖아, 매디." 다 끝난 뒤 퍼디가 말했다. "창문을 절대 열어 두지 말라니까. 나 말고 다른 사람이 들어오면 어쩌려고 그래."

"다른 사람을 위해 열어 두었을 수도 있지."

적막이 흘렀다. 방이 컴컴해서 그의 표정이 보이지 않았다. "이러지 마."

"이러지 말라니, 뭘?"

"그게, 그러니까, 스트리퍼처럼 말하지 말라고. 아무나 만나고 다니는 여자처럼 말하지 마."

"클레오 셔우드처럼?"

"아직도 그 여자 얘기야?"

"그 여자에 대해서 글을 한번 써 볼 셈이야. 한 여자가 목숨을 잃었어. 이 사건도 중요하다는 걸 내가 세상에 알리고 싶어."

퍼디가 한숨을 푹 내쉬었다. "불가능할 거야."

"그 여자랑 아는 사이였어?"

"아니, 나야 전혀 모르지. 플라밍고 클럽은 내 관할 구역이 아닌걸."

"남자친구가 있었던 거 같지? 몰래 만나던 남자?"

"절대 한 명만일 리는 없지."

퍼디가 매디의 엉덩이를 가볍게 찰싹 때렸다. 매디에게 엎드려서 팔다리로 몸을 받치란 신호였다. 매디는 한 가지 체위밖에 모르던 밀턴 때문에 정상위 외에 다른 자세로는 해 본 적이 없다고 퍼디에게 말한 적이 있다.

이는 진실임과 동시에 거짓이었다. 밀턴과 오직 한 가지 자세로만 성행위를 한 것은 사실이지만, 사랑을 나눈 상대는 밀턴뿐만이 아니었다. 밀턴은 그렇게 믿고 있지만 말이다. 처음 사랑을 나눈 상대는 무척이나 과감한 남자였고, 어이구, 매디에게 별의별 짓을 다 하자고 얼마나 구워삶았는지 모른다. 초록색 실크 소파에서. 월식 중에 달이 노란색 테두리를 두르던 순간. 아아, 그러나 바로 이 상황이 마담 클레어의 교묘한 수법에 휘말렸단 사실을 입증하는 사례가 아니고 무엇이겠는가? 그 여자가 무슨 색을 말하든 간에 손님은 관련된 일화를 찾아내기 마련이다.

————

영매

이 능력을 가지지 않은 사람은 절대 이해하지 못한다. 그래도 이해하려고 노력해야 한다. 내 눈에 무엇이 보이는지, 그걸 내가 어떻게 보는지, 알아주는 사람이 있으면 참 좋으련만. 아유, 나 같은 여자들이 화형을 당하던 시절이 있었는데 차라리 그쪽이 나은 팔자인지도 모르겠다.

오늘은 내 능력을 불신하는 여자가 찾아왔다. 그래서 살짝 겁을 주기로 마음먹었다. 그런 여자에게 내 능력을 허비할 순 없으니까. 내가 해 주는 말을 좋은 목적에 사용할 여자가 아니었다. 그래서 여자에게 비밀이 있다고 지적했지만 세상천지에 비밀 없는 사람이 어디 있긴 한가? 그러나 여자가 두르고 있던 노란색 오라는 내가 원치 않았음에도 진짜로 본 것이다. 다만, 오라의 기운이 그 여자 것인지, 아니면 클레오 셔우드의 모친이 모피를 만져 봐 달라고 방문한 날 이 안에 퍼져 아직 사라지지 않은 것인지 분간이 되지 않았다. 그때만 해도 클레오라는 젊은 여자가 살아 있다는 데에 강한 확신이 들었다. 어쩌면 살아 있었을지도 모른다. 진실을 누가 알겠는가? 시신이 2월 말에 호수에 잠겼을 수도 있다. 만약 그때 목숨이 붙어 있었다면ㅡ. 대체 어디에 있었던 걸까? 어째서 내가 구하지 못한 걸까? 초록색은 젊은 여자가 감금되어 있었던 방의 벽 색깔이었을까? 노란색은 누군가의 지하 감옥에서 덩그러니 빛을 밝히던 전구 색깔이었을까?

투시력이 있다는 사실을 처음 깨달았을 때 내 나이는 고작 여덟 살이었다. 꿈을 꿨다. 아직 십 대였던 고모가 잘 알지도 못하는 남자와 같이 차를 타고 가고 있었다. 남자가 과속을 했다. 고모는 속도를 낮춰 달라고 애원했다. 그러나 차는 도무지 통제할 수 없는 상태에 이르렀다. 고모는 심하게 다쳤고 남자는 사망했다. 아침에 잠에서 깬 뒤 나는 꿈이 현실이 되었음을 알게 되었다. 고모는 다리 한쪽이 부러져 병원에 실려 갔고 차량을 운전했던 남자는 죽었다. 난 엄마에게 고모의 사고를 꿈에서 보았다고 말했다. 엄마는 이런 생각을 떨치게 하려고 애썼다. 엄마가 말했다. "얘야, 그럴 리가 없단다, 한밤중에 어른들이 하는 얘기를 우연히 들은 거겠지." "그게 아니라 사고가 일어난 다음에 꾼 꿈일 거야. 그날 사람들이 무척 많이 왔다 갔고 고모가 혹여 잘못될까 봐 우리 모두 엄청 걱정했잖니. 정신없는 하루를 보내다 잠을 자서 그날 들은 얘길 꿈에서 본 거야. 그러니 이렇게 헷갈릴 수밖에 없지."

그때 엄마가 나를 그리도 열심히 설득한 까닭은 내 미래를 염려했기 때문인 것 같다. 이 능력을 얻은 대가를 치르게 되리란 사실을 알았던 게 분명하고, 역시나 나는 지금 대가를 치르고 있다. 나는 이 능력을 통제하지 못한다. 필요할 때 마음대로 이용하지도 못한다. 내가 이 부분을 인정하는 즉시 사람들은 나를 사기꾼 취급할 게 뻔하기 때문에 아무 말도 하지 않고 있다. 그래도 날 찾아오는 사람들은 유용한 조언을 듣고 간다. 그들은 본전을 뽑은 셈이다. 그러나 나를 찾는 모든 이들이 진정한 영적 체험을 하고 돌아가는 것은 아니다. 이건 내가 통제할 수 없는 영역이라 어쩔 수가 없다.

클레오 셔우드의 모친은—. 영험한 체험을 하고 간 손님이다. 사방에서 초록색과 노란색이 보였다. 난 그게 태양일지 모른다고 생각했다. 젊은 여자가 어딘가에서 고개도 돌리지 못하고 오로지 태양만을 바라볼 수밖에 없는 상황 같았다. 어쩌면 방이나 천장이었는지도 모른다. 그러나 숨이 붙어 있었던 마지막 순간에 젊은 여자는 노란색에 둘러싸여 있었다. 이것만은 자신 있게 말할 수 있다.

아까 방문한 숙녀가 불만을 품은 채 떠났다는 사실은 굳이 능력을 발휘하지 않아도 알 수 있었다. 여자를 내보낸 뒤 불을 끄고 영업을 종료했지만 평소에는 저녁에도 일을 한다. 대부분의 사람들, 특히 독실한 척하는 편협한 기독교인들은 주로 컴컴한 밤에 나를 찾아온다. 그러나 오늘은 기진맥진했다. 미세한 떨림조차도 내 기력을 뭉텅이로 앗아 가기 때문이다.

난 마흔일곱 살이다. 결혼을 세 번 했고 세 번 다 처참하게 실패했지만, 이 또한 절대 발설하지 않고 있다. 말해 봤자 의심이나 살게 뻔하기 때문이다. 명색이 심령술사인데 왜 번번이 남편감 선택에 실패하는가? 이유는 바로 가슴이 하는 말을 귀담아 들은 탓이다. 심장은 아무것도 모르고 보지도 못하면서 어떡하든 원하는 것을 가지려 떼를 쓰고 야단법석을 떤다. 내가 뭘 하는지, 내가 누구인지, 내 힘이 어떻게 발휘되는지 아는 사람은 아무도 없다. 내 힘은 기계처럼 플러그를 꽂는다고 나오는 게 아니다. 이 능력은 굉장히 예민하다. 그래서 습한 날보다는 건조한 날을, 더운 날보다는 추운 날을 선호한다.

클레오의 모친은 춥고 화창하며 건조한 날에 때마침 잘 찾아왔다. 공기에 가늘고 단단한 기운이 있으면 다른 날은 느끼지 못하는 것까지 체험한다. 그날 셔우드 부인의 영혼을 들여다봤는데 세상에, 그렇게 구슬픈 영혼은 본 적이 없다. 부인은 딸을 무척 사랑했고 딸이 살아 있다는 암시를 내가 어떻게 해서든 찾아내길 바랐다. 어쩌면 부인의 그러한 바람이 전달되어 클레오가 살아 있다고 내가 생각했었는지도 모른다. 클레오라는 여자는 골칫거리이긴 해도 부인이 남편이나 다른 자식들보다 더 사랑했던 존재로 보였다. 이런 어머니들이 종종 있다. 마치 등을 긁어 달라고 몸을 들이미는 고양이처럼 내 손길에 스톨에 생명이 붙는 것만 같았다. 그리고 스톨에서 향기가 폴폴 피어올랐는데 향수의 달콤한 잔향 같았다. 그런데 그것에서 —. **갈망**의 냄새도 났다. 지독히도 나쁜 무언가를 탐했던 모양이다. 셔우드 부인 말고 그 젊은 여자 말이다.

난 노란색을 보았다. 눈꺼풀을 계속 들고 있을 수 없을 정도로 쨍한 노란색이었다. 한 여성이 태양을 바라보고 있었는데 아무래도 옛날이야기에 나오는 누구처럼 태양에 바짝 다가갔던 듯했다. 사람은 원래 날 수가 없다. 사람은 원래 내가 보는 것을 보아선 안 된다. 나는 선량한 여자로 교회를 다니는 신자이다. 그리고 목사님에게도 절대 말하지 못할 비밀이 있는데 일요일에 교회에 가서 지금보다 덜 보이게 해 달라고 기도할 때가 있다. 그러나 주님께서 내 본명 수잰을 호명하며 말씀하셨다. **수잰, 나는 감당하지 못할 자에게는 애초에 재능을 주지 않는단다.**

그 여자, 클레오 셔우드에 관해 질문하겠답시고 나를 찾아왔던 여자는 몹쓸 짓을 벌이고 있다. 그 여자에게서도 갈망의 냄새가 났지만 향내는 일절 없었다. 자동차 엔진처럼 소음을 일으키며 속도를 올리고, 올리고, 또 올려 세상에 불꽃을 퍼뜨리려는 위인이다. 가고자 하는 목적지가 있다. 그런데 문제는 목적지가 어디인지 모른다는 사실이다. 그러니 타인에게 위험한 존재일 수밖에 없다.

난 저녁식사로 포크찹과 그린 빈을 먹고 달콤한 와인으로 마음을 진정시켰다. 그리고 취침 준비를 했지만 사실은 잠드는 게 두렵다. 내게는 꿈이 육중한 짐과 다름이 없다. 꿈이 현실이 되는 경우가 왕왕 있기 때문인데 무엇이 현실이 되고 무엇이 그저 꿈으로 남을지 나로서는 알 수가 없다. 무시무시한 꿈을 꾸다가 잠에서 깬 뒤 현실이 아님을 확인하고 깊이 안도한 적이 있는가? 내 경우는 현실 여부를 완전히 확인하기 전까지는 안도할 수가 없다. 그래, 물론 투시력은 재능이다. 하지만 난 이런 재능을 바란 적이 없으며 가능하다면 제발 반납하고 싶다. 제게서 부디 이 힘을 가져가 주소서, 주님, 이런 힘을 제가 가지고 있는 것은 옳지 않습니다. 평범한 여성으로서 한 남자와 오붓하게 살 수 있도록 도와주소서. 베개에 머리를 댈 때마다 꿈에서 무엇을 보게 될지, 동이 튼 후에 또 어떤 일이 벌어질지, 꿈과 악몽이 언제 끝날지 몰라 지독히도 두려운데 부디 이런 걱정 없이 숙면을 취하게 해 주소서.

———

웬 초록색과 노란색? 뿌린 만큼 거뒀네요, 매디 슈워츠. 뭐가 초록색이고 뭐가 노란색이었는지 알려 줄까요? 죽기 이주일 전에 방문했던 극장에서 내가 앉았던 발코니 좌석의 덮개 색깔이에요.

내 남자가 깜짝 선물로 나를 뉴욕으로 데려가서 뮤지컬 〈맨 오브

라만차Man of La Mancha)를 보여 주었어요. 아주 좋은 좌석은 아니었어요. 객석을 둘러보니 우리 말고는 흑인이 없는 것 같더라고요. 음악으로 말할 것 같으면, 음, 밋밋하고 어르신들이나 좋아할 법한 노래였는데 그 사람의 감수성을 여간 자극한 게 아니었나 봐요. 두 뺨에서 눈물이 주룩주룩 흐르더라고요. 웬만한 사람은 다 아는 그 곡에만 운 게 아니었어요. 라디오에서 자주 나오는 노래 있잖아요.(어르신들이 주로 듣는 라디오 방송 말이에요.) 침대에 있는 시신은 자기가 알던 남자가 아니라고, 자기가 알고 사랑했던 남자는 여기 아닌 어딘가에서 살고 있다고 여자가 말하는 마지막 장면에서는 오열했어요. 그때만 해도 그 사람이 자기는 침대에 눕혀진 시신이 아니라 내 남자가 되기로, 영웅으로 거듭나기로 다짐해서 저렇게 처절하게 운다고 생각했어요. 그런데 아니었더라고요. 자신의 한계를 통감하고 결국 어떤 선택을 할 수밖에 없다는 것을 알았기 때문에 그리도 서럽게 눈물을 흘린 거였어요. 자기가 얼마나 약한 남자인지 알았기 때문에요.

나는 그 사람을 쳐다봤고, 그는 공연 속의 공연에 대한 공연을 보고 있었어요. 어릴 적에 서로에게 끊임없이 늘어놓던 말장난과 비슷했어요. 나는 그림 그리는 내 모습을 그림 그리는 내 모습을 그림 그린다. 이런 식이라면 그림은 작아지고 작아지고 더 작아져서 결국에는 아무것도 보일 리가 없죠.

그래서 난 결심했어요. 산 사람이 되기로 말이에요. 무대 위 침대에 누워 있는 노인 말고요. 헨리 8세의 무모하고 아름다운 아내 앤 불린이나 캐서린 하워드 말고요. 주목을 못 받은 것도 모자라 남편이 사망한 후 얼마 지나지 않아 죽은 마지막 아내, 그 간병인도 말고요. 앤의 자매로 모두의 예상을 뛰어넘고 오랫동안 잘 살았던

메리 불린이 되기로 다짐했어요. 이왕 고를 거면 딱 그런 인생을 선택해야 했어요.

그런데 너무 늦어 버렸어요. 나도 모르는 새에 살 수 있는 권한이 사라져 버렸어요.

1월 1일 새벽 3시, 데이트하러 나가려고 옷장에서 옷을 골랐는데 레티시아와 내 옷을 구분해야 해서 시간이 조금 걸렸어요. 우리는 자주 서로의 옷을 빌려 입었지만 내 의상이 훨씬 좋은 거였어요. 심야 데이트가 처음은 아니었어요. 휴일에는 늘 혼자 있다 보니 자연스러웠죠. 난 심야 데이트를 두 번째 직장으로 여겼어요. 내 남자는 후한 사람이긴 했지만 내게는 돈이 더 필요했고 바에서 받는 팁으로는 역부족이었어요. 그러니 꼭 내 잘못이라고 할 순 없지 않겠어요? 내가 심야 데이트를 한다는 걸 다들 알았어요. 그 사람만 빼고요. 그가 영영 모르길 바랐건만 아쉽게도 그와 나 사이를 갈라놓으려던 이들이 손을 써서 들통나 버렸죠.

겨울이 지나지도 않았는데 나는 모피를 드라이클리닝 백에 넣어 옷장 깊숙한 데에 밀어 넣었어요. 나를 위해서 그랬어요. 모든 게 끝장났거든요. 공원과 호수가 내다보이긴 해도 셋집도 별로고 동네도 좋지 않았어요. 드루이드 힐에 즐비한 건물들은 백인들이 살 때는 으리으리했을지 몰라도 이미 옛날 일이에요. 동네나 세상이나 다 그런 식으로 굴러가는 법이죠. 백인들은 항상 제때 떠나요. 그리고 언제 배관에 문제가 생길지, 언제 배선이 해지고 빠지직 소리를 낼지 본능적으로 알아요. 당신을 한번 봐요, 매디 슈워츠, 당신도 이때다 싶은 때에 결혼 생활에서 발을 뺐잖아요. 보나마나 당신은 아슬아슬하게 도망쳐 나왔다고 생각하겠죠.

나는 내 모피를 옷장 깊숙이 밀어 넣은 뒤 데이트를 하러 나갔어요. 공포심이 엄습했지만 나가야만 했어요. 결말은 이미 정해져 있었고 나는 속수무책이었어요.

6주 후에 우리 엄마는 집주인을 설득해서 그 집에 들어갔다가 모피를 발견했고 내게 소중한 물건임을 단번에 알아차렸어요. 그리고 심령술사에게 가져갔죠. 여자는 연분홍색 실크 안감에 얼굴을 묻고 백색 모피를 어루만졌어요. 토끼털이었는데 어민이라고 당당히 말하더군요. 이것만 봐도 나의 마지막 순간을 봤다고 주장하는 여자가 어떤 위인인지 알 만하죠. 초록색과 노란색이라. 그날 내가 초록색 블라우스를 입고 있긴 했지만 진짜 초록색은 아마 질투심이었을 거예요. 그런데 노란색은 없었어요. 굳이 노란색을 찾자면 날 죽이기로 결심하고도 차마 직접 처리하지 못했던 그 남자의 비겁함이 겠죠.

————

1966년 6월

"뭘 했다고요?"

주디스 와인스타인이 크레플라크 치킨 수프 한 숟가락을 입에 넣으려는 순간 매디는 마담 클레어를 방문한 얘기를 꺼냈다. 겉모습만큼이나 꼼꼼한 주디스는 숟가락에서 액체를 단 한 방울도 흘리지 않은 채 바로 굳어 버렸지만 매디의 최근 모험에 깊이 감탄한 눈치였다.

"시체안치소에 가서 클레오 셔우드의 시신을 봤어. 그러고 나서 모친이 자문을 구했다던 심령술사를 찾아간 거야."

"주검으로 발견된 흑인 여자요? 셸 고든의 클럽에서 일했다던 여자요?"

"플라밍고에서 일했었어. 거기가 네가 말하는 클럽 이름인가? 셸 고든이 누구야?"

주디스가 코웃음을 쳤다. 코웃음 소리가 얌전하고 차분한 것이 마치 고양이가 재채기를 한 것 같았다.

"내가 전에 얘기했잖아요, 매디. 스튜어트 '피닛 셸' 고든에 대해서요. 삼류인데 윌리 애덤스 같은 일류가 되려고 안달 난 남자라고요. 윌리 애덤스를 동경하면서도 혐오한다고 전에 분명히 말했잖아요."

"난 처음 듣는데."

"전에 다 얘기했어요. 그러니까 나랑 같이 스톤월 클럽에 한번 가자고요. 흥미로울 거예요. 그런데 나도 도널드 오빠에게 들어서 아는 게 전부예요. 셸 고든은 애덤스처럼 정계의 실세가 되길 바라고 있어요. 이번 선거에서 투표를 권장하려고 엄청난 돈을 뿌릴 거예요."

"돈을 뿌린다고?"

주디스는 수프를 홀짝홀짝 마셨다. 따뜻한 날씨와는 어울리지 않는 메뉴였다. 서버번 하우스의 수프 맛이 아무리 좋다고 해도 매디는 훈제 연어와 크림치즈가 들어간 베이글과 탭을 주문하여 진수성찬을 즐기고 있었다. 이번 주 내내 무척 많이 걸었다. 게다가 퍼디는 매디를 있는 그대로 좋아해 주었기에 푸짐하게 먹어도 괜찮았다.

"유권자들에게 투표를 장려하는 방법이에요."

"그렇지만 투표하라고 돈을 주는 건 불법이잖아."

주디스의 얼굴에 번지는 미소를 보아하니, 갓 태어나 아직 탄탄하지 않은 이 우정 어린 관계에서 지식을 뽐낼 수 있는 기회를 얻

227

어 어지간히도 기쁜 기색이었다. "투표를 해 달라고 유권자에게 직접 돈을 주는 게 아니에요. 투표 **참여 장려** 목적으로 돈을 주는 거예요."

"둘이 대체 뭐가 다른지 모르겠네."

"결론적으로는 차이가 없을 거예요."

매디는 정치 수업에는 관심이 없었다. 주디스를 불러낸 까닭은 그저 직장 생활의 애환을 속 시원히 털어놓을 친구가 한 명쯤은 필요했기 때문이다. 시체안치소와 흑인 동네에 무모하게 다녀온 사실을 퍼디에게 말하면 그는 따분해하거나 성을 낼 게 분명했다. 아무리 말할 사람이 없기로서니 요즘 무슨 일을 하고 다니는지 어머니에게 말할 순 없는 노릇이었다. 그래서 친구를 떠올려 보았으나 그런 벗이 단 한 명도 없단 사실을 뒤늦게 깨달았다. 엘리너 로젠그렌에게 전화를 걸어 볼까 고민했지만 월리스 라이트에게 만찬을 베푼 날, 즉 매디의 인생을 송두리째 바꿔놓은 운명적인 식사를 한 날을 끝으로 엘리너를 본 적이 없다. 엘리너가 어색하고 멀게 느껴졌다. 파이크스빌 테두리에는 선이 뚜렷이 그어져 있었다. 오랫동안 사귀었던 친구들은 밀턴과 같은 구역 내에서 거주하고 있으니 당연히 그의 편일 수밖에 없음을 뒤늦게 깨달았다. 매디는 밀턴뿐만이 아니라 동네 전체를 버린 것이나 다름없었다. 그들 모두 매디의 새 삶에 반감을 품고 있을 게 뻔했다.

그래서 결국 주디스에게 또 기대게 되었고 이 열의 넘치는 아가씨는 늘 그렇듯 매디의 연락에 즉각 응답했다. 그리고 고맙게도 열렬한 태도로 저녁식사 약속을 잡았다. 심지어 아버지의 차로 집에 데려다줄 터이니 식사 후에는 파이크스 영화관에서 같이 영화를 보자고 제안하기까지 했다.

매디는 이 저녁식사 자리에서 자신의 활약상 외에 다른 이야깃거리는 없으리라, 주디스에게는 딱히 공유할 만한 일화들이 없으리라 으레 생각했다. 그러나 놀랍게도 주디스 또한 비밀을 품고 있었다. 이 사실에 신경이 거슬렸다.

"혹시 그 경찰들 기억해요? 그날—. 봤던 경찰들이요." 테시 파인, 은빛 밑창, 빨간 머리, 녹색 코트, 그날 일을 이야기하기란 시간이 흘러도 어렵기만 했다.

"그럼, 기억하고말고."

"내 경찰이 나한테 전화했어요."

매디는 내 경찰이란 표현에 주목했다. 그렇다면 나머지 한 명은 매디의 경찰이란 뜻인가? 당시 경찰이 매디를 현관문 앞까지 데려다주려고 했다. 단순히 배려 차원의 제안이었겠지? 아무튼 주디스와 달리 경찰에게서 전화를 받은 적도 없거니와 어떠한 방식으로든 들은 얘기가 없으니, 마치 그날 네 명이서 더블데이트를 했는데 주디스의 연애만 성사되고 매디는 실패하기라도 한 것처럼 묘하게 샘이 났다. 질투라니 한심하다. 어차피 경찰과 데이트를 하고 싶은 마음은 추호도 없다. 어머—. 그러고 보니 경찰과 데이트를 하고 있다. 아니, 엄밀히 따지면 데이트를 하는 것은 아니다. 매디와 퍼디의 행위를 데이트란 단어로 표현할 순 없다. 매디의 낯이 화끈거렸지만 다행히 주디스는 눈치채지 못했다.

"너한테 왜?"

무례하게 들릴 법도 한 질문이었지만 주디스는 섭섭해하지 않았다. "그 사람에게서 데이트 신청을 받았어요. 우리 어머니가 달가워하지 않을 거란 사실은 알았지만 아버지가 이 정도로 노발대발하실 줄은 몰랐어요. 경찰이라 싫으신지, 아일랜드인이라 싫으신지 모르겠어요. 아무튼, 딸이 '그런 사내자식'과 데이트하는 꼴은 절대 가만히 지켜볼 수가 없다고 못 박아 말씀하시더라고요."

"안타깝네." 매디가 말했다. 진심은 아니었다. "매력 있는 남자던데." 이 또한 진심이 아니었다. 그 남자가 재잘재잘 지루하게 떠들어 댄 일 외에는 기억나는 게 없었다.

"오늘 밤에 셋이 만나는 게 어떠냐고 하더라고요." 주디스가 말했다. "영화관에서. 괜찮아요?"

정작 먼저 전화를 건 사람은 자신이건만 은근슬쩍 주디스에게 이용당했단 사실에 어처구니가 없었다. 심지어 주디스의 부모님에게 정이 가기까지 했다. 나이로 따지면 주디스보다는 오히려 그들과 더 가까웠다. 만일 세스가 **식사**shiksa[49]인 것도 모자라 경찰의 딸과 연애를 한다고 하면 매디는 분명 탐탁지 않게 여겼으리라. 그러나 반대할 때는 신중하게 처신해야 한다. 매디가 고등학생 시절에 앨런과 사귀었을 때 어머니가 보인 행동처럼 말이다. 어머니는 일절 염려하지 않는 척했고 상대의 부모를 유월절 식사에 초대하기까지 했다.

어머니가 매디의 진짜 첫사랑이 누구인지 알게 되면 과연 어떠한 반응을 보일까? 그 사람의 존재를 철저히 감췄다. 아무래도 비밀 연애는 매디의 천부적인 재능인가 싶다. 그러나 지금은 1966년이다. 정부 생활은 직업이 아니다.

정부. 그토록 오랜 세월이 흘렀는데도 첫사랑의 비웃음소리가 생생히 들렸다. **완곡어법은 겁쟁이들이나 쓰는 거야, 매디.** 이제와 생각해 보니 그에게서 비웃음을 무척 자주 샀다. 그는 그래 봤자 결국은

---

49 유대인이 비유대인 여성을 부정적으로 부를 때 쓰는 말.

다른 여자들과 마찬가지로 교외에서 애 엄마로 살게 될 팔자라고 말하며 작가가 되려는 매디의 소망을 조롱했다.

"당연히 괜찮고말고." 매디는 주디스를 안심시켰다.

"그리고 있잖아요." 주디스가 말했다. "만약에 괜찮다면—. 집에 갈 때 비용은 우리가 댈 테니 택시를 이용하면 어떨까요. 저기, 부모님은 내가 매디를 시내에 있는 집에 데려다주고 귀가하는 줄 아시는데 매디가 택시를 타고 가면 우리에게 시간이 꽤 많이 주어지니까—."

이제 주디스의 두 뺨이 발그레 물들었다. 원래 샘이 나고도 남을 상황이지만 주디스와 그 남자가 짬을 내어 즐길 행동은 매디와 퍼디가 짧은 시간 동안 성취할 것에 비할 바가 못 된다. 그렇지만, 아아, 누군가와, 아니, 상대가 누구라도 좋으니, 영화관에서 나란히 앉아서 손을 잡고 영화를 보면 얼마나 즐거울까. 열정 또는 품위, 꼭 둘 중 하나만을 택해야 하는 건가?

영화는 『고백The Sandpiper』이었다. 세 사람은 로비에서 이미 신중하게 짜인 각본에 따라 우연히 만나는 연기를 한 뒤 영화관 뒤쪽 좌석을 택했다. 하지만 매디는 안경을 깜빡하고 안 챙겨왔다며 앞쪽으로 자리를 옮겼다.(사실 매디는 안경을 쓰지 않는다.) 주디스와 경찰 폴 아무개는 영화를 같이 감상하자며 매디를 말리는 시늉을 했다. 폴은 평상복 차림이었다. 그리고 매력이라고는 눈곱만큼도 없었다. 적어도 매디가 보기에는. 그러나 매디의 좌석에서 뒤로 열한 번째 줄에서 금지된 사랑(욕정)이 피어오르고 있다는 사실을 알기 때문인지 매디의 육체가 동요되었다. 어쩌면 곰보 자국이 있음에도 불구하고 무척이나 매혹적인 리처드 버튼 때문인지도 모르겠다. 매디는 어느새 흥분을 주체할 수 없는 지경에 이르렀다.

바로 그때, 옆 좌석에 앉아 있던 남자의 손이 매디의 무릎으로 올라왔다.

매디는 손을 집어 들고 그의 무릎에 올려놓으며 남자를 힐끗 쳐다봤다. 타락한 인간처럼 보이지는 않았다. 자기 몸을 만지작거리지 않고 오로지 화면에 시선을 고정하고 있었다. 비명을 질러 영화관 직원을 호출해야 했다. 그러나 아직은 때가 아니었다. 옆모습이 꽤 괜찮은 남자였다. 근사한 매부리코, 풍성한 머리, 안경알에 닿을 듯한 긴 속눈썹. 불결한 바바리 차림도 아니거니와 바지 지퍼가 열려 있지도 않았으며 ─ .

매디는 비명을 내질렀다.

무서워서 내지른 비명은 아니었다. 전혀 무섭지 않았다. 어휴, 겁에 질리긴 했는데 이 남자 때문은 아니었다. 공포심을 일절 느끼지 않는 자신의 모습에 소름이 끼쳤다. 그야말로 찰나였지만 이 남자를 영화관 밖으로 데리고 나가 그에게 이런저런 행위를 하는, 자신에게 이런저런 행위를 하도록 놔두는 상황을 상상했다는 사실이 경악스러웠다. 다름 아닌 매디야말로 타락해 가고 있었다. 다른 단어로는 도무지 표현할 수가 없다. 바로 이러한 이유 탓에 최대한 빨리 결혼했다. 몸 안에 숨어 있던 지독한 욕정이 첫사랑에 의해 일깨워졌음을 깨달았기에 사태가 심각해지기 전에 이를 억제하고 길들여야만 했다. 그런데 욕정이 고삐가 풀려 다시 활개를 치려고 한다.

매디가 고래고래 소리를 지르자 폴과 주디스가 곧장 도와주러 나타났고 매부리코 남자는 어느새 사라지고 없었다. 매디가 당한 섬뜩한 사건 때문에 택시비 얘기는 쏙 들어갔다. 두 사람은 매디를 차에 태워 집에 데려다주었다. 두 사람의 오붓한 시간을 이렇게 빼앗고 말았으니 미안한 마음이 들 법도 했다. 그러나 영화가 시작한

지 45분밖에 안 지났을 때 영화관에서 나왔으므로 두 사람이 오붓하게 보낼 수 있는 시간이 최소한 한 시간은 더 남은 셈이었다.

다음 날. 주디스는 오빠의 귀금속점에서 매디에게 전화를 걸어 전날 있었던 일을 미주알고주알 속닥거렸다.

"사일번가에 주차하려고 하더라고요." 주디스가 말했다. "거기―. 근처요. 괴상하죠?"

"아니." 매디가 말했다. 응, 괴상해, 매디는 속으로 얘기했다. 그런데 아무리 괴상해도 어젯밤에 내가 하려고 했던 짓보다야 괴상할까. 내 주제에 감히 누구를 비난하겠니?

난봉꾼. 전화를 끊은 매디의 머릿속에 이 단어가 불쑥 떠올랐다. 난봉꾼이 되어 가고 있다. 이런 단어를 어디에서 처음 들었더라? 첫사랑이지, 아무렴. 그 사람 말고 누구에게서 들었겠는가. 살아 있긴 할까? 아주 오래 전에 이사를 갔고 소식을 놓친 지 긴 세월이 흘렀다. 그래도 볼티모어에 인맥이 있기 때문에 사망했다면 이 지역 신문에도 부고 기사가 실렸을 것이다. 그의 아내가 사망해도 마찬가지일 것이다. 하지만 그 정도로 늙진 않았다. 머지않아 예순 살이 될 것이다. 이미 죽었으리라고 생각되는 나이가 전혀 아니다.

자기 자신의 모습이 문득 떠올랐다. 아직 열여덟 살도 안 된 소녀가 인도에 우두커니 서서 짐꾼들이 가구를 차량으로 옮기는 장면을 바라보고 있었다.

"어디 가는 거예요?" 매디는 짐꾼들 중에서 가장 덜 무섭게 생긴 남자에게 물었다.

"뉴욕." 남자가 퉁명스럽게 대답했다.

"아는 사람이라서요. 아는 가족이라." 매디는 주절주절 변명했다. "저는―. 저랑 여기 사는 남자애랑 동창이에요."

매디가 떠들거나 말거나 짐꾼은 귓등으로도 듣지 않았다. 몇 달 동안 매디는 자신의 비밀이 탄로 나진 않을까, 자신이 한 짓이 발각되진 않을까 전전긍긍하며 살았다. 그러나 이제와 돌이켜보니 당시에 아무도 모르고 넘어갔다는 사실이 최악의 결과를 낳은 셈이었다. 비밀을 어지간히도 꽁꽁 잘 숨겼다. 한 번 빼앗으면 결코 돌려줄 수 없는 것을 독차지하려고 그가 약속하고 속삭이고 맹세했지만 이 세상 어디에도 증인이 존재하지 않는다. 같이 도망쳐서 살자고 했던, 그리니치빌리지에서 오직 예술과 사랑에만 몰두하며 진정한 **난봉꾼**으로 살아 보자 했던, 붓보다 입으로 훨씬 더 유창하게 묘사했던 그 사람만이 둘의 과거를 알고 있다. 매디는 그들의 과거를 쪼가리 하나 입증할 수가 없다. 청춘기에 겪었던 가장 중대한 사건이 트럭에 철퍼덕 실린 뒤 하고 많은 장소 중에 뉴욕으로 이송되었지만 그래도 설마 목적지가 그리니치빌리지는 아니리라고 믿었다. 그곳만은 절대 아닐 것이라고 확신했다. 그들은 어퍼이스트사이드에서 그가 진정 경멸한다고 주장했던 부류의 집에서 혐오하던 방식으로 살아가고 있을 게 분명했다.

짐꾼들이 초록색 실크 소파를 차에 실었다. 열일곱 살이던 그해 여름, 매디는 그 소파에서 처녀성을 잃었다. "조금만 더 있다가 갈래?" 그가 물었다. "오늘 밤에 월식이 있을 거야. 일생에 한 번뿐인 기회라고 해도 과언이 아니거든. 여기서 나와 같이 있으면 너희 부모님은 절대 걱정하시지 않을 거야."

정말로 부모님은 추호도 걱정하지 않았다. 그러나 철이 덜 들었을 수밖에 없는 열일곱 살 매디가 보기에 그런 상황은 엄청난 모순이었다.

두 달 뒤 가을에 밀턴을 만났다. 밀턴이 자기를 으레 숫처녀로 믿고 있는데 굳이 매디가 나서서 진실을 알려줄 이유는 없었다. 매디는 숫처녀임과 동시에 숫처녀가 아니었다. 새로운 여자, 다른 매디로 거듭났기 때문이다. 여자가 줄 수 있는 최고의 선물, 남자에게 선사할 수 있는 유일무이한 자산, 여전히 지참금으로서 독보적인 지위를 차지하는 것을 앗아가기 위해 일말의 가책도 느끼지 않고 달콤한 말로 구워삶던 중년 남성에게 속아 육체가 더럽혀지고 나니 오히려 더 순결해지고 어려진 기분이 들었다.

클레오 셔우드에게 남자친구가 있었을까? 다들 아니라고 하지만 가벼운 만남만으로는 여자에게 어민 스톨이 생길 리가 만무하다. **셔세렴**Cherchez l'homme.[50] 매디는 클레오의 애인이었던 유부남을 찾아내 대답을 요구할 것이다. 애인의 아내를 찾아가 당당히 자신을 소개하려고 수차례 결단을 내렸지만 배짱이 없어서 번번이 실패하고 말았던 열일곱 살 시절의 과오를 만회할 것이다.

물론 그의 아내는 매디를 이미 알고 있었다. 다만 아들이 사귀던 학급 친구 정도로만 알았다. 아들이 프롬에 같이 가자 하고는 차 버린 여학생. 남편이 작업실에서 초상화를 그리곤 하던 소녀. 작품이 완성되긴 했지만 매디의 생기와 매력이 조금도 우러나지 않아 매우 밋밋했다. 붓을 내려놓고 열일곱 살 매디와 사랑을 나누고 또 나누고 또 나누고 또 나눈 그해 여름에만 해도 온갖 특징을 말로 읊어대더니 막상 그림에는 단 한 부분도 제대로 묘사하지 않았다.

———

50 "그 남자를 찾아라"라는 뜻.

영화 관람객

맹세코 내 평생 처음이었다. 계획했던 일이 아니다. 그래, 솔직히 그 여자 옆자리에 앉은 것은 계획이라고 할 수 있겠다. 어차피 좌석 선택은 내 몫이었으니 말이다. 영화관은 한산했고 평소라면 스크린에서 그렇게 가까운 자리는 피했을 것이다. 목이랑 눈이 워낙 불편해서 앞좌석은 선호하지 않는다. 그런데 보호자처럼 한 쌍의 연인과 함께 영화관으로 들어가더니 두 사람을 뒷좌석에 앉히고 혼자 앞으로 이동하는 여자를 보게 되었다. 난 여자를 뒤따라 간 뒤 통로 맞은편 좌석에 앉았다가 만화가 끝나고 영화가 시작될 무렵 옆 좌석으로 자리를 옮겼다.

내가 누구냐 하면—. 내가 무슨 일을 하는지 말하고 싶지 않다. 꽤 점잖은 직업에 종사한다는 것만 말해 두겠다. 난 선량한 남자이자 선량한 가장이다. 그렇다, 유부남이다. 그러나 아내는 내게 냉담하다. 줄곧 내게 냉담했다. 아무래도 날 좋아하는 것 같지가 않다. 가끔 아내에게 질문한다. "나, 좋아해?" 그러면 아내가 대답한다. "사랑하지." 이 말 한마디로 다 해결되는 줄 아나 보다. 이 말 한마디면 충분한 줄 아나 보다. 그렇지만 절대 그렇지 않다. 아내가 나를 좋아해 주면 좋겠다. 내 농담에 웃어 주고 내가 곁에 있을 때 귀찮아하는 기색을 덜 보였으면 좋겠다. 내가 하루 일과를 마치고 집에 가면 아내는 굉장히 불편해한다. 근사한 집, 내가 돈을 지불하고 있는 집에서. 우리 둘의 모습은 흡사 신화, 큐피드와 프시케의 이야기랑 비슷하지만, 아내는 내가 잠들었을 때 나를 몰래 훔쳐볼 생각은 하지 않는다. 자기가 결혼한 남편이 봉급만 제때 가져오면 괴물이어도 괜찮은 모양이다.

그래서 가끔은 야근한다고 말하고는 영화관에 가거나 어딘가에 들러 술을 마신다. 그렇지만 제발 나를 믿어 주길 바란다. 오늘밤에 저지른 일은 내 인생에서 맹세코 처음 있는 일이다. 그나저나 내가 한 행동이 천인공노할 정도로 몹쓸 짓이었나? 여자의 다리, 아니, 무릎, 그것도 천에 덮여 있는 부위로 손을 뻗었다. 그런데 치마가 짧아 손과 무릎이 직접 맞닿게 되었다. 고의로 여자의 살갗을 만진 게 아니다. 정말 고의가 아니었다. 그러나 여자의 숨소리가 달라졌다. 호흡이 느려지는 것이 왠지 내 손길을 반기는 듯했다. 스크린에서 낭만적인 장면이 펼쳐지고 있진 않았으나 내게는 관능적인 상황이 펼쳐지고 있었다. 아주 향기로운 여자였다. 향수의 향내는 아니었다. 본연의 자연스러운 향기로 어떠한 향수, 샴푸, 비누보다 훨씬 더 강렬하게 코를 자극했다. 마치 옆집을 지나가고 있는데 마당의 관목 사이에서 핀 일부 꽃들이 울타리 밖으로 도망치려는 듯이 고개를 빼꼼히 내밀고 있는 것만 같았다. 인간인 이상 냄새를 맡아볼 수밖에 없는 상황이다. 행인은 고개를 숙이고 숨을 들이켠다. 그런데 향기를 맡게 된 이상 만져 보지 않을 수가 없으므로 아주 보드랍고 매끄러운 꽃잎을 손가락으로 어루만지며 허공으로 꽃가루를 휘날리게 된다. 그런데 근처에 이웃이 눈에 띄지 않으면 인간은 자고로 선을 넘기 마련이다. 꽃을 따서 가지고 간다. 다들 이런 경험이 한 번쯤은 있지 않은가?

그래도 나는 선을 넘지는 않았다. 그저 여자의 무릎에 손을 갖다 대기만 했다. 친구 간에 오갈 법한 친근한 손길, 살포시 우연찮게 닿은 손길에 불과했다. 난 잠자코 기다렸다. 여자도 나를 만지려는 기색을 보였다. 여자가 선택 사항을 저울질하는 게 고스란히 느껴졌다. 잠시 후 여자가 내 손을 내 무릎에 되돌려놓았는데 손길이 온화하다 못해 다정다감하게 느껴지기까지 했다.

그러나 갑자기 여자가 악을 쓰며 괴성을 지르기 시작했다.

다행히 잘 아는 극장, 잘 아는 동네였다. 그래서 스크린 근처 비상구로 달려가 건물 밖 골목으로 들어갔다. 그러나 야외에서도 마냥 뛸 순 없었다. 영화관 건물에서 탈출하는 듯한 사람을 찾을 게 분명했다. 그래서 영화관 옆 건물 벽에 몸을 기댄 뒤 살며시 떨리는 두 손으로 담배를 꺼내 불을 붙였다. 하지만 하필 등이 맞닿은 곳이 중식당 뒤쪽 벽이라 니코틴을 빨아들인다기보다는 기름 냄새를 들이마시는 것만 같았다. 영화관에서 한 남자가 나오고 두 여자가 뒤따라 나왔다. 세 사람이 골목길을 유심히 쳐다봤다. 나는 최대한 태연하게 담배를 태우며 그들을 정면으로 쳐다봤다.

그들은 큰길로 발길을 돌렸지만 이제는 다급해 보이지 않았다. 가해자를 붙잡는 것을 포기한 눈치였다. 연인은 거동이 불편한 병약자를 부축하기라도 하듯이 여자의 양쪽에 서서 양팔을 잡고 위로했다. 마음 같아선 그들에게 고함치고 싶었다. **난 그저 무릎에 손을 대기만 했을 뿐이라고.**

난 집으로 돌아갔다. 아내는 식탁 앞에 앉아 점블 게임을 하고 있었다. 어린이용 게임인데도 아내는 문제를 푸는 데 늘 20분가량이나 썼다.

"일은 어땠어." 아내가 고개 한 번 들지 않고 심지어 높낮이도 없이 단조롭게 말했다. 의문문이 아니었다. 남편이 귀가하였으니 마지못해 꺼낸 한마디일 뿐이었다. 아내의 음색은 〈우주 가족 젯슨 The Jetsons〉에 등장하는 가정부 로봇보다 감정이 없었다.

"괜찮았어." 아내의 손에 쥐여진 연필이 사각사각 소리를 냈다. 아내는 점블 게임을 할 때마다 연필을 사용한다. 반면 나는 《뉴욕 타임스》의 낱말 퍼즐을 풀 때 펜을 사용한다.

"쉴라, 나 좋아해?"

아내가 한숨을 내쉬었다. "또 그 소리. 도대체 왜 그래? 무슨 〈지
붕 위의 바이올린〉 순회공연 횟수 수준으로 묻네. 대체 몇 번을 더
말해야 하는 거야. 사랑한다니까."

"날 좋아하느냐고 물었잖아."

"사랑이 더 좋은 거야."

정말? 정말? 4년 전, 춤을 추다가 한 여자를 만났다. 여자는 과
묵했고, 그런 모습이 신비롭고 매력적이었다. 말수가 적을 뿐만 아
니라 몸짓, 키스, 애정 표현도 비밀스러웠다. 여자의 침묵과 철벽을
내 멋대로 해석했다. 잔잔한 물이 깊다, 기타 등등. 그리하여 우리
는 만난 지 3개월 만에 결혼했다.

그러나 잔잔한 물이 아무리 깊을지언정 해류가 없으니 두 사람
은 마냥 제자리에 둥둥 떠 있다. 계속 이렇게만 있다 보면 결국 언
젠가는 물속으로 가라앉을 것이다.

———

1966년 6월

매디는 클레오 셔우드의 부모님이 사는 거리에 들어선 후에야
이 블록이 자신에게 생소한 동네가 아니란 사실을 깨달았다. 오켄
토롤리테라스의 이 거리는 시너고그 근처일 뿐만 아니라 과거에 슈
워츠 식료품점이 있었던 자리이고 슈워츠 부부가 시내 식당이나 극
장에 갈 때마다 항상 차량으로 지나가던 길이기도 했다. 몇 블록을
돌고 돌아야 목적지에 도착한다는 걸 뻔히 알면서도 밀턴은 언제나
이 거리를 지나갔다. 그 남자, 법적으로는 여전히 남편인 밀턴에게
는 이런 희한한 습관이 있었는데 매디는 속으로 이를 밀턴의 추억

여행이라 칭했다. 그는 끊임없이 과거를 되새기며 자기가 드나들었던 장소들을 세스에게 거듭 보여 주었다. 집, 식료품점, 학교 운동장. 본인이 향수를 느끼기 때문이 아니었다. 그저 자기가 어릴 적에 궁핍한 환경에서 얼마나 열심히 노력하여 자수성가했는지 세스와 더불어 매디까지도 절대 잊지 못하게 하기 위함이었다.

"이 동네 사람들은 가난해?" 일곱 살인가 여덟 살인가, 세스가 물은 적이 있다. 작열하던 여름이라 사람들이 현관 앞에서 휴식을 취하고 어린아이들은 거리를 뛰어다녔는데 아마 몇몇은 소화전에서 쏟아져 나오는 물을 맞으며 방방 뛰고 있었을 것이다.

"가난하지." 밀턴이 대답했다. "그렇지만 아빠네 식구들이 훨씬 가난했단다."

6월 말의 오후라 딱히 덥지는 않았다. 적어도 야외는 기온이 높지 않았다. 그러나 건물에 자욱한 공기가 탁하고 퀴퀴한 것도 모자라 기름내까지 진동하는 통에 셔우드 가족이 거주하는 2층을 향해 계단을 걸어 올라갈수록 때에 찌들어 가는 기분을 떨칠 수가 없었다.

어쩌면 몸에 기름때가 스며들고 있는 듯한 이 기분은 딸을 여읜 부모를 무턱대고 찾아가 머릿속에 있는 질문들을 늘어놓을 생각에 사무치는 수치심 탓인지도 모른다.

설령 미리 연락하고 오기로 마음먹었다 하더라도 그들에게 전화를 걸 수는 없었다. 전화번호부에 셔우드 가족의 연락처는 기재되어 있지 않았기 때문이다. 그러나 매디는 이런 일에 허락을 구해선 안 된다는 요령을 일찍이 깨쳤다. 허락을 구하면 거절당할 수가 있지만 정당하게 찾아온 척하면서 자신만만한 태도를 보이면 성공하게 마련이다. 바우어 씨도 매디에게 그런 식으로 행동하지 않았던가? 별로 오래 전 일도 아니건만 순진해 빠졌던 매디 슈워츠 시절 만큼이나 아득한 옛날처럼 느껴졌다.

매디는 현관문을 활기차게 똑똑똑 두드렸다. "안녕하세요, 저는 《스타》에서 온 매들린 슈워츠라고 합니다. 클레오 셔우드에 관해 몇 가지 여쭙고자 찾아왔습니다."

젊은 여자가 문을 열었다. 클레오의 여동생인가? 여자가 고개를 돌려 누군가를 쳐다보기만 했을 뿐이지만 매디는 막무가내로 실내로 발을 들였다. 허락을 구하지 않겠다고 하지 않았는가. 클레오의 아버지로 추정되는 남자가 창가 쪽 안락의자에서 신문을 읽고 있었다. 매디는 그의 손에 들린 게 《스타》임을 단번에 알 수 있었다. 매디의 신문사. 그는 시선을 들기는커녕 매디의 등장에 일말의 관심도 보이지 않았다.

남자의 발치에 있는 러그에서 두 사내아이가 장난감 트럭들을 가지고 놀고 있었다. 클레오의 아들들이 틀림없었지만 두 아이의 외모는 닮은 구석이 일절 없어 형제처럼 보이지 않았다. 큰애는 네댓 살 정도로 보였으며 몸이 두꺼웠다. 비만이 아니라 다부지며 튼실했고 집중력이 남달라 보였다. 아이는 자기만의 놀이에 푹 빠져 노란색 트럭으로 카펫을 쓸고 있었다. 작은애는 《아프로-아메리칸》에 실린 사진 속의 클레오를 빼닮았다. 모친을 닮아 눈동자 색이 연하고 이목구비가 오밀조밀하며 공상을 즐기는 조용한 아이임을 알 수 있었다.

셔우드 부인이 주방에서 터벅터벅 걸어 나오며 양손을 행주로 닦았다. 그렇다고 매디에게 악수를 청한 것은 아니었다. "무슨 소식이라도 있나요?" 부인이 물었다.

"아니요, 별다른 소식은 없습니다." 매디가 말했다. "저는 클레오에 관한 기사를 쓰려고 자료를 수집하는 중이에요. 제 기사가 숨겨진 진실을 드러내고 누군가의 기억을 일깨워 살인범을 잡는 데 일조하리라고 믿고 있어요. 쉽진 않겠지만요." 매디는 두 아이를 힐끔 쳐다봤다. "하지만 그날 밤 호수에서 벌어진 사건을 거론할수록 대중의 관심을 끌어 모을 수 있어요. 기사를 접하다 보면 누군가 전에는 대수롭지 않게 여겼던 중요한 사실을 털어놓을 수도 있어요."

이것이 오늘의 임무는 아니지만, 어려운 질문을 꺼내기에 앞서 안전한 길로 우회해야만 했다.

"《아프로-아메리칸》에서 유네타에 관한 기사를 엄청 많이 보도했어요." 셔우드 부인이 말했다. "그때 신경 쓰지 않던 사람들이 왜 이제 와서 관심을 갖겠어요?"

"많은 사람이 여전히 관심을 기울이고 있어요." 매디가 말했다. 거짓말을 한다는 사실이 몹시 떨떠름했지만 새빨간 거짓말은 아니었다. 살인범이 체포된다면, 특히나 매디가 이 사건에 고집스럽게 매달려서 범인을 검거하게 된다면 대중은 관심을 가질 수밖에 없다. "그래서 말인데요—. 혹시 제가 알아 둬야 할 정보가 있을까요? 심령술사에게서 굉장히 주목할 만한 정보를 들었어요. 마담 클레어 아시죠?"

"그 여자. 별로 도움도 안 된 여자예요."

"초록색과 노란색 얘기가 중요하지 않은 정보란 말씀인가요?"

"네, 선생님."

누가 봐도 연상인 여자에게 선생님이라고 불리자 매디는 기분이 오묘했다. 그러나 셔우드 가족 앞에서 권위를 세웠다는 뜻이 아니고 무엇이겠는가. 신문사 이름 때문인가? 백인이란 사실 때문인가?

"부인께서 마담 클레어에게 모피 스톨을 가지고 가신 일에 주목하게 되더군요. 사실인가요?"

"네, 선생님."

"그냥 스톨을 누가—. 유네타에게 준 거죠?" 조금 전에 셔우드 부인은 딸의 본명을 그냥 단순히 언급 한 게 아니었다. 이는 클레오란 이름을 쓴 매디를 에둘러 꾸짖은 것이기도 했기에 이번에는 이름을 정확히 불러야 했다.

"모르겠어요."

"그렇지만 유네타의 스톨이잖아요, 맞죠?"

"네, 선생님."

"셔우드 부인은 그걸 어떻게 갖고 계신 거죠?"

"네?"

"따님은 여기서 같이 살진 않았어요. 그렇죠? 따님이 실종되었을 때요. 당시 따님은 다른 여성 분과 다른 집에서 거주했잖아요."

"네, 선생님. 딸아이에게 룸메이트가 있었어요. 레티시아라는 젊은 여자였죠. 집세도 내지 않고 도망쳤어요. 그리고 한 일주일 있다가 유네타가—." 셔우드 부인이 러그에서 놀고 있는 사내아이들의 눈치를 봤다. 그러나 두 소년은 어른들의 대화에 관심이 없어 보였다. "그러니까, 그게, 작년 12월이었어요. 레티시아가 크리스마스 직전에 만난 신사와 플로리다로 도망가서 살 거라고 유네타에게 얘기했어요. 그리고 한 이주일 뒤에 결혼한다고 전보를 쳤죠. 잘된 일이긴 하지만 자기가 내야 할 1월 집세를 안 내고 간 거예요. 그런데 집에 아무도 없었으니 전보는 그냥 방치됐어요. 물론 레티시아는 이곳 사정을 알 턱이 없었겠죠. 집주인은 유네타도 레티시아처럼 경박한 여자일 거라고 으레 생각했어요." 설마 이 대답으로 모든 게 설명된다고 판단한 걸까, 셔우드 부인이 갑자기 말을 끊었다.

"스톨을 어떻게 해서 갖고 계신지 아직 말씀해 주지 않으셨어요."

"집주인이 보나마나 열쇠를 바꾸고 그애들의 물건을 내다 버릴 터라 짐을 일부 챙겨 왔어요. 아주 좋아 보이는 것들이요. 착용한 지 얼마 안 됐는지 스톨에서 담배랑 꽃치자 냄새가 나더라고요. 그래서 그걸 들고 마담 클레어에게 간 거예요. 유네타가 몸에 두른 지 일이주일밖에 안 지난 것 같아서요."

"누가 준 건가요?"

"제가 어떻게 알겠어요?"

셔우드 부인이 질문에 대한 답변을 요리조리 피하고 있다는 사실을 매디는 굳이 지적하지 않고 넘어갔다.

"제가 봐도 될까요?"

클레오의 아버지가 신문을 바스락바스락 넘기면서 의미심장하게 큰 소리를 내며 헛기침을 했지만 셔우드 부인은 매디에게 손짓하며 안쪽으로 인도했다. 한때 꽤 괜찮은 식료품 저장실이었던 것 같으나 현재는 옷가지, 상자, 아이들의 장난감이 가득한 너저분한 옷장으로 이용되고 있었다. 그러나 본인만의 정리정돈 방식이 따로 있는지 셔우드 부인은 비닐에 둘러싸여 옷걸이에 걸려 있던 스톨을 금세 꺼내 매디에게 내밀었다. 모피가 적절한 방식으로 보관되고 있지 않았다. 모피를 보자마자 매디는 고급 제품이 아니란 사실을 단번에 알 수 있었다. 매디는 허락도 받지 않고 마음대로 비닐을 벗겨 모피에 매달린 상표를 확인했다. '파인 모피.' 테시의 가족이 운영하는 모피 전문점 이름이다. 볼티모어가 얼마나 작은 지역인지 알 수 있는 대목이었다. 매디는 스톨을 유심히 들여다보며 눈에 보이는 세세한 정보를 머릿속에 모두 담았다.

"따님이 직접 구입하신 건가요?"

셔우드 부인이 어색하게, 그러나 재빠르게 대답했다. "남의 물건을 **도둑질**하는 애가 아니에요. 유네타는 착실한 애였어요."

"아니, 제 말뜻은 그게 아니고요—. 따님이 선물로 받은 건가요?"

"돈을 제법 잘 벌었어요. 그애가…… 자리를 잡으려고 끊임없이 애를 쓰면서도 아들들을 잘 키워 달라고 저희에게 가져다준 것만 봐도 알 수 있어요."

"그렇군요. 따님은 회계사였죠? 《아프로-아메리칸》에서 그렇게 보도했더라고요?"

"아니—. 그건 아니고요. 계산원이었어요. 펜실베이니아가에 있는 플라밍고 클럽의 바에서 일을 좀 돕기도 했고요. 저희 집안은 술을 마시지 않지만 원하는 사람들에게 술을 주는 게 못할 짓은 아니잖아요. 정확히 따지면 합법이죠."

매디는 계속해서 스톨을 검사했다. 아무리 봐도 고급 모피는 아니었으나 괜찮은 제품임에는 틀림없었다. 분홍색 아세테이트 안감이 실크처럼 보였다. 그리고 눈에 띄게 정교했다.

"그럼, 따님이 직접 구입하신 건가요?"

"모르겠어요."

그게 아니라 아는데도 말을 안 하는 것일 터다.

"따님의 옷이 여기 더 있나요?"

"원래는 이렇게 가져오면 안 되는데—. 집주인이—."

"아무에게도 말하지 않을게요, 셔우드 부인. 전 그저 무척—. 궁금해서 그래요. 따님을 머릿속으로 그리면서 속속들이 알아 가려는 것뿐이에요. 그러려면 따님의 의상을 보는 게—." 매디는 이곳에 최대한 오래 머물러야 했다.

셔우드 부인이 잠시 망설이는가 싶더니 이내 의기양양하게 딸의 옷을 꺼내 보였다. 매디는 드라이클리닝 비닐 백에 한 벌씩 들어 있는 의상을 유심히 들여다보며 공통점을 찾아 나갔다. 전부 다 유행이 지난 디자인이었다. 현 시즌은 물론이고 지난 시즌에서도 구식으로 여겨질 것들이었다. 한물간 지 무척 오래된 시퀸 원피스도 보였다. 샤넬 스타일의 정장 한 벌은 나온 지 족히 10년은 되어 보였고 워너메이커 상표가 붙어 있는 우아한 검은색 울 원피스는 매디가 시아버지 장례식 때 입은 의상과 굉장히 흡사했다. 두 해 전에 최고 인기를 구가한 스타일이었다.

노란색이나 초록색 의상은 어디에도 보이지 않았다. 아무래도 마담 클레어는 아예 무시해도 될 성싶었다.

그들은 다시 거실로 자리를 옮겼으나 매디의 머릿속은 방금 전에 본 의상들로 들끓었다. 워너메이커. 해당 필라델피아 백화점은 볼티모어에 지점을 두고 있지 않다. 그런데 어떻게 클레오가 기장이 짧은 검은색 원피스를, 다름 아닌 워너메이커의 고가 제품을 가지고 있었던 걸까? 게다가 상표에는 사이즈 14라고 적혀 있었지만 클레오의 체격은 절대 10을 넘길 리가 없었다.

"셔우드 부인, 혹시―. 유네타에게 남자친구가 있었나요? 유네타가 그날 밤에 데이트를 하러 나간 것으로 알아요. 못 보던 얼굴이라 경찰에서도 못 찾고 증언할 수 있는 사람도 없다고 하죠. 그런데 혹시 유네타가 만나던 사람이 따로 있었나요? 저 스톨이나 원피스들을 줄 만한 사람이 있을까요?"

당혹스럽게도 이 질문에 셔우드 부인이 눈물을 폭포수처럼 쏟아내며 얼굴을 양손에 묻었다. "유네타는 착실한 아이였어요. 사람들이 무슨 소리를 하든, 무슨 생각을 하든 전 안 믿어요. 어려서 철이 없어서 그렇지 착실한 애였고 화를 부를 짓은 애초에 하지도 않았어요."

"철이 없었지." 클레오의 아버지가 말했다. "그건 내 전적으로 동의하지. 애가 철이 없고 버르장머리가 없었던 것은 다 당신 탓이야, 머바. 당신이 항상 그애를 두둔하기만 하니까 자기 행동에 책임질 줄 모르는 인간으로 컸지."

"그 말씀은—." 바로 그때, 클레오의 첫째 아들이 매디의 정강이를 겨냥해 금속 트럭을 냅다 던지는 바람에 매디는 아파서 말을 잇지 못했다. 스타킹이 찢어지고 피가 흘렀다.

"우리 할머니, 울리지 마! 우리 어머니, 얘기하지 마! 나가. 나가, 나가, 나가, 나가, **나가라고.**"

클레오의 둘째 아들은 지금 집에서 벌어지는 일을 생판 모르는 양 여전히 고개를 푹 숙인 채 빨간색 트럭으로 카펫을 쓸고 있었다.

"**꼬마 대장부!** 까불지 마, 꼬마 대장부. 대체 이게 무슨 짓이야?" 셔우드 부인이 경악했다. 반면 한평생 미소와는 담을 쌓고 살기라도 한 사람처럼 이목구비가 엄숙하게 굳어진 셔우드 씨는 마치 자기가 명령한 임무를 소년이 완벽하게 수행해 매우 흡족하다는 듯이 고개를 끄덕거리고만 있었다.

매디는 다리를 절뚝거리며 현관문을 나선 뒤 계단을 내려가 잠시도 걸음을 멈추지 않고 몇 블록을 걸어갔다. 그리고 버스 정류장 벤치에 앉아 숨을 돌리며 스타킹의 찢어진 구멍을 유심히 보았다. 보아하니 정강이 상처가 나으려면 한세월이 걸릴 듯했다. 상처는 계속 벌어지고 스타킹에 들러붙었다. 집에 돌아간 매디는 얼룩덜룩한 스타킹을 벗었다. 따스한 여름 햇살을 맞으며 공원들을 돌아다녀 다리가 구릿빛이었으나 이제 회사에 맨 다리로 출근할 수 없게 생겼다.

상처를 입고 스타킹은 찢어졌지만 나름 성과는 있었다. 매디의 직감이 정확히 맞아떨어졌다. 클레오에게는 애인이 있었다. 그런 선물을 줄 능력은 있지만 클레오와의 관계를 세상에 드러낼 수는 없었던 인물이다. 새해 전야에 클레오와 데이트하려고 찾아온 남자가 못 보던 얼굴이자 두 번 다시 목격된 적이 없는 인물이라면 그런 의상들을 클레오에게 준 사람은 과연 누구일까?

만약 데이트 상대에게 선물로 받은 스톨이라면 그날 밤 날씨가 아무리 포근했다 하더라도 입고 나가는 게 정상이 아닐까?

─────

꼬마 대장부

그 아줌마가 우리 엄마를 울렸다. 아니, 할머니를. 할머니는 내게 할머니이면서 엄마니까, 난 할머니를 엄마라고도 부른다. 여기 처음 살러 왔을 때만 해도 내게는 엄마가 한 명이고 할머니도 한 명이었다. 그런데 엄마가 집을 나갔다……. 그래도 꼭 다시 돌아왔다. 거의 일주일에 한 번씩. 엄마가 하는 일을 하려면 직장에서 자야 한다고 했다. 거기서 일하면 언젠가 여기 볼티모어에서 집을 마련할 수 있을 테고, 그러면 우리는 아빠랑, 그러니까, 내 친아빠는 아니고 새아빠인데, 우리가 새아빠랑 다 같이 살 수 있을 거라고 했다. 그리고 방이 많아서 시어도어와 같이 자지 않아도 될 거라고도 했다. 할머니네 집에서는 앨리스 이모, 시어도어, 나, 이렇게 다 같이 작은 침대에서 자는데 동생은 잘 때마다 너무 많이 움직이고 어쩔 때는 꼼지락거리다가 바닥으로 떨어진다. 사실은 내가 **일부러 밀**

어서 떨어뜨리는 건데 동생이 자면서 나를 발로 차고 양팔로 때리니까 나도 숨 좀 쉬려고 어쩔 수 없이 미는 것뿐이다. 우리 엄마가 여기 같이 살았을 때 자주 하던 말이다. **나도 숨 좀 쉬자!** 엄마는 이렇게 말하고는 책 한 권과 코트를 움켜잡고 밖으로 달려 나갔는데 그럴 때마다 난 엄마가 두 번 다시 돌아오지 않으면 어쩌나, 너무 무서웠다.

그런데 진짜 그런 일이 벌어지고 말았다. 처음에 할머니는 내게 엄마가 다른 도시에 있다고 말했다. "디트로이트에?" 내가 물었다. 왜냐하면 디트로이트는 나의 아버지가 이사 간 곳이기 때문이다. 나의 아버지는 디트로이트에 있고 시어도어의 아버지는 전쟁에 나가서 죽었다고 하는데 어느 전쟁인지 모르겠다. 이제 전쟁은 일어나지 않는 것 같은데. 그래도 내 아버지는 살아 있으니까 나를 데리러 올지도 모른다. 그러나 아직까지는 데리러 온 적이 없다. 아무래도 시어도어 때문인 것 같다. "세상에 어떤 사내가 남의 자식을 원해." 할아버지가 어디론가 나가려고 하는 엄마에게 말했었다. 그때 엄마는 세인트루이스에 가려고 했던 것 같다. 세인트루이스가 맞을 것이다. 엄마는 세인트루이스 얘기를 자주 했으니까.

엄마는 떠나기 전에 여기 볼티모어에서 살았고 매주 우리를 찾아왔다. 엄마는 우리에게 선물을 주곤 했다. 할머니는 엄마에게 선물을 사 오지 말고 돈을 다 모아서 빨리 우리랑 같이 살라고 말했다. 그러면 엄마가 웃으면서 말했다. "이게 내 돈이지 엄마 돈이야?" 엄마는 볼 때마다 더 예쁜 옷을 입고 왔다. 우리 엄마는 다른 집 엄마들과 비교가 안 되게 제일 예뻤다. 그런데 엄마가 집을 나갔었는데 어느 날 동물 털이 달린 비싼 옷들을 입고 왔다. 소매에 털이 달린 옷을 입고 오더니, 어느 날은 털이 달린 모자를 쓰고 왔고 그러다가 전체가 털로 덮인 망토를 걸치고 나타났다. 엄마는 옷가게에서 일하는데 옷에 뭘 흘리지만 않으면 마음껏 빌려 입어도 된다고 말했다. 엄마가 왜 옷가게에서 자야 했는지 모르겠다. 어쩌면 경비원이었는지도 모른다. 아무튼 빌려 입은 옷이라 시어도어가 망토를 만지려고 했을 때 엄마가 화를 냈다. 그때 엄마가 망토를 스톨이라고 부르기에 내가 물었다. "누구한테 훔쳤는데?"[51] 이 말에 할아버지가 웃었지만 진짜 재미있어서 웃는 것 같진 않았다. "꼬마 대장부를 조심해라." 할아버지가 말했다. "꼬마 대장부는 굉장히 영특한 녀석이야." "그럼 나는?" 테디[52]가 물었다. "예쁜 녀석이지." 우리 엄마가 말했다. 예쁜 게 뭐가 좋아? 여자애도 아닌데.

크리스마스가 지나고 며칠 뒤에 엄마가 집에 들렀는데 그날은 최고로 좋은 선물, 통카 트럭을 가지고 왔다. 크리스마스에도 선물을 받았는데 나는 노란색 견인차를, 테디는 빨간색 픽업트럭을 받았다. 엄마가 할머니에게는 봉투랑 손목에 털이 달린 재킷을 줬다. "이걸 왜 주냐?" 할머니가 물었다. "엄마가 이거 마음에 들어 하는 거 알아." 엄마가 이렇게 말하자 할머니가 말했다. "내가 이걸 입고 갈 데가 어디 있다고. 알면서." 엄마가 말했다. "뭐, 장례식은 여기저기서 치르잖아." 그러자 할머니가 재수 없게 그런 소리 하는 거 아니라고 말했다.

그때를 마지막으로 우리는 엄마를 보지 못했다. "엄마는 언제 와?" 내가 물었다. 처음에 할머니랑 할아버지는 "곧 올 게다"라고 말했지만 사실은 모른다는 걸 나도 안다. 그때부터 할머니는 울었

---

51 스톨은 어깨에 걸치는 숄인데 '훔치다'라는 뜻의 동사 steal의 과거형 stole과 철자가 같다.

52 시어도어의 애칭

는데 우리 몰래 엄청 많이 울었다. 앨리스 이모도 한밤중에 울었다. 그러던 중 이주일 전쯤에 어떤 아저씨가 찾아왔고 우리 식구 전부 다 울었다. 사람이 그렇게 우는 모습은 처음 봤는데 우는 게 아니라 꼭 다들 고함치는 것만 같았다. 나는 무서운 영화를 보는 거랑 비슷하다고 생각했다. 앨리스 이모랑 가끔 몰래 무서운 영화를 본다. 한 번은 여자들을 훔쳐다가 동상으로 변신시키는 남자가 나오는 걸 봤는데, 나쁜 일이 벌어지는 순간 깜짝 놀라긴 했어도 이상하게 기분이 좋던걸? 똑같은 거라고 생각했다. 나쁜 일이 벌어졌으니 이제 분명 다 좋아질 것이다.

그런데 엄마가 아직도 돌아오지 않았다. 진짜 돌아오지 않고 있다. 그리고 무엇 하나 좋아진 것도 없다.

이제 여름이다. 어제 테디가 무슨 행동이나 말을 했는지는 몰라도, 할머니가 오랜만에 웃을락 말락 했다. 테디는 우리 엄마랑 똑같이 생겼다. 그렇지만 걔는 남자다. 테디가 아기였을 때 앨리스 이모가 여자애처럼 입히곤 했는데 그럴 때마다 어른들이 말했다. "남자애가 이런 눈망울을 어디에 갖다 써?" "보는 데 쓰죠." 내가 말했다. 그랬더니 어른들이 엄청나게 깔깔거렸다. 그 웃음소리에 기분이 좋기도 하고 나쁘기도 했다. 엄마가 떠난 후로 나는 어른들을 웃기려고 웃긴 말과 웃긴 행동을 열심히 하고 있다. 전에는 어른들을 웃기기 쉬웠지만 이제는 내가 아무리 노력해도 아무도 웃지를 않는다. 어른들이 웃을 때는 대개 테디 때문인데 어쩔 때는 웃다가 갑자기 울음을 터뜨린다.

그런데 공책을 들고 온 어떤 백인 아줌마가 학교 선생님처럼 말하면서 우리 할머니를 울렸다. 그래서 난 제자리에서 벌떡 일어나 우리 엄마한테서 마지막으로 선물받은 트럭으로 아줌마를 때렸다.

온 힘을 다해서 아줌마의 다리를 때렸다. 어른들이 소리를 질렀고 내가 큰일을 저지른 거라고 말했다. 할머니는 나 때문에 아줌마의 스타킹이 찢어졌으니 내가 돈을 물어 줘야 한다고 말했다. 그렇지만 물어 주지 않아도 된다는 걸 나는 안다. 내가 아줌마를 사라지게 만들어서 할머니도 은근히 좋아했다.

난 어른들을 사라지게 만들 줄 안다. 항상 어른들을 사라지게 만든다. 우리 엄마도 내가 사라지게 만들어서 영영 안 나타나는 거다. 옛날에 나는 엄마가 다시 나타날 때마다 엄마를 똑 닮아 예쁘장한 테디만 데리고 동물 털이 잔뜩 있는 곳으로 데려갈까 봐 걱정했다. 멋진 집으로 이사 가면 나만 거기에 안 어울릴 것 같아 겁이 났다. 그래도 나한테는 아버지가 있지만 테디에게는 없다. 할머니랑 할아버지가 아버지에게 전화를 걸어서 나를 디트로이트로 데려가겠느냐고 물었지만 아버지는 아주아주 바쁘다고 했다. 그리고 아버지는 내가 테디와 따로 살면 동생을 보고 싶어 할 거라고도 말했는데 사실 그럴 것 같긴 하다. 엄마와 내가 단둘이 있었던 적이 있는데 그때가 기억이 날듯 말듯 하다. 아니, 기억나는 것 같다.

그런데 테디가 있어도 엄마에게 나는 언제나 특별한 아이였고 엄마랑 나 사이에는 우리 둘만 하는 일들이 있었다. 엄마는 나가기 전에 나한테 원피스 지퍼를 올려 달라고 부탁했었다. 내게 꼬마 대장부란 별명을 붙여 준 사람도 엄마다. "도와주세요, 꼬마 대장부. 엄마에게 남자는 우리 꼬마 대장부 한 명만 있으면 돼." "테디는?" "테디는 귀염둥이지만 꼬마 대장부는 엄마에게 첫째 아들, 첫째 아기잖아. 꼬마 대장부는 엄마의 영원한 첫째 아들이야. 엄마는 꼬마 대장부만 믿어. 꼬마 대장부는 장차 우리 식구가 탄 배를 이끌어 나갈 사람이야."

우리 중에는 배를 가진 사람이 아무도 없다. 아무래도 엄마는 내가 커서 해군이 되길 바라는 것 같다. 난 수영할 줄 안다. 엄마에게 배웠다. 엄마는 머리가 망가진다고 물에 들어가기 싫어하지만 수영할 줄은 안다. 힘이 엄청 세고 빠르다. 엄마는 동물원 근처, 드루들 힐에 있는 커다란 수영장에 나를 데려가곤 했다. 머리가 젖는데도 오로지 나를 위해서. 오로지 나를 위해서.

———

쌤통이네요, 매디 슈워츠. 우리 꼬마 대장부가 더 세게 때렸다면 참 좋았을 텐데. 그 트럭으로 당신 머리를 후려쳤으면 내 속이 얼마나 후련했을까요.

그런데도 당신은 관둘 생각이 없죠? 그렇죠? 우리 엄마를 울려서 순하고 착한 라이오넬에게 혼쭐이 난 걸로는 부족하겠죠. 마담 클레어처럼 모피를 만진 걸로는 부족하겠죠. 어디에서 얻었는지, 누가 내게 주었는지 알아야만 직성이 풀릴 거예요. 자기가 무슨 짓을 저지르고 있는지도 모르면서 후벼 파고, 후벼 파고, 또 후벼 파고, 밀어붙이고, 밀어붙이고, 또 밀어붙여야만 속이 시원하겠죠.

나를 진짜 한 인간으로 생각하긴 하나요? **단 한 번이라도** 나를 진짜 한 명의 인간으로 생각해 본 적은 있나요? 시체안치소에서 그 시신, 얼굴 없는 괴물을 보면서 나와 연관 짓지 못한 건 이해해요. 그런데 내 사진을 봤고 내 옷을 만졌고 내 부모님 집을 찾아가 들쑤시기까지 했잖아요. 레티시아와 내가 살던 집에 세입자가 새로 들어가지 않았다면 보나마나 거기까지 함부로 들어갔겠죠.

내 인생은 안중에도 없고 오직 내 죽음에만 혈안이 되어 있는 꼴이네요. 그런데 당신도 잘 알다시피 이 둘은 서로 다르잖아요.

1966년 7월

"이거 받아." 보브 바우어가 매디의 책상에 봉투를 던지며 말했다.

"이제는 급여도 날라다 주시는 거예요?" 매디가 물었다. 딱히 끼를 부리는 것은 아니지만 그렇다고 안 부리는 것도 아닌 적절한 수위로 보브 바우어에게 까불곤 했다.

"내일 밤에 열리는 오리올스 경기 티켓 두 장을 위에서 내게 주셨어. 코윈 기사를 쓰느라 수고했다고. 그런데 내가 가기가 힘드니까 아무래도―."

말이 더는 이어지지 않았다. 애초에 더 할 말이 있었는지, 매디가 올해 최고의 특종 중 하나를 물어다 준 대가로 고작 이 사무직을 얻었단 사실을 그가 인정하기는 할 남자인지 알 수가 없었다. 보브 바우어는 끈질기게 침묵하는 살인범, 아직도 밝혀지지 않고 있는 공범, 그리고 제칠일안식일예수재림교 교인으로서 종교적 신념에 따라 징병을 거부한 뒤 배치받은 포트 데트릭에서 미스터리한 실험에 이용되어 세균을 투여당했다는 코윈의 주장에 관하여 연달아 글을 쓰고 있었다. 코윈의 어머니는 바우어와 인터뷰를 하기까지 했는데, 아들이 군 복무를 마친 후로 정상이 아니라며 애처롭게 토로하였다.

매디는 《잭과 콩나무》의 잭이 된 기분이 들었다. 그런데 집에서 키우던 소 대신에 얻은 콩이 한낱 일반 콩이었다. 오리올스 더그아웃 뒤로 넷째 줄 좌석이니 분명 아주 좋은 자리지만 야구 경기 티켓 두 장에 그다지 감동을 받진 않았다. 하지만 나들이를 좋아하는 아들이 틀림없이 같이 간다고 할 터이므로 티켓을 흔쾌히 받았다. 그리고 어쩌면 어머니가 이렇게 좋은 좌석을 구했다는 사실에 감격할지도 모른다. 세스는 야구 카드를 모으고 브룩스 로빈슨[53]이 구약성서의 선지자라도 되는 양 찬양하곤 한다.

"약속 있어." 저녁에 매디가 전화로 물어보자 세스가 대답했다. "못 가."

"약속 날짜를 바꾸면 안 되겠니?" 매디가 물었다. "절호의 기회인데. 올해 오리올스 성적이 참 좋잖아?" 올해 뛰어난 성적을 올리고 있다는 사실을 꽤 자신 있게 말할 수 있었다. 스포츠 기사를 딱히 챙겨 보진 않지만 《스타》에서는 전날 밤의 경기 결과를 한 페이지 전체에 만화로 요약하여 싣는 전통이 있다. 올 여름에는 오리올스 그림에서 환희와 축하가 상당히 자주 보였다.

"어젯밤에 만났잖아." 세스가 말했다. 아들 말마따나 모자는 어제 만났다. 어제도 서버번 하우스에서 어수선하게 식사했다. 세스는 입을 벌리고 쩝쩝거리며 먹었다. 매디는 커피만 마셨다. 익숙한 메뉴들 중에서 무엇 하나 구미가 당기지 않았기 때문이다. 매디는 근래 《스타》의 서고에서 《뉴욕 타임스》를 읽기 시작했다. 거기에 실린 글 중에서 크레이그 클레이본이라는 남자의 이름 아래 적혀 있는 요리법이 유독 마음에 들어 따로 옮겨 적어 가고 있었다. 매디를 가장 사로잡은 요리법은 먹다 남은 음식을 활용하는 방법이었다. 치킨을 일찌감치 튀겨 놓고 일부러 식혀서 먹을 수도 있다니, 감히 상상도 하지 못했다. 매디에게 식은 치킨이란 냉장고에서 곧바로 꺼내 먹는 음식이자 월리 와이스를 삶으로 끌어들여 매디를

---

53 볼티모어 오리올스에서만 뛰었던 메이저리거. 뛰어난 수비수로 유명했다.

지금 이 상황에 이르게 한 요인에 불과했다. 밀턴이 식은 치킨을 야식으로 많이 꺼내 먹어 뱃살을 찌운 탓에 크로스 키스에 테니스를 치러 다니게 되었기 때문이다. 지난주에는 퍼디에게 식은 치킨과 구운 토마토로 한 끼를 대접했는데 그가 치킨 맛에 감탄을 금하지 못했다. 매디는 신문에서 본 요리법을 따라 한 거라고 솔직히 말하지는 않았다. 그래 봤자 닭고기튀김인데 이실직고하면 퍼디가 왠지 한심하게 여길 것 같았다.

"일주일에 엄마를 이틀 보면 안 된다는 법이라도 있니?" 매디가 따졌다.

"약속 있어." 세스가 말했다.

"데이트야?"

"엄마." 이 짧은 한 단어에서 반감이 역력하게 전해졌기에 매디는 차마 더는 밀어붙일 용기를 내지 못했다. 그래서 아들을 놔 주었다. 그날 밤, 야심한 시각에 퍼디가 찾아왔고 매디는 남은 음식 활용법에 따라 여분의 스테이크로 샌드위치를 만들어 대접하였다. 그렇다고 스테이크를 사 먹어도 될 만큼 넉넉한 봉급을 받은 것은 아니었다. 아무튼 스테이크 샌드위치와 맥주, 그리고 섹스에 포만감을 느끼며 매디는 퍼디에게 물었다. "혹시 야구 좋아해?"

그로부터 스물네 시간도 안 지난 시각에 그들은 메모리얼 스타디움에서 나란히 앉아 처음 만난 사이인 척하며 자연스럽게 대화를 나눴다. 아니, 매디 혼자 떠들고 있었다. 알고 보니 퍼디는 야구와 오리올스의 광팬이었다. 웬만해서 그의 시선은 필드를 벗어나는 법이 없었다. 그는 열정적으로 박수갈채를 쏟아냈다. 한순간 매디는 사색에 잠겨 필드에서 무슨 일이 벌어졌는지 알 수 없었지만 퍼디가 느닷없이 좌석에서 폴짝폴짝 뛰며 환호하는 통에 주변 사람들이 화들짝 놀라는 진풍경이 벌어지기도 했다. 반면 오리올스 팬들 대부분은 되게 얌전하게 응원하고 있었다.

그러고 보니 주변에 흑인은 퍼디 한 사람뿐이었다. 매디의 시선이 경기장을 훑으며 훨씬 저렴한 외야석 상단으로 향했다. 팬들은 거의 다 백인이었다. 필드에 있는 흑인의 수가 경기장 좌석에 앉아 관람하는 흑인보다 많아 보였다. 흑인들도 야구를 좋아하지 않던가?

매디는 퍼디의 몸에 손을 얹으려는 찰나 그에게 신체 접촉을 해선 안 된다는 사실을 퍼뜩 떠올렸다. 매디는 티켓 한 장을 들고 왔고 퍼디도 마찬가지였다. 두 사람은 우연히 나란히 앉은 사이에 불과했다. 그들은 경기장에 따로 와서 만난 낯선 이들답게 공손하고 서먹서먹하게 대화해야 했다. 혹시 야구 좋아해? 응, 어릴 적에 패터슨 공원에서 야구했었어. 주로 외야수였는데 투수도 했어. 폴리에서는 중견수를 맡았고. 잠자리를 그렇게 자주 했음에도 듣지 못했던 퍼디의 과거를 야구 경기 덕에 많이 알게 된 셈이었다.

오리올스의 6번 타자가 휘두른 방망이에 맞은 공이 아치를 그리며 그들 쪽으로 날아오더니 몇 줄 뒤에 떨어졌다. 공의 궤적을 따라 움직이는 퍼디의 눈길을 보니 영락없는 십 대 소년이었다. 공을 갖고 싶어 하는 열망이 눈빛에서 고스란히 드러나고 있었다. 퍼디는 맨손으로 공을 잡은 행운의 사나이가 뒤에 있던 어린 소년에게 선물로 건네주는 광경을 보며 남자의 아량에 흡족한 듯이 고개를 끄덕거렸다.

놀랍게도 야구 경기를 본 다음에 매디는 더할 나위 없이 황홀한 섹스를 체험했다. 과연 이보다 더 멋진 체험을 할 수는 있을지 의문이 들었다. 오리올스의 승리와 두 사람만의 대담한 행위에 퍼디는 어느 때보다 신나 보였고, 덩달아 도취한 매디의 입에서는 박스팬 선풍기의 소음보다 더 큰 신음이 터져 나왔다. 창문 너머 거리에서 혹여 누가 들은 것은 아닌지 걱정이 될 정도였다.

"저 선풍기, 마음에 안 들어." 퍼디가 말했다.

"시끄러워서?" 구식 선풍기 날개가 달달달 소리를 내 주어 매디는 오히려 다행으로 여기고 있었다.

"저걸 사용할 때마다 창문을 열어 둬야 하잖아. 안전하지가 않아, 매디."

"이 동네를 골라 준 사람은 바로 당신인걸."

"알아. 그런데―. 그때는 내 생각만 했어. 다른 사람들 시선을 신경 쓰지 않고 내가 편히 오갈 수 있다는 점만 생각했어. 이 동네 정도면 안전하다고 생각했지. 당신을 만났던 겨울에만 해도 창문도 그렇고 모든 게 굳게 잠겨 있었잖아. 당신에게 전화기가 없었을 때라 화재 대피용 계단으로 올라가고 내려오면 편하겠구나 생각했어. 그런데 이제와 보니―. 걱정이 돼. 우리가 만났던 때를 생각해 봐."

매디는 보드라운 꽃잎이 달린 커다란 아프리카제비꽃을 잠시 쳐다봤다.

"잘 해결됐잖아. 게다가 여기서는 회사까지 걸어서 오갈 수 있는걸. 덕분에 버스 요금을 아끼고 있고. 그리고 일 때문에 버스나 택시를 타면 회사에서 경비를 따로 챙겨 주기도 해."

"소문을 듣자하니 당신이 클레오 셔우드의 부모님을 찾아갔다던데."

매디는 화들짝 놀랐다. "소문을 듣다니, 어디서?"

퍼디가 한숨을 내쉬었다. "그런 식으로 돌아다니다가 다치는 수가 있어. 여기저기에서 사람들이 폭동을 일으키고 있잖아. 볼티모어에서도 벌어질 수 있는 일이야."

"다치는 사람은 흑인들이지. 클리브랜드에서 벌어진 사건 봤어? 흑인 남성 두 명이 살해를 당하고 백인 남성 다수가 체포됐잖아."

"살해된 클레오 셔우드의 과거 행적을 들춰 봤자 기삿거리가 나올 리가 없어. 그저 질 나쁜 남자를 만나고 다니던 여자라니까."

"클레오에게 남자친구가 있었어. 어쩌면 그가 질투했을지 모르고, 또 어쩌면―."

"플라밍고 바텐더가 그 여자와 같이 나간 남자의 인상착의를 묘사했어."

"하지만 그는 남자친구가 아니었지." 매디는 의기양양하게 확신에 찬 목소리로 말했지만 사실 여부는 모른다.

"플라밍고 바텐더는 누구의 남자친구도 아니야." 퍼디가 말했다.

"내 말은―." 매디는 더는 말을 잇지 않았다. 퍼디는 의미를 정확히 이해하고 있다. 일부러 둔감한 척하는 것뿐이다.

그의 한 손이 매디의 복부로 올라왔고 이는 대화를 멈추자는 신호였다. 매디는 자신의 배가 부끄러웠다. 패션 잡지를 보면 요즘 여자들은 팔다리가 아주 앙상하고, 비키니가 툭 튀어나온 골반 뼈에서 흘러내리고 있다. 언제나 호리호리한 몸매에 자신이 있었건만 요즘 젊은 여자들에 비하면 매디의 몸은 소처럼 거대했다. 다른 시대 사람인 양 몸매가 한물갔다. 그러나 우주로 날리기 위해 만들고 있는 로켓처럼 세련되고 맵시가 뛰어난 몸을 가지길 바랐다.

"아쉬운 게 있는데―." 퍼디가 말을 하다 말자 매디는 솔직담백한 기운이 물씬 풍기는 이 찬란한 순간에 취해 겁이 나면서도 설레었다. 퍼디가 진정으로 원하는 것은 과연 무엇일까?

"아쉬운 게 있는데." 퍼디가 재차 말했다. "아까 야구공을 내가 잡아냈다면 얼마나 좋았을까. 나도 꼬마에게 줄 수 있었는데. 공을 잡은 사람이 나였으면 정말 좋았을 텐데. 그랬다면 얼마나 좋았을까?"

———

6번 타자

3회 말, 나는 로페스를 마주보고 있고 저 2루 주자를 홈에 불러들이면 우리가 앞서게 된다. 로페스는 구제불능이다. 이번 시즌에 벌써 타자를 여섯 명이나 맞혔는데 심지어 고의적인 빈볼도 아니었다. 로페스는 지금 제구가 엉망이다.

원 볼.

투 볼. 이번엔 공이 내 몸 가까이 날아왔다. 더그아웃에서 우리 팀 선수들이 긴장하는 게 역력히 느껴졌다.

원 스트라이크. 나는 그냥 지켜보았다.

투 스트라이크. 방망이에 빗맞은 공이 관중석으로 날아갔다. 나는 지금 오리올스에서 세 번째 시즌을 치르고 있다. 그러나 1964년 시즌에는 경기에 많이 나가지 못했다. 라인업에 총 여덟 번 이름이 올랐으나 타석에는 딱 한 번 들어섰고 그마저도 스트라이크 아웃을 당했다. 작년에는 116경기를 뛰었고 타율은 2할 3푼 1리였다. 훌륭한 타율은 아니지만 에체바렌보다는 높으며 나의 수비 실력은 흠잡을 구석이 없다. 나도 투구에 네 번 맞아 봤다. 맞아도 상관없지만 난 그런 식으로 출루하는 선수가 아니다.

다음 투구는 변화구다 싶었는데 역시나 딱 치기 좋게 들어왔다.

난 방망이를 휘둘러 공을 완벽하게 치고 달려서 1루에 도착했다. 2 대 1. 우리가 앞서게 되었다.

오리올스 팬들은 과하다 싶을 정도로 예의를 차렸다. 속닥거리기만 할 뿐 환호성을 내지르지 않는데 야유조차도 하지 않는다. 아무래도 팬들 특유의 응원 방식인 것 같았다. 메모리얼 스타디움이 비교적 조용한 편이긴 해도 올 여름이 특별하다는 것을 팬들은 잘 알고 있다. 우리는 기적을 이뤄내고 있었다. 곧 올스타전 휴식기에 들어서는데 현재 우리 팀은 54승 25패를 기록 중이며 나의 타율은 3할에 가깝다. 난 올스타팀에 선발되지 못할 것이다. 프랭크는 뽑힐 테고 아마 브룩스도 선발될 것이다. 그래도 언젠가 나도 선발되리라 장담한다. 올스타의 일원이 되고 어쩌면 골드 글러브[54]도 한두 번 받을지 모른다. 난 스물두 살인데 연봉 8000달러를 벌어들이고 있고 매일 아침 미소를 머금으며 잠에서 깨어난다.

바로 이것이 내가 여덟 살 때부터 꿈꿔 온 인생의 목표였다. 가장 존경해 마지않는 선수는 윌리 메이스이지만 메이저리그 선수가 될 기회가 손에 쥐여지던 순간, 다짐했다. **나만의 방식을 찾아야 해, 윌리 메이스의 바스켓 캐치[55]를 똑같이 할 순 없어.** 윌리를 그대로 따라 한다는 소리를 들을 순 없었다. 그러나 나도 중견수로서 윌리처럼 깊은 타구를 잡아내는 수비력을 선보일 수는 있다. 내가 못 잡는 공은 홈런이라고 보면 된다.

경기가 끝났다. 나는 1966년식 닷지 다트가 출시될 때쯤에 합리적인 가격으로 구입한 1965년식 차량에 올라탔고 이내 사인을 요

---

54 메이저리그에서 각 포지션별 최고의 수비수에게 주는 상.
55 윌리 메이스는 메이저리그의 전설적인 강타자였으며 뛰어난 수비수이기도 했다. 특히 '더 캐치'라고 이름 붙여진 수비는 명장면으로 꼽힌다.

청하는 아이들에게 둘러싸였다. 모든 어린이가 내 사인을 받아 갈 때까지 난 자리를 떠나는 법이 없다. 팬들이야말로 우리의 진정한 고용주이다. 그들이 경기장에 오지 않으면 우리에게 일자리는 없다. 나는 카드, 공, 종이쪼가리 등등 어디에든 사인을 해 준다. 사내아이가 내게 자기도 야구 선수가 되고 싶은데 도전해도 되겠느냐고 물으면 어김없이 당연히 된다고 대답한다. 꿈은 실현될 것이라고, 내가 바로 산증인이라고 말한다.

오늘은 성인 남성이, 나보다 나이가 많아 보이는 남자가 다가왔다. 그는 나에게 사인해 달라고 부탁하지 않았다. "저는 퍼디 플랫이라고 하는데 블레어 선생님과 악수 한번 나누고 싶어 찾아왔습니다. 정말 멋진 인생을 살고 계시는군요." 남자는 나보다 못해도 여섯 살이나 일곱 살은 많아 보였는데 나를 블레어 **선생님**이라고 칭했다.

아무튼 그의 말이 맞다. 내게는 정말 멋진 인생이 펼쳐지고 있고 나는 정말 멋들어지게 살고 있다.

————

1966년 7월

매디가 보기에 플라밍고는 조금 시시했다. 펜실베이니아가에 있는 이류 클럽이라 애초에 웅장할 거란 기대는 하지 않았으나 위험이라고는 일절 느껴지지 않는 평범하고 단조로운 분위기가 여간 실망스러운 게 아니었다. 물론 아직 오후 6시밖에 안 되었으니 손님이 퇴폐 업소를 찾을 시간이 아닌데 플라밍고 클럽은 저녁 버전의 우드홈 컨트리 클럽과 다를 바 없어 보였다.

매디는 바에 착석하여 베르무트를 주문했다. 머리칼 색상이 어둡고 속쌍꺼풀이 있는 바텐더는 체격이 다부진 백인이었다. 클레오 셔우드가 만난 데이트 상대의 인상착의를 경찰에게 묘사했다던 바텐더가 바로 이 남자인가? 흑인이 소유하고 주로 흑인들이 근무하는 클럽에 백인 남성이 있으리라고는 전혀 예상하지 못했다. 백인 남성이니 매디에게 덜 적대적일 법도 했건만 남자는 팔짱을 낀 채로 몸을 뒤로 젖히고 가만히 서 있기만 할 뿐 방금 주문받은 음료를 준비할 기미조차 보이지 않았다.

"저희 가게는." 바텐더가 말했다. "여성 고객이 남성과 함께 방문하는 것을 선호합니다. 설령 남성과 동행한다고 해도 여성 고객은 바에 앉히지 않는 게 저희 방침이죠. 사장님께서—." 적절한 표현을 찾는지 그가 잠시 멈칫했다. "가게 평판이 나빠진다고 안 좋아하시거든요."

"전 고객으로 온 게 아니에요." 매디가 말했다.

"눈치가 빠르시니 다행이군요. 허슬러의 찻집에서 다른 숙녀분들과 어울리시지 않고 왜 이런 델 찾아오신 거죠? 거기가 더 잘 어울리실 것 같은데. 정말 술 한잔을 하고 싶은 거라면 에머슨 호텔로 가시지요."

"전 기자예요."

방금 남자의 무거운 눈꺼풀 아래에서 번뜩인 것은 호기심인가? 결국, 그는 음료를 건넨 뒤 바의 끝으로 자리를 옮겨 저녁 영업 준비를 이어 갔다. 술 한 모금을 마신 매디는 다른 바에서 먹어 본 베르무트에 전혀 뒤지지 않는 맛에 놀란 것도 잠시, 이렇게 놀라고 있는 자기 자신의 태도에 혀를 찼다. 베르무트는 다양성이 부족한 술이다. 와인, 다양하다. 위스키, 다양하다. 그러나 매디의 경험상 베르무트는 스위트와 드라이 둘 중 하나이다. 그리고 지금 마시고 있는 건 스위트다.

바지와 헐렁한 블라우스 차림의 젊은 여자가 실내로 들어와 호기심 어린 눈길로 매디를 슬쩍 쳐다보고는 바텐더에게 시선을 돌렸다.

"본인 얘기를 좀 들려주시겠어요?" 매디가 바텐더에게 물었다.

"얘깃거리가 없는데요."

"세상에 얘깃거리가 없는 사람은 없죠."

"그럴 리가요. 제가 여기서 일하면서 쓸데없는 얘기를 얼마나 많이 듣는지 아시면 어지간히도 놀라시겠네요. 그쪽 얘기나 들려주시겠어요?"

"말했잖아요. 기자라고."

"어디 신문 나부랭이요?"

"《스타》요."

"그건 한 번도 안 봤어요."

"어느 신문을 주로 읽으시는데요?"

"《비컨》."

"왜요?"

"제일 두껍고, 제가 소형 앵무새 한 마리를 키우고 있기도 해서요."

매디는 술을 홀짝홀짝 마셨다. 불과 얼마 전까지만 해도 타인이 이렇게 대놓고 적대감을 드러내며 제압하려고 들면 적잖이 당황했을 것이다. 그리고 좋알좋알 떠들거나 심지어 끼를 부렸을 것이다. 그러나 지금 바텐더의 태도를 통해 자신이 마침내 와야 할 곳을 제대로 찾아왔단 사실을 확신할 수 있었다. 이곳은 클레오 셔우드가 낯선 남자와 데이트하려고 나가기 전에 마지막으로 목격된 장소이다. 바로 이 남자의 증언에 따르면.

"전 클레오 셔우드에 관한 기사를 쓰려고 준비하고 있어요."

"거기에 대해서는 얘깃거리가 없습니다."

"어떻게 그렇게 말씀하실 수가 있죠? 한 여인이 요절했고 이상한 정황이 여기저기서 포착되고 있어요. 당연히 얘깃거리투성이죠."

"아무래도 제가 표현을 잘못한 것 같군요. 여기에는 얘깃거리가 없습니다. 클레오에게 대체 무슨 일이 벌어졌는지 몰라도 플라밍고 와는 전혀 관련이 없어요."

안쪽 문이 열리며 조금 전 매디를 눈여겨보던 젊은 여자가 이 클럽의 유니폼 차림으로 치장을 하고 나타났다. 이곳의 시그니처 의상은 목둘레와 엉덩이에 분홍색 깃털이 달린 레오타드[56]와 망사 스타킹이었다. 어이구, 진부한 수준이 도를 넘어 안쓰럽기 짝이 없구나, 매디는 속으로 혀를 찼다. 이 의상을 보고 화려하다고 표현할 사람이 과연 있기나 할까? 매디는 클레오가 생전에 소유했던 놀라우리만치 고급스러운 의상들을 떠올렸다. 누군가 선물한 것이 틀림없다. 클레오에게 그런 옷을 준 남자를 찾으면 다음에는—. 뭐, 그다음에는 또 뭔가 드러나지 않겠는가.

"클레오를 아시나요?" 매디는 바텐더 말고 젊은 여자에게 물었다. 역시나 젊은 여자가 눈길로 남자에게 도움을 청했다. 하지만 그는 눈을 마주치기만 할 뿐 나서지 않았다.

"제가 어떻게 알겠어요?" 여자가 쟁반에 유리잔들을 올리며 말했다. "전 후임으로 들어왔어요. 그 여자가 여기서 일했을 때 저는 없었어요."

---

56 다리 부분이 없고 몸에 꼭 끼는, 아래위가 붙은 옷.

방금 전 바텐더가 표정만으로 이런 대답을 유도했다니 의사 전달 능력이 참으로 뛰어난 남자다.

"그렇군요." 매디는 다시 바텐더에게 고개를 돌렸다. "하지만 당신은 클레오를 알아요. 같이 근무했으니까요. 새해 전날 밤, 아니, 새해의 동이 트기 전에 클레오와 같이 나간 남자의 인상착의를 진술한 사람은 바로 당신이잖아요. 남자의 겉모습을 묘사하고 클레오의 차림새를 설명했죠."

"맞아요."

"얘기해 주세요."

"경찰 보고서에 다 적혀 있을 테고 여기 행차하기 전에 이미 다 읽고 오셨으리라 판단되는데요. 설마 제가 여기서는 다른 얘기를 할 것 같습니까? 제 입에서 다른 얘기가 나올 리는 없을 텐데요."

매디는 폭이 좁고 기다란 기자 수첩을 열어 일전에 적어 둔 것을 속으로 읽었다. 새벽 4시경 클레오의 데이트 상대가 바에 찾아왔고 클레오는 남자를 따로 소개해 주지 않았습니다. 클레오는 초록색 블라우스, 표범 무늬 바지, 빨간색 반코트로 갈아입은 후였습니다. 그리고 하이힐을 신고 커다란 초록색 가방을 메고 있었습니다. 빨간색 가죽으로 된 운전자용 장갑을 끼고 있었습니다. 남자는 장신에 피부색이 검은 흑인이었고 검은색 가죽 코트와 터틀넥 차림이었습니다. 삼십 대로 보였으며 반삭 머리를 하고 있었습니다. 아주 늘씬하고 피부색이 유독 검었습니다. 경찰 보고서에 피부색이 두 번 언급되었다. 바텐더가 이 사실을 의미심장하게 여기고 거듭 묘사했기 때문일까? 아니면 경찰이 이 부분을 중요하게 여겼기 때문일까? 남자가 안으로 들어오자 클레오가 거북해했습니다. 그때, 클레오가 말했습니다. "밖에서 기다리라고 했잖아요." 왠지 그 남자와 같이 있는 모습을 남들에게 보이기 싫은 기색이었지만 저로서는 까닭을 알 수 없었습니다. 생전 처음 본 사람이었습니다. 못 보던 얼굴이었고 그후로도 본 적이 없습니다.

"얘기를 좀 들려주세요. 클레오라는 사람에 대해서요. 어떤 사람이었나요?"

남자의 이목구비가 왠지 온화하게 펴지는 기색이었다. 어지간히 관대한 사람이 아니고서야 이 남자를 두고 잘생기지는 않았다고 에둘러 표현하기도 힘들 성싶었다. 살결이 거칠고 지금은 머리숱이 풍성하나 머지않아 벗어질 상이었으며 코는 둥글납작했다. 그러나 단골손님이 속내를 털어놓게 하는 바텐더 특유의 신뢰감을 물씬 풍기는 남자였다. 생각건대 클레오도 이 남자에게 여러 이야기를 했을 것이다. 어머니보다는 이 남자가 클레오의 속사정을 더 잘 알고 지냈을 가능성이 높다.

"좋은 사람이었어요." 그가 말했다. "영리하고. 매우 외향적이고 언제나 유쾌 발랄했어요. 세상에서 응당 누리고 살아야 할 것들을 마음껏 누리지 못했죠. 누군 안 그렇겠나 싶긴 하지만."

"그날 밤, 클레오가 만난 남자는―."

"전 모르는 남자예요. 드릴 말씀이 없어요."

"그렇지만 할 말이 없을 수가 없죠. 전 **클레오**가 생전에 어떤 사람이었는지 알고 싶어요. 어떤 꿈을 품고 살았는지, 뭘 원했는지 알고 싶어요."

"그게 뭐가 됐든 간에 클레오와 함께 죽었어요."

마른 흑인 남성이 야성적인 분위기를 물씬 풍기며 입장했다. 조금 전 여직원이 바텐더의 표정을 해석했듯이 이 바텐더도 갓 들어온 남자의 의중을 단번에 읽은 기색이었다.

"이 여성분은 기자라고 합니다, 고든 씨. 그래서 차마 쫓아내지 못했습니다."

드디어 셸 고든을 만났다.

"기자가 내 클럽에는 어인 일이지? 여기에는 기삿거리가 전혀 없지 않나."

그가 바텐더에게 질문했으나 바텐더는 입을 꾹 다물고 있었다. 그래서 매디가 용감하게 나섰다. "전 《스타》에서 왔습니다. 클레오 셔우드에 관해 인간적인 기사를 쓰기 위해 자료를 수집하는 중입니다."

"그 여자는 내버려둬요." 고든이 말했다. "그 여자 때문에 우리가 대체 얼마나 많은 손해를 봐야 합니까?"

매디는 그의 갑작스러운 태도 변화에 주목했다. 손해라니, 클레오가 무슨 해를 입혔다는 걸까? 이미 죽은 사람 아닌가. 클레오가 부모님의 억장을 무너뜨렸는가? 그렇다. 클레오가 아이들을 방치했는가? 그렇다. 하지만 아무리 그렇다 한들 목숨을 잃은 당사자보다 더 큰 해를 입은 이는 어디에도 없다.

"여직원들의 봉급은 얼마나 되나요?"

"그쪽은 너무 늙어서 여기 취직할 수 없습니다." 고든 씨가 말했다. "나이 말고도 우리가 채용할 수 없는 이유들이 많이 보이는군요."

"제가 봉급 이야기를 꺼낸 까닭은 클레오가 생전에 고급 의상을 상당히 많이 소유하고 있었기 때문이에요. 이곳 바에서 근무하면서 그런 고급 의상을 구입했다는 사실이 놀라워서요. 칵테일 드레스들하며 모피들하며, 고급 의상이 무척 많더라고요."

매디가 아는 한 클레어의 모피는 단 한 벌이지만 **모피들**이 더욱 그럴싸하게, 더욱 의미심장하게 들렸다.

고든 씨가 매디에게 다가와 앞에 놓여 있던 베르무트 잔을 가져
갔다. "이건 계산하지 않아도 됩니다." 그가 말했다. "지금 당장 나
간다면 말이죠. 계속 남아 있겠다면 값을 감당하기 힘들 겁니다. 여
기 있는 대가를 감당하지 못하게 될 거예요."

매디는 고든 씨가 힘깨나 쓰는 위인이란 것을 알고 있다. 그러나
백인 여성이란 신분이 그가 행사하는 위력을 능가한다고 확신했다.
이곳이 아무리 고든 씨의 소굴이라고 해도. 그는 매디를 해할 수 없
다. "그런데도 제가 안 나간다면요?"

고든 씨가 바텐더에게 몸을 돌려 말했다. "스파이크? 자네가 배
웅하게. **당장.**"

바텐더 스파이크가 처음으로 난색을 표했다. 지금껏 영업장 밖
으로 내보낸 손님의 수가 적지 않을 테고 심지어 여자도 있었을 것
이다. 그러나 매디에게는 어떻게 접근해야 할지, 어떻게 손을 대야
할지 몰라 적잖이 당황한 기색이 역력했다. 매디가 주눅이 들어 제
발로 걸어 나가길 기대하는 눈치였다. 상황이 이렇다면 당차게 허
세를 부려도 될 법했다. 셸 고든이 매디의 술잔을 다시 상판에 내려
놓았다. 매디는 술잔을 집어 액체를 한 모금 마셨다.

바 안쪽에 있던 스파이크가 한숨을 내쉬고는 바깥쪽으로 나와
이내 매디 옆에 섰다. 그는 키가 크고 체격이 아주 건장했다. 마음
만 먹으면 매디를 스툴에서 단숨에 끌어낼 수 있는 남자였다. 그러
나 매디의 몸에 손을 올리지도 못하고 계속 머뭇거렸다. 스파이크
를 보고 있자니 개 한 마리가 떠올랐는데, 정확하진 않지만 세스와
함께 시청했던 〈도나디오〉에 나오는 개 캐릭터 같았다. 개의 이름
이 팽이었던가 뭐였던가. 팽의 목소리도 이 남자처럼 탁했다.

"미스—."

"미시즈." 유부녀 경칭이 더 위엄 있게 들렸다. 게다가 엄밀히 따지면 유부녀가 맞지 않은가.

"나가 달라는 요청을 받으셨잖습니까."

"손님을 가려 받아선 안 되는 걸로 알고 있는데요."

"당연히 가려 받을 수 있죠." 셀 고든이 말했다.

"그럼, 경찰을 부르세요." 매디가 말했다.

"설마 못할 것 같습니까?"

"아, 당연히 하시겠죠. 그런데 어떤 사유로 저를 신고하실지 몹시 궁금해서요."

"플라밍고에서는 혼자 방문하는 여성 고객은 받지 않습니다. 여긴 그런 업소가 아니니까요."

매디가 웃음을 터뜨렸다. 셀 고든은 지금까지 매디에게 들었던 말보다 이 웃음소리에 더욱 분개한 눈치였다.

"플라밍고는 수준 높은 클럽입니다." 그가 매디보다 살짝 어두운 피부색을 붉으락푸르락 물들이며 말했다. "여긴 신사와 숙녀를 위한 장소입니다. 손님들은 국내에서 최고로 손꼽히는 공연들을 플라밍고에서 관람하죠. 여긴 내 클럽이니까 방침은 내가 정합니다. 이곳 무대에서 공연되는 훌륭한 연주를 감상하고 싶으면 신사와 함께 다시 찾아와요. 아는 신사가 있다면 말입니다."

매디는 상황을 가늠해 보았다. 죽치고 앉아 농성을 벌일 수도 있지만, 그렇게 한들 무슨 이득이 있을까? "흔쾌히 나가겠지만 대신에 제 차까지—. 성이 어떻게 되시죠? 그쪽이 저를 차까지 배웅해 주셨으면 좋겠네요. 요즘 이 동네가 예전처럼 안전하지 않아서 말이에요."

"자네가 배웅하게, 스파이크."

펜실베이니아가로 나오자 여전히 환한 하늘과 덥고 후덥지근한 날씨가 그들을 맞았다. 매디는 이왕 내뱉은 거짓말을 곱절로 부풀렸다. "차를 세워 둔 데까지 가려면 몇 블록은 걸어야 해요. 죄송해요."

그가 끙— 앓는 소리를 냈다. 우선 한 블록은 말없이 걸은 뒤 매디가 입을 열었다. "**좋아하셨나요?**"

"예?"

"클레오요. 좋아하셨나요?"

"물론이죠. 다들 좋아했어요."

"클레오를 살해한 남자는 제외해야겠죠."

적막이 흘렀다.

"클레오에 대해 한 가지만 말씀해 주시겠어요? 아무거나? 지금까지 보도된 기사만으로는 절대 알 수 없는 이야기요." 매디는 일부러 뜸을 들이다가 덧붙였다. "시체안치소를 찾아가도 알 수 없는 이야기요."

이 부탁에 적막이 길어졌다. 아무래도 그가 진짜 입을 다물 작정인 듯하여 매디는 체념하기에 이르렀다. 하지만 그가 불쑥 말했다. "시 같은 여자였어요."

"네?" 아무 대꾸도 듣지 못할 줄 알았으나 예상치 못한 순간에 매우 섬세하면서도 궁금증을 자아내는 답변을 듣게 되었다.

"학교 다닐 때 억지로 암기해야 했던 시가 있어요. 그게 대체 무슨 소리인지 아직도 모르겠어요. 아무튼, 눈길이 사방으로 향하던 한 여자에 관한 시였죠."

"「나의 전 공작부인My Last Duchess」 말씀이군요."

"맞아요."

"그녀는 물끄러미 바라봤고, 그녀의 눈길이 향하지 않는 곳은 없었다."

스파이크가 말없이 어깨를 한 번 으쓱했다.

"클레오가 실종된 날 데이트 약속이 있었어요. 이 대목은 반박하고 자시고 할 게 없죠. 당신은 그날 클레오가 데이트를 하러 갔다고 경찰에 진술했어요. 그리고 그 남자와 클레오를 아주 상세히 묘사했죠. 그렇지만 다른 남자가 또 있었잖아요, 그렇죠? 그날 밤에 못 봤을 뿐이지 당신이 꽤 자주 보던 남자가 있었죠?"

"이봐요, 되도 않는 소리 좀 그만해요."

"왜 되도 않는 소리인지 설명해 주시면 좋겠네요."

"당신은 지금 이 돌멩이 저 돌멩이를 다 들어서 헤집고 있는데 아무리 들추어 봤자 나올 게 없어요. 클레오가 만나던 남자는―. 그 사람은 이 일과 아무런 관련이 없어요."

"어떻게 확신하시는 거죠?" 아무래도 한두 블록을 더 걸어간 다음에 사실 차가 없다고 실토해야 할 성싶었다. 아니면 거리에 세워진 아무 차나 붙잡고 열쇠를 찾는 시늉을 하든가. "저기요―. 소싯적에, 한참 어렸을 때 제게는 비밀이 있었어요. 남자가 있었는데, 유부남이었어요. 그 사람 때문에 신세를 망칠 뻔했어요. 정말로 인생을 종칠 뻔했지만 운 좋게 가까스로 살아남았어요. 클레오의 내연남이 진짜 이 사건과 무관하다면 그런 거겠죠. 하지만 남자친구가 있긴 있었잖아요? 다들 그 사실이 알려질까 봐 무척이나 전전긍긍하는 기색인데, 왜죠?"

"클레오 일은 그냥 내버려둬요. 부탁할게요."

"클레오에 대해 남들은 모르는 사실 하나만 알려줘요. 딱 하나면 돼요."

스파이크가 잠시 생각에 잠겼다. "클레오라면, 당신이 그 남자를 괴롭히지 않길 바랄 거예요. 진심으로 아꼈거든요."

"두 사람이 서로 사랑하는 사이였나요?"

"내 입에서 나온 말을 그냥 있는 그대로 좀 들어요. 단어 하나하나에 너무 집착하지 말고요. 말은 한낱 말에 불과하니까."

매디는 아직도 밀턴을 아낀다고 말할 수 있다. 그러나 아끼는 마음과 사랑은 같지 않다. 애초에 같은 영역에 있는 단어가 아니다.

"실제로는 많은 걸 알고 있으면서도 저한테는 말을 아끼는 것 같다는 생각이 계속 드네요."

"다들 그래요."

"다들 말을 아끼고 있다는 뜻인가요? 아니면, 다들 저보다 많이 알고 있단 뜻인가요?"

"둘 다요. 차 없죠?"

"네." 매디는 속임수를 써서 그를 여기까지 데려왔단 사실에 아찔한 쾌감을 느꼈다.

"택시를 잡아 주고 요금도 내줄 테니까 두 번 다시 찾아오지 않겠다고 약속해요."

"전 아무 약속도 하지 않을 거예요."

"그럴 줄 알았어요. 그래도 비용은 줄게요."

그가 금세 택시를 잡았다. 매디가 뒷좌석에 앉자 스파이크가 차량에 몸을 기대며 말했다. "이 일을 멈추지 않으면 당신 때문에 결국 사람들이 위험에 빠질 거예요. 당신까지도 위험해질 수 있어요."

마담 클레어에게 들은 소리와 매우 유사했다. 그러나 매디는 알고 있다. 마담 클레어가 구라쟁이란 사실을.

―――――

바텐더

　난 골칫거리를 단번에 알아본다. 두 손을 분주히 움직이며 음료를 만들지만 나의 진짜 직업, 내가 먹고살려고 하는 일은 골칫거리 감별이라 할 수 있다. 내가 여기서 하는 일은 골칫거리가 들어오면 곧장 문밖으로 내보내는 것이다. 고든 씨는 평판이 좋은 사람은 아니지만 내게 잘해 주고 나는 충성으로 보답하고 있다.

　기자라는 여자의 경우 골칫거리임을 나뿐만 아니라 누구나 다 알 수 있었다. 심지어 음료를 나르는 그 멍청이도 알아차릴 정도였다. 그리고 고든 씨, 그는 역시나 골칫거리의 존재를 곧바로 눈치챘다. 그를 골치 아프게 하려는 수작은 화를 자초하는 셈이다.

　과거에 나는 항구에서 사업을 하던 머과이어란 남자 밑에서 일했다. 규모가 아주 크진 않지만 꽤 괜찮은 장물 매매 사업을 하던 머과이어는 외관상 합법적인 방식으로 돈세탁을 하려고 소매업에 욕심을 부리기 시작했다. 그리하여 건축물에서 건진 고물을 판매할 목적으로 큰돈을 빌려 남서쪽에 거대한 창고를 구입하였으나 점차 채무 변제에 힘이 부치게 되었다. 신용 사기 전략으로도 사태를 진정시킬 수 없는 지경에 이르렀다. 그때 억만금을 챙길 기회를 언제나 물색하는 사업가 고든 씨가 나섰다. 그들은 한 자리에 모여 대안을 모색했고 고든 씨는 은행 지점장만큼이나 친절하긴 하였으나 만에 하나 납입이 시원찮아서 자신의 심기가 불편해지면 막대한 불이익이 뒤따르리란 점을 못 박았다. 그가 창고와 함께 안에 쟁여 둔 물건을 모두 인수하고 채무 일부를 처리해 준 덕에 머과이어는 감당 가능한 수준에서 빚을 상환할 수 있었다. 협상 도중에 고든 씨는 채무 상환이 끝날 때까지 일종의 증거로 나를 넘길 것을 머과이어에게 요구했다. 내 생각에 고든 씨는 그런 상황을 일종의 백인 남성 매매로 여기며 즐겼던 듯하다. 아니면 빚을 제때제때 갚지 않을 시에 나를 죽이겠다고 에둘러 협박한 건지도 모른다.

내 보스는 고민하는 기색은 일절 보이지 않고 대답했다. "아무렴, 되고말고요, 토미를 데리고 계십시오." 고든 씨가 말했다. "토미는 어린애 이름이니까 내 이제부터 자네를 스파이크라고 부르겠네. 예전에 이름이 스파이크인 스패니얼을 본 적이 있는데, 자네와 똑 닮아서 말일세." 나를 데려가겠다고 선언한 것도 모자라 새 이름을 붙이고 나와 개를 비교한 것을 보면 고든 씨는 정말 그런 상황을 즐긴 모양이다. 우리는 일시적인 거래라는 듯이 대화를 나눴으나 내가 일을 잘하면 고든 씨는 계속 데리고 있으려 할 터였다.

내가 일을 못하면―. 고든 씨를 실망시키는 경우에 어떤 일이 벌어질지는, 뭐, 딱히 알고 싶지도 않다.

당시 셸 고든은 대부분 도박업과 매춘업으로 돈을 벌어들였다. 물론 마약 밀매에도 손을 대고 있었다. 현금이 과하게 많이 쌓이고 있었기에 모를 수가 없었다. 그러나 고든은 플라밍고를 유독 소중하게 여겼고 진정한 고급 주점으로 키우고 싶어 했다. 마치 자기 자신과 전쟁을 치르는 것처럼 보였다. 그는 깨끗한 사업가로 비치길 바랐으나 그러기엔 더러운 돈이 너무 수북이 쌓이고 있었다. 그래서 부정한 돈을 깨끗하게 씻어 내야 했다. 셸 고든은 자기가 언젠가는 불법적인 일에서 완전히 손을 털리라 믿는 기색이지만 그런 일은 절대 일어날 리 없다. 그러기에는 숨기고 있는 비밀이 너무 많다. 영리한 사람이라면 절대 들먹여선 안 될 비밀이.

플라밍고의 바에서 나는 음료를 담당하지만, 주요 임무는 여직원들을 관리하고 그들이 손님을 접대하는 데 아무 문제가 없도록 손을 쓰는 것이다. 고든 씨는 플라밍고가 명망 있는 클럽으로 거듭나길 간절히 바라고 있다. 여자들을 관리하는 업소도 상당수 운영하고 있고, 솔직히 말해 플라밍고에서 일하는 여자들 대다수가 막판에는 거기로 갈 텐데 고든 씨는 이 클럽에서만은 그쪽에서 벌어지는 행위를 일절 용납하지 않는다. 그는 사람들이 플라밍고를 짝퉁 피닉스라고 낮잡아 말하는 걸 알고 있다. 그러나 굳이 따지자면 현재 펜실베이니아가에 있는 것이 대부분 옛 영화를 초라하게 모방한 것에 불과하지 않은가. 지금은 예전에 비해 가게, 가정집, 심지어 사람들까지 맥이 빠져 있고 지저분하다. 여직원이 손님과 데이트를 하길 바란다면 해도 되지만 반드시 퇴근 이후 각자 소유한 의상 차림으로 상대를 만나야만 한다. 우리 업소는 매음굴이 아니다. 그래도 피닉스 수준의 일류 공연을 볼 수 있는 곳이라고 우겨 봤자 소용이 없다. 하지만 그에 못지않은 이류 공연 정도는 관람 가능한, 제법 괜찮은 장소이다. 그리고 신사와 숙녀가 편하게 놀다 갈 수 있도록 안락한 분위기를 제공하기까지 한다.

에제키엘 '이지' 테일러는 고든 씨가 총애하는 손님이다. 여간 애지중지하는 게 아니다. 그는 낯을 가리고 과묵하지만 거물이다. 음악을 들으려고 들르며 술은 거의 마시지 않는다. 동행인이 있으니 장단을 맞추고자 포트와인을 주문하지만 저녁 내내 그 한 잔만 붙들고 있다가 계산을 한다. 그런 모습을 보면 굉장히 예의 바른 남자임을 알 수 있다. 늘 주변 사람들의 기분을 신경 써 주고 모두가 편하게 있길 바란다. 고든 씨는 그에게 타인과 교감하는 능력이 있음을 간파했다. 그리고 고든 씨 못지않은 계산 능력이 있다는 사실도.

그에게 물어본 적이 있다. 왜 세탁소를 운영하시는 겁니까, 테일러 씨? 큰돈을 벌 만한 방법으로 보이진 않는데요.

그가 대답했다. "생각해 보게, 스파이크. 드라이클리닝을 해야 하는 옷을 누가 구입하지?"

"부자들이요." 내가 말했다. "그렇지만—." 하고 싶은 말이 있었지만 민망해서 차마 문장을 마무리 짓지 못했다.

그가 미소 지었다. 바로 이런 모습이 그의 특징이었다. 그는 언제나 사람들이 자기 앞에서 편안하게 있길 바랐다. "자네가 하려던 말은 이거겠지, '흑인에게는 돈이 없지 않느냐.'"

"물론 돈 있는 사람들도 있죠. 테일러 씨만 봐도 누구나 다 아는 부호이고 고든 씨도 부자잖아요."

"우리 말고도 무수히 많지. 자네가 생각하는 것보다 훨씬 많고, 그런 이들은 계속 늘고 늘고 또 늘 걸세. 비결은, **포부가 큰** 사람들을 고객으로 두는 거라네. 예컨대 한 숙녀가 학교에서 아이들을 가르치면서 고급 코트를 사려고, 심지어 모피 코트를 사려고 저축을 한다고 생각해 보게. 세탁해서 보관할 때가 오면 옷을 어디로 가져가겠나? 설마 차를 끌고 북쪽에 있는 세탁소로 갈 것 같나? 아니, 자기가 사는 동네에 맡기길 바랄 테지. 그래서 이지 클리너스가—."

"'볼티모어 도심지 내 접근성이 뛰어난 다섯 지점. 이지에게 맡겨 주십시오!'" 이는 "엄마, 햄프던에 전화해요." "파크스 소시지 더 주세요, 엄마—. 제발요오오오오오오"와 더불어 볼티모어 주민이라면 절대 모를 리가 없는 광고 중 하나였다. 윌리 애덤스는 레이 파크스를 등에 업어 대중에게 존경받는 인물로 거듭났다. 그리고 셸 고든은 자신이 이지 테일러를 등에 업으면 윌리 애덤스처럼 되리라 믿고 있다.

"사람들은 웬만하면 자기 돈이 동네에서 돌길 바라지. 그리고 혹시 그거 아나, 스파이크? 사람의 운명은 이름을 따라간다네. 난 태어났을 때부터 테일러였지. 테일러Taylor. 테일러tailor[57]. 내 말을 이해하겠나? 처음에는 햄버거스에서 수선하는 일을 했어. 그런데 남자는 정장 한 벌을 딱 한 번만 수선하고 끝이더군. 반면, **세탁**은 몇 번이고 다시 해야 하고. 깨달은 사실은 그게 전부였지만 그걸로 충분했어. 언제나 누구에게나 필요한 것을 제공해야겠더군. 전쟁이 끝나자마자 여기서 여섯 블록 떨어진 곳에 이지 클리너스 1호점을 개업했다네. 자네가 깨달은 한 가지는 뭔가, 스파이크? 어쩌면 자네 이름에 담겨 있는지도 모르겠군. 자네는 칼을 판매하거나 보안업체를 운영해도 좋을 것 같아."

스파이크가 본명이 아니었기에 나는 그저 미소 짓기만 했다. 내진짜 이름은 토머스 러들로인데 이 이름만으로는 운명을 모르겠다. 도움이 필요한 아가씨가 있는지 주변을 둘러보는 임무로 보아서는 흡사 기사를 방불하지만 내 본명은 내가 사회 신분이란 굴레에서 결코 벗어날 수 없는 인간이라고 알려주고 있다. 러들로Ludlow? 나가떨어지는 것을 의미하는 레이드 로laid low와 발음이 비슷하다.

그렇지만 내 주제에 감히 어떻게 이지 테일러의 주장에 아니라고 우기며 맞서겠는가? 그는 부자다. 반면 나는 레밍턴 출신 풋내기로 시시껄렁한 범죄자 밑에서 일하다가 도박으로 셸 고든에게 빚을 잔뜩 진 지질이 때문에 여기 팔려온 신세에 불과하다. 아무튼 난 이지를 좋아했다. 다들 그를 좋아한다. 이지만큼 다정하고 신사다

---

57 양복장이라는 뜻.

운 남자는 웬만해서 보기 힘들다. 그런 이지가 기자 나부랭이 때문에 사생활을 방해받을 순 없다. 그는 아무 짓도 하지 않았다. 그가 뭔 짓을 했다면 내 손에 장을 지진다. 이지는 해수면 아래에서 벌어지는 일은 일절 모른 채 해변에서 무사태평하게 지내야 한다. 바로 이것이 부유한 자가 누리는 최고 장점 중 하나가 아니겠는가. 부자는 무슨 일이 벌어지든 무사태평하게 지낼 수 있다.

이지가 클레오 셔우드에게 홀딱 빠져들어 가는 과정을 지켜보면서도 난 이지를 좋아했다. 많은 남자들이 클레오에게 첫눈에 반했다. 나도 그중 한 명이다. 그렇다고 우리 둘 사이에 무슨 일이 있었던 것은 아니다. 클레오의 마음에 들려면 둘 중 하나는 갖추어야 했다. 잘생긴 외모 또는 두둑한 지갑. 내게는 둘 다 없으니 애당초 엄두도 내지 않았다. 내 인생에서 첫째 조건에 부합되는 날은 결코 올 리가 없고 아무래도 둘째 조건의 경우에도 가망이 없어 보인다.

그래도 괜찮았다. 그런데 클레오가 테일러 씨를 사랑하게 되는 과정도 보게 됐는데 이는 전혀 예상하지 못한 일이었다. 그가 주는 선물이 아닌 진짜 사람 자체를 사랑하게 되었다. 아, 클레오에게 속내를 직접 들은 적은 없지만 영롱하게 빛나는 눈망울을 보면 역력히 알 수 있었다. 클레오가 생전 가 본 적 없는 장소들을 그가 데려가 주곤 했다. 식당뿐만 아니라 타지에도 데려가곤 했다. 난 계속 생각했다. 한낱 연기일 뿐이야. 저렇게 늙은 남자를 사랑할 리가 없어. 아무리 돈이 많다고 해도. 두 사람을 둘러싼 애정의 기운이 날이 갈수록 강렬해지자 고든 씨도 금세 눈치챘다. 그리고 탐탁지 않게 여겼다.

"막아야지." 그가 내게 말했다. 난 잠자코 고개를 끄덕였다. 난 큐피드가 아니다. 누가 누구를 사랑하건 내가 결정할 일이 아니다.

그러나 테일러 씨가 방문하더라도 둘이 대면하는 일이 없도록 클레오를 내가 서 있는 바 안쪽에 세워 두었다.

고든 씨는 이지를 살짝 꾸짖기도 했다. 그는 예, 예, 예, 알겠습니다, 라고 대답하였고 고든 씨의 꿈을 이루는 데 일조하기 위하여 충실한 애처가가 되어야 했다. 고든 씨는 클레오도 불러다가 한마디 했고 테일러 씨와 조용히 이별하겠다는 약속을 받아 냈다. 그러나 고든 씨가 개입하자 오히려 두 사람은 은밀하게 숨어서 만났고 이는 그들의 관계를 더욱 짜릿하게 만들었다. 그들은 테일러 부인뿐만 아니라 모두의 시선을 피해 비밀리에 만났다. 클레오는 이를 시합으로 여겼고 승리를 자신했다. 이기면 무슨 상을 받느냐고 물어도 정작 본인은 대답하지 못했을 것이다. 난 안다. 왜냐하면 진짜 물어본 적이 있기 때문이다. 클레오가 바라는 것은 오직 승리뿐이었다. 그리고 테일러 부인을 찾아가 숨김없이 낱낱이 얘기할 거라고 말했었다.

그러던 어느 날 고든 씨가 내게 흉악한 짓을 시켰다. 난 못 한다고 대답했다. 그랬더니 내가 하지 않으면 다른 사람, 즉 방법에 구애받지 않고 일을 처리할 사람에게 시키겠다고 말했다. 클레오는 없어져야 했다. 방법과 날짜는 언제가 되어도 상관없었으나 처리하는 사람은 무조건 나여야만 했다. 그리고 내가 맡아서 하지 않으면 고든 씨는 나를 불신할 게 뻔했다. 아무래도 나도 사라지는 게 나을 성싶었다. 고든 씨가 미치지 않고서야 그런 짓을 시킬 수가 없었다. 사업상 이득이 되는 일도 아니었다. 사업과는 전혀 상관이 없었다.

이 정도면 내가 무슨 말을 하고 있는지 알겠는가?

여기자를 택시에 태워 보냈으나 일터로 돌아가고 싶지 않았다. 12월 31일 그날 밤 이래로 내 가슴은 매 순간 아리고 먹먹했다. 클레오가 입고 있던 의상에 대해 질문했던 때를 생생히 기억한다. "그런 코트를 뭐라고 불러? 앞이 그런 식으로 벌어진 것 말이야. 장갑에는 왜 그런 구멍들이 뚫려 있는 거야?" 이런 질문을 늘어놓은 까닭은 향후에 인상착의를 상세히 묘사하는 날이 오리란 걸 알았기 때문이다.

클레오가 보고 싶다. 클레오가 그립지 않은 날이 없다. 아마 이 세상에서 나보다 클레오를 그리워하는 사람은 없을 것이다. 클레오가 나를 사랑하지 않는다 하더라도 상관없다.

다른 문제는—. 글쎄, 나머지 문제는 생각하지 않으려고 나는 부단히 애쓰고 있다.

———

아아, 토미. 당신을 토미라고 부른 사람은 나밖에 없었는데, 기억해? 난 스파이크라고 부르지 않았지, 단 한 번도 당신을 스파이크라고 부르지 않았어. 토미. 스파이크는 개 이름인데 당신은 누군가의 반려동물이 아니잖아. 내가 키우는 동물도 아닌데 왜 그렇게 부르겠어. 당신의 진면목을 진작 알아보지 못했어, 토미. 나뿐만 아니라 아무도 알아보지 못했지.

지금 당신에게 사과하고 있는 내 꼴을 좀 봐. 당신 인생이 이 세상에서 큰 몫을 차지하는 것은 아니지만 그래도 아직 당신만의 인생이야. 당신이 소유한 인생이라고. 난 당신을 원망하지 않아. 그리고 당신을 가엾게 여기지도 않을 거야.

토미.

———

1966년 7월

"색채가 무척⋯⋯ 강렬하네요." 주디스가 스토어 리미티드의 카운터에 진열된 원단을 응시하며 말했다.

"집에서 재봉틀을 가져왔거든." 매디가 말했다. "내가 여름용 원피스 한 벌을 지어 줄게. 뚝딱 만들 수 있어. 지금 내가 입고 있는 이 시프트 원피스도 저 버터릭 무늬 천으로 직접 만든 거야. 살짝 손보면 너한테도 잘 어울릴 것 같아." 주디스의 골반은 매디보다 넓고 가슴은 작긴 해도 둘의 전반적인 체격 차이가 별로 크지 않았는데 버터릭 무늬 자체가 어떤 체형에도 잘 어울렸다.

"무늬가 화려한 옷은 원래 안 입어서요." 주디스가 말했다. "고민 좀 해 볼게요."

매디는 호의를 거절당해 서운했다. 아니, 서운해야 **마땅했지만** 자기 취향이 젊은 친구보다 훨씬 더 신세대에 가깝다는 사실을 이내 깨달았다. 주디스는 어린 나이에 비해 여러모로 아주 보수적인 아가씨였다. 매디는 출근할 때는 시뇽으로 묶고 자유 시간에는 머리를 풀고 다니는 반면 주디스는 모근 쪽 머리카락을 살짝 부풀려 뒤로 가지런히 빗질하여 끝을 밖으로 뻗치게 한 헤어스타일을 여전히 고수하고 있었다. 그리고 주디스는 무늬가 화려한 의상을 착용하지 않았다. 깔맞춤을 어쩌나 좋아하는지, 신발, 가방, 그리고 원피스까지 늘 색깔이 똑같았다. 본가에 살기 때문에 젊은 여자치고 의상을 상당히 많이 보유한 편이었다. 오늘은 전신이 노란색이었다. 노란색 펌프스, 노란색 시프트 원피스, 연노랑 리넨 카디건 차림에 양쪽 어깨에 달린 나비 장식 클립 체인으로 카디건이 벌어지지 않도록 연결해 놓았다.

"예쁘다." 매디는 나비의 금빛 머리를 한 손가락으로 가볍게 쓸었다. 나비의 초록 눈동자가 반짝반짝 빛났다.

"콜벳에서 샀어요." 주디스가 말했다. "2달러 98센트밖에 안해요."

매디는 구체적인 정보에 놀라 눈을 휘둥그레 떴다. 나름대로 매력이 돋보이는 클립으로 콜벳에서 판매하는 제품 같지가 않았다. 그러나 지금 베티 쿡의 제품들 사이에 있으니, 초록색 유리 눈알이 달린 가짜 금 나비가 너무 볼품없어 보였다. 매디는 옷을 지을 원단 한 필을 구매하려고 했으나 정작 눈길은 애절하게도 하염없이 장신구로 향했다. 아아, 이렇게 예쁜 걸 마음껏 살 수 있다면 얼마나 좋을까. 그러나 이 제품들이 얼마나 아름다운지 알아볼 만큼 안목 있는 남자는 드물다. 남자는 여자가 바라는 것을 아주 전통적인 방식으로만 헤아리려고 한다. 클레오 셔우드의 미스터리한 남자친구, 아직까지 매디가 정체를 밝혀내지 못한 남자는 장신구가 아닌 옷을 사 주었다. 이 사실이 유난히 신경 쓰였다. 모피 스톨이야 놀라울 게 없는 선물이다. 그러나 나머지 의상들—. 샤넬 정장.(뭐, 모조품에 불과하지만 굉장히 근사했다.) 슈프림스[58] 멤버가 입을 법한 매혹적인 원피스. 워너메이커에서 판매한 짧은 기장의 흠 잡을 데 없는 검은색 원피스. 이런 옷은 남자가 일반적으로 내연녀에게 줄 법한 선물은 아니다. 물론 클레오 셔우드가 누군가의 내연녀라는 전제하에 말이다.

그렇다고 클레오가 살아생전에 누군가의 내연녀였는지 아니었는지가 중요하다는 것은 아니다. 매디는 클레오 셔우드 사망 사건을 파헤치는 데 숱한 시간을 투자했지만 지금까지 자신이 발견한

---

58 리듬앤블루스 음악으로 1960년대를 풍미했던 여성 그룹.

정보에 관심을 드러내는 이는 한 명도 보지 못했다. 매디는 심령술사에 대한 기사를 제안했다가 "안 돼, 지금은 안 돼"라는 답변을 들었고, 딸을 여읜 부모에 대한 기사를 쓰자고 설득했을 때도 똑같은 소리만 들었다. "1년 후라면 또 모를까." 캘이 말했다. "기념일에."

"기념일에요?" 어떻게 이런 아름다운 단어를 이 비극적인 상황에 갖다 붙일 수 있단 말인가?

"그래, 실종된 날로부터 1년째 되는 날도 좋고 발견된 날로부터 1년째 되는 날이면 더더욱 좋고, 루타바가, 루타바가, 루타바가."

그렇다면 1967년 6월은 되어야 한다는 뜻이고 운이 좋아야 1월에나 실을 수 있다. 억겁의 세월이나 다름없었다.

빌리지 루스트에서 점심식사를 하면서 매디는 주디스에게 자신의 일과 관련된 고충을 털어놓았다. 매디와 주디스가 서로에게 공감하는 방식은 매우 독특했다. 두 사람은 보통 여자들처럼 대화를 나누고 있었지만 자세히 들여다보면 각자 사회적으로 통용되는 주제로 독백을 늘어놓는 것처럼 보였다. 매디는 주로 회사 얘기를 했다. 그리고 주디스는 남자친구와 단둘이 오붓한 시간을 보낼 수 있는 장소에 '방문'하고 싶다는 뜻을 은근슬쩍 여러 차례 내비쳤다.

"폴은 혼자 살지 않아?"

"폴 말고요." 주디스가 말했다. "새로 만난 사람이에요. 부친께서 돌아가셔서 모친과 본가에서 살고 있어요. 아주 어린 여동생도 있고요. 그래서 거기에선 오붓하게 있을 수가 없어요."

"새 남자친구가 생겼어?"

주디스의 낯이 붉어졌다. 차오르는 자긍심으로도 여자 얼굴이 상기될 수 있다는 사실을 매디는 알고 있다. "아무래도 내게 남자친구가 두 명이나 있는 것 같아요! 어쩌다가 이 지경에 이르렀는지 알다가도 모르겠어요, 매디. 이주일 전에 자동차 극장에서 더블데이트를 한 뒤부터 이 남자가, 그러니까 패트릭 모나한이 내가 폴과 만나는 걸 알면서도 관심을 보이더라고요. 더블데이트가 아니었다면 애초에 자동차극장에 가는 일은 꿈도 꾸지 못했을 거예요. 왜냐하면, 그게, 그렇잖아요."

주디스는 끝을 얼버무렸지만 매디는 말뜻을 이해했다. 그러나 자동차극장에 갈 때마다 뒷좌석에는 늘 세스가 있었다. 잠옷 차림으로 자동차의 전면 유리를 통해 영화를 감상할 수 있다는 사실에 일곱 살짜리 세스가 얼마나 신나서 들썩거렸는지 모른다. 자동차 극장은 참으로 기묘한 곳이다. 수준 이하의 음질, 영화, 영상, 한참 기다려야 살 수 있는 간식 등등 영화 관람을 방해하는 요인이 한둘이 아니다. 하지만 아이는 참신한 환경에서 무아지경이 되었다. 어릴 때만 해도 자기를 둘러싼 세상에 그토록 쉽게 들뜨던 꼬마가 어쩌다 지금처럼 버릇없고 말수 없는 소년이 된 것일까? 밀턴에게도 그런 식으로 대할까? 마음 같아선 기회가 닿으면 한번 물어보고 싶었다.

"패트릭은 폴과 고등학교 동창이고 나와는 스톤월 민주당 모임에서 몇 번 본 사이예요. 그래서 패트릭에게 내 지인을 소개해 주려고 폴과 내가 자리를 마련했어요. 맹세코 이런 상황을 일부러 유도한 게 아니에요."

오호라, 네가 유도했다는 거로구나, 매디는 생각했다.

"좌우간, 바로 다음 날, 그 사람에게서 전화가 왔는데 뭔가 매력이 있더라고요. 그런데—. 하필 모나한[59]이잖아요! 부모님이 아시

---

59 아일랜드 성씨 중 하나.

면 두 분 다 졸도하실 거예요. 게다가 직업이 경찰보다 낫다고 할
수도 없고요. 주 정부 산하 주류관리청에서 근무하거든요. 그래도,
음, 매력이 있어요. 강인하고 조용한 유형이에요. 아무래도 그 사람
한테 푹 빠져들 것만 같아요."

"내가 보기엔—. 은밀한 장소에서 단둘이 만나는 건 시기상조
같아."

"그렇지만 우리 둘 다 조심해야 한단 말이에요! 아니, 그러니까
내 말은, 난 아직도 폴을 만나고 있잖아요. 게다가 패트릭이 내게
구애 중이란 사실을 내 지인이 알면 상처받을 게 뻔하고요. 우린 그
저 두 사람의 감정을 지켜 주려고 노력하는 것뿐이에요."

타인의 감정을 지켜 준다는 것들이 둘 다 애인을 두고 바람을 피우냐,
매디는 생각했다. 그나저나 이들이 바람을 피운다고 할 수는 있나?
주디스의 지인과 패트릭이 사귀기로 한 것은 아니다. 그리고 주디
스는 폴을 진지하게 만난 적이 없다. 애초에 진지할 수가 없었다.
주디스는 자신이 유대인 남자와 결혼해야 한다고 매디에게 수차례
설명했다. 그렇다면—. 패트릭도 진지하게 만날 수는 없다는 뜻이
아닌가.

"밀애." 매디는 혼잣말을 읊조렸다. "세상은 밀애로 가득한 법이
지." 이 한마디를 내뱉는 순간, 자신이 그간 꽁꽁 싸매어 왔던 비밀
을 털어놓기 직전이란 사실을 깨닫고는 허겁지겁 덧붙여 말했다.
"클레오 셔우드가 생각나서 한 말이야. 남자친구나 후원자가 있었
던 게 확실하거든. 그런데 사실을 얘기해 주려는 사람이 아무도 없
네. 플라밍고에 찾아갔더니 거기 사람들은 나를 나환자 취급 하더
라고."

"셸 고든의 클럽에요?" 주디스가 물었다.

"응, 그 사람에게 쫓겨났어." 과장해서 말한 감이 없지 않아 있지만 쫓겨난 것은 사실이지 않은가.

"음, 셸 고든이 속을 태우고 있다면 에제키엘 테일러와 연관된 일일 가능성이 높아요."

사실 누군가의 이름, 아무 이름이라도 듣자마자 흥분을 주체하지 못해야 정상이다. 그러나 그리도 간절히 알기를 바란 이름이 이 젊은 여인의 입에서 아주 자연스럽게 흘러나오는 순간, 허탈감을 이루 다 표현할 수 없었다. 주디스에게서 셸 고든이란 이름을 처음 들었을 때 애초에 자세히 물어봤다면 에제키엘 테일러라는 자가 진작 유용한 정보가 되어 자료 수집에 진전을 보였을 것이 분명했다.

"그 이름을 어디서 들어 봤더라?"

"아마 못 들어 봤을 거예요." 오해일 수도 있으나 왠지 다른 사람은 다 알아도 매디만은 절대 알 리 없다고 주디스가 콕 짚어 말한 것만 같았다. "그렇지만 이지 클리너스는 들어봤을 거예요. '세탁이 필요하시다면 무엇이든 이지에게 맡겨 주십시오!'"

"세탁소, 맞지?"

비닐 백. 모든 의상이 비닐 백에 들어 있었다. 그날 매디는 상표만 열심히 들여다봤지만 아무래도 정작 중요한 것은 옷걸이에 매달려 있던 종이, 드라이클리닝 영수증인 듯했다.

"맞아요. 제4구역에서 버다 웰컴을 이기려고 셸 고든이 후원하는 남자이기도 해요."

"테일러가 클레오 셔우드의 남자친구였다고?"

"그건 모르겠어요. 내가 알기로 셸 고든이 누군가를 지키려고 아등바등한다면 상대는 테일러일 확률이 가장 높아요. 두 사람은 도둑들만큼이나 짝짜꿍이 잘 맞는데 이게 단순히 표현에 그치는 게 아니에요. 이지 클리너스에서 세탁하는 게 옷만은 아니거든요. 아니, 소문에 따르면 그렇대요."

"누가 그런 말을 하는데?"

주디스가 태평스럽게 어깨를 씰룩였다. "사람들이요. 삼촌의 친구들. 그리고 이 얘기가 도움이 될지 모르겠지만 셸 고든이 볼티모어 독신남이란 소리도 있어요."

매디는 방금 들은 표현을 한참 동안 머릿속으로 곱씹은 후에야 말뜻을 이해했다. "에제키엘 테일러가 상원 선거에 출마할 셈이라는 얘긴데. 아무렴 공직을 맡으려는 남자가 내연녀를 둬선 안 되겠지."

"아니, 내연녀를 **둬도** 돼요, 매디. 잘 숨겨 두기만 하면 돼요. 만약에—. 나야 아무것도 모르지만, 만약에 매디가 그토록 집착하는 죽은 여자와 이지 테일러가 진짜 만나는 사이였다 해도 그 사람은 그저 신중하게 처신하기만 하면 돼요. 여자들은 아내를 농락한 남자에게 표를 줄 리가 없잖아요. 특히 흑인 여성들은 더욱 꺼릴 테고. 출마자 중에 여성 후보가 있으면 더더욱 그런 남자를 뽑을 리가 없죠. 그런데 테일러는 항상 원칙대로 행동하고 공개 석상에 부인을 데리고 다니지 딱히 풍파를 일으킨 적은 없어요." 감탄으로 물든 매디의 표정을 보며 주디스가 미소를 머금었다. "말했잖아요. 스톤월 민주당 클럽은 사람을 만나기 좋은 장소라고요. 그리고 이런저런 기밀을 들을 수도 있어요. 덕분에 난 이 도시가 어떻게 굴러가는지 많이 배웠어요. 그리고 인맥도 넓히고 있고요. 우리 오빠가 주 의회 상원의원과 친분이 좀 있는데 그분이 나를 연방 정부 기관의 좋은 자리에 앉혀 주실 것 같아요. 그런데 포트 미드에 있어서 통근할 방법을 따로 마련해야 해요. 원래 비밀인데 너무 많이 얘기하고 말았네요."

"그런데 사람들은 클레오가 새해 전야에 다른 남자, 생전 못 보던 남자와 데이트를 했다면서 클레오의 남자친구는 이 일에 절대 연루되었을 리가 없다고 계속 주장하던데." 매디는 혼잣말을 하듯이 읊조렸다. "이 모든 게 누군가 짠 계획일 수도 있지 않을까? 누군가 클레오를 청부 살해한 것일 수도 있지 않을까?"

"아니면, 클레오가 테일러와 같이 있다가 사망해서 사건을 무마하려고 그들이 꾸며 낸 이야기일 수도 있지 않을까요? 생명이 끊어진 여자와 같이 있는 모습만은 절대 들켜선 안 된다는 소리가 있어요. 그리고 생명이 붙어 있는 남자와도 안 된다고들 하죠."

"누가 그런 소리를 해?"

주디스는 딱히 대답하지 않고 웃기만 했다. "아무튼, 고민해 볼 거죠?"

"뭘 고민해?"

"집을 비울 때 내가 쓰는 걸 허락해 줄지 말지요."

"난 항상 집에 있는걸, 주디스. 수요일 빼고. 그날은 세스와 저녁을 먹으니까."

"내게는 그렇게 짧은 시간이라도 충분해요."

아무렴 충분하고말고. 그 정도 시간이면 충분하다. 그러나 짧다고 생각한 시간이 알고 보면 너무 긴 것일 수도 있다. "주디스, 조심해야 해."

"난 매사에 조심해요."

"네 마음을 잘 간수하라고. 마음은 말이 없어. 마음은 우리를, 음, 우리 신체를 건강하게 지키느라 바빠. 그렇지만 사실 신체는 회복력이 좋아. 신체는 극심한 고통도 견뎌 낼 수 있어. 하지만 **마음**

은 아니야. 마음에 처음 들이는 남자가 올바른 사람이 아니라면 넌 완전히 다른 사람으로 변하고 말 거야."

주디스의 낯빛이 새빨갛게 변했는데 이번에는 아까와는 전혀 다른 이유 때문이었다. 즉 지독히도 낯부끄러운 탓이었다. "있잖아요, 매디, 우리가 하려는 건—. 그러니까, 그게, 우리는 **그걸** 할 생각은 없어요."

"그럼 영화관에서 만나도 되잖아. 폴과 그랬던 것처럼."

"그렇지만 이 남자와 **대화**를 하고 싶단 말이에요." 말투를 듣자 하니 주디스는 그와 나누는 대화를 얼마나 간절히 원하는지 이제야 깨달아 사뭇 놀란 눈치였다. "그냥 서로를 만지기만 할 생각이었다면, 뭐, 그래요, 솔직히 말해서 영화관에 가면 되죠. 그런데 이 남자가 어떤 사람인지 자세히 알고 싶어요. 굉장히 과묵하거든요. 하지만 그날 밤, 자동차극장에서 그 사람 눈길을 느낄 수 있었어요. 그도 날 알아 가고 싶어 해요. 그런데 수화기를 붙들고 계속 통화만 하다가는 부모님한테 걸리고 말 거예요."

웬만해서는 다른 여자를 시샘하지 않고 살아왔지만 지금 그 감정을 통렬하게 느끼고 있었다. 퍼디도 강인하고 조용한 유형이다. 그를 만난 지 반년이나 되었지만 그에 대해 아는 게 별로 없다.

"에제키엘 테일러를 만나려면 어디로 가야 할까?"

"매디, 아무래도 정계에 몸담고 있는 우리 오빠를 진짜 한번 만나 보는 게 좋겠어요."

"주디스, 난 그런—. 난 지금 이대로가 행복해. 남자를 소개받고 싶은 생각이 전혀 없어."

"우리 오빠도 그런 만남에는 전혀 관심이 없어요. 그렇지만 아는 게 많아요, 매디. 올바른 방향으로 자료를 수집할 수 있도록 우

리 오빠가 확실한 길잡이가 되어 줄 거예요. 내가 누누이 얘기하잖
아요—."

"알았어, 알았어. 스톤월 민주당 클럽 모임에 나도 참석할게."

———

사내자식

로드 볼티모어에 있는 술집으로 들어가자 갈색 머리가 여럿 보
였지만 그중에서 막냇동생이 만나 보라고 부탁한 갈색 머리 여인이
누군지 단번에 알아봤다. 안절부절못하며 프레즐을 연신 집어 먹
고 있는 여자의 모습은 영락없는 그레이하운드였다. 주디스는 소개
팅 자리가 아니라고 단언했다. 제발, 동생의 말이 사실이길 간절히
바랄 따름이다. 주디스는 유일하게 나의 본모습을 꿰뚫고 있는 가
족인 듯하지만 그렇다고 그것을 두고 대화를 나눈 적은 없다. 동생
은 내가 일과 결혼하였고 야망이 넘치는 탓에 연애를 즐기기는커녕
결혼과 가정 자체를 안중에 두지 않는다고 사람들에게 말하고 다
닌다. 허위 사실은 아니다. 남들이 나에 대해 하는 말보다는 진실에
가깝다. 설령 가정을 꾸리길 바란다 해도 어차피 내게는 시간 여유
가 없다.

그러나, 맙소사, 내가 신붓감으로 매들린 모겐스턴 슈워츠 같은
여자를 데려온다면 우리 어머니는 너무 기뻐 기절하고도 남을 것
이다. 물론 이혼녀란 사실에 달가워할 리는 없지만. 엄마는 유독
다른 여자들에게 가혹하다. 그래도 어머니의 마음을 이해할 수는
있지 않은가? 우리 아버지에 대해서 말하자면—. 뭐, 그냥 와인스
타인 가족이 공개 **망신**을 당하게 된 원인이 파산 말고 다른 이유는
없다는 사실만으로 감지덕지하다고만 말하겠다. 그렇다고 내가 속

291

사정을 안다는 것은 아니다. 알고 싶지도 않다. 이는 집안의 내력으로 우리는 속사정을 캐묻거나 과거를 들추는 행위는 일절 하지 않는다.

여자가 얌전한 표정으로 마티니를 마셨다. 숨쉬기만큼 자연스레 끼를 부리는 여자란 사실을 알 수 있었다. 내가 교유하는 여자들은 툭하면 추파를 던지거나 기세등등하거나 둘 중 하나이다. 물론 일로 만나는 여자들을 두고 하는 말이다. 주디스가 어느 진영을 택할지 궁금할 때가 있다. 주디스는 언젠가 남자를 낚으면 우리 어머니와 똑같은 모습으로 변할 것 같다. 자기 인생을 마음대로 주무르지 못하니 주변의 모든 것을 통제하려고 안간힘을 쓰는 사람 말이다. 주디스는 나만큼 우리 부모님을 꿰뚫어 보지는 못하는 것 같다. 집안이 쑥대밭이 되었을 때 그애는 아주 어렸고 아기나 다름없었으니 어쩔 수가 없다. 아직도 마냥 아기라 본가에서 부모님과 살고 있다. 동생은 집에서 나오길 바라는데 이유를 도통 모르겠다. 난 인맥의 인맥을 동원하여 동생을 국가안보국 내의 비서직에 앉히려고 부단히 노력하는 중이다. 사실 나는 누군가에게 아쉬운 소리를 하여 빚을 지기를 싫어한다. 그래도 동생을 위해 최선을 다하겠지만 주디스가 집을 떠나 하워드 카운티에서 살게 되리라 믿는다면 그건 어머니를 몰라도 한참 모른다는 뜻이다. 그애가 본가에서 나갈 수 있는 방법은 오직 결혼밖에 없다. 그리고 신랑감은 무조건 유대인이어야만 한다. 그런데 주디스는 셰이게츠shaygets[60]에 환장한다. 그애는 내가 모르는 줄 알지만 난 그런 성향을 꿰뚫고 있다. 빨강 머리, 그애가 만나는 남자마다 머리가 빨갛다. 취향을 바꾸지 않으면 결

---

60 유대인이 비유대인 남성을 가리킬 때 사용하는 멸칭.

국 부모님께 버림받을 것이다. 그렇다고 그애가 물려받을 유산이라도 있다는 뜻은 아니지만.

"뭐가 궁금하신 거죠?"

"셸 고든은 왜 그렇게 에제키엘 테일러가 민주당 상원의원 후보로 지명되길 바라는 건가요?"

이 여자의 단도직입적인 태도가 몹시 마음에 들었다. 숙련된 기자들은 으레 쓸데없는 소리를 지껄이며 사람의 감정을 휘젓고 시간을 낭비하기 일쑤다. 반면 이 여자는 초짜배기 같은데 적어도 내가 이곳에서 시간을 많이 빼앗기진 않을 것 같아 다행이다.

"그저 단순하게 생각하시면 됩니다. 기회를 노리는 거죠. 윌리 애덤스는 버다 웰컴에게 불만을 품고 있어요. 웰컴이 자기에게 충성을 다하지 않는다고요. 제리 폴록은 제4구역을 좌지우지했던 인물인데 예전 지위를 되찾으리라 믿고 있어요. 하겠다는 사람은 득실거리지, 상원은 두 석만 비어 있지, 무슨 일이 벌어지든 놀랄 게 전혀 없어요. 그런데 환상을 깨뜨리는 소리를 하게 돼서 매우 애석합니다만 셸에게는 클레오 셔우드를 제거할 만한 동기가 없어요. 그 여자와 사귀며 에제키엘은 행복했고 둘의 불륜 덕에 오히려 셸은 이지를 더욱 쉽게 주무를 수 있었거든요."

이 여자에게는 굳이 들려주지 않았지만 셸이 새 애인을 만들어주려고 어지간히도 애를 쓰고 있지만 이지는 꿈쩍도 하지 않는다고 한다. 어쩌면 장차 한층 더 신중히 처신해야 할지도 모르니 선거 결과가 나올 때까지 기다리는지도 모른다. 승산이 낮은 상황이라 지금으로서는 이 방식을 고수할 것이다. 그러나 셸은 테일러를 포기할 리가 없다. 남편을 닦달하는 아내처럼, 야망을 가지라고 여간 몰아붙이는 게 아니다.

여자가 인상을 썼다. 그래도 예뻤다. "그런데 만약 클레오가 비밀을 폭로하며 소란을 피웠다면 다들 곤란했겠죠."

"그런 여자들은 절대 소란을 피우지 않아요. 눈치가 빠르니까요. 게다가 행방불명된 날 밤에는 다른 남자와 같이 있었어요. 이건 기정사실이에요."

"그게 정말 사실일까요?"

여자의 머리를 쓰다듬어 주고 싶어 손가락이 근질거렸다. "누구나 구성이 탄탄한 음모론을 좋아하는 법이에요. 보나마나 당신은 리 하비 오스왈드의 단독 범행이 아님을 워런위원회가 규명해 내리라고 믿고 있겠죠."

"아니─. 아니요. 애초에 그런 의문은 품어 본 적도 없는걸요."

"인생은 아주 단순해요, 미스."

"미시즈예요." 여자가 정정했다.

"대부분은 보이는 게 전부예요. 좋은 영화의 소재나 기삿거리로는 별 볼 일 없지만 웬만한 세상사가 다 그래요. 자, 분수대에서 여자의 시신이 발견됐고 그 여자가 살아생전에 이지 테일러와 연애했어요. 그런데 성공한 남자, 부유한 남자, 그런 사람들은 으레 비밀스럽게 여자를 만나요. 대수로울 게 없어요."

"그렇지만 만일 누군가에게 발각되었다면 선거에 출마할 기회는 놓쳤을 거 아니에요."

"발각될 리가 없어요. 어차피 늘 일어나는 일이니까요. 선생님."
엥. 여자가 미스로 불릴 때보다 선생님으로 불릴 때 더 진저리를 치는 기색이었다. 그러니까 바람을 전할 때는 신중해야 하는 법입니다, 귀여운 기자 양반. "언제나, 어느 정도로든. 남자는 다 똑같아요. 대통령들도 간통을 저질렀잖습니까. 워런 하딩을 보세요. 프랭클린 D. 루스벨트도 외도를 한 모양이고, 린든 B. 존슨도 거의 기정사실이죠. 그렇지만 신중하게 처신하고 위신을 지키면 아무도 그런 얘기를 꺼낼 리가 없어요. 어쨌거나 테일러는 당선 가능성이 낮아요. 셸은 자기가 지지하는 후보를 의석에 앉히려면 동맹군이 필요한데 아직 결성하지도 못한 상태예요. 아마 2년, 혹은 4년은 더 걸릴 겁니다. 올해는 아무리 뛰어 봤자 어림없어요."

여자가 잠잠해지긴 했으나 굴복하지는 않는 기색이었다. 굳게 힘이 들어간 턱이 계속 밀어붙이리라는 결연한 의지를 보여 주고 있었다. 내 알 바 아니다. 난 막냇동생에게 약속한 대로 이 여자에게 지식을 전수해 주었다. 메릴랜드 정치학 개론. 돈과 조직에 관한 기본 지식만 있으면 된다. 민주당 예비 선거는 경쟁이 치열한데 볼티모어에서는 유독 유혈이 낭자하다. 예비 선거 승자가 결승전에서 무조건 독식하기 마련이기 때문이다. 9월 14일 아침이 되면 승자가 밝혀지겠지만 다들 11월까지 계속 경쟁하는 척할 것이다.

나는 우리가 마신 음료 값을 지불하려고 했다. 그러나 여자가 경비를 청구하겠다며 계산서를 집어 들었다. 그리고 신문사 기자가 정보 제공자에게 얻어먹을 순 없다는 말을 덧붙였다. 이런 얘기를 어디에서 들은 걸까? 난 항상 기자들이 먹은 것까지 직접 계산하고 크리스마스에는 그들의 자택으로 위스키를, 부활절에는 햄을 선물로 보내는데 말이다.

우리는 찰스가와 멀버리가가 만나는 모퉁이에서 각자 갈 길을 가기로 했다. 땅거미가 지는 시각이었지만 다행히 여자는 여기서 한 블록 떨어진 곳에 산다고 말했다.

"이 근방에 사세요?" 여자가 내게 물었다.

"아, 찰스가에서 버스를 탈 겁니다." 나는 질문에 똑바로 답하지 않고 두루뭉술하게 말했다.

혼자 남은 나는 누군가에게 미행을 당하고 있는 것도 아닌데 괜스레 빙빙 돌아서 걸어갔다. 내가 향하는 곳은 레온이다. 파크가에 있는 은밀한 장소로, 그 여자의 집에서 열 블록도 채 떨어지지 않았지만 완전히 다른 세상이다.

목적지에 다다르자 내가 지독한 갈증을 느끼고 있었음을 깨달았다. 사람을 상대할 기력도 없었다. 레온 입구로 발을 들이는 순간 어깨가 한결 가벼워졌다. 내 진면목을 고스란히 드러낼 수 있는 장소에서 가끔이라도 술 한 잔 마실 수 있다는 사실에 언제나 안도감이 몰려들었다. 비로소 내 본모습으로 돌아왔다. 이곳에서 나는 도널드 와인스타인, **실력자**, 좋은 사람, 8년 후에 주지사가 될 인물의 야심찬 수석보좌관이 아니다. 한때 나는 정치 조직에서 명령에 복종하는 보병에 불과했지만 지금은 그 중심에서 진두지휘하고 거래를 통해 목적을 달성하는 실권자이다. 그러나 해리 '백구두' 맥거크처럼, 하다못해 지금 구석에서 맥주를 홀짝거리는 셸 고든처럼 이름에 별명이 붙어야 진정한 실권자로 거듭났다는 뜻이다. 내게 어떤 별명이 붙어도 상관없지만 부디 파갈라fagalah[61]만은 아니길 바란다.

나의 참모습, 나의 취향을 아는 사람은 무수히 많지만 아직은 누구도 입 밖으로 소리 내어 말한 적은 없다. 나의 상사나 여동생은 나에게 호의를 베푼답시고 명명백백한 사실을 모르는 척하며 '볼티모어 독신남들'에 대한 농담을 건넨다. 내게는 론과 빌이라는 친구들이 있는데 그들은 북서부 위쪽 한적한 동네에 작은 집을 마련하

61　유대인이 동성애자를 가리킬 때 사용하는 멸칭.

여 살고 있다. 사람들은 두 사람이 여자를 찾아 헤매는 혈기왕성한 미혼 남성들인 줄 알고 있다. 론은 휘황찬란한 스포츠카를 끌고 다니며 둘 다 잘생긴 총각들이다. 작년 핼러윈에 그들이 사는 집에 들렀는데 건너편 집에 사는 남자아이가 여장을 하고 사탕을 받으러 왔다. 우리는 아이의 모습에 한참을 웃은 다음 사탕을 듬뿍 챙겨 주었다. 언젠가 그 꼬마는 남자들이 득실거리던 집에서 벌어진 핼러윈 파티를 떠올리며 마침내 상황을 이해할 것이다. 아이고, 어쩌면 우리 중 하나가 될지도 모른다. 미래를 누가 알겠는가? 나는 십대 때 정체성을 깨달았고 이십 대가 되어서야 하고 싶은 대로 해 볼 용기를 얻었다. 이 세상의 모든 에제키엘 테일러들이 아내를 망신시키지 않기 위해 조심하듯 나 또한 매우 신중하게 처신해야 한다.

사회 초년생 때 한 선배가 말하길, 직장에서 리갈 패드[62]를 한 손에 쥐고 성난 표정으로 돌아다니는 것이 성공 비결이라 했다. 뭔가 대단한 일을 하고 있는 것처럼 보이기 때문이다. 그런데 나는 일생을 그렇게 살아 왔다. 리갈 패드를 쥔 시늉을 하며 무언가에 집중하고 있는 양 미간을 찌푸리고 볼티모어 거리를 돌진하면 내가 정확히 뭘 하고 다니는지 아무도 알 수 없다. "일이랑 결혼한 녀석이야." 어머니는 자긍심과 신경질을 절반씩 섞어 말하곤 한다.

사실이다. 내게 다른 선택권이 있긴 한가?

———

62 원래 서양 법조계에서 즐겨 쓰였고 지금은 가장 널리 사용되는, 노란 종이로 된 공책.

1966년 7월

주디스의 오빠가 혹시라도 현관 앞까지 데려다주겠다고 고집을 부리는 것도 모자라 수작을 걸까 봐 여간 걱정한 게 아니다. 매디는 서쪽 거리로 빠져나오자마자 택시를 잡아탔다.

남자들은 도움이 안 된다는 결론이 내려졌다. 서로 비밀을 지켜 줄 뿐이다. 그들은 남자의 의리를 가장 중요시한다. 두 번 다시 모습을 드러낸 적 없다는 터틀넥 차림의 낯선 남자에게 클레오 셔우드가 살해당했다? 앞뒤가 안 맞는 소리다. 그래, 물론 그런 일이 벌어질 수야 있다. 여자들은 흉한 일을 늘 당하지 않던가. 그러나 매디는 이 사건에서 에제키엘 테일러가 중대한 연결 고리임을 확신했다. 클레오를 신경 쓰는 사람이 아무도 없으니 모두가 이 사건에 무관심할 수밖에 없다. 그러나 매디는 신경 쓰고 있다. 테일러 씨의 알리바이에 이의를 제기할 정도로 클레오를 생각하고 있다. 그렇다면 방법은 하나뿐이다. 한 사람을 꼭 만나 봐야 한다.

택시가 들어선 곳은 공원 부근이지만 여전히 웅장한 동네였다. 매디는 거리를 계산해 보았다. 호수, 분수대에서 멀지 않은 곳이다. 이 거리는 매디의 외조부모가 한때 거주했던 곳이다. 파크 스쿨이 처음 세워진 부지도 멀리 떨어져 있지 않다. 아직 초저녁이다. 테일러 씨는 퇴근 후 서둘러 귀가하는 남편일 리가 없다. 젊은 여자와 놀아나는 유부남은 일찍 귀가하지 않게 마련이다. 매디는 그런 남자들을 잘 안다. 유부남에 대해 알고 싶지 않은 면까지 속속들이 알고 있다. 이제 가진 지식을 활용할 때다. 어릴 적 애무를 즐기던 장소를 떠올렸다가 테시 파인의 시신을 찾았듯이 이번에는 회한에 의지하여 자기와 유사한 실수를 저질렀던 젊은 여인의 삶을 들여다볼 수 있길 바랐다. 매디는 당시 애인의 아내와 정면으로 부딪히지 않았다. 그러나 클레오 셔우드와 간통을 저지른 남자의 아내를 대면할 예정이다.

테일러의 집은 흡사 거친 사내들 사이에 서 있는 귀부인을 방불했다. 다른 오래된 대저택들은 대부분 각자 나뉘어져 한 집당 여러 가구가 들어와 살고 있었고 이 동네가 한때 자랑했던 위용은 이제 깡그리 사라졌단 사실이 외관상 고스란히 드러나고 있었다. 각 주택의 작은 마당들은 방치되어 있는 반면 테일러의 집을 둘러싼 생울타리는 꼼꼼이 손질되긴 했으나 누군가 먹고 버린 재그너트 캔디바 포장지가 틈새에 꽂혀 있었다. 밀턴의 유대인 가족이 그러했듯이 흑인들도 형편이 피면 즉시 이 동네를 떠났다. 폭이 상당히 넓을 뿐만 아니라 건축학적으로 로하우스와 확연히 차별되는 이 아름다운 타운 하우스들은 예전에는 위상이 남달랐다. 꿈과 포부를 상징했다. 그러나 세월이 변해 어느새 각 건물은 제멋대로 쪼개져 셋방으로 이용되고 있었다. 그런데도 테일러 가족이 아직 이 동네를 떠나지 않고 있단 사실에 매디는 놀랄 수밖에 없었다.

택시에서 내린 후 매디는 몇 분 동안 인도에서 가만히 서 있기만 했다. 자신이 이 동네에서 유독 눈에 띄는 존재란 사실을 알고는 있었으나 전혀 개의치 않았다. 남들의 시선을 의식하는 것에 신물이 났다. 더 신물이 나는 것은 사람들의 비협조적인 태도였다. 특히 셸고든과 부하들 말이다. 그들뿐만 아니라 경찰, 기자, 심지어 주디스의 오빠 도널드까지 모조리. 이 세상이 매디로 하여금 눈길을 돌리라고 종용하고 있다. 남자는 성공하고 걸리적거리는 여자는 사라지는 세상의 관행을 파헤치지 못하도록 막고 있다.

용납할 수 없다. 매디는 턱에 힘을 불끈 주고 양쪽 어깨를 쫙 편 뒤 스테인드글라스로 장식된 멋진 집으로 성큼성큼 걸어가 초인종을 눌렀다.

_____

아내

문 앞에 서 있는 백인 여자가 시야에 어렴풋이 들어오는 순간, 하인을 고용하자던 에제키엘의 제안을 귀담아 듣지 않은 것이 처음으로 후회됐다. 물론 가사 도우미가 있긴 하다. 어린 (그렇다고 아주 어리진 않은) 여자애가 일주일에 한 번씩 방문하여 대청소를 하고 가는데 몇 해 전에 에제키엘이 입주 가사 도우미 고용을 제안한 적이 있다. 정확히 표현하자면 특정 방식으로 본인의 뜻을 명확히 내보였다.

어느 날 1층에 내려갔더니 남편과 젊은 부부 한 쌍이 식탁에 둘러 앉아 있었다.(그들 스스로 부부라고 소개했던가. 어쩌면 내가 보자마자 멋대로 판단했는지도 모르겠다. 둘은 그저 남매였을 수도 있다.) 두 사람은 촌스러웠고 버스에서 갓 내린 모양새였다. 농장 냄새가 났고 아침에 집을 나서기 직전까지도 일을 한 것처럼 보였다. 보아하니 무언가로부터 도망친 낌새였다.

에제키엘은 우리에게 자녀 복이 없어서 젊은이들을 보면 늘 관심이 간다고 말했는데 그래서 그런지 그레이하운드역 근처 형편없는 커피숍에서 우연히 그들을 보고는 우리 집으로 데려왔다. 그래도 남편이 센스 있게 뒷문으로 데리고 들어와 주방 의자에 바로 앉힌 덕에 우리의 러그를 깨끗하게 지킬 수 있었다.

"이 친구는 더글러스 프레더릭." 그가 말했다. "그리고 여긴 클로디아 프레더릭. 도체스터 카운티에서 왔어." 남편은 그들의 성이 왜 같은지 따로 설명해 주지 않았다. 그러니 두 사람이 부부인지 남

매인지 알 길이 없었다. "이 두 사람은 아무 잘못도 저지르지 않았
는데 어쩌다 보니 소동에 휘말려서 케임브리지를 떠나는 수밖에 없
었어."

"흐으으음." 당시 내가 내뱉은 말은 이게 전부였다. 그러나
1963년 여름의 케임브리지 상황은 이미 알고 있었다.

"집안 문제 때문에요." 남자가 끼어들었다. 바로 이 순간, 나는
그가 얼마나 약삭빠른 사내인지 간파했다. 본인도 그렇다고 자부하
고 있었겠지만 생각만큼 약삭빠를 리는 없었다. 에제키엘 테일러를
이용해 먹을 수 있을 정도로 약삭빠를 순 없다. 그는 내 남편의 배
려를 약점으로 착각했겠지만 천만에, 그렇지 않다. 에제키엘은 약
점이 전혀 없는 사람이라 타인을 배려하는 것이다. 아니, 약점이라
면 딱 하나 있긴 하다. 하지만 그건 천성이라 어쩔 수가 없다. 천성
이 그렇다는데 어떻게 고치겠는가?

젊은 여자는 한마디도 하지 않았다. 보아하니 주변에 있는 남자
가 자기 의견을 대신 말해 주는 상황에 익숙한 눈치였다. 눈동자 색
깔이 연했다. 파란색도 녹색도 갈색도 아니었다. 그저 연한 색이었
다. 굳이 무슨 색인지 대답해야 한다면 노란색이라고 하겠다. 건강
한 사람의 소변 색깔이 아주 희미하게 비치고 있었으니 말이다.

에제키엘이 대화의 고삐를 쥐고 있었다. 상대를 조종하려고 할
때 말이 빨라지는 사람들이 있지 않은가. 나의 에제키엘은 달랐다.
느릿느릿, 구불구불, 구석구석을 스쳐 가는 개울물처럼 정처 없이
흘러가는 화법을 이용했다. 그러나 개울물은 분주하다. 개울에는
목적이 있다. 개울은 생명, 계획, 충돌이 가득한 공간이다. 세계의
축소판이다. 개울 안에는 생명과 죽음이 존재한다.

"이 두 사람이 제대로 된 한 끼 식사를 사 먹을 돈이 없어서 가여

운 토끼처럼 쩔쩔매면서 메뉴판을 쳐다보는 모습을 보게 되었어. 그러다가 접시 하나에 놓인 음식을 나눠 먹는 것까지 보게 되었는데 문득 한 가지 생각이 들더군―. 이 두 사람에게 집안일을 맡기면 어떨까."

무슨 집안일? 나는 속으로 따져 물었다.

"요리와 청소를 도맡을 입주 가사 도우미와 잡역부로 쓰자고."

"난 꽤 괜찮은 요리사잖아요, 에제키엘." 내가 말했다. "당신도 내 요리를 좋아하면서."

"당신 요리를 무척 좋아하지, 여보. 당신이 두 손으로 직접 요리해 준 아침식사를 쭉 먹고 싶어. 아침에 다른 사람의 음식은 먹고 싶지도 않아. 그렇지만 매일 밤마다 저녁을 차릴 필요가 없으면 자유 시간이 주어지니 좋지 않겠어?"

자유 시간이 생긴들 내가 무엇을 하며 보내겠는가? 자유 시간이 생기면 이이는 뭘 하려는 속셈인가?

역시나 그가 내 속을 금세 읽었다. 내 남편, 그는 언제나 내 속마음을 쉽게 읽었다. "교회 활동이든 뭐든 당신이 하고 싶은 일은 다 해. 난 그저 당신이 최고로 안락하게 살길 바랄 뿐이야, 헤이즐. 나한테 다 맡겨."

젊은 여자가 고개를 숙인 채 무릎을 내려다보고 있었는데 배배 꼬던 양손은 마치 갓 태어나 앞이 안 보이는 무력한 짐승 두 마리 같았다. 푸석푸석하고 다 튼 손을 보면 무척 고된 노동을 한 것처럼 보였지만 고된 **노동**을 한 손은 결코 아니었다. 딱 보면 안다. 나 역시 시골 출신이기 때문이다. 그러나 사람의 머릿속에서 옛날 옛적 일은 쉽게 잊히는 법이고 심지어 에제키엘도 다 잊어버린 눈치였다. 한때 나도 젊고 상냥하며 날씬했다는 걸, 기가 죽어 항상 바닥만 쳐다보고 우스꽝스러운 원피스를 직접 만들어 입고 다녔다는 것을 다 잊어버린 모양이었다. 누구보다 나를 가장 간절히 원했다는 사실조차도. 그런 간절함이 내 마음을 사로잡은 것인데. 에제키엘 테일러는 원하는 것이라면 기필코 손에 넣는 남자였다.

하지만 그날만은 결코 그의 뜻을 따를 수 없었다. 남을 내 집에 들일 수는 없었다. 확실히 선을 그어야 했다. 그래서 더글러스와 클로디아에게 안 된다고 말했다. 벌써 3년 전 일로 그후에는 그들을 떠올린 적이 단 한 번도 없었다. 하지만 현관 앞 계단에 서 있는 백인 여성을 보는 순간 나를 대신하여 현관으로 나가 "테일러 부인은 현재 휴식을 취하는 중이니 물러가 주십시오"라고 말해 줄 사람이 없단 사실이 못내 아쉬웠다.

문을 안 열어 주면 되지, 나는 생각했다. 문을 꼭 열어 줘야 할 이유는 없잖아. 그렇지만 레이스 커튼 너머로 방문객의 형체를 볼 수 있으니 상대 또한 나를 볼 수 있다. 어쩌면 화장품을 팔러 왔는지도 몰라, 나는 생각했다. 그렇게 어린아이처럼 희망 사항을 사실이라 믿고 문을 열어 주었다가 여자의 손에 소형 여행 가방이 들려 있지 않다는 사실에 화들짝 놀라고 말았다. 딩동, 에이번이 왔습니다. 에이번의 방문 판매원들은 요즘 웬만해서는 레저보아 힐에 돌아다니지 않는다.

"매들린 슈워츠라고 합니다." 여자가 생기발랄하게 말했다. 에칭 유리 너머로는 어려 보였는데 막상 가까이에서 보니 삼십 대 후반으로 추정되었다. 나는 오십 대지만 실제 나이보다 젊어 보인다. 사십 대라고 해도 다들 믿을 것이다. 그렇다고 실제 젊다는 얘기는 아니다. 앞서 말했다시피 그런 것은 타고나는 법이니까.

"그런데요?" 상대에게 내 이름을 알리지는 않았다. 내 집 현관 앞에 서 있다는 것은 내가 누구이며 자기가 지금 어디에 서 있는지 이미 안다는 얘기 아니겠는가.

"혹시 지금 댁에 테일러 씨 계시나요?"

"안 계세요." 나는 이 한마디로 필요한 말을 다 전달했다. 이 여자가 말귀가 어둡지만 않다면 내가 말하지 않은 내용까지 알아서 들었을 것이다. 설령 남편이 집에 있다 하더라도 현관으로 나가 보라고 하진 않을 거예요. 우리는 집 안에서 사업을 논하지 않거든요. 에제키엘 테일러와 대화를 나누길 바란다면 이 사실을 명심하길 바라요. 여긴 사업상 거래를 하는 곳이 결코 아니에요. 돈과 관련이 없는 용무라고 해도 마찬가지예요. 내 집에서만은 절대 안 돼요. 설마 셀 고든이라고 내가 집에 들일 것 같나요? 천만에요. 에제키엘이 그리로 간답니다.

"제 이름은 매들린 슈워츠입니다." 여자가 재차 소개했다. "저는 《스타》에서 왔어요. 클레오 셔우드가 실종된 날 밤의 일에 관해 사모님과 대화를 나누고자 찾아왔어요."

"누구요?" 내가 말했다.

"호수에서 주검으로 발견된 젊은 여자요."

"왜죠?"

"플라밍고에서 일했거든요. 부군께서 거기 단골이죠."

"플라밍고의 단골이라 할 수 있는 사람은 족히 수백 명은 될 텐데요, 미스." 여자가 자기를 '미혼'이라고 밝히지는 않았으나 정상적인 유부녀가 내 집까지 찾아와 내 남편을 찾을 리는 없지 않겠는가?

"그렇긴 하지만, 저는—."

"여긴 남편의 직장이 아니에요. 우리 집이에요. 우리가 수호하는 원칙은—." 내가 말을 잇지 못하고 우물쭈물하자 여자가 끼어

들었다.

"정교분리 원칙인가요?"

여자가 거론한 원칙이 무엇인지는 나도 알고 있다. 나는 학식을 갖춘 여자다. 교사가 되려고 코핀 주립대학에서 공부했고, 학창 시절에 에제키엘을 만났다. 그러나 여자의 말투가 은근히 농담조로 들려 묘하게 불쾌했다. 교회에는 웃긴 구석이 전혀 없다. 교회가 없다면 난 내가 누구이며 하루하루를 어떻게 살아가야 할지 알 길이 없다. 예수님 말고 교회 말이다. 물론 난 예수님을 사랑하고 예수님 덕에 삶의 의미를 배웠지만, 교회, 즉 교회의 일정과 의식이 내 삶의 틀을 다듬어 주고 있다. 이렇게 표현하면 황당해할 이들도 분명 있겠지만 난 내 일상을 타잔이 나오는 영화 속 나무와 같다고 생각한다. 나는 매일 아침에 일어나 덩굴을 붙잡으며 부디 내 팔이 튼튼하게 버텨 주고 지금 잡은 이 덩굴이 나를 다음 덩굴에 닿게 해 줄 만큼 충분히 길기만을 간절히 바란다. 교회에 가서 제단의 보를 갈다 보면 계절이 바뀌고 해가 넘어간다. 그리스도가 탄생하고 그리스도가 사망하고 그리스도가 부활한다. 똑같은 일이 반복되고 반복되며 또 반복된다.

"여긴 내 집이에요." 내가 말했다. 조금 전까지만 해도 우리 집이었지만 이제는 내 집이라는 표현으로 바꾸어 말하고 있음을 나도 잘 안다. 그러나 사실이다. 이 집에 대한 소유권은 분명 나한테 있다. 여기서는 모든 일이 올바르게 돌아간다. 여기는 내가 주도하는 곳이다. 클레오 셔우드를 포함하여 그런 부류의 인간들 중에서 내 문지방을 넘어온 이는 단 한 명도 없다. 문득 한 가지 생각이 떠올랐다. 만일 그때 클로디아와 그 여자 '남편'을 이 집에 들였다면 삶이 어떻게 되었을까? 그래서 이 집에 아기가 생겼다면? 어쩌면 클로디아가 내게 아기를 대신 키우라고 넘겼을지도 모르는 일이다. 아기가 있었다면 삶이 완전히 달라졌을 것이다. 이지가 아이를 원하니까.

"전 사모님과 대화를 나누러 왔습니다. 새해 전야에 사모님이 부군과 구체적으로 무엇을 하고 계셨는지 여쭤보려고요. 부군께서 사모님과 함께 댁에 계셨나요? 동틀 때까지 내내 같이 계셨나요?"

나는 대답하지 않고 문을 닫았다. 천천히, 떳떳하게. 내 뒤에 펼쳐진 세상을 여자에게 슬쩍 보여 주고 싶었다. 아름다운 방, 고풍스러운 옛 물건, 그리고 프랑스산 골동품까지. 주님에게 자식을 받지 못하였으니 난 우리 집을 신성한 장소로, 아름다운 장소로 가꾸고 있다. 우리의 집 말이야, 에제키엘, 당신의 집, 나의 집, 밤이나 아침에 당신이 반드시 돌아오는 이 집을. 난 집을 근사하게 유지하고 식탁을 멋들어지게 꾸미며 맛있는 요리를 준비한다. 그리고 라디오를 틀어 새로운 소식에 귀를 기울인다. 난 남자가 여자에게 바라는 것을 다 했지만 자식을 낳아 주지는 못했다. 그래도 남편이 나의 신체 결함을 용서해 주었으니 나 또한 그의 결함을 용서하고 있다.

저 뻔뻔한 계집이 떠날 기미를 보이지 않다가 1~2분이 지나자 또다시 초인종을 누르는 것을 보니 아무래도 나와의 첫 대화를 예행연습 정도로 여긴 눈치다. 하지만 예행연습이 될 수가 없다. 우리의 대화는 진짜 끝났으니 말이다.

클레오 셔우드가 조심성 없이 몸을 굴리다가 요절한 것은 내 잘못이 아니다. 절대 내 잘못이 아니다. 에제키엘은 내가 클레오 셔우드의 존재를 안다는 사실조차 모른다. 존재 자체를 모르는 척 연기하고 있으니 이 세상 사람인지 아닌지 아예 모르는 것이나 다름없다. 그 여자가 이 세상 사람인지 몰랐다면 어쩌다 저세상 사람이 되었는지도 몰라야 정상 아니겠는가?

아무래도 그들을 이 집에 머물게 했어야 했다. 더글러스와 클로디아 말이다. 그랬다면 지금과는 완전히 다른 결과를 낳았을 것이다. 그 여자가 내게 딸 같은 존재가 되었을지도 모른다. 여자는 가난하고 투박한 촌사람이었지만 나 또한 옛날에는 촌사람이었다. 그런데 지금 내 모습을 한번 보라. 내 몸을 두른 것은 아름다운 의복과 진주이고, 내 집은 새틴, 양단, 벨벳으로 가득하다. 내 집 안에서 벌어지는 일들을 순리에 맡겼다면 모두를 안전하게 지켰을지도 모르는 일이다.

하지만 그럴 수 없었다. 차마 그럴 수는 없었다. 숙녀에게는 선이라는 게 있다. 선을 알고 지키는 것이야말로 진정한 숙녀의 자질이다. 클레오 셔우드가 내 남편에게 어떤 존재였는지는 몰라도 그 여자는 숙녀가 아니었으며 죽었다 깨도 숙녀가 될 수 없다. 애초에 내 남편의 아내가 될 수 없는 여자였다. 살아생전에 뭐라고 떠들고 다녔건 간에 내 안중에도 없다. 그 여자는 망상에 빠져 살았다.

그리고 이제는 죽어서 없어졌다.

———

기어코 그 집을 찾아가서 초인종을 눌렀네요. 무심결에 감탄할 뻔했어요, 매들린 슈워츠. 내가 그토록 간절히 바란 일을 당신이 했어요. 내가 반드시 하고 말겠다고 굳게 다짐한 일인데. 아이고, 어지간히도 입찬소리하고 다녔죠.

내가 죽은 이유를 이제는 좀 알게 됐나요, 매들린 슈워츠? 기필코 실천에 옮기리라 **입을 놀린** 탓이었거든요. 그 여자에게 정면으로 부딪혀 보겠다고 말하고 다녔어요. 난 굳게 다짐했고 실행에 옮기리라 각오를 다졌어요. 그런데 과연 내가 실행에 옮길 수는 있었을까요? 글쎄요, 그렇지만 내가 격앙되어 큰소리친 일을 하지 못하게 막은 이들은 확실히 있었죠.

아아, 매디 슈워츠, 당신이 무슨 짓을 저질렀는지 알긴 하나요?

———

Part 3

1966년 8월

"클레오 셔우드는 에제키엘 테일러와 만나는 사이였어요. 장담
해요."

보브 바우어는 입을 오물오물할 뿐 응답을 서두르지는 않았다.
방금 전 루벤 샌드위치로 보이는 음식을 한 입 깨물었는데, 보아하
니 맛을 음미하기로 작정한 모양이다. 음식을 참 깔끔하게 먹는 사
람이긴 했지만 상대가 답변을 기다린다 해서 빨리 씹어 삼키는 부
류는 아니다.

"그래서 뭐?" 보브가 콜슬로 소스 한 방울 묻지 않은 입가를 닦
으며 마침내 입을 열었다.

"클레오가 유부남과 내연 관계였다고요. 정치인이랑―."

"후보. 그것도 당선 가능성이라곤 희박한 후보. 인지도가 다는

아니지. 실크에서 얼룩을 제거하는 기술을 좀 안다고 해서 상원의
원이 될 수 있는 것은 아니니까."

"듣자하니 장기전을 준비하고 있던데요." 매디는 커피를 주문한
뒤 아주 잠시 갈등하다가 감자튀김도 추가했다. "이번에는 당선되
리라는 기대를 하지 않고 있어요. 목적지에 도달하려면 일단 출발
을 해야 하는 법이잖아요."

매디가 웃기려고 한 말인 줄 알았는지 보브 바우어의 얼굴에 미
소가 고였다. "듣자하니? 엥? 《스타》의 여자 화장실에서 들었나?
아니면, 미용실에서?"

"맞아요. 전 제4구역에서 머리를 펴거든요." 사실이긴 하나 퍼디
의 추천으로 만나고 있는 주방의 마술사는 스핑크스 수준으로 과묵
한 사람인지라 날씨는커녕 어떤 화제로든 이야기를 하는 법이 없었
다. "그래서 이런저런 이야기들을 자연스럽게 듣고 있어요. 그렇지
만 이 얘기의 제보자는 정치인의 최측근이에요."

"자네 소식통이 다른 후보 밑에서 근무하는 인물이란 건가? 아
니면 다른 후보와 내통하는 인물? 그렇다면 현재 상황에 꽤나 흡족
해하겠군."

"아니—. 아니, 그건 아닌 듯해요. 대놓고 불륜을 언급하진 않았
어요. 제가 클레오의 모친뿐만 아니라 여러 사람들과 대화를 나누
며 수집한 정보를 취합해서 내린 결론이에요."

"설사 그 사람이 불륜을 저질렀다 해도." 그가 말했다. "기삿감
은 아니야."

"클레오는 셸 고든의 클럽에서 근무했고 셸 고든은 제4구역에서
테일러를 후원하고 있어요."

"매디, 《스타》에서 제4구역 상원의원 선거에 대한 기사가 어느

정도 비중을 차지하고 있는지는 알아?" 보브의 엄지와 검지가 구부러지며 끝이 서로 맞닿았다. "없어. 전무하다고. 에제키엘 테일러에게 내연녀가 있었는데 살해당했어. 이게 무슨 화젯거리가 되겠어?"

"살해당한 까닭이 테일러의 내연녀였기 때문이라면요?"

"경찰 측에서 그자가 용의자라고 하던가?"

매디는 먼저 존 딜러에게 허락을 구한 후 클레오 셔우드의 사망사건에 배정된 살인사건 전담 형사들에게 테일러나 고든이 용의자인지 문의했었다. "기밀이에요." 매디는 이렇게 대답하는 자신의 모습에 대단한 사람이라도 된 것 같은 기분을 느꼈다. "제가 얻은 정보에 따르면 클레오는 테일러 씨와 확실히 불륜을 저지르고 있었어요. 그런데 이런 사실은 정치적 야망을 이루는 데 절대 도움이 될 리가 없죠." 형사들은 매디를 은근히 웃음거리 취급을 했다. 어깻짓을 하고는 살해 동기를 파악하는 것은 페리 메이슨[63]이나 하는 일이라며 비아냥거렸고 클레오 셔우드의 사망은 살인으로 공식화되지 않았음을 지적하기도 했다. 거기서 끝났으면 그나마 다행이었을 것이다. 그들 중 가장 어린 형사는 데이트를 신청하기까지 했지만 매디는 말뜻을 알아듣지 못한 척했다.

"경찰은 아직도 바텐더의 말을 곧이곧대로 믿고 있어요." 매디가 말했다. "그런데 제가 보기에는 바텐더의 진술이 여간 수상쩍은 게 아니에요. 지나치게 구체적이에요. 클레오의 데이트 상대가 찾아왔는데 그자가 뭘 입었는지, 클레오가 뭘 입었는지 누가 그렇게 집중해서 보겠어요? 남자들은 남의 옷에 그렇게 주목하지 않아요.

---

63 영화와 텔레비전 방송으로 제작된 유명 소설에 나오는 변호사 캐릭터.

특히 스파이크라고 불리는 남자라면 더더욱 그럴 리가 없어요."

"그렇다 해도, 요점을 정리하자면, 흑인 유명 인사가 간통을 저질렀다고 의혹을 제기하는 것에 불과해. 이것만으로는 원고를 작성할 수 없거니와 기사로 찍어 낼 수도 없어. 명예훼손이야, 매디. 그리고 남의 사생활이고. 기껏해야 다른 후보 측에서 흘린 소문을 신문으로 유포하는 것처럼 비치기나 할 거야."

"테일러 씨가 클레오에게 옷을 줬어요." 매디가 말했다.

"어이쿠, 대단한 속보구먼."

"고객의 옷을 훔쳐다 준 거라고요." 매디가 말했다. "자기가 운영하는 세탁소에서 슬쩍해서 준 게 틀림없어요. 글쎄, 워너메이커 상표가 붙은 원피스 한 벌도 있었는데 그건 신제품이 아니라ー."

"경찰 쪽 기사를 쓰고 싶은 건가? 아니면, 패션 쪽 기사를 쓰고 싶은 건가? 자네는 계속 근거도 없이 속단하고 있는데 이게 얼마나 심각한 행위인지 알아 두게. 그래, 자네가 옷을 좀 봤어. 그런데 고객들이 안 찾아간 옷일 수도 있어. 세탁소에 작은 글씨로 뭐라고 쓰여 있는지 알아? '90일 동안 찾아가지 않는 의상은 세탁소의 소유물이 된다. 어쩌고저쩌고.' 설령 자네 주장이 옳다고 치자고. 대체 요점이 뭔가, 매디? '에제키엘 테일러, 제4구역 상원의원 후보가 이지의 다섯 지점 중 한 곳에서 옷을 빼돌리고 있다?' 이봐, 자네가 아주 열심히 노력하는 모습은 참 보기 좋은데 이건 막다른 길이야. 젊은 여자가 죽었어. 어쩌다 죽었는지 우린 몰라. 차량이나 침대에서 주검으로 발견되었다면 자네는 애당초 거들떠보지도 않았겠지. 이 사건에서 유일하게 흥미로운 부분이라고는 시신이 발견된 장소뿐이야. 그러니까 내버려둬. 8월은 심심한 달이야. 눈을 크게 뜨고 귀를 쫑긋 세우게. 여기저기 나서서 도시 사건을 찾아봐. 그러다 보면 신문에 보도할 만한 기삿거리를 찾을 테니까."

매디는 낙심한 채로 사무실로 돌아갔다. 8월은 정말 심심했다. 도시도 보도국도. 날이 무덥고 길다 보니 세상조차 무기력하게 굴러가는 모양이었다. 우승기를 향해 달려가고 있는 오리올스 덕에 도시가 들썩거렸으며 다가올 예비 선거 또한 야구 못지않게 주목을 끌었다. 이곳에서는 민주당이 우세하기 때문에 예비 선거는 볼티모어뿐만 아니라 주 전역의 선거 결과에도 막대한 영향을 미친다. 민주당을 대표하여 주지사 선거에 출마할 가능성이 희박한 조지 마호니는 상당히 오랫동안 도보로 유세하는 통에 신발이 닳았다며 기자들에게 밑창을 보여 주었다. 8월에는 고작 이런 게 기삿거리였다. 정치인의 신발 밑창. 클레오 셔우드와 에제키엘 테일러에 관한 기사를 쓸 수 있으리라 믿었는데 너무 순진한 생각이었던 걸까?

미스터 상담 앞으로 날아들던 편지조차도 줄어들었다. 늘 속 좁은 투정들만 적혀 있었는데 믿기 어렵게도 전보다 더 속 좁은 내용들이 담겨 있었다. 신호등 불만, 찰스가를 다시 왕복 도로로 바꿔야 한다는 주장과 항의. 간혹 사랑 고민도 들어왔는데 이는 엉뚱한 사람에게 조언을 구하는 격이었다. 시카고의 디어 애비에게 가야 할 편지가 미스터 상담에게 날아들 때면 매디는 안쓰러운 마음이 들었다. 사랑 문제로 속이 얼마나 썩어 문드러졌으면 미스터 상담에게 도움을 청하겠는가.

남자는 사랑 따위에 관심이 없어, 매디는 투덜거리며 계속 걸었다. 남자는 사랑을 중요하게 여기지 않기 때문에 연애 이야기는 **화젯거리**라고 생각하지 않는다. 어쩌면 남자의 생각이 맞는지도 모른다. 남자가 사랑에 빠진 여자를 속이는 것은 전 세계 어디에서나 가장 오래되고 흔한 이야기가 아니던가.

315

바로 그때, 8월의 뙤약볕이 쨍쨍 내리쬐는 인도에서 생전 경험하지 못한 부류의 오한이 엄습했다. 두 다리가 와들와들 떨려 버스 정류장 벤치를 황급히 찾아 앉은 뒤 숨을 쎅쎅 내쉬었다. 느닷없이 18년 전 일이 떠오른 탓이었다. 무엇이 과거지사를 끄집어낸 것인가? 왜 이제 와서 그때 일을 생각하는 것인가?

매디가 스무 살도 채 되지 않았을 때의 일이었다. 밀턴과의 달콤한 신혼 생활이 끝난 후였지만 돈을 아껴 쓰며 나름 즐거운 인생을 살고 있었다. 그러나 임신이 되지 않았다. 사람들은 정상이라며 괜히 노심초사하지 말라고 위로했지만 매디는 공포심에 시달리며 하루하루를 살았고 너무 두려운 나머지 의사에게 문의하지도 못했다. 만약 불임이면 어쩌나? 아이의 어머니가 될 수 없다면 어떤 존재로 살아야 한단 말인가? 밀턴의 아내이자 동반자로 살아가는 데 전 재산을 걸었다. 비록 20년도 채우지 못했으나 당시 매디는 자신의 선택에 인생을 투자했다. 가정을 꾸리는 주부가 되었는데 가정을 꾸리기에 두 명은 역부족이었다. 매디가 살던 수수한 동네에 유모차 개수는 날이 갈수록 늘어만 갔다. 아기가 태어나기만 하면 매디와 밀턴은 셋집을 떠나 진짜 집에서 새롭게 인생을 시작할 계획이었다. 그러니 무조건 아기, 아기들을 낳아야만 했다.

공포심과 불안감에 조바심을 치며 나날을 보내던 중 친구에게 어떤 이야기를 들었다. 지역 내 갤러리에서 사교계에 처음 발을 내딛는 여인으로 추정되는 인물의 초상화를 판매하는데 그림 속 모델이 신기하리만치 매디와 똑 닮았다는 게 아닌가. 매디는 갤러리에 찾아갔고, 아니나 다를까, 매디가 열일곱 살이던 3년 전 여름에 앨런 더스트 시니어가 그린 초상화를 마주하게 되었다. 그림을 쳐다보는 것만으로도 가슴이 시렸다. 첫째 이유는, 그가 안쓰러우리만치 실력이 변변치 않은 화가였음을 인정할 수밖에 없었기 때문이다. 화법은 능란했으나 사랑의 콩깍지가 깔끔하게 벗겨진 뒤에 보니 생동감이나 재치가 전무하여 붓놀림 외에는 봐 줄 것이 없었다.

둘째 이유는, 그림 속에 존재했던 소녀가 작품 완성과 함께 소멸하였고 결코 소생할 수 없음을 깨달은 탓이었다. 밀턴은 그림에 묘사된 소녀를 가질 수 없었다. 다른 어떤 사람도 마찬가지였다. 앨런 더스트 시니어가 그 소중한 상은 무조건 자기가 독차지해야 한다고 강력하게 주장했기 때문이다.

매디는 갤러리 주인에게 초상화를 어디서 구입했느냐고 캐물었다. 그리고 자신의 초상화임이 명확했기에 과거에 부모님 집에서 사라진 그림이며 출처가 의심스럽다는 뜻을 은근슬쩍 내비쳤다. "거래명세서에 서명한 분에게 문의해 보면 어찌된 영문인지 알 것 같네요." 앨런의 아내가 그의 스튜디오에 가득한 전리품들을 처분하라고 닦달하며 직접 내다 판 모양이었다. 그러나 판매인은 앨런 본인이었고 주소지는 매디가 줄곧 예상한 대로 뉴욕의 어퍼이스트 사이드로 적혀 있었다.

이주일 후, 유대인 커뮤니티 브나이 브리스에서 단체로 〈회전목마〉를 관람하러 뉴욕에 가는데 매디 자신도 참여할 예정이며 엘리너 로젠그렌과 같은 방에서 묵을 것이라고 밀턴에게 말한 뒤 뉴욕행 버스에 올라탔다. 거짓말에 거짓말을 보태고 거기에 또 거짓말을 얹은 터라 혹여 밀턴이 로젠그렌 부부에게 한마디라도 하는 순간, 거짓말 탑이 우르르 무너질 것이 뻔했다. 그러나 매디는 남편이 절대 그럴 사람이 아님을 알고 있었다. 그는 아내의 일상에 딱히 관심이 없었다. 남편 역시 자식의 부재로 안절부절못하기는 매한가지였고 매디가 불임일까 봐 어지간히도 걱정하고 있었다.

매디는 앨런의 주소지로 찾아가 집 앞에 우뚝 섰다. 4월인데도 눈이 내리고 있었다. 매디의 손에는 책 한 권이 들려 있었지만 그렇다고 눈 내리는 뉴욕의 길모퉁이에 서 있는 모습이 자연스러워 보이진 않았다. 마침내 앨런이 밖으로 나왔고 머리에 모자는 없었다. 마흔네 살에 접어든 그의 외모는 나이에 걸맞게 변해 있었다. 아니, 사실 그의 외모는 언제나 나이를 고스란히 알려주었다. 다만 열일곱 살이던 매디의 눈에는 똑바로 보이지 않았을 뿐이다. 그래도 매력 넘치는 남자였다. 콩깍지 탓에 잘못 본 것은 아니었다.

매디는 그의 길을 막아선 뒤 세상이 참 좁다고 말할 참이었다. 그러나 그와 시선이 마주치는 순간 차마 연기를 할 수가 없었다. 매디는 울음을 터뜨렸고 여간 추한 꼴을 보인 게 아니었다. 그가 말없이 매디의 팔꿈치를 붙잡고는 아파트로 데리고 들어갔다. 그러고는 독한 술을 내준 뒤 냉장고에서 이것저것 꺼내 늦은 점심식사를 준비하며 말을 건넸다. 매디는 그림 얘기를 꺼냈다. 갤러리 주인이 먼저 연락해 초상화를 팔아도 되는지 물었다고 거짓말을 하면 자존심을 되찾게 될 줄 알았다. 하지만 앨런이 매디의 핑계를 잠자코 들어줄수록 더욱 치욕스러울 따름이었다. 앨런은 자기 아내가 추운 계절에는 뉴욕에서 작업하기를 꺼리기 때문에 멕시코에서 지내고 있다고 말했다. 그리고 앨런 주니어는 당연히 예일대학교에 입학하여 학업에 전념하고 있다고 했다.

당연히? 아, 그렇지, 앨런 더스트 시니어는 예일을 졸업했다. 그에게서 종종 들은 얘기였다.

"내 아들은 아직도 애인데." 그가 읊조리듯이 말했다. "넌 그애와 동갑인데도 어엿한 여자구나." 그는 매디의 손가락에 끼워진 금반지를 보고도 아무 말 하지 않았다.

"당신이 나를 여자로 만들어 놨잖아요."

"아니, 넌 날 만나기 전부터 이미 여자였어. 그래서 난 네가 즐기길 바랐지. 적어도 일생에 한 번쯤은 즐겨야 할 것 아니니. 그런 육체는 용도에 맞게 쓰여야 하는 법이니까. 너 같은 여자는 원래 왕의 첩이 되어야 할 몸이지. 그래서 그해 여름에, 네게 걸맞은 체험을 선사한 거란다."

"그 말인즉 당신이 왕이었단 얘긴가요?"

이 질문에 앨런이 소리 내며 웃었다. "아이고, 매디, 나도 내가 비열한 놈이란 거 알아. 난 정말 형편없는 인간이야. 네게 그런 사실을 알리려고 나름대로 노력했어. 그런데 넌 아름다운 데다가 날 원하기까지 했어. 그러다 보니 난 네 앞에서 무력했지. 아무래도 내가 그때 앨런과 프로이트식 전쟁을 벌이고 있었던 것 같아. 녀석을 누르고 내가 지배자로 거듭나야만 직성이 풀렸던 거겠지. 하지만 난 그때 일을 두고 사과할 생각은 없단다. 그리고 넌, 마음속 깊이 내게 고마워하고 있잖니. 솔직히 인정하렴. 지금 정확히 어떤 생활을 하고 있는지는 모르겠다만 지금 누리는 것이 나와 나눈 것과는 다르잖니."

"지금이 더 좋아요." 매디가 말했다.

"거짓말하지 마렴."

"거짓말이 아닌데요." 진짜 거짓말이 아니었다.

"내 말 잘 들어. 난 지금 어떤 남자도 내 잠자리 기술을 따라잡을 수 없다고 말하는 게 아니야. 우리가 나눈 행위는 관능적이었지. 서로를 탐닉했으니까. 부부 간에는 절대 누릴 수 없는 거란다."

매디는 그가 틀렸다는 사실을 입증하고 싶었다. 하지만 기묘하게도, 그리고 비논리적이게도 그런 사실을 입증할 수 있는 유일한 방법은 그와 함께 한 침대에 눕는 것이었다. 앨런과 아내만이 사용해야 하는 침대는 두 사람에 의해 오염되었고 그들이 버젓이 누운 자리에서는 그의 아내가 그린 작품이 정면으로 보이고 있었다.(이제와 돌이켜 보면 참으로 독보적인 재능이 돋보이는 걸작이었다. 작품을 구입할 여윳돈이 없다는 사실에 못내 아쉬울 따름이었다.)

앨런과 나눈 섹스는 즐겁고 정력적이긴 했다. 하지만 밀턴의 듬직한 살집을 경험한 후인지라 앨런의 몸이 무척 핼쑥하고 가냘프게 느껴지기만 했다. 이로써 앨런을 완파하는 데 성공했다.

바로 다음 날, 버스에서 내리고 한 시간도 채 안 되어 밀턴과 사랑을 나누었고 아내의 열정과 자신감에 흥이 오른 그는 극장 나들이를 더 자주 하라고 권하기까지 했다.

그로부터 9개월하고 이주일이 지난 어느 날, 세스가 4.5킬로그램에 육박하는 우량아로 태어났다. 매디는 단 한순간도 세스가 밀턴의 아들이 아닐지 모른다고 의심한 적이 없다. 세스는 태어난 순간부터 제 아버지와 완전히 판박이였다.

16년이 흐르고 볼티모어 시내의 벤치에 앉아 있는 지금 이 순간에도 일말의 망설임 없이 세스의 생부가 밀턴이라고 자신 있게 말할 수 있다. 당시 앨런 더스트 시니어와 사랑을 나눈 것을 후회하진 않는다. 덕분에 그의 마력에서 완벽하게 벗어났을 뿐 아니라 마침내 밀턴의 아이를 임신했으니 말이다. 그해 여름에 뚝딱 임신했으니 스무 살에도 쉬울 줄 알았다. 그러나 달이 찰 때까지 배에 품은 아기는 세스가 처음이자 마지막이었다.

그와의 불륜 때문에, 그리고 뉴욕에서 한 번 나눈 정사 때문에 인생이 순식간에 폭삭 무너질 뻔했다는 사실을, 완전히 밑바닥까지 떨어질 뻔했다는 사실을 스무 해가 지난 지금에야 깨달았다. 왜 그렇게 무모한 짓을 벌인 걸까? 최소한 앨런이 그릇된 사람이란 것은 알고 있었다. 매디의 관능은 일회용이 아니었다. 짧디짧던 어느 한 계절에 그가 하사한 선물이 아니었다. 줄곧 매디의 것이었고 지금도 오롯이 자신이 소유하고 있다. 만약 재혼하게 된다면, 그리고 상대를 고를 수 있는 호사를 누리게 된다면 그런 열정이 충만한 결혼 생활을 이끌어 나갈 것이다. 분명히 가능하리라 믿는다.

열일곱 살이던 그해 여름에 앨런 시니어가 찾아낸 지하 병원에서 영원히 떠나보낸 아이의 영혼을 떠올리지 않으려고 부단히 노력하며 살아왔다. 사람들이 세스가 외동아들로 자라서 안타깝다는 소리를 할 때마다 심장이 반으로 접히기라도 하는 양 가슴이 미어질 듯했지만 그런 고통을 모르는 체하려고 안간힘을 다했다. 밀턴은 매디가 결혼 전에 다른 남자와 잠자리를 했다는 사실을 알게 되어도 너그러이 봐줄 사람이지만 열일곱 살 때 병원에서 한 짓만은 절대 용납하지 못할 것이다. 그래도 매디는 자신이 저지른 죄악 때문에 천벌을 받으며 살아온 셈이 아닌가? 아이들로 북적거리는 집을 꿈꾸었건만 아들 한 명밖에 얻지 못했다. 아이를 최소한 세 명은 낳길 바랐고 못해도 딸 한 명이라도 얻길 간절히 바랐다. 매디는 딸에게 좋은 어머니가 될 자신이 있었다.

착실한 여자조차도 사랑에 빠지면 실수를 범하기 마련이다. 그렇다고 죽어 마땅한 것은 아니다. 매디는 가까스로 생존했다. 반면 클레오 셔우드는 살아남지 못했다.

———

1966년 8월

다음 날, 매디는 병가를 냈다. 수습 기간을 마쳐 이제는 정식 사원이다. 꾀병이라는 사실이 발각되면 어떤 일이 벌어질지 알 수는 없어도 딱히 걱정되진 않았다. 《스타》의 직원 중 누구도 오켄토롤리 테라스에서 서성거리며 셔우드 씨의 출근을 지켜볼 리가 없기 때문이다. **안전해질 때까지 기다려라**, 매디는 오전 8시가 되기 직전에 자리를 잡으며 이 문구를 떠올렸다. 이 구절을 어디에서 보았더라, 아무래도 어릴 때 암기한 시가 분명했다. 폴 리비어에 관하여 롱펠로가 쓴 시로 대충 결론을 내린 뒤 이번에는 에드워드 R. 머로의 감미로운 목소리를 떠올렸다. "여기는 런던입니다." 그의 방송으로 말미암아 라디오 클럽으로 발길이 향했고 학교 신문사 활동을 하게 되었다. 사소해 보이는 온갖 결정들이 차곡차곡 쌓여 매디로 하여금 현재의 삶을, 마침내 진정한 삶을 이루게 해 주었다. **테시 파인을 찾아보렴**, 어머니가 말했다. 그래서 찾았고 현재 이 자리에 이르렀다. 흑인 동네의 버스 정류장에서 매디는 여간 튀는 게 아니었는데 어느 정도냐면 ─ . 아무리 생각해도 도무지 적절한 예가 떠오르지 않았다. 아무튼 무척 눈에 띄었다.

오켄토롤리 테라스 내 공원 부근 버스 정류장 벤치에 가만히 앉아 햇볕을 쬐고 있자니 어머니가 학창 시절에 바로 이 거리를 지나 등하교를 했고 밀턴의 아버지가 1964년에 사망하기 전까지 시댁 식구가 이 부근에서 거주했다는 사실이 새삼 신기하게 다가왔다. 시간이 흐른다는 사실을 제외하고는 세상사를 도무지 종잡을 수 없었다.

오전 8시 반이 지나자 셔우드 씨가 밖으로 나왔다. 순간, 매디는 허둥지둥했다. 이 버스 정류장으로 오면 어쩌지? 이리로 올 수도 있는데 그건 미처 생각하지 못했다.

천만다행히도 그의 발걸음은 서쪽으로 향했다. 상하의가 붙은

녹색 옷을 입었는데 유니폼으로 보였다. 주유소에서 근무하나? 건물 청소부? 그러고 보니 직업을 전혀 모르고 있었다.

셔우드 씨가 집을 비운 사실을 알면서도 현관문을 두드리기가 내키지 않았다. 애들, 그 사내아이들이 안에 있을 테고 어쩌면 클레오의 동생도 있을지 모른다. 유네타, 매디는 클레오의 본명을 되새겼다. 클레오라고 부르면 안 된다.

머지않아 이 여름도 지날 것이다. 밀턴을 떠난 지 8개월이 되어가는데 이혼에 별다른 진척을 보이지 못하고 있다. 혼인 생활이 완전히 끝났다는 사실을 밀턴이 인정하게 만들려면 자신이 직장을 구하고 그가 주는 돈 없이도 잘 사는 것처럼 보여야 했다. 그러나 갈수록 그의 돈이 더 절실히 필요했다. 평생 이런 식으로 살 순 없다. 계속해서 하루살이 신세로 궁핍하게 살 순 없다. 얼마나 더 질질 끌 작정인가? 셔우드 부인이 집 밖으로 나오기만을 허송세월하며 기다리고 있는 이 여름날처럼 늘어지게 놔둘 작정인가?

결혼 생활이란 게 원래 늘어지긴 하지, 매디는 생각했다. 아무리 그래도 어린 자녀를 둔 여자가 집 밖에 한 번도 나서지 않고 정신 건강을 유지하기는 힘든 법이다. 그리고 사내아이들은 우유를 많이 마시고 밥은 또 오죽 많이 먹나.

역시나 매디의 생각이 옳았다. 점심때가 되자 셔우드 부인이 밖으로 나와 남쪽으로 향했다. 매디는 셔우드 부인이 한 블록을 다 지나갈 때까지 기다렸다가 뒤쫓았으나 부인이 모퉁이에 있는 식료품점으로 들어가자 멈칫했다. 매디는 밖에서 기다렸고 잠시 후 부인이 불룩한 봉투 한 개를 들고 나왔다.

"도와드릴까요?" 매디가 물었다. 호의를 보여 봤자 거절당할 테지만 예의상 물어보기라도 해야 했다.

"괜찮아요." 셔우드 부인이 한 손에 들고 있던 봉투를 양팔로 감싸 안으며 시선을 인도로 돌렸다.

매디는 부인 옆에 나란히 섰다.

"유네타가 생전에 부인께 속마음을 털어놓곤 했나요?"

"무슨 의도로 그런 질문을 하시는지 모르겠네요." 부인이 미신을 맹신하는 꼬마아이처럼 바닥에서 눈을 떼지 않았다. **금을 밟으면 어머니의 허리가 부러진다.**

"혹시 따님이 사랑하는 사람이 있다고 부인께 얘기한 적이 있나요? 그 남자를 언급한 적이 있나요?"

"언제요? 딸아이가 사랑한 사람이 원체 많았어야죠, 선생님. 아이가 둘이잖아요, 제 손자들―. 그때도 사랑해서 그랬어요."

그때도.

"그후에 사랑하는 사람이 새로 생겼다고 따님이 얘기한 적이 있나요?"

"아니요, 저에게는 말한 적 없어요."

"그렇지만 모르실 수는 없었겠죠. 따님이 에제키엘 테일러와 만나는 사이였단 사실을요. 엄마는 원래 자식의 일거수일투족을 아는 법이잖아요."

빈말이었다. 매디의 어머니는 딸과 앨런 시니어의 관계를 추호도 눈치채지 못했다. 만약 알아챘다면―. 어휴, 수녀원과 가장 흡사한 유대교 기관을 찾아내 딸을 감금시켰을 게 뻔했다.

"전 바보가 아니에요, 슈워츠 씨. 유네타의 옷들에 어떤 공통점이 있는지 알고 있어요."

매디는 모른다. 그렇다면 바보란 뜻인가?

"그 사람에게 받은 옷들이란 점이요?"

"상표에는 제각기 다른 사이즈가 적혀 있지만 전부 다 딸아이의 몸에 딱 맞아요. 맞춤옷처럼 꼭 맞죠."

매디는 레이스 커튼 뒤에 서 있던 여인의 체형을 떠올렸다. 매디에게 떠나 달라고 간곡히 부탁하던, 아니, 명령하던 여인. 장신이었다. 비만은 아니었지만, 날씬했던 클레오에 비하면 우람한 편이었다. 테일러가 아내의 옷가지를 조금씩 빼돌려 클레오의 체격에 맞게 수선한 건 아닐까.

"두 사람의 관계가 심각했나요?"

"아내가 있는 남자였어요. 그런 관계가 어떻게 심각할 수가 있었겠어요?"

"부인은 어떻게 생각하시나요?"

"제 딸아이가 죽었어요. 그게 심각해요. 당연히 딸아이가 죽었다는 사실이 가장 심각하죠."

매디는 걸음 속도를 살짝 늦추어 두 사람이 나란히 걷는 것처럼 보이지 않도록 요령껏 뒤따라 걸었다. 셔우드 부인은 나와 같이 있는 모습을 남들에게 보이길 원하지 않아, 매디는 이 깨달음에 사뭇 놀랐다. 이 얘기가 남편 귀에 들어갈까 봐 겁이 나는 건가? 아니면, 매디랑 같이 있다는 사실 자체가 부끄러운 건가? 지금 부인의 눈에 눈물이 고인 건가? 금을 밟으면 어머니의 심장이 으스러진다. 이제 한 블록밖에 남지 않았으니 어떡하든 부인의 마음을 열어 신뢰를 받고 안으로 깊이 들어가야 한다. 매디에게는 금단의 구역이 되어 버린 집 안으로 말고. 그들의 삶으로 들어가 클레오의 사연을 들여다봐야 한다.

"유네타를 마지막으로 보신 날에 있었던 일을 들려주세요. 제발 부탁드릴게요. 제게도 자식이 있어요. 부인의 마음을 백번 이해해요."

셔우드 부인이 한숨을 푹 내쉬고는 짐을 한쪽 골반에 걸쳤다.

"그애가 아이들에게 장난감을 선물로 줬는데 의아했어요. 크리스마스가 지난 지 일주일도 안 되었는데 새 트럭 두 개를 들고 찾아온 거예요. 그런데 원래 그렇게 자식들에게 선물을 퍼붓곤 했어요. 자기 아들들은 그저 엄마 하나만을 원하는데 유네타는 이것저것 사주곤 했죠. 남편은 제가 딸아이를 너무 오냐오냐 키웠다고 나무라지만 그렇지 않아요. 그애는 뭔가를 하려고 했어요. 어떤 특별한 사람이 되려고 죽을힘을 다했어요. 저는 그런 딸아이의 앞길을 방해하지 않으려고 애를 썼을 뿐이에요."

"혹시 따님이 자기가 곤경에 처했다는 사실을 인지했을 가능성도 있었을까요? 누군가 자기를 해치려 한다는 사실을요?"

인도 위에 살짝 들린 정사각형 타일에 셔우드 부인의 발이 걸렸다. 금을 밟아 버렸다.

"아니요." 부인이 말했다. "여행을 떠날 것 같다고 말하긴 했지만 정말 갔다면 제게 미리 알려줬을 거예요. 시간은 흐르는데 그애는 깜깜무소식이었고 —. 처음에는 별로 걱정되지 않았어요. 원래 그렇게 무심한 애였으니까요. 그러다가 뒤늦게 생각난 게 있어요. 유독 예뻐 보이던 재킷이 있었는데 그걸 제게 줬거든요." 부인이 잠시 뜸을 들이다가 다시 말을 이었다. "전 딸아이에게 말했어요. '그게 나한테 맞을 리가 없잖니. 네 팔이 훨씬 긴데.' 그런데 제 몸에 딱 맞았어요. 저를 위해서 수선을 해 준 거예요. 늦었지만 크리스마스 선물이라면서요."

"셔우드 부인 —. 유네타가 왜 살해당한 걸까요?"

"이유가 꼭 필요할까요? 설령 이유가 있었다 하더라도 너무 오래 전에 싹이 튼 일이라 상황을 짐작하기는커녕 일이 어떻게 돼 가는지도 가늠할 수 없는 지경에 이르렀겠죠. 나쁜 애는 아니었어요. 하지만 머릿속에 있는 생각을 거르지 않고 말했어요. 사람이 아주 아주 예쁘게 태어나다 보면 자기가 어떠한 상황에서든 능수능란하게 빠져나갈 수 있으리라 믿는 경향이 있잖아요. 선생님께서도 한때 경험해 보셨을 테니 제가 굳이 설명할 필요는 없겠죠."

매디도 한때 경험한 거라고? 매디의 빼어난 미모에 대한 가시 돋친 칭찬이려니 생각한 것도 잠시, 그저 매디의 미모가 이제는 한물 갔다는 뜻이 밴 한마디에 불과하다는 것을 깨달았다.

"그 사람을 만나 보신 적은 있나요? 에제키엘 테일러요?"

"아니요. 만날 이유가 없죠. 유네타가 바랐거나 말거나 제가 그 사람 장모가 될 리는 없으니까요." 부인이 코웃음을 쳤다. "장모보다 늙은 사위라니 아주 볼만했겠어요."

역시, 바로 그 사람이다. 방금 친모의 입에서 에제키엘 테일러가 클레오의 남자친구였다는 말이 나온 셈이다. 클레오는 그의 아내가 되길 바랐다. 이 사실이 그의 정치적 야망에 걸림돌로 작용한 걸까? 아니, 확실히 알게 되었다시피 공직에 나서는 남자에게 젊은 내연녀의 존재는 대수롭지 않은 일이다.

그렇지만 내연녀가 조용히 있을 기색을 안 보인다면? 만약 소란을 피우겠다고 위협한다면?

여자는 승산이 전무한 게임에서 살아남으려면 규칙을 철저히 준수해야 한다. 클레오 셔우드의 모친은 딸이 목표를 이루기 위해 안간힘을 다했기에 자기는 그저 딸의 앞길을 막지 않으려 노력했다고 말했다. 클레오 셔우드가 자기 부모님보다 나이가 많은 에제키엘 테일러와 부부가 되길 진정 바랐던 걸까? 모르긴 몰라도 부호의 아내 또는 주 상원의원의 아내로 살길 바라긴 했을 것이다.

어느새 셔우드 가족의 집 앞 계단에 도달했다. 클레오의 여동생 앨리스가 문 앞에서 어머니를 기다리고 있었다.

"엄마, 내가 출근해야 한다고 말했잖―." 앨리스가 말을 하다 말고는 매서운 눈초리로 매디를 노려봤다. "당신, 대체 우리한테 원하는 게 뭐야?"

"없어요." 매디가 말했다.

1966년 8월

매디는 잠자코 때를 기다리고 있었다. 머지않아 절호의 기회를 맞으리라는 묘한 확신에 차 있었다. 기운이 넘쳤다. 퍼디가 밤에 찾아와 네다섯 시간밖에 못 자고 출근하는 날에도 팔팔하긴 마찬가지였다. 굼뜬 8월에 굴복하지 않고 오늘은 더더욱 박차를 가하여 3시에 업무를 정리한 뒤 사회부로 찾아가 캘 위크스에게 일을 시켜 달라고 말했다.

"내게는 야근 수당 지불 권한이 없는걸." 캘이 세상 못 미더운 기색을 드러내며 말했다.

"수당 욕심에 하겠다는 게 아니에요." 매디가 말했다. "히스 씨가 오늘부터 이주일 동안 휴가라 칼럼을 미리 다 제출하고 갔어요. 그래서 할 일이 별로 없어서 그래요."

캘이 보도자료 수정 업무를 맡기면서 피해야 할 단어들을 알려주었다. 매디는 캘 위크스에게도 몇 가지 배울 점이 있다는 사실에 사뭇 놀랐다. "**최초**나 **오직** 같은 단어들은 유의해서 쓰게. 부정확한 정보인 경우가 꽤 많으니까. 그리고 유일무이 같은 단어도 수식어로 절대 사용하지 말고." 이뿐만 아니라 진정한 실세가 누구인지 알려 주며 세상사에 대한 식견을 보여 주기까지 했다. 그리고 매디를 좋아했다. 매디는 마음만 먹으면 언제나 남자들에게서 금세 호감을 샀다. 그래서 에제키엘 테일러가 그윈오크가에 여섯번째 세탁소를 개업한다는 소식을 듣자마자 기사를 쓰겠다고 자청했다.

"글쎄, 모르겠네, 매디. 제4구역 후보 여덟 명 중 한 명이라. 자칫 편파 보도로 비칠 수도 있을 텐데."

매디는 반대 의견에 맞설 만반의 준비가 이미 되어 있었다. "오늘 4시예요. 전 점심을 걸러서 업무 시간이 이제 곧 끝나요. 그러니까 제가 한번 가서 기삿거리가 있나 둘러보는 게 어떨까요? 정책에 대한 입장 따위를 발표할 수도 있잖아요? 아니면, 웰컴 의원 얘기가 나올 수도 있고요?"

위크스가 콧방귀를 뀌었다. "자네 시간이니까 자네 마음대로 하게."

매디는 택시를 타고 그윈오크로 가되 비용을 회사에 청구하지는 않기로 했다.

백인 동네에서 흑인 동네로 변해 가는 곳은 어디든 징조가 뚜렷이 드러났다. 이지 클리너스의 새 지점은 미용실 옆에 들어섰고 이동네에서도 그러한 변화의 조짐이 슬슬 나타나고 있었다. '매물' 표지판 아래 달랑달랑 매달린 '계약 중'과 '판매 완료' 표지판은 백인들 간의 은밀한 암호였다. 당장 떠나시오. 매디는 흑인과 이웃으로 살길 거부하는 백인의 심리가 도통 이해되지 않았지만 이게 현실이었다. 집단 히스테리 탓에 부동산 가격이 급락하기에 이르렀다. 동일한 인종끼리 살길 바라는 마음은 편협성에서 비롯된 거겠지? 기독교 신자들이 거주하는 동네에서는 유대인을 환영하지 않는다. 이 사실은 예나 지금이나 변함이 없다. 머리를 자르고 치장을 하려고 '피에트로'에 들어가는 백인 여성들은 바로 옆에 세탁소가 생겨 편해졌다고 기뻐할지언정 테일러 씨와 한 동네 이웃으로 살길 바라진 않는다.

매디는 리본 커팅 행사 시간에 딱 맞춰 도착했지만 이게 화제가 될 수 없다는 것을 캘 위크스에게 들어 알고 있다. 그러나 리본 커팅 말고는 볼 것이 없다 해도 개업식 현장에서 성실하게 촬영하고 있는 《아프로-아메리칸》의 사진기자 한 명을 보았다. 《아프로-아메리칸》은 이 도시의 일간지들과 추구하는 기준이 확연히 달랐다.

테일러 씨는 일부 성공한 남성들에게서 엿보이는 강렬한 카리스마를 뿜어내는 사람이라 설령 성공하지 않았다 하더라도 누구나 그에게서 매력을 느낄 수밖에 없었다. 우람한 근육질에 여유로운 몸짓을 보이며 느긋하고 온화하게 연설했지만 예리한 눈빛으로 주변을 예의 주시하고 있었다. 매디가 한 손에 기자 수첩을 들고 가까이 다가갈수록 그의 재빠르고 날카로운 눈길이 여실히 느껴졌다.

"《스타》에서 온 매들린 슈워츠입니다." 매디가 말했다.

그가 웃었지만 치아가 보이지 않을 정도로 아주 작은 미소였다. "《스타》에서 저희 개업식을 뉴스거리로 봐 주신다니 기쁘군요."

"그야, 이번에 주 상원의원 선거에 출마하실 예정이잖습니까. 당선되시면 당연히 세탁업계를 떠나시겠지만요."

"메릴랜드에서는 주 의회 활동이 부업입니다, 미스, 이미 아시겠지만요. 제가 제 구역을 대표하게 된다면 영광이지만 당선된다 하더라도 본업은 필요하죠."

솔직히 매디는 메릴랜드주 의회 활동이 부업으로 여겨지고 있는 줄은 몰랐다. 그러나 정치 이야기로 시간을 끌 의향은 일절 없었다.

에제키엘 테일러와 논의할 주제가 따로 있으니 말이다.

"한 가지 여쭤볼 게 있습니다만ㅡ. 젊은 여인, 유네타 셔우드를 아시나요?"

"유네타ㅡ." 그의 미간이 찌푸려졌다.

"대부분의 사람들은 클레오로 알고 있지만 부모님은 따님이 본명인 유네타로 불리길 바라세요." 매디는 클레오가 누군가의 딸이란 사실을 그에게 간접적으로 알렸다. "플라밍고 직원이었죠. 후보자께서도 아실 텐데 셸 고든이 운영하는 업소로, 위치는ㅡ."

"고든 씨와 플라밍고를 잘 압니다. 기자님이 말한 젊은 여인에 대해서는, 글쎄요ㅡ."

"유네타가 실종된 후 모친께서 따님의 집에서 옷가지를 챙겨오셨는데 선생님의 세탁소에서 가져온 게 엄청 많더군요. 심지어 모피도 있었고요."

"이해하시겠지만 전 고객을 전부 다 알진 못합니다."

"당연하죠. 그렇지만 셔우드 부인ㅡ. 그러니까 클레오의 모친께서 말씀하시길, 생전에 클레오는 언젠가 선생님과 결혼할 거라고 얘기했다고 하더군요."

그가 아주 잠시 머뭇거리는 기색을 보였다. 그러나ㅡ. 이내 그가 웃음을 터뜨렸고 매디는 감탄을 금할 수 없었다. 웬만해서는 당황하는 남자가 아니었다. "젊은 아가씨들은 모친께 못하는 소리가 없죠. 전 유부남입니다. 미스ㅡ."

"미시즈입니다." 매디가 알려주었다. "미시즈 슈워츠라고 불러주세요."

"제 취향에 맞는 음악 공연이 있는 날에는 플라밍고에 찾아가죠. 그리고 팁을 두둑하게 준답니다. 수고했다는 뜻으로 주는데 탁자에 지폐를 적게 두고 나오면 젊은 아가씨가 무슨 이야기를 지어낼지 모르니 말입니다. 클레오 셔우드는 제가 누구인지 분명히 알았을 겁니다. 하지만 전 바 뒤에 서 있었던 그 아가씨를 고작 한두 번 봤을 뿐이에요. 그럼, 전 이만……."

그는 서두르거나 초조해하는 기색을 일절 내비치지 않고 여유로운 발걸음으로 차를 향해 걸어갔다. 하긴, 뭐가 걱정이랴? 방금 화끈하게 체크 메이트를 외쳤는데 말이다. 아니, 더 나은 은유는 포커인 듯했다. 매디는 승리의 패가 자신에게 있다고 확신했기에 상대가 패를 감추고 블러핑을 할 줄은 상상도 하지 못했다. 남자들은 규칙을 만들고 멋대로 규칙을 깨뜨리며 여자들을 내버린다.

무엇을 기대했단 말인가? 그가 땀을 삐질삐질 흘리며 말을 더듬기라도 할 줄 알았는가? 설마 자백이라도 듣게 되리라 믿은 건가? 그래, 클레오 셔우드가 살해당한 이유가 그의 야망과 생계를 위협한 탓이라고?

그날 밤, 드라마 〈페리 메이슨〉 중에서 『올리버 트위스트』를 본떠 만든 에피소드가 재방송되었는데 극중에서 빅터 부오노가 연기한 페이긴이 살해당한다는 점이 원작과 달랐다. 그리고 범죄 조직의 일원이자 고발당한 소년을 메이슨이 변호했다. 소년에게서 선한 기운을 감지했기 때문이다.

다음 날, 캘 위크스가 말했다. "리본 커팅 행사에서 기삿거리는 하나도 못 건져 왔지?"

"네." 매디가 말했다.

"아무리 지금이 8월이라고 해도 개나 소나 모이는 그런 시시한 구경거리는 화제가 될 수 없어."

누가 개일까? 소는 또 누구고?

1966년 9월

근로자의 날이다. 1년 전 오늘 내가 어디에 있었더라? 매디는 기억을 더듬었다. 클럽에서 깅엄 체크 무늬 원피스 수영복의 어깨 끈을 아래로 내린 채 이미 탄 피부색을 몇 주 동안은 더 유지하려고 햇볕을 쬐고 있었을 것이다. 어머니는 매디의 살갗이 햇빛에 금세 타므로 일광욕을 피하라고 누누이 말했다. 쉽게 얻을 수 있는 것을 하지 말라고 막다니 참으로 기묘한 사고방식이라 할 수 있으나 이야말로 태티 모겐스턴의 세계관을 일목요연하게 보여주는 사례라 할 수 있다.

올여름에는 이전 해와 달리 피칸 색상으로 피부를 물들이지 못하였으나 설사 그때처럼 살을 태웠다 하더라도 퍼디 옆에서는, 그리고 퍼디 아래에서는 여전히 허여멀겋게 보였을 것이다. 무더위와 주룩주룩 흐르는 땀에 아랑곳하지 않고 공휴일인 오늘은 하루 종일 퍼디 밑에 있었다. 침구를 질펀하게 만들다 못해 물속에 들어온 기분이 들 정도로 사랑을 나눈 두 사람은 시원한 물로 함께 샤워를 하고 다음 차례를 위해 침구를 교체했다. 여분의 침구라는 호사를 누리고는 있었지만 노스리버티가에 있는 저렴한 세탁소를 이용하고 있었다. 내일 출근길에 들러서 리넨 세탁을 맡기면 된다. 더러워진 침구를 맡길 때 부끄러워하지 않아도 되는 것이, 어차피 거기 여자는 영어를 못한다. 이해는 하는 것 같으나 말은 하지 못한다. 사람에게 상처를 안기는 것은 타인의 말이지 생각은 아니지 않은가.

그러나 이 특별한 밤, 미천한 사무직원과 순경도 쉴 수 있는 이 공휴일, 적어도 이 방에 있는 이 미천한 사무직원과 순경에게 휴무 일인 오늘, 그들은 샤워 후에 곧바로 사랑을 나누지 않았다. 퍼디가 매디를 바짝 끌어당겨 머리카락을 어루만지며 전혀 예상치 못했던 말을 꺼낸 것이다.

"당신에게 제보할 게 있어."

"제보?"

"신문에 실을 만한 이야깃거리. 내일 일어날 일이야."

"내일 일어날 일을 당신이 지금 어떻게 알아?"

"사실, 이미 일어난 일이거든. 일어나기 시작했어. 그런데 기소인부절차[64]는 내일 거칠 거야. 신문사 마감 시간이 언제야?"

"3시를 기준으로 24시간 돌아가고 있어." 퍼디가 들려줄 이야기가 정말 매디에게 유용하게 쓰일까? 물론, 그는 테시 파인 사건의 내부 정보를 알고 있긴 했었다. "그런데 이왕이면 인쇄 전까지 모든 판에 다 실리게 하고 최신 정보를 계속 덧붙이는 게 좋아."

"오늘밤에 실어야 하는데. 내가 중요한 정보를 알게 되었어. 그게, 그러니까―. 나한테 이 얘기를 들려준 놈은 이게 중요한 정보란 것도 모르는 눈치더라고. 그저 남 얘기에 불과했지. 자기가 널리 보고 듣는 사람이라는 것을 과시하거든. 거물이라도 된 느낌이 드는 거겠지. 그래서 자기 인맥을 자랑하려고 우리 경찰에서 벌어지는 일을 내게 종종 들려줘. 어찌나 우쭐대는 인간인지. 설마 내게 신문사 인맥이 있으리라고는 상상도 못 하는 거지."

"퍼디, 그래서 그게 대체 **무슨** 일인데?" 조바심이 나긴 했지만 어차피 별로 대단한 사건이 아니라 듣고 나면 맥이 빠질 게 뻔했다.

---

64 미국의 법적 절차로, 사법기관은 피고인에게 기소 사유를 알려주고 피고인은 자신이 유죄 혹은 무죄라고 답변하는 절차를 말한다.

기삿거리라고 확신한 적이 한두 번이 아니지만 번번이 틀리곤 했다. 퍼디의 안목이라고 매디보다 나을 리가 있겠는가?

"오늘밤에 한 남자가 경찰청으로 찾아가서 자기가 클레오 셔우드를 살해했다고 자백할 거야."

맥 빠지게 하는 정보가 아니었다.

"누군데?"

"플라밍고 바텐더."

"그 백인 남자? 스파이크?"

"맞아. 토미 아무개던데. 그동안 경찰에게 진술한 게 전부 다 거짓말이었어. 그자가 여자를 살해했어. 사랑한다고 고백했는데 비웃어서 죽였대. 그런데 내일 공판이 시작될 때까지는 기소인부절차를 밟을 수 없어. 그래서 오늘 밤에는 유치장에 있을 거야."

"이걸 어디 가서 취재해야 하지?"

"날 신뢰한다면 내가 들은 이야기만으로 이미 충분해. 당신네 신문사에서 야간조로 근무하는 사람이 이 정보를 듣게 될 리는 없잖아? 오늘은 공휴일이니까, 회사에는 핵심 인력들이 없을 거야. 확실한 정보야, 매디. 자, 이렇게 해. 살인사건 전담 부서에 지금 당장 전화해.《스타》의 기자인데 정보를 알고 있다고 말해 봐. 그쪽에서는 일단 부정할 거야. 그럼 당신은 이렇게 말해. '내 말이 틀렸다고 확실히 못 박지 않으면 난 기사로 실을 겁니다. 그러니까 기다 아니다 말할 필요도 없습니다. 그냥 침묵해도 됩니다.' 기자들은 항상 이렇게 말하거든." 잠시 후 그가 한마디를 덧붙였다. "듣자하니 그렇다고 하더라고."

퍼디가 하라는 대로 해도 될까? 정말이지, 위험천만한 행위 같았다. 딜러가 자기 영역의 기삿거리를 빼앗겼다며 분개할 것이 뻔했다. 하지만 만약 이 정보가 사실이라면 그에게서 분노를 사는 게 대수인가?

매디는 새빨간 전화기를 응시했다. 머지않아 자신의 인생을 송두리째 바꿀 전화기가 무심하게 가만히 있었다. "전화번호는?"

퍼디가 번호를 알려준 뒤 말했다. "그런데 여기서 전화하지는 마. 한 시간 있다가 택시를 타고 회사로 간 다음에 거기에서 전화를 걸어. 알겠지?"

매디는 약속한 대로 한 시간을 기다리긴 하였으나 사무실로 가지 않고 집에서 전화를 걸었다. 살인사건 전담 형사는 침묵했다. 토머스 러들로가 변호사를 대동하지 않고 혼자 경찰청으로 찾아가 유네타 '클레오' 셔우드를 죽였다고 자백한 게 사실임을 인정한 셈이었다. 매디는 통화를 종료한 뒤 곧장 사회부로 전화를 걸어 마치 수천 번은 해 본 양 자연스러운 말투로 말했다. "캘, 매디 슈워츠예요. 리라이트 부서로 연결해 주세요. 클레오 셔우드 사건에 관한 굉장한 정보를 입수했어요."

역시나 캘의 심문이 뒤따랐다. 그러나 매디에게는 확실한 정보가 있었고 8월 삼복더위에 대가도 없이 일하면서 캘에게 환심을 사 둔 것이 효과를 발휘했다.

다음 날 오전 10시, 한 백인 남성이 자신의 짝사랑을 받아 주지 않는다는 흔해 빠진 이유로 클레오 셔우드를 살해했다고 자백했다는 사실이 대다수 시민에게 알려지게 되었다. 신문 1면을 장식하진 못했다. 하지만 매디는 이 사건이 헤드라인을 수놓을 특종은 아니라는 것을 진작 알고 있었다. 살해당한 여인은 흑인이고 피해자가 사랑 때문에, 아니, 보다 정확히 표현하자면 사랑을 받아 주지 않아 살해당한 사건이기 때문이다. 그러나 감질나게 하던 호수 속의 여인 이야기가 마침내 종지부를 찍었으니 사회면에서는 꽤 주목받는 기사였다.

히스 씨가 휴가를 마친 뒤 복귀했고 매디는 전처럼 보조 업무를 효율적으로 이행하며 윗사람의 호출을 기다리고 있었다. 자신이 토미의 기소인부절차를 다룰 수 없다는 사실은 받아들이고 있었다. 법원 혹은 경찰 출입 기자가 다루고 딜러도 경찰서에서 후속 기사를 준비할 것이다. 괜찮다. 어차피 경찰 출입 기자가 될 뜻은 일절 없다.

최종 마감 시간이 지난 뒤 보브 바우어가 매디의 책상으로 찾아왔다.

"이봐, 특종 슈워츠."

매디의 얼굴이 화끈화끈 달아올랐다.

"진짜 든든한 소식통을 두고 있었네, 응?"

"네."

"누군데?"

매디는 우물쭈물했다. 그가 몸을 기울여 저음으로 진지하게 말했다. "정보 제보자의 정체는 누구에게도 절대 발설하지 말게. 다른 기자에게든, 상관에게든 절대 말해선 안 돼. 알려주지 않는다고 해서 위법 행위를 저지르는 게 아니니까. 어떻게 해서든 자네 소식통을 지켜야 해."

이때만 해도 뜬금없는 소리라고 생각했으나 이는 알고 보니 발이 넓고 정보에 빠삭한 보브가 머지않아 매디가 겪게 될 시련을 예견하고 건넨 조언이었다. 그로부터 한 시간도 안 되어 사회부장 사무실로 불려갔으나 "장하다!"는 칭찬을 받기 위함이 아니었다. 자기 영역의 특종을 빼앗겨 격분한 존 딜러가 매디의 징계를 요구했기 때문이다.

30분 후, 매디는 혼이 나갔지만 눈물 한 방울 흘리지 않고 사회
부장실에서 나와 여자 화장실로 들어갔다. 그리고 얼굴에 물을 연
신 뿌리고 부들부들 떨리는 두 손으로 세면대를 와락 붙잡았다.

"괜찮아?" 커피, 담배, 원고, 이 세 가지 C를 곁에 두고 앉아 있
던 에드나가 물었다.

"그런 것 같아요."

"그쪽 바이라인을 봤는데. 잘했던데. 딜러가 노발대발했겠어?"

"네, 화가 많이 났네요."

"딜러는 자기가 경찰서에서 밀려날까 봐 똥줄이 타들어 가서 그
래. 그쪽 무리에서 고참이 되길 바라는 사람이 어디 있다고. 경찰서
는 잠시 지나치는 곳에 불과한데 말이야. 실력 있는 기자가 뭐하러
거기 남겠어."

"디―. 딜러가 제 제보자의 정체를 밝히라고 추궁했어요. 자기
가 꼭 알아야 한다고요. 누군지가 왜 그렇게 중요한지 모르겠어요."

"말했다시피, 애가 타서 그래."

매디가 보기에는 애가 탄 게 아니라 독기를 품은 사람처럼 보일
따름이었다. 그는 분에 못 이겨 룸펠슈틸츠헨[65]처럼 갈가리 찢길
기세로 붉으락푸르락하며 횡설수설 속사포로 말을 쏟아냈다. "자
백 얘기를 누구한테 들었는지 다 알아. 그런 자를 **제보자**라 할 수는
없지. 그자가 한 말을 곧이곧대로 믿고 기사를 올리는 것은 신문사
를 **위험**에 빠뜨리는 짓이라고."

---

65 독일 민화에 나오는 난쟁이로 자기 이름을 알아맞히자 제 몸을 두 동강 낸다.

"그렇지만 제 기사 내용은 진실이었잖아요. 토미 러들로가 정말로 자백했다고요."

사회부장 눈에는 두 사람이 옥신각신하는 초등학생처럼 보이는 모양이었다. "공휴일이었지 않나, 존. 매디는 그저 좋은 정보를 듣게 되어서 신문에 보도한 것뿐이라네. 그리고 결과는 만족스러웠고. 별일 아니니 노여워 말게."

"그건 우리 신문사 방침에 맞지 않는 행위였습니다. 그렇게 얼렁뚱땅 일처리를 해선 안 되죠. 풋내기나 할 법한 행위를 감히 저지르다니. 그건—."

"그래서 진짜 하고 싶은 말씀이 뭔가요, 딜러 씨?" 눈물을 삼키려고 사력을 다하고 있었던 탓에 매디에게서 약간 앙칼진 목소리가 터져 나왔다.

"자네가 무슨 짓을 저지르고 있는지 아직도 모르는 모양이군. 한 사람의 말만 듣고 기사를 써 내고도 이번에 무사히 넘어간 걸 천만다행으로 알게. 그것도—. 그딴 제보자가 들려준 얘기를 곧이곧대로 믿고 쓰다니. 경찰서에 두 번 다시는 얼씬하지도 마."

"제가 클레오 셔우드에 관한 기사를 준비하고 있다는 건 이미 알고 계셨잖아요. 그리고 제가 '정의의 귀부인'에 대해 기사를 썼을 때만 해도 전혀 개의치 않으셨고요. 그때는 아무 말도 하지 않으셨잖아요."

"그야 그건 기삿거리도 아니니까 놔뒀지. 허울뿐인 보도자료에 불과했으니까."

"전 그저 기자가 되려고 노력하는 것뿐인데 제가 그렇게 잘못한 건가요?"

딜러가 투덜거리면서 사회부장실을 나가자 부장이 한숨을 내쉬었다. "좋은 기사였어, 매디. 그렇지만 기자 일에 대해서는 희망을 품지 않는 편이 나을 거야. 젊은이들 영역이니까. 신입을 채용한다면 난 이왕이면 미래가 창창한 청년을 뽑을 거라네."

청년.

매디는 화장실 거울에 비친 자신의 잿빛 얼굴을 응시했다. 딜러가 정말 제보자의 정체를 안다면 매디의 미래는 어떻게 되는 것인가? 그리고 퍼디는? 설마 퍼디가 곤경에 처하는 건 아니겠지? 그와 통화라도 할 수 있다면 얼마나 좋을까. 목소리라도 들어야 마음이 한결 가벼워질 것 같았다. 하지만 그에게 절대 전화할 수가 없다. 전화번호는커녕 거주지도 모른다. 퍼디를 찾으려면 유일하게 기댈 수 있는 방법이라고는 북서쪽 거리에서 악을 쓰며 괴성을 질러 대는 짓뿐이다. 바로 9개월 전에 그렇게 해서 퍼디를 만나지 않았던가. 이 방법 외에는 그가 집으로 찾아올 때까지 마냥 기다리는 수밖에 없다.

뉴올리언스 다이너가 곧 문을 닫을 시간이지만 매디는 커피 한 잔이 당겨 안으로 서둘러 들어갔다. 그리고 카운터 앞에 앉아 커피를 마셨다. 전에 보브 바우어와 점심식사를 했을 때 본 웨이트리스가 양쪽 팔꿈치로 상체를 받친 채 신문을 읽고 있었다. 시선이 매디의 기사에 고정되어 있었다.

"제가 쓴 기사예요." 매디가 말했다. 엄밀히 따지면 사실이 아니었다. 리라이트 부서의 에틀린이 매디가 불러 준 내용을 바탕으로 썼으니 말이다. 그러나 매디는 자기가 썼다고 말하고 싶었다.

"그럼, 그쪽이." 웨이트리스의 눈길이 바이라인에서 매디에게로, 다시 바이라인으로 향했다. "매들린 슈워츠예요?"

"네."

"저랑 아는 사이였어요. 클레오요. 베르너에서 같이 일했거든 요." 여자는 수줍어하면서도 들뜬 기색을 드러냈다. 이제 보니 꽤 젊은 여자였다. 매디보다 어렸다. 웨이트리스의 코허리에는 주근깨 가 있었고 분홍색 유니폼 차림으로 가슴 윗부분을 살짝 노출하고 있었다.

"어떤 사람이었나요?"

답변을 기다렸지만, 한참 침묵하는 것으로 보아 아무래도 매디 의 질문을 못 들은 눈치였다. 그러나 갑자기 대답이 들려왔다. "굶 주렸어요. 원하는 게 있었죠. 그런데 자기가 뭘 원하는지를 정확히 몰랐어요."

나랑 같은 처지였네요. 매디는 속으로 말했다. 그러나 다른 점이 있었으니―. 매디의 경우에는 자신이 무엇을 원하는지 안다는 사 실이었다. 기자가 될 것이다. 그냥 아무 기자나 되고 싶은 게 아니 다. 언젠가 보브 바우어 같은 기자가 되고 말 것이다. 자신이 쓰고 싶은 이야기를 선택하는 칼럼니스트.

아이고, 그러나 보브 바우어와는 상황이 다르다. 매디가 갈 길은 너무너무 험난하다. 찬란하고 영롱하게 빛나는 목표는 명료하게 보 였으나 도무지 길이 보이지 않았다. 허무맹랑한 꿈 같기도 했다. 조 금 전에 매디는 야간 경찰 출입 기자조차도 될 수 없다는 말을, 기 자로 채용될 리가 없다는 말을 들었다. 클레오 셔우드와 자신의 상 황이 다른 듯하지만―. 처지는 딱히 다를 바가 없어 보였다. 매디 는 원하는 게 생기면 반드시 손에 넣었다. 앨런 더스트를 탐냈고 그 에게 받은 유혹 못지않게 매디 또한 그를 유혹했다. 더스트에게 처 녀성을 잃고 버림받은 후 거의 만신창이가 된 매디는 밀턴 같은 남 자라면 자신의 체면을 바로 세워 줄 수 있는 남자임을 깨닫고 그를 탐내기 시작했다. 아이를 원했다. 그다음, 자유를 원했다. 꿈을 이루기에 서른일곱은 너무 늦고 늦었는지 몰라도 아예 불가능한 나이는 아니다. 확실한 사례로…… 그래, 모지스 할머니[66]가 있지 않은가. 아아, 모지스 할머니 말고도 분명 누군가가 더 있을 터인데.

보도국으로 돌아간 매디는 최종 마감 시간이 지났는데도 기이하리만치 떠들썩한 5층 분위기에 적잖이 놀랐다. "무슨 일이에요?" 매디는 원고 담당 사환에게 물었다.

"법원에서 총격 사건이 벌어졌어요." 그가 말했다. "호수 속의 여인을 살해했다고 자백한 남자의 기소인부절차가 진행되는 곳에서요."

오늘 오전에 매디가 기사에서 사용한 문구가 이로써 영원불멸한 표현으로 자리매김했음을 알 수 있었다. 매디는 자신이 검시관의 표현을 훔쳐다 쓴 거란 사실을 새까맣게 잊은 상태였다.

"총격이라니요?"

"경찰이 죄수 호송차에서 내린 살인범을 법원의 옆쪽 출입구로 데려가고 있었는데 그 남자가 범인에게 총을 쐈어요."

"사망했나요?" 매디를 배웅해 주고 클레오 셔우드를 시에 비유하던 사내를 생각하니 기이한 연민이 차올랐다.

하지만 그것도 잠시 그가 살인범이란 사실이 퍼뜩 떠올랐다.

"머시에서 수술 중이에요. 상태가 어떤지는 아직 모르고요."

"총을 쏜 사람은 누구예요?"

"클레오 셔우드의 부친이요."

---

66 78세에 본격적으로 그림을 그리기 시작해 성공을 거둔 화가.

상사의 허가 따위는 안중에도 없었다. 매디는 수첩을 낚아채고 곧장 오켄토롤리 테라스로 향했다. 망연자실하여 목메어 울던 셔우드 부인이 매디를 집 안으로 들였다. 딸의 억울한 죽음이 해결된 지 아직 열두 시간도 안 지난 시점에 남편이 옳지 못한 방법으로 복수를 시도했다. 딸은 고인이 되었고 이제 남편은 죄수가 될 판국이다. 죄명은 살인죄가 될지도 모른다.

때는 8시경, 이때쯤이면 캘 위크스가 저녁식사를 마치고 자리에 앉아 있을 터라 매디는 곧장 그를 찾아갔다.

"혹시 모친과 대화를 나눈 기자가 있나요?"

"모친이라니, 누구?"

"머바 셔우드요. 클레오 셔우드의 어머니요." 캘이 어리둥절한 기색을 보였다. "그분의 남편이, 그러니까 클레오의 아버지가 딸의 살인범을 총으로 쏴서 오늘 체포되었잖아요." 매디는 의미심장하게 한마디를 덧붙였다. "두 분은 딸이 본명 유네타로 불리길 바라세요."

"그렇지 않아도 기자 한 명이 찾아갔는데 아무도 없었대. 보나마나 친척 집에 숨어 있겠지."

"제가 대화를 나누고 왔어요. 방금―. 제 시간을 활용해서 그 집에 다녀왔거든요. 전 클레오의 사망 사건에 관심이 아주 많아요. 뭔가 진실이 숨겨져 있으리란 생각을 떨칠 수가 없었어요. 그런데 이제 슬슬 감이 잡히는 것 같아요."

"기록해 왔나?"

"네."

"리라이트 부서에 넘기게. 걱정 말게나. 바이라인에 자네 이름을 올릴 테니까."

"그 부분은 걱정하지도 않아요. 전 클레오의 모친께 제가 직접 기사를 쓰겠다고 약속했어요. 제가 들은 이야기를 기사화하길 바란다면 원고 작성을 제게 맡겨 주세요."

클레오 셔우드에 관하여 아는 정보를 몽땅 다 보도할 순 없지만 모친의 사연을 전할 수는 있을 것이다. 딸을 여읜 지 얼마 지나지 않아 남편까지 잃게 생긴 어느 기구한 여인에 대해, 옷장에 아름다운 의상을 한가득 보관하고 있지만 자식이 그것을 어떻게 손에 넣었는지는 전혀 모르는 한 여인에 대해 말할 수 있을 터였다. 초록색과 노란색 환영을 봤네 어쨌네, 아리송한 소리를 해 댄 심령술사에 대해서도 쓰면 좋을 것 같았다. 그리고 베르너에서 클레오와 함께 근무했던 웨이트리스에 대해서도. "내 원 참, 기껏해야 사이드바[67]잖아." 그러므로 편집 단계에서 상당히 많은 부분이 삭제될 것이 뻔했지만, 이지 클리너스의 비닐 백 안에 있던 옷, 클레오의 몸에 딱 맞게 수선되어 종이 덮인 철사 옷걸이에 걸려 있던 모든 옷에 대한 내용만은 기필코 사수할 것이다. 에제키엘 테일러에게 그의 비밀을 아는 누군가가 이 세상에 존재한다는 사실을 알려야 한다.

———

1966년 9월

1966년은 유독 무더웠다. 그러나 아무리 후덥지근하더라도 9월은 가을의 시작이고 가을은 한 해의 진정한 시작을 알리는 계절이다. 매디의 어머니는 방황하는 딸이 로쉬 하샤나와 욤 키푸르를 맞아 본가에 돌아오길 바랐다. 명절마다 본인의 방식을 강요하는 어

---

67 주요 기사를 보충하는 짧은 기사.

머니 때문에 고생하던 때가 떠올라 씁쓸했다. 자신만의 방식으로 식탁을 차리려는 딸에게 어머니는 잔소리를 늘어놓았고 매디가 작년 유월절에 무화과와 대추를 이용하여 **하로셋**[68]을 만들었단 사실에 어머니는 기절초풍했다.

로쉬 하샤나 이틀 전에 예비 선거가 실시되었고 매디는 개표 확인 업무를 자원했다. 내세울 것 하나 없는 임무지만 어차피 셔우드 '특종' 기사를 작성하였을 때를 제외하고는 매일 하는 업무 또한 별 볼 일 없긴 매한가지였다. 매디는 선거구별로 집계된 표수를 빠릿빠릿하게 입력하고 있었다. 그러나 제4구역 득표수를 기입하려는 찰나 능수능란하게 움직이던 손가락이 굳어 버렸다. 새로운 인물 클라렌스 미첼 3세가 가장 많은 표를 얻고 버다 웰컴이 2위에 오른 상태였다. 에제키엘 테일러는 그들의 득표수에 한참 못 미치는 4위였다.

이 선거를 클레오에 연관 지어 생각해 왔다니 얼마나 한심한가. 사람은 겪어 봐야 확실히 깨닫게 마련이다. 매디는 이제야 여성의 처지를 역력히 깨닫고 세상을 있는 그대로 바라보게 되었다. 남자는 들키지만 않는다면 내연녀를 둬도 된다. 남자는, 아니, 일부 남자는 자신의 짝사랑을 받아 주지 않는 여자는 죽여 마땅하다고 생각한다. 클레오 셔우드는 그다지 중요한 인물이 아니었다. 애초에 이 선거를 뒤흔들 영향력을 가진 인물이 아니었다. 이 선거와는 추호도 관련이 없는 인물이었다.

셸 고든의 부정한 돈으로 선거 유세에 임했던 에제키엘 테일러는 깨끗한 평판을 고스란히 지켜 나가고 있다. 그간 매디는 얼마나

68 유대인들이 유월절에 먹는 음식.

어리석었던가. 클레오의 사망은 미스터리라기보다는 흥미로운 사건에 불과했다. 결과를 보니, 사건 자체가 애당초 무미건조하기 짝이 없었다. 클레오가 살해당한 것보다 광기와 절망에 빠진 아버지가 법원 청사 밖에서 저지른 행위가 더 주목받았다. 백인 남자가 사랑에 미쳐 흑인 여자를 살해했다. 그런데 사건이 거기서 끝나지 않았다. 여자의 아버지가 청사 밖 군중 속에서 살인범에게 총을 쏘았고 총알이 젊은 경찰관의 살갗을 스치기까지 했다. 피해자 아버지는 딸을 살해한 범인만큼, 혹은 그 이상으로 징역살이를 하게 생겼다.

매디는 걸려 오는 전화를 계속 받으며 득표수를 받아 적던 중 보도국의 술렁이는 분위기를 눈치챘다. 예상치 못한 결과에 다들 어지간히 놀란 기색이었다. 심지어 웬만해서는 동요하지 않는 에드나조차도 주 전체의 개표 상황에 당황하여 이곳으로 들어와 특집 기사를 작성할 준비를 하기 시작했다.

"무슨 일이에요?" 타자기로 이제 막 원고를 다 작성한 보브 바우어에게 매디가 물었다. 하지만 그는 "원고!"라고 외치지 않고 방금 뽑은 원고를 마구 구긴 뒤 새 원고지를 타자기에 끼워 넣었다.

"빌어먹을, 너무 박빙이라 도무지 종잡을 수가 없어. 각 선거구의 득표수를 계산했더니 마호니가 150표 차로 앞섰어. 재검표에 들어갈 거야. 클라렌스 미첼 3세는 마호니가 후보로 올라가면 애그뉴가 당선되도록 흑인들을 선동할 거라는군."

"마호니가 어떻게 이겼어요?" 매디는 올여름 내내 주지사 선거 관련 기사를 쭉 읽었다. 마호니는 여섯 번이나 낙선한 인물이었다.

"시클스와 피난이 표를 분산시켰어. 그리고 마호니가 외친 '당신의 집은 당신만의 성입니다' 슬로건이 민심을 잡았지."

"그렇지만 그건 인종차별 아닌가요?"

"자네 시각에는 그렇게 보일 수도 있겠지. 하지만 변해 가는 동네 분위기 탓에 집값이 폭락하는 사태를 지켜보는 사내들에게는 달리 보일 테고. 사나이의 집을 함부로 건드려선 안 돼. 집은 그 사람을 상징하는 거니까." 그는 타자기에 꽂힌 원고지를 응시했다. "그래, 그래, 바로 이거야. 사나이의 집을 함부로 건드려선 안 된다. 이렇게 시작하면 좋겠군. 매디, 미안하지만, 난 이만……."

다음 날은 온종일 비가 주룩주룩 내렸다. 약 100밀리미터의 강수량을 기록했다. 도시를 깨끗하게 씻어 내는 상쾌한 비가 아니었다. 습도가 높아 매디의 곧게 편 머리칼은 원래대로 구불구불하게 돌아오려 했다. 신문사 직원들은 제대로 눈도 못 붙이고 커피만 연신 마신 탓에 기력은 없고 신경이 곤두선 상태였다.

목요일, 매디는 피스타치오를 곁들여 손수 만든 닭 간 요리를 가지고 어머니 집으로 찾아갔다.

"세븐 록스에서 산 거니?" 어머니가 물었다.

"아니요, 제가 직접 만들었어요." 닭 간을 체로 치는 까다로운 과정까지 직접 다 거쳤다. "코셔예요."

아버지가 견과를 골라 빼 내면서 말했다. "이걸 먹으면 장이 불편해져." 그래도 어머니가 트집 잡지 않는 것으로 보아 음식 자체는 인정한 모양이다. 그러나 안타깝게도 어머니는 매디가 만들어 온 음식 대신 딸의 사생활에 참견하기 시작했다.

어머니가 말문을 뗐다. "욤 키푸르가 시작될 게다."

"알아요."

"그러니, 이제 너도 집으로 돌아가야지? 밀턴에게 잘 부탁하면 다시 받아 줄지도 몰라. 알다시피 용서는 속죄의 일부잖니."

"전 속죄할 게 전혀 없는걸요." 매디는 매섭게 말했다. "당연히, 용서받을 일을 저지른 적도 없고요."

"요즘 데이트 하니?" 특정 행위를 내포한 음흉한 질문이었지만, 어머니가 멀버리가와 대성당가 모퉁이에서 벌어지는 일을 알고 있을 리가 만무했다.

"아니요." 거짓말은 아니었다. 집에서 한 남자와 성관계만 맺고 있으니, 이를 데이트라고 할 순 없지 않은가. 야구장에서 데이트를 한 날이 떠올랐다. 그저 어깨를 맞대고 나란히 앉았을 뿐이지만 무척 짜릿했다.

불현듯 존 딜러가 실눈을 뜨고 한 말이 떠올랐다. **"그딴 제보자."**

어머니가 말했다. "정말이지, 매디, 나도 널 이해한단다. 진심이야. 네가 고등학교 졸업반에 올라가기 전 여름에 난 제정신이 아니었어. 자연스러운 과정이더구나. 평생 뒷바라지만 했던 자식이 머지않아 떠날 때잖니. 내가 아는 여자들 중에 그런 일을 안 겪은 이가 없었지. 데비 와서먼은 잉글사이드의 자이언트에서 절도로 걸리기도 했어. 굳이 차를 거기까지 끌고 가서 사라 리 소용돌이 케이크를 훔쳤지 뭐니."

매디는 빵에 닭 간을 살짝 발랐다. 맛이 일품이었다. 비좁은 주방에서 화구 두 개짜리 레인지로 요리하는 형편이지만, 파이크스빌 집에서 자신이 직접 만든 것처럼 보이도록 허츨러의 치즈 빵과 여러 재료들을 냉동실에서 꺼내 만찬을 준비하던 때보다 훨씬 더 나은 실력을 발휘하고 있었다.

"저랑은 상황이 다른 것 같은데요. 제게는 지능이 있어요. 그런데 하도 안 썼더니 퇴보하려 해서 이제라도 사용해 볼 생각이에요."

"신문사에서. 그것도 하고 많은 신문사 중에 《스타》라니." 모겐스턴은 오전에는 《비컨》을, 오후에는 《라이트》를 읽고 본인들처럼 구독하지 않는 이들을 별종 취급했다. 어머니는 딸의 기사를 단 한 번도 읽지 않았다. "애야, 내가 말하잖니, 매들린. 나도 다 안다고."

어머니와 두 눈이 정면으로 마주치자 매디는 아주 잠시 열여섯 살로 돌아간 것만 같은 묘한 기분을 느꼈다. 어머니가 도대체 뭘 안다는 것인지 궁금했다. 매디가 순결을 잃은 몸으로 결혼식을 올렸다는 것을? 파크하이츠의 아랫동네에서 불법 낙태 수술을 받은 것을? 매디가 앨런을 찾아내 또다시 사랑을 나누고 집으로 돌아가서 밀턴과 관계하고 임신한 사실을 어머니가 알 리 만무했다. 매디와 퍼디가 어떤 관계인지 알 가능성은 더더욱 없었다.(그러고 보니 두 사람의 이름이 상당히 비슷하게 발음되고 있었다. 참으로 우스우면서도 듣기 좋았다.) 또한 만약 딜러가 그들의 관계를 안다면―. 글쎄, 알면, 뭐? 어머니가 《스타》의 경찰 출입 기자를 우연히 마주칠 리도 없고 세븐 록스에서 그의 아내를 만나게 될 리도 없지 않은가.

"10월 1일 전까지는 집으로 돌아가렴." 어머니가 말했다. "결혼 생활을 하다 보면 누구나 어려움을 겪게 마련이야." 어머니가 아버지를 힐끔 쳐다봤다. 아버지의 접시에는 피스타치오가 작은 언덕을 이루었다. 태티의 부모님이 그를 장녀의 신랑감으로 점찍으며 두 사람이 부부의 연을 맺었는데 결혼 과정을 보면 쉬더크[69]나 《지붕 위의 바이올린》에 나오는 이야기와 다를 바가 없었다. 이는 매디의 머릿속에서 이루어진 비유이긴 하지만 독일계 유대인인 외조부모님이 들으면 경악을 금치 못했을 것이다. 그러나 적절한 비유였다. 아버지는 1세대 이민자도 아니었다. 미국으로 건너오던 배

---

69 유대인들의 중매 문화.

안에서 태어났다. 1906년에. 60년 전이다. 1906년과 1966년이 어떻게 같은 세기 안에 들어 있다는 것인가? 1906년도는 세계대전이 벌어지지 않은 시절로 대부분이 전화기와 차를 소유하지도 않았다. 1906년도에 여자는 투표를 할 수 없었고 흑인 남자는 법으로야 투표권을 가졌으나 실제로 누릴 수는 없었다.

매디는 부모님에게서 엄청난 괴리감을 느꼈다. 자신에게도 괴리감이 느껴지기는 마찬가지였다. 자신이 멋들어지게 만들어 온 다진 간 요리를 제외하고, 똑같은 의자에 앉아 똑같은 로쉬 하샤나 음식을 먹고 있건만, 예전 매디가 자신과 같은 사람이란 게 도무지 믿기지 않았다. 몸에 소름이 돋는 것이, 유령이 육체를 뚫고 지나간 것만 같았다. 이 유령의 정체는 예전의 매디일 것이다. 1906년과 1966년, 뭐 60년 차이가 대수냐. 이제 1965년과 1966년이 같은 세기 안에 들어 있다는 것조차도 믿기 어려운 판국이다. 매디는 작년과는 완전히 다른 사람이 되었다. 그런데 어머니는 딸이 얼마나 달라졌는지 전혀 알아보지도 못 하는 건가?

일주일이 지났고 욤 키푸르에 시너고그에 가진 않았지만 습관적으로 일몰까지 금식했다. 그리고 세스와 폴 쳉에 가서 상다리가 휘어지도록 요리를 주문한 뒤 퍼디가 방문하리라는 확신에 남은 음식을 포장해 집으로 돌아갔다.

역시나 그가 찾아왔다.

———

1966년 10월

"당신 생일은 언제야?"

퍼디와 매디의 팔다리가 침대에서 뒤엉켜 있었다. 누비이불을 꺼내고 창문은 5센티미터가량만 빼꼼 열어놓은 채 비로소 쌀쌀해진 가을 밤기운을 오롯이 즐기고 있었다. 멀버리가의 자동차 매연과 먼지를 고스란히 뒤집어쓰는 이 집에서도 싱그럽고 풋풋한 가을 내음이 물씬 느껴졌다.

"뜬금없이 그건 왜 물어?"

"물어보지 말아야 할 이유라도 있나? 우리가 만난 지 벌써 1년이 되어 가는데 아직 당신 생일이 안 왔잖아. 내가 알기론 말이야."

"아직 9개월밖에 안 됐는데." 매디가 말했다.

"그게 거의 1년이지, 아니야?" 그가 웃음기를 머금고 말하긴 했으나 뭐라 형언할 수 없는 둘의 관계를 매디가 경시한다고 생각하는지 서운한 기색을 역력히 드러냈다.

"11월." 매디가 말했다. "11월 10일."

"그럼 곧 서른여덟이 되네."

이번에는 매디의 속이 상했다. 자기 외모에 나이가 고스란히 드러나고 있는 줄은 몰랐다. 퍼디가 실언을 눈치챘는지 곧이어 덧붙였다. "처음 만났던 날, 운전면허증을 보여 달라고 했잖아. 그때 태어난 해는 기억해 뒀는데 날짜를 못 외웠어. 생일 선물로 갖고 싶은 거 있어?"

"아, 선물은 안 줘도 돼."

"나도 당신에게 선물 하나쯤은 줘야지. 그런 생각은 해 본 적 없어?"

본능에 가깝게, 그러나 의도적으로 매디의 입술이 그에게 닿았고 입이 그의 늘씬한 상체를 따라 계속 아래로 내려갔다. 그리고 배꼽을 지나 더 아래로, 더 아래로, 더 아래로 내려갔다. 그러고 보니 매디는 이런 유형의 대화를 피하려고 수도 없이 이 행위를 했다. 애인이나 남편에게서나 나올 법한 낭만적인 말이 들려올라치면 언제나 이런 식으로 퍼디의 정신을 흩뜨렸다. 그리고 자기의 정신도. 그에게 쾌감을 선사하면 그대로 보답을 받기에 이런 행위가 즐거웠다. 전에는 남자의 쾌감을 늘 우선시했다. 즐길 때도 있었지만 즐거운 척 연기할 때도 있었다. 밀턴은 진짜와 가짜를 구분하지 못했다. 앨런은 분위기를 띄우는 유혹 행위를 매우 즐기던 남자였다. 이제 와서 처음으로 드는 생각이 하나 있었다. 밀턴이 숫처녀를 바란 이유는 본인이 다른 남성과 비교될 리가 없기 때문은 아니었을까. 누군가와 처음으로 사랑을 나눈 사람의 경우, 응당 상대가 최고일 수밖에 없지 않겠는가.

"서른여덟은 정말 엿 같아." 한참 후 매디가 말했다. "마흔은 아닌데 그렇다고 마흔이 아니라고 할 수도 없어." 매디는 잠시 뜸을 들이다가 말을 이었다. "당신은 몇 살이야? 생일은 언제야?"

"12월. 12월 25일."

그러나 나이를 알려주지는 않았다.

"아, 보나마나 생일도 제대로 챙겨 본 적 없었겠네. 그런데 내게 12월 25일은 무의미한 날이야. 그러니까 그날은 나랑 같이 유대인 식으로 중식을 먹으면 되겠네." **영화도 보고**, 이 한마디를 덧붙이지는 않았지만 슈워츠 부부는 매년 그날이면 낮에 영화를 보고 중식을 먹었다.

"침대에서." 그가 시무룩하게 말했다.

"그거 옛날 말장난이잖아. 포춘 쿠키에 들어 있는 점괘를 읽은 다음에 **침대에서**라고 덧붙이는 거. 뭐든 말이 되더라." 그러나 퍼디는 웃지 않았다. "당신 생일에 당신이 하고 싶은 거 뭐든 다 하자."

"나는 말이지—." 매디의 심장이 멎는 것만 같았다. 자신이 결코

352

줄 수 없는 무언가를 바란다는 말이 들려올까 봐 덜컥 겁이 났다. 하지만 그는 매디의 가슴에 얼굴을 묻을 뿐 주의를 분산시키려는 어떠한 시도도 하지 않았다. "당신에게 이 세상 모든 걸 원 없이 주고 싶어, 매디."

"난 전부 다 필요하진 않은걸." 매디가 말했다. "그리고 당신에게 받은 게 얼마나 많은데."

이 말과 동시에 매디는 가운을 몸에 걸치고 밥상을 차리기 위해 침대에서 내려갔다. 채널2에서는 B급 범죄 영화 〈악마의 항구〉가 방영 중이었다. 그리고 채널11에서는 셰익스피어의 주요 줄거리를 차용하여, 잘못 짝지어진 연인의 이야기를 그린 코미디 영화이지만 졸작에 불과한 〈주인님 목소리〉가 나오고 있었다. 퍼디에게 채널 선정을 맡긴 매디는 그가 시작된 지 이미 30분이나 지난 코미디를 선택했다는 사실에 사뭇 놀랐다.

이렇게 늦은 시각까지 깨어 있으니 내일 회사에 비몽사몽 출근할 게 뻔했다. 그렇다고 문제 될 게 있나? 우편물 뜯기, 전화받기, 그리고 미스터 상담의 점심식사를 대령하는 업무를 수행하는 데에 굳이 맑은 정신까지 필요하지는 않다.

"당신에게 최고로 좋은 선물을 가져다줄게." 퍼디가 매디의 허벅지에 한 손을 올리며 느닷없이 말했다. 다시 사랑을 나누자는 뜻인 줄 알았으나 그는 계속해서 영화를 시청할 뿐이었다. 어느 시점엔가 매디는 잠이 들었다. 그리고 6시 반에 알람이 울렸으며 쟁반에 놓인 텅 빈 접시 한 개와 잔 두 개만이 간밤에 그가 왔다 갔다는 사실을 입증하고 있었다.

———

1966년 10월

밀턴이 만나자고 연락을 해 왔다. 점심을 먹자고 했다. 할 말이 있으면 늘 세스를 통해 전했는데 웬일로 직접 전화를 걸어 만남을 제안했다. 게다가 단둘이 보자고 했다. 두 사람이 제일 좋아하던 대니에서 만나자는 말에 매디는 점심시간에 길어야 한 시간밖에 뺄 수가 없고 보통 책상에서 밥을 먹는다고 대답했다. 대니를 약속 장소로 정하면 간신히 음료만 주문한 뒤 후딱 마시고 사무실로 복귀해야 할 판이었다.

"그럼 저녁에 티오 페페에서 보자, 어때?"

아니, 거긴 너무 거창하다. 매디는 집에서 걸어 갈 수 있는 메종 마르코니에서 먹자고 제안했다. 그러면 퇴근 후 집에 가서 옷을 갈아입고 약속 장소로 찾아가기에 시간이 넉넉하므로 저녁 먹기 딱 좋은 6시 30분에 만날 수 있다. 게다가 마르코니의 음식은 일품이고 조명이 유독 밝아서 낭만적인 분위기는 눈곱만큼도 풍기지 않으므로 그와 만나기에 제격인 장소였다.

그래도 불안했다. 그가 전화로 화를 낼 때도 있고 다정하게 구슬릴 때도 있었으며 두 가지 모습을 동시에 보인 적도 있다. 그러나 1월 이후로는 단둘이 만난 적이 없었다. 매디에게 소액을 계속 주긴 했지만 날짜를 종잡을 수 없을 뿐만 아니라 금액 또한 매번 달랐다. 그것도 일주일에 한 번 만나는 세스를 통해 돈 봉투를 건네주는 방식이었다. "저녁 값으로 쓰래. 아빠가." 봉투 안에는 서버번 하우스나 광둥 요리 전문점 폴 쳉에서 먹는 한 끼 식사 값에 비하면 무척 큰 돈이 들어 있었으나 월세로는 턱없이 부족했다. 적대감과 선의가 동시에 느껴지는 오묘한 행위였다. 그래도 매디는 관대한 시각으로 바라보기로 다짐했다. 사나이의 가슴을 짓밟지 않았던가.

게다가 사유는 또 어떻고? 아내가 자기보다 훨씬 잘난 갑부와 살림을 차리려고 떠난 거라면 차라리 기분이 나았을지도 모른다. 예컨대 윌리스 라이트 같은 남자 말이다. 특정 상대나 특별한 무언가를 얻기 위해 자기를 떠났다면 말이다. 아내가 자기를 떠난 이유가 고작 장래성이라고는 전무한 신문사 사무직원으로 일하기 위해서였다는 사실에 자존심이 완전히 구겨졌을 터였다.(셔우드 가족의 사연을 다룬 기사를 쓴 후로 지금까지 바이라인에 이름을 올린 적이 없다. 매디가 얻어낸 특종은 그저 운발로 성취한 일회성 업적으로 치부되었다.) 그는 매디의 집에 방문한 적도 없지만 어느 수준인지는 대충 감을 잡았을 것이다. 매디의 집 전체 규모가 파이크스빌 집의 거실 크기와 비슷하다는 점도 모를 리가 없다.

정말이지 매디의 이 모험이 밀턴이 보기에는 황당하기 그지없을 것이다. 당사자조차도 이 상황에 기가 막히는데 오죽할까.

외출에 앞서 예전과 현재 스타일을 적절히 섞어 신중하게 치장했다. 치마 기장이 무릎을 살포시 덮는 원피스. 요즘 즐겨 신는 부츠 대신에 하이힐. 정수리 쪽에 볼륨감을 주어 위로 묶은 머리. 착용한 장신구로는 펠스 포인트에 있는 중고품 가게에서 구입한 필기체 'M' 모양의 순은 핀뿐이었다. 매디는 이 핀을 내다 판 여인이 누구인지, 그리고 'M'이 상징했던 바가 무엇인지 종종 궁금했다. 매디는 결혼할 적에 '슈워츠'를 상징하는 S의 양쪽에 매들린 모겐스턴을 상징하는 M의 소문자 두 개를 붙여 모노그램을 만들 수 있게 되어 무척 설렜다. M 두 개가 S를 감싸니 얼마나 조화롭고 아름다운가. 모노그램이 수놓인 혼수를 볼 때마다 굉장히 뿌듯했다.

그러나 돌이켜보니 M의 소문자 두 개는 S의 그림자에 가려질 뿐이었고 이는 매디의 인생이 장차 퇴색하리란 뜻이었다. 밀턴의 시녀로 시작하여 세스의 시녀로 살게 될 팔자를 예고한 것이었다.

매디는 새롭게 출시된 은은한 색상의 립스틱을 발랐다.

유난히 환한 마르코니 조명 아래 밀턴이 초조한 기색을 내비쳤다. 에구머니나. 그가 매디의 뺨에 입을 맞추려고 상체를 기울이다가 금세 정신을 차리고는 손을 꽉 잡고 악수를 했는데 여간 우스꽝스러운 광경이 아니었다. 안녕, 친구야, 만나서 반갑다.

두 사람은 세스의 근황을 주제로 대화를 나눴고, 촙 샐러드가 나온 후로는 주요리가 나오길 기다리며 밀턴의 직장 생활을 화제로 삼았다. (밀턴은 도버 솔을, 매디는 스위트브레드를 주문했다. 사실은 로브스터 카디날을 먹고 싶었지만 차마 눈치 없게 메뉴판에서 제일 비싼 음식을 주문할 순 없는 노릇이었다.) 대화는 유쾌한 분위기 속에서 이어지긴 했으나 밀턴이 하려는 말을 망설이며 못 하고 있음을 역력히 느낄 수 있었다.

유명 초콜릿 소스가 곁들여진 아이스크림이 나오자 그가 불쑥 말했다.

"손에 반지가 안 보이네."

"반지—." 하마터면 자기가 지어낸 이야기를 깜빡할 뻔했다. "반지를 도둑맞았어요. 처음 들어갔던 셋집에서. 그게 다른 데로 다시 이사한 이유 중 하나예요."

"지금 사는 곳이라고 해서 안전하다고 할 수 있을지는 모르겠네."

"여기서 두 블록도 안 떨어진 곳이에요. 저녁을 먹으러 차를 끌고 올 정도로 안전한 동네라면 살기에 위험할 리는 없잖아요?"

집이 이 근처라고 말한 순간, 후회가 몰려들었다. 밀턴이 집까지 데려다주겠다고 억지를 쓸지도 모른다. 막무가내로 키스하려 들면 어쩌지? 매디는 밀턴을 사랑했었다. 진심으로 사랑했었다. 월리 와이스를 만나지만 않았더라면 그 사랑이 이미 식었다는 사실을 깨닫지 못했을지도 모른다. 털이 복슬복슬하고 넓은 가슴을 얼마나 좋아했던가. 그와 함께 있으면 얼마나 안심이 되었던가.

그러나 그러한 안정감은 더 이상 필요하지 않다.

"지금껏 이혼에 흔쾌히 협조하지 않아서 미안해. 그러다 보니 지지부진하게 벌써 1년이 다 되어 가네. 배우자의 유기를 사유로 내가 이혼을 청구할 수 있다고 하더군."

항변하고 싶은 충동이 묘하게 차오를락 말락 했다. 유기라니. 매디는 누구도 유기하지 않았다. 자신의 삶을 구했을 뿐이다.

"난 이제 이혼 수당을 받게 되나요?"

"이혼 수당이 필요해?"

아, 이혼 수당이 절실히 필요한 상황이었기에 이 질문에 자존심이 몹시 상했다. 정말 받아야만 했다. 그러나 차마 그렇다고 말할 자신이 없었다. "그저 법이 궁금해서 물어보는 거예요. 20년 가까이 같이 살았잖아요."

"조만간 집을 팔 것 같아. 세스가 펜실베이니아대학교로 들어가길 바라." 질문에 상관없는 뜬금없는 소리였다. 아니, 상관이 있나?

"돈은 충분히 있지 않나요? 굳이 집을 팔아야만 해요?"

"돈이 문제가 아니야. 매디―. 내게 만나는 사람이 생겼어."

어련하랴. 어련하랴.

"그런데 여자가 '내' 집에서는 살기 싫다고 했나 보군요."

"그런 말을 한 적은 없어. 그런데 세스가 곧 떠나고―. 상대가 좀 어려."

"얼마나 어린데요?"

"스물다섯 살."

어련하랴.

"난 그래도 그 아가씨의 엄마뻘은 아닌데 당신은 아빠로 오해받을 판이네요."

밀턴이 서운한 기색을 역력히 드러냈다. 그리고 더없이 생소한 눈빛으로 매디를 쳐다봤는데 그의 생각이 고스란히 읽혔다. 매디, 당신답지 않게 왜 이렇게 격이 떨어지는 소리를 해. 정말 매디답지 않긴 했다. 게다가 틀린 소리였다. 물론, 엄밀히 따지면 밀턴이 열여섯 살에 아버지가 될 수야 있었겠지만 굉장히 비현실적인 일이었다. 밀턴은 소년 시절에 그렇게 조숙하지 않았다. 그리고 가게에서 일하며 공부하느라 여자를 만날 여유도 없었다.

"이름이 뭐예요?"

"알리."

"본명을 줄여서 그렇게 부르는 거예요?"

"모ㅡ. 모르겠어!" 그가 상대에게 깊이 빠진 나머지 사랑하는 여자의 본명도 제대로 모르고 있었던 사실을 이제야 깨닫고는 심히 당황한 눈치였다.

무엇을 더 물어야 할까? 남편의 새 애인에 관한 대화이니, 이런 상황은 생전 경험해 본 적도 없거니와 두 번 다시는 경험할 리도 없다. 제가 갖기는 싫고 남 주기는 아까워서 이러는 게 아니다. 꼭 그런 것만은 아니다. 매디는 밀턴을 원하지 않는다. 그가 자신과 이룬 삶을 알리라는 여자와 새롭게 시작하여 똑같은 절차를 다시 밟는 것을 원치 않을 뿐이다. 어휴, 밀턴, 매디는 마음 같아선 소리 내어 말하고 싶었다. 아직 한창때잖아요. 세상을 똑바로 내다보면 당신이 할 수 있는 일이 무궁무진하게 보일 거예요. 그러니까 기저귀와 〈도나디오〉

광대 쇼 세상으로 다시 돌아가려 하지 마요.

"구레나룻을 길러 봐요." 매디의 입에서 이 한마디가 불쑥 튀어나왔다.

"뭐?"

"당신에게 잘 어울릴 것 같아요." 진심이었다. 그는 아직까지 머리카락을 잘 지켜 내고 있었다. 머리숱이 풍성하고 새치도 없는 편이었다. 매디는 알리가 어떻게 생긴 여자인지 궁금했다. 매디와 똑같이 생겼거나 정반대일 것이다. 그가 매디와 완전히 다른 여자를 골랐길 바랐다. 새로 들인 여자가 푸른 눈망울의 갈색 머리라면 매디는 한낱 허물로 전락할 것이다. 반면 깃털 같은 금발을 두른 여자를 데려오면 그가 죽었다 깨도 매디를 얻을 수는 없지만 수두 자국처럼 평생 마음에 품고 살아야 한다는 뜻이다.

역시나 그는 집까지 데려다주겠다고 고집을 부렸고 매디는 그를 안으로 들인 다음 지난 몇 달 동안 습득한 기술을 몸소 보여줄까 말까 고민했다. 내 남자라는 표식을 그의 육체에 남기고 싶은 충동이 격렬하게 차올랐다. 얼마나 교활하고 치졸한 행위인지는 알고 있다.

"변호사가 필요할 거야." 그가 말했다. "비용은 내가 댈게. 그리고 간단히 끝내도록 할게. 공정하게 진행할 테니 염려 마."

아무렴, 어련할까. 알리가 결혼하고 싶어 안달이 났을 텐데. 덕분에 나야 편하지.

결국 매디는 힘을 남용하지 않기로 결심했다. 그저 그의 뺨에 담백하게 입을 맞추기만 했다. 그러고 보니 머지않아 기묘한 삼각관계가 시작된다. 어쩌면 사각관계가 될지도 모른다. 세스의 인생에 중대한 날마다 밀턴과 알리, 그리고 매디와 퍼디가 함께 참석하는 장면을 상상하자 얼굴에 미소가 절로 피어났다. 고등학교 졸업식, 졸업반 무도회. 대학교 졸업식, 결혼식, 손주의 탄생일. 이러한 중요한 일들이 차례대로 일어날 것이다. 물론 퍼디가 매디를 동반할 리는 없다. 다른 남자를 대동할 수야 있겠지만 그야 자신이 원할 경우에나 가능할 것이다. 무엇을 원하는가?

이제 돈이 생긴다. 억만금은 아닐 테지만 꽤 충분할 것이다. 더 괜찮은 집으로 이사를 가고 발전할 기회를 주는 직장을 열심히 구해 볼 것이다.

밀턴이 인사를 건네며 아주 잠시였지만 예전처럼 감탄 어린 표정으로 매디를 바라봤다. 그러나 그의 눈빛에서 당혹감도 여실히 느껴졌다. 눈앞에 서 있는 여자가 몹시 낯설기 때문이다. 그럴 만도 한 것이, 당사자인 매디조차도 자신이 마냥 낯설게 느껴졌다.

———

1966년 10월

오늘은 핼러윈이다. 그런데 다른 날도 아니고 이런 날이 매디를 서글프게 만들 줄은 몰랐다. 사탕을 받으러 찾아오는 아이들이 단 한 명도 없었다. 멀버리가와 대성당가가 만나는 모퉁이는 평범한 월요일 밤이라 해도 믿을 성싶었다. 그나마 퍼디가 있어 다행인 밤이었다. 그는 온종일 법질서를 어지럽힌 잡범들 때문에 고생한 터라 녹초가 되어 찾아왔지만 금세 넘치는 기력을 과시했다.

"오늘 포멀로 청장님이 오셔서 대화를 나눠 봤어, 잠깐. 지구대에 들르셨거든."

"새 경찰청장?" 예전 같으면 이름을 들어도 정체를 몰랐을 것이다. 그러나 지금은 신문을 처음부터 끝까지 정독하고 있다. 심지어 경쟁사 신문까지도. 그래서 매디의 머릿속은 언제나 최신 정보로 가득했다.

"이번 달에 드디어 경찰 인력이 늘어났다고 발표하셨어. 1년 넘도록 신참보다 사직하거나 은퇴하는 경찰이 더 많았는데 드디어 머릿수가 역전된 거지. 이제 흑인 경찰 채용도 늘릴 거라는 말씀까지 하셔서 사기가 오르고 있어. 경찰서가 변하고 있어, 매디. 나도 형사가 될 수 있을 것 같아. 그것도 **조만간**. 어쩌면 살인사건 전담 부서로 들어갈 수 있을지도 몰라. 그쪽에 있는 한 형사와 친분을 두텁게 쌓아 왔거든. 날 굉장히 신뢰해. 내게 이런저런 얘기를 들려주기도 하고."

"잘됐네." 매디는 건성으로 말했다. 그러고 보니 이런 태도는 밀턴과 대화를 나누던 때와 영락없이 똑같았다. 서로에게 올바른 대화 태도가 아니다.

하지만 이어진 섹스는 아주 흐뭇했기에 방금 보인 태도를 대수롭지 않게 여겨도 될 성싶었다. 왠지 퍼디의 직업적 꿈이 섹스를 더욱 즐겁게 만들어 주는 듯했다. 퍼디는 마음속으로 벌써 다른 사람이 되어 있었기에 매디는 그에게 갓 만난 신선한 존재와 다름없었고, 퍼디 또한 매디에게 신선한 존재로 다가왔다.

"형사님." 매디가 간드러지는 목소리로 애교를 부리자 퍼디는 더욱 신이 났다. 그의 두 눈망울이 커다래지더니 동의를 구하지도 않고 매디의 몸을 뒤집고는 목욕 가운의 허리끈을 이용하여 등 뒤로 두 손을 묶었다.

"가게에서 물건을 훔치지 말라고 분명히 경고했잖습니까, 아가씨." 그가 말했다. "어쩔 수 없이 당신을 체포해야겠군요."

이 침실에서만 이루어지는 두 사람의 만남 자체가 일종의 연기처럼 느껴지곤 했다. 아마도 평범한 삶 밖에서 이루어지는 만남이기 때문일 것이다. 그렇기에 우스운 짓도 서슴지 않았고 누구에게도 보여주지 않은 부위까지 당당히 노출할 수 있었다.

"하라는 건 뭐든 다 할게요." 매디가 말했다. "뭐든요."

매디는 그가 하자는 대로 다 했다. 이 행위에서만은 성장하고 변화하며 잠재력을 실컷 발휘하고 있었다. 밤공기는 시원했지만 다 끝난 뒤 샤워를 해야 했다. 두 사람은 비좁은 욕실 안으로 몸을 비비며 들어가 같이 씻다가 또다시 시작한 바람에 샤워를 거듭해야 했다. 새벽 2시가 다 되어서야 마침내 두 사람은 곯아떨어지기 시작했다. 아니, 매디만 서서히 잠이 들어 가고 있었다. 퍼디는 말똥말똥하게 깨어 있는 채로 매디의 머리카락을 쓸어내렸다.

"살인사건 전담 부서에 있는 친구 말이야. 내게 테시 파인 사건에 관한 얘기도 들려줬어."

"무슨 얘기?"

"공범이 누구인지 거의 확신하는 단계에 이르렀더라고. 그자를 데리러 온 여자가 누구인지."

"여자?"

"범인의 엄마였어, 매디. 그자가 엄마에게 전화를 걸어서 자기를 데리러 오라고 한 것 같대. 가게에서 전화 통화를 한 확실한 증거가 있는데 귀가가 늦는다고 전화했을 뿐이라고 모자는 주장하고 있어. 절대 굽히지를 않고 있어. 형사들이 압박해 오니까 그자는 감형 협상을 조건으로 살인 부분만 인정하길 바라나 봐. 그런데 당연히 형량 거래는 불가능하지."

매디는 침대에서 허리를 세워 앉았다. "엄청난 특종이네."

매디가 당장 문밖으로 튀어 나갈까 봐 겁이 나는지 퍼디가 팔을 와락 붙잡았다. "안 돼, 매디. 안 돼. 이건 쓰면 안 돼. 정보를 흘린 사람이 나라는 걸 형사들이 바로 알아챌 거야."

"러들로 때는 기사를 쓰라고 귀띔해 줬잖아."

"그거하고는 달라."

"뭐가 다른데?"

그가 눈을 피했다. "그때는 제보자로 지목받을 사람이 열댓 명은 되었으니까. 그리고 우리 둘의 관계를 아는 사람도 없었고."

사회부장실에서 눈을 부라리며 독기 어린 눈초리로 응시하던 딜러가 문뜩 떠올랐다.

"그때 우리 사이를 아는 사람이 없었다면 지금도 그렇단 뜻이잖아. 변한 건 없어. 이건 사람들을 기절초풍하게 만들 특종이야. 아들의 범죄를 덮은 어머니라니."

"그 여자는 자식을 위해 범죄를 덮으려 한 게 아니야. 그저 자기 목이 날아갈까 봐 그랬을 뿐이지. 그리고 아들은 지금껏 엄마가 시키는 대로 한 거고."

"오랫동안 잡힐 듯이 잡히지 않던 공범의 정체를 마침내 경찰이 알아냈다고만 쓰면 안 될까?" 매디는 벌써 머릿속으로 원고를 작성하고 있었다.

"안 돼, 매디." 그가 다급하게 고함치듯이 말했다. "형사들 중에서도 극소수만 알고 있는 기밀 정보야. 누설되면 바로 나를 지목할 거야. 이건 절대 기사로 써선 안 돼."

"그렇지만―. 테시 파인은 내 살인사건이잖아. 내가 시신을 찾았잖아."

그가 벌떡 일어나 옷을 주섬주섬 챙겨 입기 시작했다. 보통은 매디가 잠이 든 후에야 떠나던 퍼디가 말이다.

"죽은 사람들에게 당신이 왜 그렇게 집착하는지 도무지 모르겠어, 매디. 갈수록 속수무책이네. 다른 방법으로 출세할 순 없는 거야?"

"그러는 당신은? 당신이야말로 살인사건 전담 형사가 되는 게 꿈이잖아."

"이게 나한테 얼마나 중요한 일인지 몰라서 그래? 경찰이 된 지 벌써 10년이 다 되어 가. 그런데도 만년 제자리야. 도무지 위로 올라갈 수가 없어. 아니, 한 달 전에 포멀로 경찰청장님이 취임하기 전까지만 해도 올라갈 방도가 없었지. 그런데 드디어 경찰서가 변하기 시작했어, 매디. 흑인은 절대 능력을 발휘할 수 없었던 더러운 곳이 드디어 바뀌고 있다고. 당신도 꿈을 가지는 게 무엇인지 잘 알잖아. 난 절대 당신의 앞길을 가로막는 행동은 하지 않아. 그러니까 당신도 방금 들은 정보를 이 방 밖에서는 절대 발설하지 마."

"이제 내 머릿속에 완전히 박혀 버린걸. 잊을 수도 없고. 어디를 가든 계속 생각날 텐데."

"내 말 뜻을 잘 알잖아. 절대 누구에게도 흘려선 안 돼. 수사에 진전이 생겨서 여자를 검거하거나 다른 중요한 일이 생기면 바로 직전에 —. 그때 말해 줄게. 그때까지는 절대 신문에 보도하면 안 돼."

매디는 눈치를 보며 말했다. "경찰 수사에 대해서는 한마디도 안 쓸게."

"잔머리 굴리지 마, 매디."

"진짜야." 매디가 말했다. "약속할게 —. 당신과 조금이라도 연관된 것은 진짜 한 마디도 안 쓸게."

그로부터 열여덟 시간이 채 지나기도 전에 매디는 자신과 마찬가지로 한 아들의 어머니인 여인의 집으로 찾아가 현관문을 똑똑 두드렸다.

———

1966년 11월

대체 거긴 왜 찾아간 겁니까? 11월 1일 오후에 안젤라 코윈의 집을 방문한 후로 매디가 상당히 자주 듣고 있는 질문이다. 설마 이게 일말의 추궁 없이 순수한 호기심에서 비롯된 질문이겠는가? **대체 거긴 왜 찾아간 겁니까?** 칭찬의 서곡으로 이렇게 묻는 사람이 세상 천지에 설마 있겠는가? 퍽이나. 그러나 매디는 이 질문에 진실하게 응답했다. 어느 정도는.

"전 코윈 부인이 자식을 둔 여자 대 여자로서 제게 사실을 얘기할 줄 알았어요. 형사님들에게는 진술하지 않은 것들을요."

이건 사실이었다. 어느 정도는 사실이었다. 코윈 부인에게 자백이나 실언을 듣게 되면, 퍼디의 신뢰를 깨지 않고 기사를 작성할 수 있으리라 합리화했다. 과연 퍼디도 그렇게 생각할지는 알 수 없었지만 그를 이해시킬 수 있으리라고 믿었다. 아들이 매디에게 말했다. 그렇다면 어머니도 말하지 않겠는가? 매디는 테시 파인의 시신을 찾은 주인공이다. 또한 살인범으로 하여금 경찰의 취조를 받을 때는 하지 않은 말을 털어놓도록 유도하였고 매디의 기지 덕에 경찰은 공범의 존재에 대한 실마리를 찾게 되었다. 사람들은 매디의 특종을ㅡ. 아니, 특종들을 약탈해 가고 있다. 원래는 매디가 독점해야 하는 것인데.

초반에는 상황이 꽤나 순조롭게 진행되는 것 같았다. 코윈 부인은 아주 아담하고 다정다감한 여자였다. "아, 맞아요, 성함이 기억나네요." 부인이 말했다. 그러고는 안으로 안내한 뒤 차나 커피를 마시겠느냐고 물었다. 부인이 아무 쿠키가 아니라 빵집에서 직접 만든 쿠키를 한 접시 내주었다. "우드론의 보우호프에서 사 온 거예요." 부인이 말했다. "보우호프 쿠키를 한번 먹고 나면 실버 같은 쓰레기장에는 갈 수가 없어요." 매디는 분홍색과 하얀색으로 이루어진 둥그런 쿠키 하나를 집어 맛을 봤다. 단연 일품이었다. 만약 우드론 근처에 살고 전처럼 손님을 자주 접대한다면 자기가 만든 척하며 손님들 앞에 내놓았을 것이다.

"전 아들을 사랑해요." 코윈 부인이 말했다. "그렇지만 아시다시피 그애는 살짝 미쳤어요. 정신이 온전하지가 않아요. 그런데도 정신 이상을 참작해 주지 않아요. 정보가 만천하에 퍼지는 사태를 막으려는 속셈이에요."

"정보요?"

"포트 데트릭에서 자행되었던 실험에 대한 정보요."

"아, 네, 보브 바우어가 그걸 주제로 글을 썼었죠. 화이트코트 작전이요." 이미 세상에 널리 알려진 정보이며 대중은 해당 세균 실험을 인지하고는 있지만 딱히 관심을 갖지는 않는다는 사실을 매디는 돌려 말했다.

"그애는 양심적 병역 거부자예요. 우리는 제칠일안식일예수재림교 신자예요." 부인이 차를 마셨다. "그래도 유대인을 싫어하진 않아요."

매디는 이 발언이 자신과 테시 파인 중에 누굴 두고 하는 말인지, 두 사람을 동시에 두고 한 말인지 알 수가 없었다.

"아드님이 그 아이를 살해했다는 혐의는 인정하고 계시는 듯하네요."

"모르는 사람과 스티븐에 대해 이러쿵저러쿵 떠들고 싶진 않아요."

"아드님이 제게 쓴 편지에는 유죄를 인정하지 않았어요. 그런데 듣자하니 아드님이 감형 협상을 조건으로 살인을 인정하길 바라더군요. 하지만 시신 유기 때문에 형량을 낮출 순 없다고 하죠."

"아무렴, 그런 작자들이 형량 거래를 할 양반들이 아니죠. 제 아들을 거짓말쟁이로 만들지 못해 혈안이 된 사람들이니까요. 정신 이상 탄원도 거부하고 기준에 부합하지 않는단 소리만 해 대고 있어요. 진짜 정신이 나간 애인데. 그러니까 아들은 그 사람들이 듣길 바라는 소리만 계속 해 대고 경찰은 뭔가를 더 말하라고 성화예요. 이런 말을 하기는 정말 싫지만—. 그다지 총명한 애가 아니에요, 제 아들 스티븐이요. 제가 늘 상심이 컸어요. 저는 우드론 고등학교를 다녔을 때 전 과목 A만 받았거든요."

이 세상에서 이룰 수 있는 유일무이한 업적이라도 되는 양 매디의 두 눈이 휘둥그레졌다.

"애아버지의 유전자가—. 제가 생각했던 거랑 달랐어요. 생판 달랐죠. 그리고 우리를 떠났어요. 차라리 잘됐다 싶었어요. 그런데 스티븐을 볼 때마다 그 사람이 보여요. 빨강 머리한테는 관심도 없던 제가 빨강 머리와 결혼했다는 게 얼마나 희한한지 몰라요. 어렸을 때 적갈색 줄무늬 고양이가 저를 할퀴었는데 아무래도 그게 화근인 듯해요. 저희 집안은 아주 유복했어요."

매디는 코윈 부인이 하염없이 주절주절 떠드는 소리를 잠자코 들었지만 죄다 사건과 무관한 이야기들이라 점점 체념하기에 이르렀다. 고음의 날카로운 목소리로 조곤조곤 이야기하는데도 특이하게 사람을 졸리게 만들었다. 쥐가 찍찍거리는 소리를 들으려고 애를 쓰는 기분이 들었다. 그것도 굉장히 수다스러운 쥐.

이제는 부인이 자기 아버지가 포레스트 파크에서 골프를 친 이
야기까지 꺼내며 매디의 혼을 빼놓으려 했다. "우리 집안은 프라이
빗 클럽 생활을 누릴 여유가 있었는데 아버지가 워낙 평등주의자라
거부하셨죠. 부유한 가문에서 태어난 사람들은 원래 아무 걱정 없
이 살잖아요." 차마 더는 듣고만 있을 수가 없어 결국 매디가 끼어
들었다.

"아시다시피 경찰은 아직도 아드님에게 공범이 있다고 생각하고
있어요. 공범을 찾으면 아드님에게 이득이 될지 몰라요. 아니면, 공
범에게 이득이 될 수도 있고요. 제가 전해 들은 바로는 그래요."

"스티븐에게는 친구도 없는걸요. 누군가에게 도움을 청할 주제
가 안 되는 애예요."

"아드님이 여기로 전화했죠? 테시 파인이 살해된 날 오후에요."

부인이 입술을 오므렸다. 매디는 입술을 오므린다는 말을 오래
전부터 들어 알고는 있었으나 참으로 기이한 표현이라고 쭉 생각해
왔다. 그러나 코윈 부인의 얇은 입술이 굳게 다물려 삐쭉 튀어나온
모습을 보고 있자니 얼마나 완벽한 묘사인지 이제야 알 수 있었다.

"그런 얘기는 어디서 들으신 거죠? 경찰이 입방정을 떨고 다니
는 건가요?"

매디는 경찰에게서 들었다는 사실을 들키지 않도록 조심해야 했
다. "바람결에 들었어요. 전화국에서 분 바람결에." 매디는 아주 부
드럽다 못해 사과라도 하는 듯한 태도로 말을 이었다. "본인 얘기
잖아요. 그렇죠, 코윈 부인? 부인이 스티븐을 도우셨죠?"

"제 아들이 그렇게 얘기하던가요?"

"네? 아니요, 절대 아니에요. 봄에 아드님이 제게 편지 두 통을

보내긴 했지만 신문에 보도된 뒤로 추가로 해 준 이야기는 없어요."

"그렇죠, 그애가 기자님에게 편지를 써 보냈죠. 그래서 이 사태에 이르렀고. 공범은 없어요. 제 아들은 그날 차를 끌고 갔어요. 녀석이 왜 계속 차를 안 가지고 갔다고 거짓말을 하는지 알다가도 모르겠어요. 그런 끔찍한 짓을 저질렀으면 스스로 책임질 생각을 해야죠. 그런데 알고 보면 그애 잘못이 아니에요. 그 실험―."

"포트 데트릭 실험이요."

"네." 부인이 접시를 쳐다봤다. "쿠키를 좀 싸 드릴 테니까 집에 가져가세요, 미스 슈워츠."

"미시즈예요." 매디는 자신이 현재 미시즈가 맞긴 한지, 앞으로도 미시즈를 계속 써야 하는지 헷갈렸다. 머지않아 이혼녀가 된다. 이혼녀는 뭐라고 불리는가? 좌우간, 조만간 알리라는 여자가 슈워츠 부인이 된다. 본명이 뭐기에 알리라고 줄여 부르는지는 모르겠으나 알리라는 이름이 본명일 리가 없다.

코윈 부인이 빨간색과 하얀색 끈으로 묶인 백색 종이 상자를 들고 주방에서 나왔다. "어머 이렇게나 많이 가져갈 순 없어―." 매디가 한 손을 내밀며 거부했으나 코윈 부인은 한사코 상자를 떠밀었다. 어찌나 세게 떠밀어 대는지 마치 매디의 복부를 상자로 때리려고 작정한 사람 같았다. 그러나 이내 상자가 바닥으로 떨어졌다. 상자가 갑자기 왜 빨개졌지? 상자에 물감이 어떻게 묻은 거지?

코윈 부인이 앙증맞은 손으로 와락 움켜쥔 스테이크 칼이 그제야 매디의 시야에 들어왔다. 큰 칼은 아니었지만 상해를 입히기에는 충분한 크기였다. 부인이 매디의 가슴을 찌르려고 칼을 또다시 들이밀었다. 매디는 가까스로 부인의 손목을 붙잡아 비틀었고 칼이 바닥에 떨어져 딸그랑 소리를 냈다. 코윈 부인이 아프다며 비명을 꺅꺅 내질렀다. 칼에 찔린 사람은 난데, 왜 당신이 비명을 질러 대? 매디는 속으로 질문했다. 기력이 넘치고 정신이 아주 맑았다. 생전 처음 경험하는 감각이 전신을 뒤엎은 상태였다. 이쯤이면 통증에 절절매야 정상이건만 어디 한 군데도 아프지가 않았다.   .

부인이 비명만 지르는 것이 아니라 이를 꽉 깨문 채 씩씩거리며 말을 쏟아냈다. "염병할, 염병할, 염병할. 내가 얼마나 착한 일을 했는데. 그 계집애가 아프다고 몸부림을 치고 있었단 말이야. 내가 더는 안 아프게 도와준 거라고. 내가 너한테 얼마나 잘해 줬는데."

아이고 맙소사, 아들이 어머니에게 지시를 받은 거로구나. 혹시 코윈 부인이 심지어 —.

"이모네 농장에 있던 닭처럼 말이야. 이모네 농장에 있던 닭처럼 말이야. 그게 뭐가 어렵다고 그래? 계속 줄행랑을 쳐 대는 닭보다야 훨씬 쉽지. 전에도 쉽고, 후에도 쉽고."

계속 여기 있다간 부인에게 살해당할 게 뻔했다. 당장 도망쳐야 하는데 뭘 어떻게 하지? 달릴 수 있을까? 기분상, 달릴 수 있을 것 같다. 어디 달리기만 하랴, 살기 위해서라면 뭔들 못할까. 산등성이도 여러 번 오르내릴 수 있다.

경이로운 일이 벌어졌다. 매디는 부인의 양쪽 얼굴을 주먹으로 연달아 후려친 뒤 면전에 대고 고함쳤다. "이 막돼 먹은 인간!" 전화기가 어디 있지? 전화기가 있긴 할까? 당연히 있고말고. 그날, 스티븐 코윈이 물고기 가게에서 여기로 전화를 걸지 않았던가.

매디는 상대가 자기보다 나이가 많거나 말거나 괴력을 발휘하여 여자를 떠밀었다. 부인이 쾅 소리를 내며 뒤로 나자빠졌다. 이 틈을 이용해 매디는 주방으로 쏜살같이 달아난 뒤 손잡이 아래에 의자를 끼워 놓고 전화기의 0번을 돌렸다.

"경찰 보내요, 경찰 보내요." 매디는 숨을 헐떡거렸다. "어떤 여자가 절 죽이려고 해요." 수화기 건너편에서 주소를 묻는 질문이 들려오자 정신이 멍해졌지만 이내 기억이 떠올랐다. 매디는 주소를 부르면서 칼을 찾으려고 이 서랍 저 서랍을 뒤적거렸다. "칼." 매디는 전화교환원에게 말했다. "저 여자가 칼로 저를 찔렀어요."

바깥에서 차 시동 소리가 들려왔다. 창문 밖을 내다보자 이 상황과 안 어울리게 우스꽝스러우리만치 작고 낡은 차량 안에서 운전대를 붙잡고 있는 코윈 부인이 보였다. 그렇다면 이제 안전하단 뜻인가? 아무래도 이제는 괜찮은 것 같다. 몇 초, 몇 분, 몇 시간이 지났는지 정확히 알 수는 없었지만 마침내 경찰이 도착했다. 목숨을 부지하는 데 큰 몫을 해 주었던 폭발적인 아드레날린이 깡그리 사라진 후인지라 매디는 기진맥진했다. 매디는 주방에 있던 수건으로 복부를 누르며 피로 흥건히 젖어 가는 장면을 가만히 지켜봤다. 무사할 것이다, 매디는 생각했다. 모르긴 몰라도 무사할 것이다.

그러나 사고의 흐름이 금세 바뀌었다. 부인이 저지른 짓이다. 자기가 한 일이라고 실토했다. 설사 소녀의 목을 비튼 사람이 스티븐일지라도, 모조리 어머니가 시켜서 한 일이다. 코윈 부인이 가게에 도착하기 전까지만 해도 테시 파인은 살아 있었다.

경찰이 병원에서 물어볼 것이다. 매디는 그 집에서 벌어진 일을, 코윈 부인에게 들은 말을 전달해야 한다. 그다음에는? 《스타》에 전화를 걸어 입수한 정보를 말해야 할까?

아니, 매디는 생각했다. 그래 봤자 리라이트 부서에 전달하라는 소리만 들을 게 뻔했다.

———

1966년 11월

경찰이 데려간 병원은 매디가 출산했던 시나이였다. 밀턴은 경찰에게 매디를 밤새 지켜 달라고 신신당부했고 매디는 적극적으로 나서서 챙겨 준 그의 정성에 고마워 목이 메었다. 그러나 나중에 알고 보니 속사정은 이러했다. 매디가 파이크스빌 집에서 하룻밤이라도 지내게 되면 이혼 결정을 번복해 결국 그와 알리 아무개의 결혼이 미뤄질까 봐 염려가 되어 선수를 친 것뿐이다. 그러거나 말거나 상관없었다. 어차피 매디는 파이크스빌 집에 발을 들이고 싶지도 않았다. 그리고 현재 심신이 미약한 터라 자신의 아파트로 돌아가 고독하게 있고 싶지도 않았다.

1인실에 입원한 매디는 텔레비전을 통해 저녁 내내 사건이 어떻게 진행되는지를 지켜보았다. 코윈 부인은 노던 파크웨이에서 교통사고를 내는 바람에 멀리 도망치지 못했다. 매디를 칼로 찌른 죄로 구금되었고 테시 파인 살인사건에서 한몫을 한 정황이 포착돼 기소 인부절차를 밟을 예정이다. 코윈 부인은 아들의 공범이었다. 매디가 자기 아들에게서 그런 사실을 전해 들었다고 확신한 나머지 칼부림을 저질렀다.

윌리스 라이트의 목소리로 제 이름을 듣고 있자니 여간 뿌듯한 게 아니었다. 그는 매디를 일컬어 해당 사건의 담당 기자라고 하였다. 부정확한 표현이지만 알게 뭐람. 스스로를 담당 기자라고 여겨 오지 않았던가. 퍼디와 했던 약속을 어긴 것은 아니다. 신문사 편집국장이 매디에게 직접 전화를 걸어 건강이 회복되는 대로 《스타》의 기자로 활동해 달라고 세상 친절하다 못해 애절하기까지 한 말투로 요청했다.

"일인칭 시점으로 자네가 겪은 일을 써 주게." 그가 말했다. "살인범을 대면했던 당사자로서 말이야. 지금 당장에라도 리라이트 부서로 연결해 줄 수 있네만, 혹시 피곤하다면 내일 아침에 해도 좋고—."

그러나 남자의 요구를 노련하게 거절할 줄 아는 여자답게 매디는 아무 약속도 하지 않고 평소처럼 우아하게 통화를 마무리 지었다. "안정을 되찾으면 연락드릴게요." 매디가 말했다.

탈진한 상태였으나 쉽게 잠이 오지는 않았다. 자정이 다 되어서야 가까스로 눈을 붙였다. 다행히 꿈도 꾸지 않고 몇 시간 동안 숙면을 취했지만 잠에서 깨고 보니 환경이 낯설어 어안이 벙벙했다. 여기가 어디지? 무슨 일이지? 병원에 입원 중이다. 자상을 입었기 때문이다. 매디의 도움으로 경찰은 공범을, 아니, 악행을 저지른 범죄자를 잡았다. 두 사람 모두 기소되었으니, 경찰은 한 사람에게 협조를 받아 다른 한 사람에게 사형을 선고할 수 있을 것이다. 그 어머니란 작자는 자신의 이익을 위해서라면 고민 한 점 없이 아들이 죽어 가는 광경을 지켜보려 할 것이다. 어찌 그리도 비정상적인 사람이 있을 수가 있단 말인가. 그러나 한 가지 생각이 문득 떠올랐다. 무엇이 정상이란 말인가? 만일 세스가 사고를 치면 매디 또한 비정상 어머니란 소리를 들을 게 뻔하다. **열여섯 살 때 제 엄마가 짐 싸서 집을 나갔는데 아무렴 애가 멀쩡하게 클 수나 있었겠어?**

상처를 꿰매야 할 정도로 부상을 입긴 했지만 다행히 코윈 부인의 공격 솜씨는 서툴렀다. 흉터가 꽤 보기 흉할 테지만, 퍼디의 불룩 튀어나온 배꼽처럼 웬만해서는 남에게 보여줄 일이 없으니 괜찮다. 어차피 여드레 후면 서른여덟 번째 생일을 맞게 되며 비키니는 말할 것도 없거니와 투피스 수영복조차도 영영 입을 수 없다.

병실 안에서 인기척이 느껴졌다. 간호사? 아니, 흑인 여성이고 쓰레기통을 만지작거리고 있었다. 눈치 없는 사람 같으니라고, 매디는 혀를 찼다. 쓰레기 정도는 내일 치워도 되지 않는가.

여자가 매디를 향해 몸을 돌리고는 말했다. "꼴이 이게 뭐예요, 매들린 슈워츠?"

"매디라고 불러 주세요." 매디는 한심하게도 반사적으로 말했다. "매들린이라고 부르는 사람은 오직 어머니밖에 없어요. 그런데 우리, 초면 아닌가요?"

"초면이지만 그쪽은 나에 대해 알아내려고 무던히 애를 썼죠." 대여섯 시간 전에 밀턴이 앉았던 방문객용 포마이카 의자에 여자가 자리를 잡았다. 조명은 어스름했지만 칙칙한 유니폼이 여자의 늘씬한 몸에서 얼마나 헐렁거리는지, 골격이 얼마나 예쁜 여자인지, 짙은 속눈썹 아래 눈동자가 얼마나 연한지 고스란히 보였다.

"누구세요?"

"한때 난 클레오 셔우드였죠."

헛것을 보고 있는 게 틀림없다. 아니면 꿈을 꾸고 있는 모양이었다. 매디는 팔이 접히는 부위를 살짝 꼬집어 봤다. 그런데도 여자가 사라지지 않았다. 오히려 점점 더 선명하게 보일 따름이었다. 시야가 조명에 적응되면서 여자 얼굴이 또렷하게 보였다.

"클레오 셔우드는 죽었어요."

"맞아요, 죽었어요. 그리고 영원히 죽은 사람일 거예요. 그런데, 어휴, 당신이 도무지 고인으로 놔둘 생각을 안 하네요. 계속 이렇게 막을 거예요?"

"그게 무슨 소린지—."

"무슨 소린지 모르겠죠. 당신은 아무것도 몰라요. 절대 알 턱이 없죠."

374

"난 그저 당신을 죽인 사람이 누구인지 알아내려 했을 뿐이에요. 당신이 어쩌다 분수대에 들어가게 되었는지 말이에요. 당신이 만나던 사람이 누구인지는 알아냈는데―."

"누구인지는." 반복된 이 한마디가 비난으로 들렸다. 그러나 매디가 무슨 잘못을 저질렀기에 비난을 받는단 말인가?

"누가 당신을 죽인 거죠?"

"셀 고든이 살인을 청부했어요. 내가 두 번째 테일러 부인이 되지 않게 막으려면 날 죽이는 수밖에 없었거든요. 난 테일러 부인이 될 몸이었어요. 에제키엘―. 이지가 아니에요. 내게는 이지가 아니라 언제나 에제키엘이었어요. 그 사람은 주 상원의원 자리에는 관심이 없었어요. 셀에게도 전혀 관심 없었는데 그게 진짜 문제였죠. 헤이즐의 남편으로 볼티모어에서 여자 뒤꽁무니나 쫓아다니며 놀아나는 것은 괜찮았어요. 그렇다고 진정한 사랑을 찾는 일도 괜찮았을까요? 행복이 뭔지 알아 가도 괜찮았을까요? 그것만큼 셀의 속을 야금야금 갉아먹는 상황은 없었죠. 에제키엘은 나와 여생을 함께하려고 했어요. 그래서 셀이 일로, 여자로 어지간히도 유혹을 해 댔지만 에제키엘은 단념하지 않았어요."

주디스가 지나가는 말로 건넸던 한마디가 불현듯 떠올랐다. 셀 고든이 볼티모어 독신남이란 소리도 있어요.

"그자가 토미에게 당신을 죽이라고 시켰군요. 그렇다면 토미가 진짜 죽인 사람은 누구죠? 분수대에서 발견된 시신은 그럼 누구예요?"

"내 룸메이트 레티시아에요. 그렇지만 토미가 죽인 건 아니에요. 크리스마스 이틀 후에 약물 과다 복용으로 죽었어요. 그래서 레티시아에게 내 옷을 입혔어요. 내가 제일 좋아하는 의상은 아니었죠.

우리는 해야 할 일을 했을 뿐이에요. 시신이 한동안 발견되지 않을
만한 곳에 레티시아를 옮겨 놓아야 했어요."

정신이 몽롱하긴 했지만 아무리 생각해도 앞뒤가 안 맞는 이야
기 같았다. 토머스 러들로가 셸 고든에게 클레오를 살해하라는 명
령을 받았다면 그냥 당사자에게 사실대로 말하고 도망치게 했으면
되지 않았을까? 굳이 왜 시신을 이용했단 말인가?

"당신은 대체 누구예요?"

"아이참, 당연히 레티시아 톰킨스죠. 난 연휴 때 남자랑 사랑의
도피를 떠난 다음에 엘크턴에서 룸메이트에게 전보를 쳤어요. 지금
껏 필라델피아에 살았어요. 고향에 두고 온 사람들을 이따금씩 몰
래 보러 올 수 있는 거리니까요. 언젠가 사실대로 얘기할 수 있을
지 모른다고 내심 기대하고 있었어요. 그런데 불가능해졌어요. 모
든 게 뒤죽박죽되어 버렸어요. 아버지는 수감되셨고 아마 평생 감
옥에서 살다가 돌아가시겠죠. 덕분에 아버지가 날 사랑한다는 사실
을 알게 되었지만 이딴 식으로 알고 싶진 않았어요." 적막이 흘렀
다. "이게 다 당신 탓이에요."

"난 그저 기사만 썼을 뿐인걸요. 누군가는 쓸 기사였어요."

"맞아요. 그런데 당신은 단순히 기사만 쓴 게 아니라 소란을 피
웠어요. 심령술사를 찾아가질 않나. 내 부모님에게 찾아가 말을 걸
지를 않나. 그것도 내 아들들 앞에서."

매디는 아직도 꿈을 꾸고 있는 것만 같았다. 가끔 현실처럼 생생
한 꿈을 꾸지 않던가.

"그건 토미가 알 리 없는데. 내가 당신 부모님을 찾아갔다는 사
실 말이에요. 그리고 두 분은 당신이 죽은 줄로만 알고 계세요. 다
른 누군가도 진실을 알고 있단 뜻이군요. 당신 여동생, 부모님 댁에

서 같이 사는 동생은 진실을 아는 거죠?"

"날 좀 내버려두지 그랬어요. 내가 원한 일은 그저 하나뿐인데 당신은 가만 놔두질 않더군요. 당신에게 나는 대체 뭔가요? 호수 속의 여인? 난 어느 호수에도 빠진 적 없고 여인 같은 고상한 단어로 불릴 여자도 아닌걸요. 알았건 몰랐건 간에 당신은 하나부터 열까지 허위 기사만 쓰고 있었던 셈이에요. 아무 상관 없는 사람들이나 들들 볶고 다닌 거라고요. 날 내버려줘요, 매디 슈워츠. 이건 경고예요."

"시신이 왜 필요했던 거죠? 토미는 당신을 처리해서 절대 발견되지 않을 장소에 매장했다고 셸 고든에게 말하면 되는데 왜 그렇게까지 한 거죠?"

"난 시신이 필요했다고 말한 적은 없어요. 우리에게 시신이 생겨서 활용했을 뿐이죠."

매디는 기가 막힌 타이밍에 사망한 레티시아, 혈혈단신이었던 한 젊은 여자를 떠올렸다. 어쩌면 토머스 러들로는 실제로 범죄를 저질렀는지도 모른다. 클레오를 너무 사랑한 나머지 모든 수단과 방법을 다 동원한 것인지도 모른다.

혹시 클레오가 우발적으로 레티시아를 살해한 뒤 겁에 질려 토미에게 전화를 걸었던 것은 아닐까? 아무리 두 명이라고 해도 축 늘어진 시신을 업고 울타리를 넘어 호수를 가로지른 뒤 분수대 안에 집어넣기란 불가능하다. 그러나—. 더블데이트에서 즉흥적인 장난을 가장해 상황을 유도한다면 가능할 수도 있다. **배를 타고 분수대로 가서 야경을 구경하자.** 어쩌면 그날 밤 클레오는 토머스 러들로가 경찰에게 진술한 남자와 진짜 데이트를 했고 러들로와 레티시아의 만남을 주선했는지도 모른다. 아니면, 애초에 이 세 명만 분수대로 향했거나.

"그렇지만ㅡ."

"잘 있어요, 매디 슈워츠."

매디는 눈앞에 펼쳐진 광경을 넋 놓고 바라봤다. 여자가 의자에서 일어선 뒤 어여쁘고 길쭉한 몸을 축 늘어뜨려 순식간에 녹초가 된 청소부로 변신하더니 이내 발을 질질 끌며 복도로 사라졌다. 그리고 아침이 되었는데 한바탕 꿈을 꾼 것은 아닌지 마냥 의심스러웠다. 그러나 실제로 겪은 일이었다. 클레오 셔우드는 살아 있다. 하지만 매디는 이 사실을 누구에게도 발설해선 안 된다.

다시 잠이 솔솔 오기 시작했다. 그런데 잠결에 보니 병실 벽은 은은한 연녹색이고 포마이카 의자는 노란색이었다.

ㅡㅡㅡ

1966년 11월

서른여덟 번째 생일을 맞기 전에 퇴원하여 집으로 돌아왔다. 퍼디가 약속한 대로 선물을 들고 찾아올 줄 알았으나 나타나지 않았다. 아무래도 매디가 퇴원한 것을 아직 모르는 눈치였다.

추수감사절이 돌아왔는데 불길하게도 기온이 섭씨 18도를 기록했다. 뉴욕에서는 때 아닌 고온으로 기이한 스모그 현상이 발생했고 거무스름하고 짙게 깔렸던 공기는 다행히 한랭전선에 흩어지기 시작했다. 11월 마지막 일요일이 되어서야 날씨가 정상으로 돌아오며 쌀쌀한 늦가을 기온을 되찾았다. 그러나 3층에 있는 매디의 아파트는 아직도 훈훈했기에 늘 창문을 빼꼼 열고 잠을 자야 했다.

창문이 위로 들리는 소리가 나직이 들렸다. 아직 10시가 되지 않아 잠이 들지는 않았지만 매디는 자는 척을 했다.

그러나 퍼디가 평소와 달리 침대로 올라올 기미를 보이지 않았다. 그래서 매디는 1~2분 정도 자는 척하다가 눈꺼풀을 들었다. 그가 시야에 들어왔으나 제복은 보이지 않았다. 남방에 브이넥 스웨터와 편한 바지 차림이었다. 머리가 전보다 길었다. 그리고 더 풍성했다. 머리카락이 아래가 아닌 위쪽으로 자라 있었다. 보기 좋았다. 그러고 보니 이달 초에 아리따운 여배우와 런던에서 프루그 댄스를 추어 신문지상을 도배했던 권투 선수와 닮아 보였다.

"대체 몇 번을 말해야 알아들어. 창문 좀 닫으라니까, 매디."

"여긴 너무 후덥지근하단 말이야." 매디는 예쁜 잠옷을 입고 누운 것을 다행으로 여기며 이불을 걷었다.

"당신, 한동안 동분서주했네."

"응, 그런 셈이지." 매디는 소리 내며 웃었지만 대화에는 관심이 없었다. 그를 향해 양팔을 벌렸다. 하지만 그는 창가에서 꼼짝도 하지 않았다.

"나랑 약속했잖아, 매디. 기사를 안 쓰기로 나랑 약속했잖아."

"당신에게 얻은 정보로는 기사를 안 쓰겠다고 약속했지. 난 약속을 지켰어."

"그래, 구독자들은 당신이 그 여자와 대화하러 찾아갔다는 말을 믿을지도 모르지. 그나저나 뭐라고 했어? 어머니 대 어머니로 얘기하자고 했어? 당신 말을 곧이곧대로 믿는 경찰은 단 한 사람도 없어. 누군가 당신에게 정보를 흘렸다는 건 기정사실이었어. 그리고 범인이 나라는 게 금세 밝혀졌지." 적막이 흘렀다. "우리가 만나는 사이였다는 것도."

"그걸 어떻게―."

"이 건물에서 나가 순찰차에 오르는 내 모습을 어떤 경찰이 봤어. 그걸로 약점이 잡힌 상태였지. 당신에게 기밀을 누설한 것 말고 차량을 무단으로 사용한 게 내 발목을 잡았어. 밤마다 몇 시간 동안 이용하고 동이 트기 전에 차고에 가져다 놓게 도와준 친구도 걸렸어. 내가 밤마다 여기를 어떻게 오고 가는지 궁금했던 적은 있어, 매디? 내가 어디에 사는지, 내 집이 여기에서 얼마나 먼지, 오밤중에는 버스가 돌아다니지 않는다는 걸 생각해 본 적은 있어?"

"당신은 사생활을 털어놓길 꺼리는 사람이잖아."

"그게 아니라 질문받기만을 기다린 거지."

매디는 이것저것 물어보려고 기회를 노렸다. 분명히 여러 번 시도했다. 그러나 퍼디가 번번이 철벽을 치며 대답을 회피했다. 그런데 실상은 그게 아니었다고?

"당신이 유부남일 거라 의심했어."

"미혼이야."

"동시에 다른 여자들도 여럿 만나고 있을지 모른다고 생각했어."

"거짓말은 하지 않을게. 그랬어. 초반에는. 그런데―. 매디, 난 당신을 사랑해."

이 한마디에 매디의 말문이 막혀 버렸다.

"그게 당신 대답이구나. 당신은 날 사랑하지 않는구나."

"나도 같은 마음이야, 퍼디. 하지만 그건 불가능해, 당신도 알잖아."

"내가 흑인이라."

그렇기도 하고 아니기도 해. 매디는 속으로 대답했다. 그가 흑인이란 사실 때문에 두 사람의 관계는 불법이다. 그러나 애초에 둘의 관계는 불가능했고 그가 연하남이란 사실도 큰 몫을 차지했다. 그리고 퍼디는 경찰이고 자신은 매들린 모겐스턴 슈워츠이며 평생 신문사 사무원으로 살진 않을 것이기 때문이다. 매디는 유명한 흑인 남성들을 생각해 냈다. 시드니 포이티어. 앤드루 영. 해리 벨라폰테 주니어. 이들과는 함께 공공장소에 돌아다닐 수 있다. 그러나 퍼디낸드 플랫과는 여러 이유로 그럴 수 없는데 인종 문제는 그중 한 가지 이유에 불과하다. 아닌가?

"그런 게 아니야."

"올해 가장 행복했던 날이 언제인 줄 알아? 당신과 야구장에 갔던 날이야. 물론, 당신과 손을 잡지도 못하고 관중들에 섞여 이동할 때 당신 등허리에 손을 올릴 수도 없었지만. 그때 우리 관계를 눈치챈 사람들도 있었어. 표정만 봐도 알 수 있었지. 대다수의 눈을 속일 수는 있었지만 전부를 속일 순 없었어. 당신과 같이 있다는 사실에 무척 뿌듯했어. 사랑해, 매디."

하지만 매디는 차마 그 말을 꺼낼 수가 없었다. 아무리 자명한 진심이라고 해도. 말 한마디에 구속될 수 없었다. 현재형으로든 과거형으로든 그 말을 꺼낼 수는 없었다. "난 다시는 누군가의 아내로 살고 싶지 않아, 퍼디. 당신을 잃고 싶지 않지만 나 자신도 잃고 싶지 않아."

"그렇구나, 난 직장을 잃었어." 그가 말했다.

"퇴근 후에 순찰차를 이용했다는 이유로?"

"서에서 내 사표를 받아 줬어. 원한다면 남을 수 있었지만 경찰에서 더는 올라갈 길이 없어. 난 우리 관계를 동네방네 소문 낸 놈팡이잖아. 나 때문에 민간인이 살해당할 뻔하기도 했고."

살해당할 뻔한 민간인은 매디를 두고 하는 말이었다. 매디는 잠옷을 들춰 불룩 튀어나온 흉터를 보여 주고는 머리 위로 완전히 벗었다.

"매디—."

"일이 이 지경이 되었다니 마음이 너무 아파. 당신이 직장을 잃었다니 마음이 아파. 마음이 아파—." 매디의 마음을 아프게 하는 요인은 이뿐만이 아니었다. 토머스 러들로 때문에도 마음이 아팠고, 클레오의 아버지 때문에도 마음이 아팠다. 딸이 살아 있다는 사실을 평생 알 길이 없는 셔우드 부인 때문에도 마음이 아팠다. 심지어 아주 다양한 정체성에 갇혀 살며 갈망을 표출하지도 못한 채 자기가 가질 수 없는 것은 남도 가지지 못하게 비열하고 악랄한 짓을 서슴지 않는 셸 고든 때문에도 마음이 아팠다. 실제로는 죽었지만 단 한 사람에게도 애도를 받지 못한 채 남자와 눈이 맞아 먼 곳으로 도망쳐 소리 소문 없이 사는 철없는 여자로 길이길이 남을 레티시아 때문에도 마음이 아팠다. 다른 여자를 사랑하는 남편과 멋진 집에서 살고 있는 테일러 부인 때문에도 마음이 아팠다. 클레오의 자식들 때문에도 마음이 아팠다.

무엇보다 자기 자신 때문에 마음이 아팠다. 에제키엘 테일러와 마찬가지로 진정한 사랑을 이룰 두 번째 기회를 손에 거머쥐기 직전인데 이를 와락 붙잡을 만큼 용감하지 못하다.

"애초에." 그가 말했다. "애초에 우리는 만나선 안 될 사이였어."

"사실, 반지를 도둑맞은 적 없어." 매디가 말했다. "보험금을 타려고 그랬어."

"알아." 그가 말했다. "우린 당신이 토미 러들로 얘기를 들으면 멈출 거라고 생각했어. 그래서 내가 당신에게 얘기한 거야. 셸이 토미에게 자백하라고 지시했어. 당신을 막으려고."

"알아." 매디가 말했다. 사실은 전혀 몰랐던 일이다.

그가 침대로 올라왔다. 마지막으로 침대에 누웠고 처음으로 해가 뜰 때까지 곁에 머물렀다. 아침 7시, 매디는 그와 함께 계단을 내려간 뒤 대성당이 훤히 보이는 입구에서 멀버리가를 오가는 사람들의 시선에 아랑곳하지 않고 그에게 작별 키스를 했다.

그리고 출근했다.

────

1985년 10월

롤랜드 파크 여성 클럽

"자, 이제 우리의 연사를 소개하겠습니다. 매들린 슈워츠 선생님은 안젤라 코윈의 손에 목숨을 잃을 뻔했던, 간담이 서늘한 경험담을 1966년에 《비컨》에서 일인칭 시점으로 기고한 이래 쭉 기자로 활동하고 계십니다. 당시 가해자는 아들이 근무하던 열대어 가게에서 어린 유대인 소녀 테시 파인을 살해했고 결국 일급 살인죄로 유죄를 선고받았답니다. 스티븐 코윈은 살해에 일조한 죄로 사형을 선고받았지만, 1972년 연방 대법원의 결정에 따라 미국 대부분의 주에서 사형 제도를 폐지한 덕에 목숨을 부지하게 되었죠. 슈워츠 선생님은 《비컨》에서 일반 사회 분야 기자로 경력을 쌓기 시작했고 시청과 주 의회 문제를 주로 다루었지만 인간적인 기사를 주로 쓰면서 명성을 얻으셨습니다. 그리고 현재는 칼럼니스트로서 인생사를 주제로 활발히 글을 쓰고 계시죠. 1979년에는 퓰리처상 특집 기사 부문에서 최종 후보 명단에 오르기도 했답니다."

매디는 머릿속으로 소개할 말을 수정했다. 방금 소개된 내용은 매디가 미리 제공한 소개문과 달랐다. 비슷하긴 하지만 군데군데 윤색되어 있었다. 그런데 솔직히 말하자면 공식 약력에 《스타》에서 쌓은 경력을 생략한 사람은 매디 본인이었다. 안젤라 코윈에게 거

의 죽다 살아난 일화를 활용하여 《비컨》에서 일자리를 얻었고 그후
로는 절대 뒤를 돌아보지 않았다. 《스타》에 비해 《비컨》은 분위기
가 다소 고리타분하고 따분한 신문사였으나 매디에게 기자가 될 기
회를 선뜻 내주었다.

"안녕하십니까." 매디가 말했다. "'퓰리처상 최종 후보'란 말은
아주 거창하게 들리지만 결국은 퓰리처상을 못 받았다는 뜻이죠."

연설자가 자조 섞인 가벼운 농담을 건네면 청중은 좋아하기 마
련이지만 사실 매디는 끝내 들러리 처지에 머물렀던 지난 경험조차
신나게 자랑하고 싶었다. 특집 기사 부문 상이 신설된 해였고 상을
받지 못해 여간 속상했던 게 아니었다. 하필 수상자가 《비컨》의 자
유분방한 자매 회사 《라이트》의 동료여서 더 속이 상했다. 이 남성
기자는 뇌수술에 관해 글을 쓴 반면 매디는 희귀 심장 질환을 앓는
아동을 중심으로 글을 썼다. "심장보다는 뇌가 훨씬 중요한가 보
네." 수상자가 발표된 주에 함께 술을 마신 보브 바우어가 한 말이
었다. 질투심이 고스란히 묻어나는 한마디였다. 바우어는 메릴랜드
주에서 모든 상을 휩쓸고 종종 전국적인 상도 받았지만 퓰리처상은
언감생심이었다.

매디도 만만치 않게 많은 상을 받은 인재였다. 그리고 활동할 날
이 아직은 한참 남았다.

세간의 주목을 받는 칼럼니스트가 된 매디는 여성을 위한 오찬
회에서 연사로서 상당한 인기를 얻고 있다. 《비컨》에는 강연 부서
가 따로 있고 청중 앞에서 발표한 기자들에게 강연료를 특별히 지
불하고 있다. 이 신문사는 기자의 강연으로 독자들과 좋은 관계를
쌓을 수 있다고 믿기 때문이다. 매디는 연설문을 달달 외웠냐는 뒷
말을 듣거나 내용이 진부하다는 비판을 받지 않으려고 각양각색의

소재로 즉흥적으로 말하는 것처럼 보이는 방법을 습득했다.

"제가 이따금씩 듣는 질문이 있습니다." 거짓말이다. 단 한 번도 들어 본 적 없다. "인간적인 기사란 정확히 무엇입니까? 흥미로운 인간의 기준이 뭡니까? 글쎄요, 제 생각에는 본질적으로 흥미롭지 않은 사람은 없어요. 적절한 질문을 마음속에 품고 여유 있게 사람을 만나면 흥미로운 것을 뽑아낼 수 있죠. 기자로서 자질이 있는 사람이라면 응당 전화번호부를 쫙 펼쳐서 연필로 한 사람을 콕 집은 다음에 전화로 사연을 털어놓게 만들 줄 알아야 한다고 생각합니다. 가끔 전 그렇게 하고 있어요." 이 또한 거짓말이다. 단 한 번도 그렇게 해 본 적이 없다.

매디는 최근에 얻은 성과를 청중에게 전했다. 한 여자가 시나이 병원 산부인과 병동에서 간호사로 변장해 아이를 납치하고 며칠 뒤에 출생증명서를 얻기 위해 다른 병원에서 사기를 치려고 했다가 덜미가 잡혔는데 이 때문에 한동안 갖은 고생을 했던 부모와 단독으로 인터뷰를 했다. 아이의 부모는 시나이 병원 잠입이 그렇게 쉽다는 사실에 경악했고 아직도 가슴을 쓸어내리고 있다. 인터뷰 당시에는 말하지 않았지만 변장하여 시나이 병원에 몰래 들어가는 것이 얼마나 쉬운지 매디는 잘 알고 있다. 유니폼 한 벌과 세상의 짐을 다 짊어진 듯한 자세만 갖추면 된다.

"법은 아이의 부모에게 친자 확인 검사를 요구했죠." 넋을 잃고 경청하는 청중에게 매디가 말했다. "하지만 판사님은 볼살이 토실토실한 아기와 아버지를 번갈아 보신 뒤에 말씀하셨어요. '결과는 보나 마나일 것 같군요.'"

워낙 익숙한 이야기다 보니 유령처럼 허공을 둥둥 떠다니며 사건의 모든 경과를 내려다보는 기분마저 들었다. 자신을 지역 내 유명 인사로 만들어 준 신문 가판대 심술쟁이 주인, 이 지역의 마지막 모자 제조인, 그리고 피아노 영재에 관한 사연을 전하고 있는 지금 이 순간에도 매디의 머릿속은 아직 알려지지 않은 사람들, 기사화 되지 않은 이야기들에 대한 생각으로 가득했다. 그중 한 사람은 에제키엘 '이지' 테일러였다. 그는 1968년에 폭동과 날씨를 탓하며 느닷없이 세탁소 사업을 다른 이에게 넘겼다. 그리고 자신과 같은 천식 환자는 서쪽에서 사는 게 좋다는 권유를 받아서 뉴멕시코로 거처를 옮길 예정이라고 말했다. 반면 그의 아내는 교회 활동을 계속 하기 위해 볼티모어에 남았다. 결국은 이지가 클레오를 찾아간 걸까? 확실한 사실 한 가지는 뉴멕시코 어디에도 에제키엘 테일러의 전화번호가 기재되어 있지 않다는 점이었다. 매디가 연거푸 확인하고 있기에 명확히 아는 사실이다.

"《비컨》에 취직할 수 있었던 데에는 저의 자신만만한 태도가 한몫을 했어요. 기사의 주인공이 아닌 기자가 되겠다고 고집을 부렸거든요. 양측에 도박이나 다름없었지만 피터 포레스터 편집국장님은 저를 좋게 보셨어요. 최저 시급으로라도 기자 생활을 시작하려 했던 저에게서 의지를 보셨던 것 같아요."

어쩌면 이지는 정말 건강 문제로 서쪽으로 거주지를 옮겼는지 모른다. 그리고 셸 고든은 경쟁 상대였던 여자에게 계속 원한을 품고 토머스 러들로가 실패한 일을 마무리하려고 훨씬 더 실력 있는 암살자를 보냈는지도 모른다.

아니면, 맺어질 가능성이 희박했던 이 두 연인이 매혹의 도시[70] 혹은 다른 주에서 재회했는지도 모르는 일이다. 사랑을 이루기 위

---

70 뉴멕시코의 별칭.

해 온갖 역경을 극복했을 그들을 상상하니 몹시 흐뭇했다. 역경이라 함은 클레오의 죽음을 말하는 것이 아니다. 꿈에 그리던 사람을 어렵사리 찾았지만 사랑하는 마음으로 버티며 소중한 것을 모두 포기해야 하는 상황을 뜻한다.

"저는 고향에서 길을 잃었을 때, 앞길이 전혀 보이지 않을 때 기자로서 일생일대의 기회를 붙잡게 되었습니다……."

매디는 클레오의 아들들이 조부모와 계속 사는지 수소문했지만 《비컨》에 합류하고 얼마 지나지 않아 그들이 어디론가 이사를 떠났다는 사실을 알게 되었다. 어느 이웃은 그들이 다른 지역으로 떠났다고 전했다. 또 다른 이웃은 아예 다른 나라로 떠났다고 전했다. 어디에서도 클레오의 어머니를 찾을 수 없었고 말을 붙이려던 매디의 면전에서 문을 쾅 닫았던 동생 앨리스 셔우드도 보이지 않았다.

"물론 저희는 놓친 분들을 절대 잊지 않는답니다. 볼티모어에 거주하는 어느 여류 소설가에게 매년 편지로 인터뷰를 간곡히 요청하고 있는데요. 매번 어김없이 정중한 거절 답신을 받고 있답니다."

퍼디는 대부호가 되었다. 재력만 늘어난 게 아니라 살까지 쪘다는 사실에 여간 놀란 게 아니었다. 그는 경찰 제복을 벗고 주택 보안 사업에 뛰어들었다. 타이밍이 기가 막혔다. 범죄와 안전이 세간의 관심을 불러일으키던 시절이었다. 그는 돈을 쓸어 담았고 결혼하여 세 자녀를 둔 아버지가 된 것도 모자라, 지역 정가에서 셸 고든이나 이지 테일러가 누렸던 권력보다 더 큰 영향력을 발휘하는 유명 인사가 되었다. 성대한 정치 기금 모금 행사에서 한 후보를 은밀히 졸졸 따라다니다가 딱 한 번 그를 마주쳤다. 20킬로그램 이상 살이 붙었어도 여전히 매력이 넘쳤다. 만일 그가 한 번이라도 눈길을 줬다면 매디는 그를 데리고 빈 방을 찾아 들어갔을 것이다. 그러나 철통같이 곁을 지키고 있는 아내를 보니, 본인이 어떠한 남자를 거머쥐었는지 여실히 알고 있는 눈치였다. 이런 미래를 조금이라도 예상했더라면, 그가 어떤 인물로 거듭날지 진작 알았더라면—. 아니다. 당시의 선택을 절대 후회하지 않는다. 누군가의 아내로 살고 싶지는 않다. 현재의 삶에 굉장히 만족하며 살고 있다. 반면 퍼디에게서는 비애가 오롯이 느껴졌다. 이루지 못한 꿈, 결코 이룰 수 없었던 꿈 때문이다. 그는 오로지 형사가 되기만을 바랐지만 매디가 그의 꿈을 가로막았다.

"……바로 그때 기자 생활 중에 두 번째로 예기치 못한 고백을 들었어요. 커다란 갈색 눈망울로 저를 올려다보며 말하더군요. '전 지미에게 그러지 말라고 말했어요.'"

매디는 지금 할머니다. 머지않아 쉰일곱에 접어드니 이상할 게 전혀 없다. 그러나 허영심에 취한 소리가 아니라 아직도 외모를 곱게 유지하고 있다. 당황스럽게도, 최근 두 번째 결혼 생활을 끝낸 윌리스 라이트에게 데이트 신청을 받기까지 했다. 매디는 사귀는 사람이 따로 있다며 거절했다. 사실이었다. 상대는 마흔 살이고 다름 아닌 정원사이다. 아이고, 매디를 누가 말리랴. 그래도 **매디의 정원사**는 아니니까 매디는 채털리 부인[71]까지는 아니다. 두 사람의 행위를 두고 연애라고 할 사람은 아무도 없을 것이다. 그는 매디의 집으로 찾아와 격렬한 몸짓을 선보이고 떠난다. 퍼디와의 관계와 상당히 유사하지만 다른 점이 있다면 그때와는 다른 술과 안주를 먹는다는 것이다. 이뿐만 아니라 낮에는 다른 사람을 만나고 있다는 점도 다르다. 지인 중에 게이로 추정되는 거만한 늙은 판사가 있

---

71 D.H. 로렌스의 소설 『채털리 부인의 연인』의 주인공.

는데, 그에게는 번듯한 파트너가 필요할 때가 있기에 두 사람은 종종 연인 행세를 해 주며 상부상조하고 있다.

"저는 《비컨》에서 세상사 전반에 대한 칼럼을 쓸 수 있는 자격을 최초로 부여받은 여성 기자 중 한 명입니다. 제 칼럼은 특집기사란에서 찾아볼 수 있지만 주제에 딱히 제약은 없어요. 그래서 하루는 레이건에 대해 쓰고 바로 다음 날에는 로툰다 주차장의 황당무계한 문제점을 다룰 수 있는 거죠."

좌중에서 웃음이 터지는 것으로 보아 근처 쇼핑센터의 주차장 문제를 다들 알고 있는 눈치였다.

클레오 셔우드는 매디가 사람들의 인생을 망쳤다고 말했다. 정말 망쳤을까? 퍼디는 살인사건 전담 형사가 되는 꿈을 이루지는 못했으나 승승장구하고 있다. 지금은 연락이 끊긴 것이나 다름없는 주디스 와인스타인은 결국 패트릭 모나한과 결혼했다. 토머스 러들로는 8년 전에 출소하여 현재 프랭클린타운 로드에서 술집을 운영하고 있지만 흉악한 전과자라 타인 명의로 주류 판매 허가를 받아야 했다. 클레오 셔우드의 아버지는 감옥에서 생을 마감했다. 그러나 이 일들은 매디의 잘못으로 벌어진 게 아니다. 러들로의 도움을 받아 죽음을 가장한 사람은 클레오 본인이었다. 매디가 용감하게 헤이즐 테일러를 찾아가자 자백을 결심한 사람은 러들로였다. 셸고든에게 들은 '기밀'을 매디에게 전달한 사람은 다름 아닌 퍼디였다. 남자들이란. 남자들이 사건을 마무리 지으려다가 오히려 일을 더 키우곤 했다.

진짜 호수 속의 여인인 레티시아는? 대체 누구란 말인가? 사인이 무엇인가? 유력한 용의자가 자백했고 마땅한 형벌을 받았으니 어느 정도는 정의가 실현됐다고 볼 수 있다. 분수대에 있었던 시신의 주인은 누구였나, 이 문제가 정말 중요하긴 했나? 진범이 감옥에 갔는지 여부가 중요하긴 했나?

그런데도ㅡ. 매디의 머릿속에서는 세 사람, 혹은, 네 사람이 그려지곤 했다. 날이 아주 포근하네. 울타리를 넘어서 동물원으로 들어가자. 배가 있는 곳을 알아. 새해를 맞는데 호수에서 축배를 들 순 없지. 분수대로 올라가자. 세 사람 혹은 네 사람이 분수대 가장자리에 둘러앉아 술을 들이켠다. 두 룸메이트가 옷을 공유하는 사이라면 한 사람을 그냥 밀어 버리기만 하면 되니 물에 빠뜨리기가 얼마나 쉽겠는가.

어떻게 이 모든 일을 두고 매디를 원망할 수 있단 말인가?

이런 생각에 사로잡혔던 날, 매디는 컴퓨터 앞에 앉아 로툰다 주차장에서 최근에 경험한 일로 750단어짜리 유쾌한 칼럼을 적어 내려갔다. 그리고 과거를 들춰내기도 했다. 파이크스 영화관에서 성추행을 당했던 일화 또한 독자들에게 흥미롭게 읽혔다. 그러고 보니 당시만 해도 남자의 손이 다리에 올라온 상황을 대수롭지 않게 여겼다. 매디는 상황에 따라 테시 파인 사건에서 자신이 했던 역할을 언급하기도 했다. 매디는 이렇게 살고 있다. 스스로 선택하며 꾸려 나가는 삶, 바로 이것이야말로 매디가 바라던 인생이었다. 매디는 자기 이야기를 쓰고 있다. 그동안 타인의 사연은 충분히 썼으니 이제는 자신에 대해 쓸 차례라고 되뇌고는 있었으나 사실 예전부터 쭉 자신의 이야기를 쓰고 있었다. 자신이 가장 잘 아는 이야기는 스스로 경험한 것뿐이기 때문이다.

그러나 실제로 경험한 일조차도 사실은 다 알기 힘들다.

"이 자리에 계신 여러분은 박학다식하시니, '연결하기만 하라', 이 말이 에드워드 모건 포스터의 『하워즈 엔드』에 나오는 문구란 걸 아시겠죠. 혹시 문장 전체를 아시나요? '언어와 감정을 연결하기만 하라, 그러면 두 가지 모두 고양될 테고 최고조에 이른 인간애가 보이리라. 더 이상은 파편화된 삶을 살지 않으리라.' 제 칼럼은 인생의 모든 면을 포용하고 모든 이를 찬양하죠. 여러분은 위저 보드가 이곳 볼티모어에서 발명되었다는 사실도 당연히 알고 계실 겁니다. 작년에 저는 위저 보드의 후속작에 관한 글을 썼어요. 전 제 자신을 플랑셰트라고 생각해요. 위저 보드 위에 달린 작은 플라스틱 조각이죠. 손가락으로 균형을 잡는데 그러다 보면 무의식적으로 듣길 바라는 대답 쪽으로 방향을 이끌게 되죠. 저는 **여러분**이 듣고 싶어 하는 이야기를 들려드리고 여러분의 질문에 응답하고 있답니다. 전 여러분의 매개체입니다. 독자 여러분이 계시지 않으면 저의 존재 이유도 없습니다."

우레 같은 박수갈채를 받으며 매디는 자리에 앉아 와인 한 모금을 마셨다. 장로교인들 앞에서 연설할 때는 이 점이 제일 좋다. 점심에 술을 준다는 점 말이다.

———

내가 어디 있게요, 매디 슈워츠? 당신은 어디 있나요? 이토록 오랜 세월이 흘렀는데, 난 왜 아직도 머릿속으로 당신에게 말을 거는 걸까요? 아무래도 나를, 진짜 나를, 유네타 '클레오' 셔우드를, 목숨이 붙어 있는 나를 마지막으로 본 사람이 당신이기 때문인 것 같아요. 공식적으로는 새해 전야에 토미가 나를 마지막으로 목격한 사람이죠. 하지만 진짜 마지막으로 목격한 사람은 그로부터 10개월이 지난 뒤에 병실에 누워 있던 당신이에요. 그때 당신은 큰 사건을 겪은 탓에 워낙 진이 빠지고 불안정했던 터라 내 사연을 생각할

겨를도 없었죠. 나는 이미 죽은 사람이었고 당신은 죽을 고비를 넘긴 상태였어요. 눈앞에 살아온 날들이 주마등처럼 스쳐 지나가던가요? 내 인생은 아주 천천히, 매일매일 눈앞에서 재생되고 있어요. 지금 이 순간에 클레오는 어디에 있을까요? 어떤 삶을 누리고 있을까요? 그날 병원 건물 밖으로 나오면서 난 클레오 셔우드와 영원히 작별했어요. 내 부모님, 내 아가들, 볼티모어와 영원히 작별했어요.

하지만 내 인생이나 내 사랑과는 작별하지 않았어요. 난 풍요로운 삶, 충만한 삶을 살아왔어요. 행복한 삶이요. 이 삶을 얻기 위해 너무 많은 것을 무참히 희생했으니 양심의 가책 없이 행복을 누리고 있어요. 내 아들들은 엄마 없이 살았지만 둘 다 맥도너 스쿨에 들어갔고 듬직한 남자로 성장해 대학생이 되었어요. 내 여동생은 엄마에게 내 아들들이 장학금을 받고 있다고 말했어요. 엄마는 그런 행운을 의심할 수 있는 호사를 누릴 처지가 아닌지라 곧이곧대로 믿는 수밖에 없었죠. 그때 나의 선택으로 지금 이렇게 사랑하는 사람들을 챙길 수 있게 되었으니 과거로 돌아간다고 해도 똑같이 행동할 거예요. 당신도 그런가요?

내가 당신에게 전부 다 얘기했을까요? 아니요. 비밀을 털어놓을 정도로 당신을 신뢰하진 않았거든요, 매디 슈워츠. 그런 나를 누가 나무랄 수 있겠어요? 당신은 내 삶과 죽음을 가볍게 여겼어요. 당신이 추적했던 시신의 주인이 내가 아니라 얼마나 다행스러웠게요. 난 원하는 걸 얻어서 행복해요.

당신을 한 번 본 적이 있어요, 매디 슈워츠. 이 모든 사건이 벌어지기 전이요. 당신은 원하지도 않는 남자 곁에 있었어요. 결국 나는 이른바 가질 수 없는 남자를 원하게 되었죠. 그때 당신을 봤어요. 난 당신을 물끄러미 쳐다봤고, 당신은 당신을 쳐다보고 있던 나를 쳐다봤고, 나는 내 눈길에 나를 쳐다보던 당신을 쳐다봤어요. 어릴 적에 늘어놓던 말장난과 비슷한 상황이었어요. 나는 그림 그리는 내 모습을 그림 그리는 내 모습을 그림 그리고 있다. 그림은 점점 더 작아지고 말은 끊임없이 늘어지다가 나중에는 헛소리가 돼요. 결국 그림은 아주 작아지다 못해 아무것도 보이지 않게 되죠.

작가의 말

2017년 2월에 글을 쓰기 시작할 때만 해도 신문사를 배경으로 한 소설을 쓰게 될 줄은 몰랐다. 어떤 면에서 보면 매디 슈워츠가 자기와 오랫동안 같이 살았던 남편을 놀라게 한 만큼 나 또한 놀라게 했다고 볼 수 있겠다. 신문사를 배경으로 한 소설을 쓸 계획이 전혀 없었는데 어쩌다 보니 1965년에《더 선The Sun》이라는 신문사에 내 아버지가 입사하여 경험한 세상을 머릿속으로 상상하며 재창조하기에 이르렀다. 이 책을 작업하는 데 아버지와 나의 동료들에게 말로 다 할 수 없이 큰 도움을 받았다. 도움을 준 이들 중에서는 G. 제퍼슨 프라이스 3세, 데이비드 마이클 에틀린, 존 제이컵슨이 있다.

허구 소설이지만 여기 묘사된 부수적인 사건들은 대부분 사실에 기반을 두고 있다. 이야기의 중심이 되는 두 살인사건은 1969년에 일어난 두 사건에서 영감을 받았지만 실제 사건을 그대로 옮기진 않았다. '호수 속의 여인' 검시 장면 묘사에 이론적인 도움을 준

조너선 헤이즈에게 무한한 감사를 표현다. 1966년 메릴랜드 주지사 선거에 관한 대목은《타임》지에서 정보를 얻은 덕에 예비 선거 이후 날씨까지도 사실대로 묘사했다. 바이올렛 윌슨 화이트(정의의 귀부인)와 오리올스의 중견수 폴 블레어는 실제 인물로서 '화자'로 등장한다. 나는 최대한 그들의 목소리를 실감나게 전달하기 위해 인터뷰를 찾아 읽었고 블레어의 경우에는 영상도 참고했다. 화이트가 실제로 〈진실을 말하자면〉이란 방송에 출연했는지는 정확히 검증하지 못했지만 〈리버티 밸런스를 쏜 사나이〉에 나오는 오랜 명언을 따랐다. 전설은 그대로 인쇄하라.

이 책의 초고를 2018년 6월 27일에 출판사에 보냈다. 다음 날, 나는 어린 딸과 함께 델라웨어 해안가에 있는 어머니 댁으로 향했고 한 시간 정도 지난 뒤 전화를 걸어 이제 막 점심을 먹었으며 두 시간 내로 도착할 것이라고 말했다. 어머니는 혹시 아나폴리스 부근 도로로 진입한 것은 아니냐고 물으셨다. 아니요, 내가 대답했다. 왜 그리로 가겠어요? "거기에서 총기 난사가 벌어졌어." 사건이 터진 장소가 신문사란 소식을 들은 순간 내 친구 로브 히아슨이 희생자 중 한 명임을 직감할 수 있었다. 보통은 이 자리를 빌려 내게 도움을 준 모든 이에게 감사 인사를 전하지만, 이번에는 친구들과 출판업계 지인들에게 양해를 구하며 그날 목숨을 잃은 이들의 이름으로 이 책을 마무리 짓고자 한다. 로브 히아슨, 제럴드 피시먼, 레베카 스미스, 웬디 윈터스, 그리고 이들을 사랑하는 사람들에게 이 책을 바친다.

옮긴이 박유진

가천대학교에서 회계학과 영문학을 복수 전공한 뒤 출판사에서 근무하였으며 현재는 바른 번역 소속 번역가로 활동하고 있다. 옮긴 책으로는 《ONE WORLD Or None-하나의 세계 아니면 멸망》,《초보 마녀와 견습 마법사를 위한 필수 지침서》,《그녀의 결혼을 막는 방법》외 다수가 있다.

호수 속의 여인

1판 1쇄 인쇄 2024년 1월 2일
1판 1쇄 발행 2024년 1월 12일

지은이 로라 립먼 **옮긴이** 박유진
펴낸이 김영곤 **펴낸곳** (주)북이십일 아르테

책임편집 원보람 **교정교열** 박기효
표지 인수정 **본문** 최원석
문학팀장 김지연 **문학팀** 권구훈
해외기획실장 최연순
출판마케팅영업본부장 한충희
마케팅2팀 나은경 정유진 박보미 백다희 이민재
출판영업팀 최명열 김다운 김도연
제작 이영민 권경민

출판등록 2000년 5월 6일 제406-2003-061호
주소 (우 10881) 경기도 파주시 회동길 201(문발동)
대표전화 031-955-2100 **팩스** 031-955-2151

아르테는 (주)북이십일의 문학 브랜드입니다.

ISBN 979-11-7117-297-9 03840